四极日记
（上）

葛剑雄 著

复旦大学出版社

　　祖籍浙江绍兴，1945年出生于浙江吴兴（今属湖州市南浔区），复旦大学资深教授，教育部社会科学委员会历史学部委员，"未来地球计划"中国国家委员会委员，中央文史研究馆馆员，第十二届全国政协常委。主要从事历史地理、中国史、人口史、移民史、文化史、环境史等方面研究。著有《中国人口史》（主编，第一卷作者）、《中国移民史》（主编，第一、第二卷作者）、《统一与分裂：中国历史的启示》《西汉人口地理》《中国历代疆域的变迁》《葛剑雄说史：中国史的19个片断》《泱泱汉风》《看得见的沧桑》《行路集》《碎石集》《人在时空之间》《我们应有的反思》《葛剑雄文集》（七卷）等。发表相关论文百余篇。学术考察、社会活动及个人旅游涉足全国各省市区及台、港、澳地区和世界七大洲数十个国家，著有《走近太阳：阿里考察记》《剑桥札记》《千年之交在天地之极：葛剑雄南极日记》《走非洲》《北极日记》等。

图 1 长城站生活栋

图 2 长城站一号栋

图 3

图 4　在南极度过 56 岁生日

图 5 金洲小学小朋友的画"企鹅的世界"

图 6 金洲小学小朋友的画"雪龙号来啦"

图 7 好大的冰山

图 8 冰前对话

图9 抒怀碑

图10 王刚义南极横渡长城湾

图 11　北极破冰船

图 12　北极与队友合影

图 13 北极点

图 14 北极全船人员合影留念

图 15 北极的"游泳池"

图 16　船长室

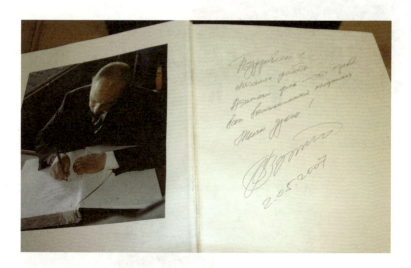

图 17　普京题辞

目录

南极纪行

千年之交在天地之极 /005

01. 飞向乔治王岛 /021

02. 长城站初体验 /045

03. 南极的"原住民" /073

04. 世界尽头的"地球村" /097

05. 新千年在南极 /131

06. 意料之中和意料之外 /186

07. 归程 /274

北极纪行

最北的地方就没有北了 /287

01. 推迟的航班 /291

02. 路遇库兹涅佐夫号航母 /294

03. 进入极昼圈 /298

04. 进冰区第一天 /304

05. 海神庆典 /310

06. 破冰之旅 /312

07. 北极点之光 /314

08. 极地游泳 /319

09. 再遇北极熊 /321

10. 北极之"夏" /328

11. 归途 /331

南极纪行

起点：上海

终点：乔治王岛

时间：2000.12.7—2001.2.13

千年之交在天地之极

2000年12月7日，我作为中国第17次南极考察队的一员，由北京出发去南极乔治王岛上的中国长城考察站，于12月12日到达。2001年2月8日离开，于2月13日回到北京。

中国到过南极的人已经不少，世界上到过南极的人更多，他们自己写的书，或者是别人报道他们的书已经出版了不少，有关的文章和报道肯定更多，我为什么还要写我到过的南极呢？

首先，我不是作为一名自然科学家、专业考察人员、考察站建造或维修人员、旅游者、记者、摄影师、医生，而有幸以一位人文学者的身份去南极。这自然是一个罕见的机会，读者一定有兴趣了解，像我这样的人在南极做了什么。

我在南极期间，经历了20世纪与21世纪的交替，也经历了两个千年之交。这样一个千载难逢、万里难求的时间和空间，有幸经历的人就更是屈指可数了。我会有什么特殊的感受呢？相信也是大家乐意了解的。

我想要告诉大家的，就是我到过的南极，就是我在南极的所见、所闻、所做和所思。

南极洲·南极圈·南极

中国长城站建于南设得兰群岛中最大的岛屿乔治王岛上。

这个岛与群岛的得名当然与英国人有关：1819年2月19日，英国的海豹捕猎者威廉·史密斯船长驾驶的"威廉斯号"方帆双桅船发现了今天的南设得兰群岛中的利文斯顿岛，随后他宣布该岛已为英国所有。英国海军部得知这一消息后，又派爱德华·布兰斯菲尔德与史密斯一起驾"威廉斯号"去发现新的大陆。1820年1月30日，布兰斯菲尔德登上两个岛屿，宣布为英国所有，其中之一就以当时的英国国王乔治三世和不久继位的乔治四世而命名为乔治王岛，另一个则命名为克拉伦斯岛。由于英国已经有了设得兰群岛，这一群岛被命名为南设得兰群岛，而群岛与南极半岛之间的海峡被称为布兰斯菲尔德海峡。

长城站的准确位置是南纬62度12分59秒，西经58度57分52秒，往南与130千米外的南极半岛隔海相望，往北是宽960千米的德雷克海峡，对面是南美洲的南端合恩角。

乔治王岛不在南极大陆，还没有进入南极圈，离南极点还有3100千米。这就引起了一些人的怀疑：长城站的所在地是不是算南极？

实际上，这是混淆了不同的概念。

地理上的南极洲（Antarctica）是指南极大陆及其周围岛屿，其面积约为1400万平方千米。乔治王岛就属于南极大陆周围的岛屿，当然是南极洲的一部分。到了乔治王岛就是到了南极洲，就像到了舟山群岛就是到了中国、到了夏威夷就是到了美国一样。

南极大陆（Antarctic Continent）指南极洲的本土，即位于南极的连成一片的陆地，包括它周围的半岛在内。

南极圈（Antarctic Circle）是指离南极的距离等于黄道斜度（黄赤交角）或约23度27分的纬圈，即通过南纬66度33分的纬圈。

南极或南极点（South Pole）是指地球上最南的一点，或地轴的南端，即南纬90度。

根据这些标准，乔治王岛不在南极大陆，还没有进入南极圈，那么为什么中国和其他8个国家（俄罗斯、智利、阿根廷、巴西、乌拉圭、波兰、捷克、韩国）要在那里建立南极考察站呢？

首先是因为乔治王岛具备了南极的基本特点：常年低温；大部分为冰雪覆盖，包括常年不化的冰盖；气旋活动频繁，风暴频繁而强烈；拥有南极特有的动物如企鹅、海豹等。其次是乔治王岛适合考察站的建立，如离大陆比较近，具备较大的露岩地域，船只容易接近，有充足的淡水资源，站区周围可以开展综合科学考察。当中国于1985年在乔治王岛建立自己的第一个南极考察站时，还考虑到了岛上已经建有苏联、智利等几个站，是南极科考站最密集的地方，便于就近利用邻站的设施，也有利于互相合作、互相支持。

当然，乔治王岛的环境对南极科学考察来说还不够典型，所以到1989年我国又在东南极大陆的边缘建立了第二个站——中山站。要深入南极内陆，最好是在内陆就地建立考察站，俄罗斯的东方站建于南纬78度28分，而美国的阿蒙森—斯科特站就建在南纬90度的南极点上。不过，越往内陆，条件越艰苦，困难越大，维持的费用越高，所以目前各国已建成的近50个常年考察站中，除了美、俄这两个外，一般都建在大陆的边缘或相近的陆地。

怎样去南极

南极与北极不同,北极处在北冰洋中,没有大陆,而南极则有连成一片的大陆,还有周围的岛屿。所以去北极一般只能坐船进入北冰洋,或者让飞机降落在安全可靠的冰上。去南极可有飞机和船两种方法,或者两者兼用。

为了节省路途的时间,一般都可以乘飞机到达离南极最近的南半球国家,如南美洲的智利、阿根廷,非洲的南非,大洋洲的澳大利亚、新西兰等,并尽量到达这些国家最南的机场。如果要去的南极考察站附近有机场,可以继续乘飞机;但如果没有机场,就只能乘船了。

中国的长城站和中山站就分别属于这两种情况:长城站附近有智利马尔什空军基地的机场,能够起降大力神运输机,所以可以到智利南部的蓬塔阿雷纳斯或阿根廷南部的乌斯怀亚搭乘他们的军用运输机。中山站附近没有机场,只能乘船进入。我国的考察队一般是先到澳大利亚,然后搭乘船只到达澳大利亚的戴维斯站,再经过100多千米的陆路至中山站。

全程乘飞机当然最快。但由于航程长,又没有直达航班,最后一段没有正常的民用航线,即使完全顺利,也要花几天时间。从蓬塔阿雷纳斯往乔治王岛只能搭智利空军的运输机，航班不固定，座位有限，得提前预订。每年夏天的12月至次年3月间一般隔几天有一班，其他时间一般每月只有一班，到了冬天基本就停飞了。由于这是独家经营，航程1 000余千米的机票要卖好几百美元，并且供不应求。阿根廷最南部的城市乌斯怀亚有阿根廷空军的大力神运输机飞往乔治王岛，情况与智利的大同小异。至于到达这些南半球城市的航线，自然不止一条，如可以经美国的洛杉矶或纽约到圣地亚哥，如何选择主要取决于航班的衔接和价格。

从上海乘船直航乔治王岛大概要40天左右，不但时间长，而且由于要穿过西风带，风急浪高，一般人都会严重晕船。但大批量的建站器材、车辆、船舶、考察设备、科研仪器、生活用品不可能靠飞机运输，一些海上科学考察项目也只能在船上进行。所以我国的"雪龙号"极地考察船一般每两年一次，由上海往返于长城、中山二站。有的国家没有专用的考察船，就采用临时租船的办法，或将货物用集装箱托运。如2001年正好是"雪龙号"大修停航，第17次考察队所需的多数物资于2000年随第16次队的物资由"雪龙号"运去，其余用品装了一个20吨的集装箱，从上海托运。不过由于智利驶往乔治王岛的船一般没有 20 吨的吊车，等我们在 2001 年 2 月份返回时，这个集装箱还搁在麦哲伦海峡旁的蓬塔阿雷纳斯码头。

到南极去的游客一般都在就近的国家乘船，倒不是他们不想乘飞机，实在是航班太少，一票难求。而且南极各个考察站的接待能力有限，游客大多只能在船上食宿，只在白天下船游览。我在长城站时遇到过好几批游客，都是这样安排的。在我返回前，由美国国际马拉松旅游公司组织的 120 名长跑爱好者乘包租的俄罗斯的船到达乔治王岛，在岛上停留三天。那家公司的总裁告诉我，他们是从纽约乘飞机至智利南部再乘船的，10 天 9 夜的全部收费人均 4 000 美元。

尽管一些国家宣称对南极的一部分拥有领土主权，但《国际南极条约》对此既不承认也不否认，所以目前南极不属于哪个国家所有，去南极不需要哪个国家的签证。如果从上海直接坐船去，只要我国同意出境就可以了。但如果要通过其他国家去南极，就得获得这些国家的签证。我去乔治王岛是持公务护照，进智利可以免签证，但如果持普通因公护照和因私护照必须事先获得智利签证。

谁能去南极

我从南极回来后，遇到我的人都会问我："身体吃得消吗？""南极冷不冷？"或者表示惊叹："你连南极都能去，身体真好啊！"总之，大家都以为南极又冷又艰苦，能去南极的人一定得有非常强健的身体。其实，这是一种误解。

前面说过，南极的考察站一般都建在沿海，海拔不高，不会像去西藏那样有高原反应。南极也有高原，那是在遥远的内陆，一般人不会去，也去不了，所以到南极去不用担心高原反应。南极的气压比较低，但对正常人不会有什么影响。

南极的确是地球上最冷的地方，在沿海地区，年平均气温约为零下17摄氏度，冬季最低气温很少低于零下40摄氏度，夏季的最高气温是9摄氏度。越深入内陆气温越低，1983年7月，位于南纬78度27分、东经106度52分当时的苏联（现俄罗斯）东方站曾测得零下89.2摄氏度，是全球所测得气温的最低纪录。

我们所在的长城站的年平均气温在沿海地区中略高，据1985—1990年间连续观测资料统计，夏季（1月）的平均气温为1.3摄氏度，极端最高气温11.7摄氏度，极端最低气温摄氏零下2.7度。冬季（7月）

的平均气温为零下 8.0 摄氏度，极端最高气温 2.6 摄氏度，极端最低气温零下 26.6 摄氏度。自 2000 年底至 2001 年 2 月，南极这个夏季气温偏低，但我们所经历的最低气温也不过零下 7 摄氏度。当然如果在那里越冬的话必定要经受严寒的考验，但越冬时大多数时间是在室内，由于有取暖设备，完全可以控制在 20 摄氏度左右。在室外活动时有足够的御寒装备，一般人都可以忍受。

不过在南极的实际感觉要比测得气温冷得多，特别是刮南风时。这是因为我们的周围都是万年不化的冰雪，南极平均的冰层厚度超过 2 000 米，乔治王岛上的冰盖也有 100—300 米的厚度，南风等于是从大冰箱里吹来的，自然冷得可怕。对"寒风刺骨"的说法，我在南极真正体会到了，刮风时最好不要有任何部位裸露，所以头上不是用帽子包到只露出鼻孔，就是帽子、眼镜、面罩全副武装。暴风雪频繁是长城站的一大特点，每年风速大于每秒 17 米的天数在 60 天以上，最大风速可达每秒 40.3 米。我们经历过连续三天的暴风雪，最大风速超过每秒 26 米。在这种天气，人在户外不仅会步行困难，而且连站都站不稳，我在拍照和摄像时都感到人晃手抖，不得不靠在墙边。那时的雪不是飘下，而是横扫，打在脸上就像被撒了一把沙子。

南极对人的另一个威胁是强烈的紫外线辐射,我的感觉这比西藏还厉害。即使在阴天,紫外线辐射还有影响,所以外出时在身体裸露的部位得涂上防晒膏。

由于长城站的设施已相当完善,室内的生活条件很好,每个房间有电取暖器,有卫生间、公用浴室随时可用,有设备齐全的厨房和专职厨师,各种生活用品配置十分周到,生活上不会有任何问题。

南极还相当安全,除了各国经过严格挑选的考察队员,能到那里的只有少量游客,停留的时间都很短。当地的动物,如企鹅、海豹、鸥类对人不具有攻击性,如身躯最大的象海豹在陆上的行进速度比人类步行还慢。有人曾在报上胡吹遭遇海狼如何危险,实际上很大的海狼见我们走近时都先往后退。

南极的空气新鲜而纯净,几乎没有细菌。由于没有感冒菌,受凉后不会感冒。那里的水也是最好的纯水,口感比上海的罐装净水或矿泉水还舒服。南极到处有亘古以来就有的"万年冰",我们曾将砸碎的冰块放在酒杯中,会发出啪啪的声音,慢慢融入酒中,喝起来别有风味。

当然南极毕竟是远离人类社会的地方,虽然各考察站都有医生和简单的医疗设备,一旦患了重病还是相当危险的。所以我们事先都经过严格的体检，原来有病的人不能冒险。

在南极的危险主要来自两方面：一是发生意外，如橡皮艇到了海上熄火，如正值退潮，就有漂出海的危险；又如车辆在野外抛锚，或遇到预先没有估计到的恶劣天气等。另一类是没有遵守纪律，如在冰盖上行走时必须结组，用保护绳互相连接，间距保持在5米左右，后面的人必须踩着前面人的脚印等。我们将离开时，三位澳洲登山者全部坠入冰缝，经智利直升机抢救脱险，但两人重伤，一人轻伤。显然他们在没有熟悉情况时就贸然攀登，也没有完全遵守规范。

相比之下，心理素质的要求可能更高些，特别是对将在那里长期工作的考察队员。在南极圈内，每年时间是一半白昼，一半黑夜。乔治王岛虽在极圈之外，但夏季最早凌晨2点过后日出，近晚上22点才日落，而且即使在日落以后，由于太阳离地平线不远，天也不会全黑。冬季正好相反，白昼时间很短。连续几天暴风雪时，无法外出，如果没有事可做，就会相当无聊。越冬时各站都不过十来个人，有的更少，除了日常的维护之外没有什么事可做，与外界联系很困难，看不到电视、报纸，听不到广播，得不到外界的信息。吃的喝的全部是一两年前的储备，必定相当单调乏味。在这样的环境，要是没有良好的心理素质，难免不发生精神障碍。

所以，如果只是到南极去旅游几天，只要没有什么病就行。如果参加考察站度夏，对身体也没有特殊的要求。越冬的要求较高，但心理素质更加重要。正因为如此，今后如果你有去南极的机会，只要体检合格，千万不要犹豫，大胆地去吧！

我在南极做了什么

我在南极长城站实际生活了59天，时间不算长，但也不算短。作为人文学者的首次南极之行，究竟我在那里做了什么？是不是完成了此行的目标？一定是读者所关心的。

由于交通工具的限制，也由于2000年气候的异常，我们的足迹没有能跨出乔治王岛的菲尔德斯半岛和毗邻的纳尔逊岛，活动半径不超过25千米，所以我的见闻和经历很有限。如只见到过一次鲸，还是在相当远的地方；没有见过企鹅中体型最大的品种帝企鹅，没有见过或尝过新鲜的磷虾。何况我们只是度夏，自然无缘见到一般都是冬季才出来的极光，也没有体会连续的极夜。特别是由于我们基本上都是集体行动，没有遇到意外和危险,这当然是好事,却使我们的经历更加平淡无奇了。不过,我宁可这样的平淡,也不愿意产生那样"惊心动魄"的故事,或者为了吸引读者而无中生有,妙笔生花。

作为人文学者,我们去长城站并不担负具体的科学考察或站区维护的任务,但也是中国第17次南极考察队的正式队员,所以首先是做一名普通队员,与大家过同样的生活,参加同样的日常活动。夏季的一项重要任务是站区维护,有干不完的活,如敲冰、除雪、开路、铲锈、刷油漆、清油罐、整理食品、清除垃圾……我都体验过,轮流帮厨也都参加。当然我们参加的时间都比较短,干的活比较轻便,主要是一种体验,但我觉得尽了心,尽了力,所以也有了体会。

其次就是参观访问,我们一起访问了智利的马尔什基地弗雷总统站、俄罗斯的别林斯高晋站、乌拉圭的阿蒂加斯站、韩国的世宗王站和捷克的埃柯站,参观它们的设施,与站长和队员交谈,了解他们的情况,参加他们的一些活动,还考察了由德国和智利进行了多年联合观察的阿德雷岛企鹅繁殖地。如果说以前只知道"地球村""国际大家庭"的概念,那么这些活动就是最好的体验。由于我经常担当翻译,所以与各考察站站长有更多的接触和了解。特别与捷克埃柯站——这个乔治王岛上唯一的民间站的站长耶达作过长时间深入的交谈，对他的经历和理念有了更深的理解。

当然，最重要的或者花时间最多的活动还是没有什么活动——留给我们自己观察和思考。初到南极，呈现在我眼前的景色是那么简单：白的是冰雪，黑的是裸露的岩石；又是那么荒凉：没有树，连草也没有一棵。但一次次在海滨散步，在风浪穿行，在荒原跋涉，在冰盖行走；一次次与企鹅交谈，看海豹休憩，与海狼游戏，为海鸥祝福；向冰山致意，迎来冰盖上升起的朝日，送走消失在波涛中的夕阳，挽留短暂的月光，寻找偶然见到的南极星，我终于发现，南极同样充满了生命的气息，同样有自己的春天，同样有人类的朋友，同样值得我们亲近。

即使是在暴风雪持续肆虐，我不得不整天在房间里望着窗外的惊涛骇浪，忍受狂风袭击的一次次震荡的时候，我也以一名历史地理学者的本能，从光盘中纵览古今，在电脑上写下我的感受，而且还没有完全找到答案，来不及写下的或许更多。我想到了：为什么发达而丰富的中国传统文化培育不出杰出的科学家和探险家？为什么中国直到16世纪才出了一位地理学家和考察家徐霞客？为什么近600年前郑和七次下西洋既没有导致新大陆和新航路的发现，也没有给中国留下什么遗产？为什么实力远不如明朝的西班牙、船队规模远不如郑和的哥伦布和麦哲伦却能发现新大陆或完成环球航行？为什么到16世纪明朝人还不知道台湾比琉球大而将它称为"小琉球"？为什么200多年前的中国对南极的发现一无所知？为什么南极地图上遍布西方人命名的地名？中国人将怎样面对未来的海洋和未来的南极？这些问题我并没有完全找到满意的答案，但更加坚定了一个信念：历史不能重演，未来可以选择。

  通晓英语使我意外成为长城站的首席翻译，长城站和智利弗雷总统站双方庆祝中智建交三十周年的集会，站长出访和其他站长来访，韩国政府代表团来访，菲尔德斯半岛环境保护国际讨论会，与德国科学家商谈，与智利站交涉托运蔬菜，智利技师辅导橡皮艇日常维护等，都由我担任翻译。由于外国人的母语大多也不是英语，所以有些人的英语很差，甚至夹着不少西班牙语，有时只能半译半猜，或者互相比画。这时，不懂英语的队友可能比我有更强的理解力。我还为站里写过赠送外国站的贺卡、邀请书、收据，为"鹭江杯国际钓鱼大奖赛"填写过奖状，当过裁判，替在长城站前海面游泳的王刚义写过公证书，有些对我来说也是第一次。这第一次居然是在南极完成的，自然出乎我的意料。

现在我想大家都会同意我的看法，我的南极之行是值得的，有吸引力的。我希望我能有更好的机会，也希望大家有更多的机会。在大家还没有机会之前，我有义务与大家分享我的经历和体会。

我平时有记日记的习惯，所以从此行开始策划至我从南极返回，都有逐日记录。由于出发前就准备将文字整理成书，所以在南极期间的日记特别详细。此外，我还为多家报纸写了一些报道，发表了一些文章，记录我的南极之行。

自长城站返回后，我通过有关部门汇报我在长城站期间了解的情况，对我国的南极战略、极地考察、考察站的经费和人员待遇等提出建议，得到时任主管、国务院副总理温家宝的批示，对推动南极事业的进展起了些微作用，更觉不虚此行。

01. 飞向乔治王岛

2000年12月7日—2000年12月12日

这是我平生最长的一次航程——从北京飞巴黎、圣地亚哥、蓬塔阿雷纳斯、乔治王岛。其中从巴黎至圣地亚哥的航程长达16个半小时，也是我经历的最长单次航程。

这是我第一次搭乘军事运输机，并且是穿越南美洲与南极洲之间的德雷克海峡。登机前，我们每一个人都签下了一切后果自负、生命财产的损失决不要求赔偿的"生死状"。

这是我第一次飞越和到达南美洲，第一次到达西半球的南半球，当然也是第一次进入南极洲。

北京到位于乔治王岛的中国长城站的直线距离是17 502千米，我们实际飞行的距离超过25 000千米。

从北京出发时是朔风劲吹的冬天，到达巴黎时却像细雨绵绵的深秋，在圣地亚哥正遇上骄阳似火的炎夏，而乔治王岛上依然天寒地冻,尽管按季节已是初夏。

当我踏上乔治王岛,感觉就像到了另一个世界。

这是真正的天之涯、海之角!

2000年12月7日,星期四　北京晴

由于集体行动,欢送、媒体采访、合影、繁琐的出境手续结束时,我已成为这一航班的最后几名登机的旅客,刚在经济舱25排F座坐定,飞机已滑出停机坪,上午10时50分准点起飞。

这是一个漫长的白天,经过8 200余千米的飞行,北京时间晚上近10点到巴黎戴高乐机场,由于时差,当地时间还是下午3时,正下着绵绵细雨。

往圣地亚哥的班机在F区。我们从中转处下楼,乘机场的穿梭交通车,转了一大圈后才到F区楼前。乘电梯上楼后得通过安检,但当时旅客很多,我们就在一边坐着等候。安检速度很慢,有人嫌这里气闷,跑到楼下去。楼下虽有看得见户外的门窗,但也是一个安检入口,范围不大,又不便久坐。周国平一心想欣赏塞纳河畔的雨色,转机的时间虽然长达9个多小时,却不能离开F区,只能听着雨打玻璃窗的声音,看着雨中的戴高乐机场出神。

终于等到了 10 时半，预定的登机时间到了，告示牌上却迟迟不出现登机的字样，广播里也没有发出通知，晚点已成事实。幸而推迟的时间有限，10 时 55 分开始登机，也是法航的波音 777 机，400 余个座位几乎全满。晚上 11 时半起飞，不久供餐，离法航上一顿饭已经十几个小时，早已饥肠辘辘。但在这条航线再也不会有中餐供应，这可苦了几位不习惯西餐的队员。吃完饭后很想睡觉，不过此时已是北京时间次日上午，生物钟一时还调不过来，只能半睡半醒，闭目养神。

2000年12月8日，星期五　圣地亚哥多云

我不时注意座位前屏幕上的航线图，飞机从巴黎起飞后向西南而行，飞出法国后在比斯开湾上飞了一段，又进入西班牙和葡萄牙上空，然后一直在大西洋上空离非洲大陆不远处继续飞向西南方，在西非的达喀尔附近逐渐远离非洲，飞往南美洲。我坐在机舱的最后一排，又靠着走廊，进出方便，还能坐一会就起来到舱后转一圈，喝些水，遇到其他队员聊聊天。医生和我的经验都告诉我，长途乘飞机要多喝水，多走动。北京时间 14 时 10 分过赤道，这是我第二次进入南半球。不久就进入巴西，这是我第一次进入南美洲，同行的其他人也大

多是首次。有几位到过南极的队员以往都是乘船去的。快到16时，左侧的天空出现了一条金色的云带，我们拿着相机或摄像机，聚在机尾的窗口，平生第一次观赏南美洲的日出。但今天东方的云层较厚，只能看到一片越来越红、越来越亮的云霞，待见到太阳时，它已在云层之上。

飞机在巴西上空飞了很长时间，然后进入乌拉圭，在抵达前1小时余供应早餐。飞机下降后，可以清楚地看到拉普拉塔河宽阔的河口。这世界上最宽的河口真宽得像大海一样。飞机在阿根廷一侧盘旋而下，于当地时间上午9时45分降落在布宜诺斯艾利斯机场，历时14小时，行程11 200余千米。南美洲正是初夏，室外气温摄氏30度。候机室中虽有空调，穿着衬衫也还有些闷热。

休息约半小时后登机，仍坐原位。本以为下去了不少旅客会空一些，谁知新上来的旅客照样将机舱坐得满满的。当地时间10时半起飞，行程1 400余千米，比上海到北京还远些，但与巴黎过来的漫长航程比，实在已很轻松了。途中用午餐。在阿根廷与智利边界飞越安第斯山脉，从左右两侧机窗看去，山峰顶上都是皑皑白雪，在阳光辉映下十分壮观，与飞机的距离很近，看着十分真切。右侧窗外有一片雪覆盖几座山峰，尤其显得高峻闪亮，应该是安第斯山的主峰所在。山峰未尽时飞机已开始下降，当地时间下午1时余飞抵圣地亚哥机场。

海洋局极地办驻智利办事处主任王勇等人来接，因为人多行李多，费了不少时间才等全，一辆旅游大巴底下的行李舱全部塞满，小件行李只得搬上车去。

大约40分钟至办事处，是一座独门带花园的两层小楼。四周也都是类似建筑，环境清静。办事处平常住着主任王勇和他的太太小董，负责接待过往考察队员和有关人员，运送物资，与智利方面联络交涉，也是海洋局与长城站的中间站。

取下行李后由王站长配房，我还是与唐师曾住在二楼的一间。一下子来了二十几个人，楼里到处住得满满的，有的房间四人合住，连客厅里也放了五个床垫。国家自然科学基金会的罗主任与王博士将与我们一起去长城站考察，也住在这里。

智利时间与北京时间正好差12小时，但目前是夏季时间，比平时快1小时，实际与北京时间相差11小时。从电子表上看，气温摄氏33度，海拔约500米。

2000年12月11日，星期一　圣地亚哥晴，蓬塔阿雷纳斯多云间阴，有时小雨

清晨5时起。将留下的两个箱子送到王勇处保管，就准备出发了。6时10分车到，装完行李后就直奔机场。圣地亚哥依然天气晴朗，昨夜一轮满月的残影还映在天际，朝阳已使安第斯山的雪峰熠熠生辉。由于日温差大，清晨的凉风正好让队员们多穿上些衣服，以减少托运的行李。不过有的队员衣服穿得过多，搬运行李后已汗流浃背。

进候机室后见到小董，她说时间已紧，各人尽快将行李送进去。使馆张处长及王勇已等在办理登机手续的柜台前。显然他们已经与智利航空公司方面接洽，结果公私行李均顺利托运，全部没有付超重费。护照交集中办理手续后又发还，并发各人登机牌。入候机室后来不及坐下，就上车送往登机处。

今天这架波音737飞机只留下1个空位。另一些乘客随身也带着不少器材，显然也是去南极的。8时10分起飞，因为不坐在窗口，只能偶然望一下，左侧还是安第斯山脉，雪峰绵延不绝，右侧也是山岭，还没有见到海。

至特港停机，有旅客上下，但其他旅客只能在机上

等候。上来的旅客不少，机上还是满座。半小时后起飞，平飞后供正餐，已经完全是智利餐了，但还能够接受。偶然能从窗中看到海面，应该是太平洋，多数时间都是茫茫云雾。

12时半至蓬塔阿雷纳斯。机场很小，出口处连行李车也找不到，我们一大堆行李，只有几位先下来的人拿到了行李车。我们在当地的代理是一位瘦小黝黑的中年人，能说英语，但发音不准，听起来有点吃力。他定好的一辆大巴已等在外面，行李装好后就驶往城里的旅馆。

蓬塔阿雷纳斯离圣地亚哥有2 400多千米，位于南纬53度10分，虽然只有10多万人口，却是智利最南的城市，也是世界上最南的城市之一，已接近南美洲的最南端——位于南纬55度59分的火地岛合恩角。从圣地亚哥来到蓬塔阿雷纳斯，正好从初夏进入深秋。今天蓬塔阿雷纳斯的最高气温是摄氏10度，与圣地亚哥的最低气温相同。我们大多穿上了羽绒考察服，坐在车上并不觉得热。

机场离城内较远，开始公路两旁只有一些农舍，相当荒凉，稍后才见到一些房屋。行驶约20分钟后方进入一条干道，左右车道间有宽阔的隔离带，种着大片树木与草坪，不少树木已相当高大，显示这个城市已并不年轻。街区间的广场不断可见到不同的雕塑，其中有麦哲伦。城里一般都是一两层的建筑，仅中心区有几幢稍高的楼房和教堂。经过市中心后，地势逐渐下降，前面已看得见海，汽车停在萨伏伊（SAVOY）旅馆前。这是一座两层楼的中等旅馆，长城站的往返人员一般都住在这里。房间已经排定，我与唐师曾住218室。

王站长通知大家，8时前必须返回，以便布置明天出发事宜。极地气候多变，由蓬塔阿雷纳斯飞往乔治王岛的飞机的起飞时间很难确定，队员们得随时听候来自机场的消息。近期是旺季，往返的各国考察队员和旅游者都比平时多。由于预订机票时就没有订到24个座位，只能留下5位队员在12月13日出发。如果气候不正常，航班随时可能推迟、提前或取消。

蓬塔阿雷纳斯与长城站所在的乔治王岛隔着一个德雷克海峡，没有班轮，只有一些考察队或旅游团自己有船或能够包船，智利空军的运输机是唯一的交通工具。旺季机票难求，价格也不菲，只售单程票，960千米航程，每张380美元。但夏天一过，飞机班次减少，有时一个月才有一班；每年4月至7月就完全停飞，再多的美元也无法买到机票了。

回房间整理一下后，与唐师曾外出，正好周国平与何怀宏也要出门，就一起先向海边走去。眼前就是著名的麦哲伦海峡，以前只是在地图上看到，如今站在岸边，但见天低云暗，涌动的海水也呈灰黑色，此外并不见得什么异样。这一带的海峡很宽，对面的火地岛上只见山峦起伏，远处的山巅有积雪。早在小学的常识课上就学到，麦哲伦环球航行，证实了地球是圆的。400多年前，麦哲伦的帆船经过远航到达南美洲大陆的南部时，幸运地发现了这条水道，进入了南美洲另一边的太平洋。尽管当时麦哲伦对南美大陆和这条海峡几乎一无所知，而且越深入海峡处境越是险恶，但他还是一往无前，终于完成了这项空前壮举。而同时代国力远远强于西班牙、葡萄牙的明朝，却在郑和下西洋结束之后就闭关锁国，最多只是默许民间的走私贸易。其中原因实在值得深入研究，深刻反省。

晚上8时半集中到一个房间开会，站长布置明天早晨5时早餐，5时3刻出发去机场。从代理得到的最新消息，明天下午还有一班飞机去乔治王岛，所以他建议原定后天出发的5名队员与大队一起去机场，如果早上的飞机有空位就一起走，如果没有也可以等下午的一班。

2000年12月12日，星期二　蓬阿雷纳斯塔多云，长城站阴

早晨5时3刻车来，到机场后折向候机楼右侧的一个大机库候机。在新奇感的驱使下，队友们迫不及待地去拍那架将要载我们去南极的美制大力神运输机。可惜由于停机坪在整修，旁边搭着脚手架，很难找到一个合适的位置。代理拿过来一叠文书，要求每人在一份文件上签字。同时告诉大家，今天上午的飞机尚有空座，原来打算留下的5名队员可以一起出发，高兴得他们跳了起来，我们也都庆幸全队能同时到达。事后得知，以色列驻智利大使、武官等人都乘这架飞机，或许是预留的坐席有了富余。因为事先知道要办这样的手续，大家都连内容也没有看就签了名。我取过一份看了一下，大意是智利空军对旅客之生命、财产、行李等均无赔偿责任，一切行动必须服从机组人员，安全第一，飞机起飞与降落时不得起立，机上不得吸烟，不得携带武器、爆炸物、酒类等。这是一份典型的"生死状"，签了名的人就意味着将自己的一切都交给这架飞机，听天由命了。但除非乘船，这是去南极的唯一途径，要不签字就别上飞机，打道回府吧！不过由于这种美国军用运输机性能不错，智利空军的素质也相当高，此条航线一直没有发生过什么事故。根据签好的文件发登机牌，

代理特意说明,登机牌有两联,今天用一联,另一联要保存好,就当返程机票。行李没有什么托运手续,搬上一辆敞开的拖车就行。运输机上没有厕所,登机前得先解决。代理催促上车,全队人员持队旗合影后就登车出发。在飞机前停车后,先上来一名智利军人,用西班牙语大声宣读,也不管我们是否听得懂,算是例行公事,估计是注意事项。下车后见运输机敞开的尾舱里已经塞满了行李和货物,我们带着随身行李,从左侧前部的舷梯登机。

这是我第一次乘军用运输机,所以特别注意。进入机舱,感觉与民航机完全不同。机舱内光线很暗,头部也放着货物,机头上层是敞开的驾驶舱。主舱内左右两列面对面的坐席,共四长排,座位是帆布垫,背后也是以编结的帆布条当靠背,舱壁也都蒙着帆布。我们较早登机的人得沿着左侧的过道走到尾部,再绕到右侧,先坐满右侧的座位。尾部的地下有几根突出的管道,所以专门有一位机员站在那里,提醒我们"dangerous",小心脚下。座位的前侧有3个小窗,但都已坐满了人。忙着拍摄登机镜头的邵滨鸿上来时已只剩下后面的座位,经过一番恳求,坐在窗口的厨师老张与她换了座位。我选择后侧的窗下坐下,但这个窗相当高,要站起来眼睛才够得着,而且正对着发动机,根本看不到窗外的景物。因为没有上下分隔,机舱内显得很高,座位上方不对称地挂着四张帆布床,估计是机组人员睡觉休息用的,但今天也放满了小件行李。机舱上方还挂着几盏照明灯,适应以后觉得光线并不太暗。舱中管道和电线大多裸露,但也不像有些报道中所说的那样杂乱无章,或者到处是悬挂着的电线。坐定后系上帆布安全带,但不必像有人所说的要用绳子缚住双脚。我还注意在座位底下找过,根本没有绳子。坐定后,总的感觉像处于一座车间或仓库。除了我们24人外,机上还有不少智利和外国的旅客,估计可以乘五六十人。

7时50分飞机发动,不到8时就已升空。舱内噪音很大。因为预先有心理和物质准备,戴上耳塞后尚能忍受,并没有传闻的那么厉害。坐在我旁边的卫建敏来自贵阳柴油机厂,他说有些柴油机试车时声音更大。飞机改为平飞后,我试着取下耳塞,感到噪音比以前坐过的伊尔—18靠发动机的座位也响不了多少。今天气候条件很好,飞行相当平稳,与普通民航机相比没有异样,只是因为人坐的方向不是面向前方,所以起飞加速时会左右摇摆。既然不能看机外,我就取出笔记本电脑补昨天的日记,直到电池耗尽。走到前面的窗前望了一下,分不清是云是海。

坐在我们对面一排的几乎都是智利的空军，他们是去乔治王岛上的马尔什空军基地工作的。我们拿出相机为他们照相，也挤到他们中间去与他们合影。一位士兵脱下他的外衣让我穿上，他戴上了我的队员帽，我们就这样照了一张中智军民混合照。

10时1刻飞机开始下降，前面窗口不断传来"看到了""冰盖""我们的人来了"的欢呼声，到10时26分着地，也相当平稳，机舱内响起一片掌声。据说，遇到天气不好，或地下太滑时，常常要降两三次才成功。实在降不下来时，就只能飞回蓬塔阿雷纳斯，等天好了再来试一次。

接近机门时，就感到一股刺骨的强风袭来，下舷梯时竟有些步履不稳。飞机停在一条黑褐色的砾石跑道上，不远处的跑道尽头，是冰雪中一潭碧波。举目四望，除了冰雪，就是褐露的黑褐色岩石，看不到一草一木。一位队员不禁说："我就像到了月球。"据说前几天刚下过大雪，而往年此时雪已化得差不多了。风大得令人站立不稳，好几个人的帽子都给吹飞了。阿正顾了拍摄，顾不了头上的帽子，发现时已被吹出好远。虽然我们都有思想准备，并将能穿的衣服都穿上了，但还是觉得冷，才拍了几张照，手就冻僵了。

16队队长吴金友和部分队员在跑道上迎接我们，虽然大多数都是初次见面，但在如此遥远的地方与同胞同行相见自然分外亲切。外面太冷，我们进入一座大机库，与其他乘客一起等候行李。我的箱子到第二车才到，左边的扣子已经完全摔掉，幸而箱子没有散开。或许是我的箱子太重，或许是军人机员力大无穷，昨天还因经长途运送安然无恙而备受众人赞扬的这只箱子，现在也进入了残疾行列。

借自俄罗斯站的两辆履带式装甲运输车来接我们去长城站，站长安排各人带着小件行李先上车，然后再回来装行李。运输车看起来不大，每辆也能坐十多人。俄罗斯驾驶员放下车后的挡板，大家踩着挡板下的踏脚一一爬进车厢。车内两侧是两排长凳，中间只能席地而坐，现在则用于堆放行李。驾驶员放下蒙布，只听突突几下，车子就怒吼着往前驶去，砾石路高低不平，随着金属撞击石块的声音，车身不停地抖动。听老队员说，途中先经过俄罗斯站，又经过智利站，但因为顶上盖着蒙布，只能从后面的空隙间隐约看到一些建筑物。又见路旁隔一定距离就竖着一根铁杆，这是冬季积雪厚时用以认路的路标。经过一处雪谷，从车后看，两旁积雪比车身还高，中间的路不过与车身差不多宽。

"到家了！"随着一片欢呼声，运输车停在长城站前，老队员在寒风中敲着锣鼓欢迎，下车后来不及细看就被引进那幢白色镶着红边的两层生活栋。各人住处已经安排好，一张打印好的名单和房号贴在楼梯边，我与唐师曾住208室。每个房间十多平方米，由白色哑光复合隔热钢板分隔，外墙中间有一个铝合金长方形窗框，嵌着两扇双层玻璃的窗，上一扇固定，下一扇可以上下推开。我注意到，窗上挂着一块深紫红色的厚窗帘。顶上是装着轻质泡沫板的铝合金吊顶，地面铺着长条地板。室内有两张单人床、两张书桌、两把椅子、一个落地四门大橱，放着一个太阳神牌电热器，装着日光灯、台灯和两个电源插座，型号与国内相同，电压为220伏。靠门是一个小卫生间，有抽水马桶、洗脸盆和一个梳妆架，水龙头中全天有温水。室内温暖如春，丝毫没有寒意。稍后行李运到，我们将箱子中的物品放入每人两格橱中，两只空箱子正好放在橱顶。本来智利与北京相差12个时区，但目前智利正实行夏时制，比平时提前一小时，长城站不实行夏时制，全年都与北京时间相差12个小时，比智利的夏时晚一小时。为了明确这个区别，与周围考察站称之为"长城站时间"或"你们的时间"，以避免联络上的误差。吴站长提醒大家调整好手表，以便按时作息。

坐定后，透过窗户眺望。窗户基本上是正东方向，楼前不远是一片沼泽，大部还为冰雪覆盖，一群贼鸥在上面栖息。旁边有一座蓝色的污水处理房和一座绿色的垃圾处理房，有管道与生活栋相连。再前面就是一个海湾，我们命名为长城湾。近处右侧有一座不大的礁岛，称为鼓浪屿。稍远处左侧是较大的阿德雷岛，也是企鹅的繁殖栖息地，因而又被称为企鹅岛。在鼓浪屿和阿德雷岛之间的远处是我们所处的乔治王岛菲尔德斯半岛的另一面，在一片山岭下韩国世宗王站的红色建筑清晰可见。鼓浪屿右侧和长城湾的海角之间是一望无际的大海，阿德雷岛的北端有沙坝与菲尔德斯半岛相连，但涨潮时会没入水中。沙坝外可以见到智利站和俄罗斯站外的海湾，那里直通外海，大船可以停靠。从韩国站左侧的山背后开始，直到长城湾东北看得到的山岭背后，交叉覆盖着三个巨大的抛物线状的冰盖，也像是三个倒扣的水晶盘，那就是柯林斯冰盖，厚度在100米以上。

中午12时午餐。从早餐至此实际已有8个小时，因为一直处于兴奋之中，也不觉得饿。餐厅连着厨房，就在楼下，可容纳数十人用餐，旁边放着电视机和一套家庭影院，可以放录像和 VCD，唱卡拉 OK，也是歌舞活动室。午餐时新老站长通知，由于 16 队两三天内就要返回，请新老队员间从下午起就对口办交接，下午 2 时其余人员由老站长带领参观站上各处设施。

下午近 2 时下楼，穿上了在北京时发的靴子。生活栋的正门与楼梯间是一个门厅，两壁靠墙装着两排条凳，壁上钉着一排衣钩，供队员和客人出入时换衣换鞋。吴站长见我穿着靴子，告诉我们站区有些地方的积雪还很深，而有些地方已经开始化雪，穿这种靴子不行，让我们到后面一栋的库房中去取雨靴。赵萍在库房整理雨靴，因为都是旧的，看不清号码，我试穿了一双，正好合适。赵萍要大家今天试一下，如发现漏水就来换，如合用就归各人固定使用。雨靴高近膝盖，胶面毡里，上面有绳子缚住裤腿，能保暖，一般水流通行无阻，偶然踩入深雪，雪也不至渗到靴里。

一同参观的，除了我们六人外，还有国家自然科学基金会的罗难先主任和王博士，记者张雪梅和刘弘，王建国站长与赵萍同时与吴站长办交接，也一起参加。

先从我们住的生活栋开始，这是目前长城站最大的建筑物（图1），由极地研究所和上海晓宝公司共同设计、晓宝公司施工，建成于 1996 年，同年第12次越冬队入住。为了适应南极的自然条件，和其他建筑一样，生活栋也建在1米多高的水泥墩钢架上，现在底下还积着厚厚的冰雪。外墙全部是免维护的复合钢板，五年后还是整洁如新，不需要每年油漆或养护。二楼有15间双人房间，楼下有5个房间、洗衣房、储藏室、厨房、餐厅和会议室。吴站长说，生活栋主要的问题是没有洗澡间，洗澡得去后面发电栋二楼，因为洗涤用水和洗澡水都是利用发电机的冷却水，而如果要将较热的洗澡水输送到隔着一定距离的另一幢楼的每一个房间，会增加不少困难。

接着来到站前的国旗旗杆下，风还是比较大，大概是有所适应的缘故，感觉已不像刚到时那么可怕。旗杆树在一号栋前（图2），后面有一块水泥地坪，目前大多还被积雪覆盖，只露出一小片。旗杆两侧分别树立着江泽民主席题写的中国长城站名牌、中国青少年代表访问长城站纪念碑、福建厦门赠送的一对石狮。由于长年狂风暴雪的侵袭，加上强烈的紫外线辐射，金属碑牌上的镀层都已剥蚀残缺，只有凹凸的字形还能辨认。一块巨大的黑色岩石上刻着"长城站"几个大字，下面中英文的铭牌写着：

一九八五年十月七日至十八日，在布鲁塞尔召开的第十三届南极条约协商会议通过的 XIII-16 建议书中，将中国南极长城站竖立的刻有"长城站"的巨石列入"南极历史纪念物名单第 52 号"。全文如下：

52. 为纪念中华人民共和国在南设得兰群岛乔治王岛菲尔德斯半岛建立的"长城站"于一九八五年二月二十日落成而竖立了一块巨大岛石（经度 58°58′.W.，纬度 62°13′.S.），该巨石上刻有用中文书写的"长城站 中国首次南极洲考察队 一九八五年二月二十日"。

52. MONOLITH ERECTED TO COMMEMORATE THE ESTABLISHMENT ON 20 FEBRUARY 1985 BY THE PEOPLE'S REPUBLIC OF CHINA OF THE "GREAT WALL STATION" (LAT.62°13′S. LONG.58°58′W.). ON FILDES PENINSULA, KING GEORGE ISLAND IN THE SOUTH SHETLAND ISLANDS.ENGRAVED ON THE MONOLITH IS THE FOLLOWING INSCRIPTION IN CHINESE: "GREAT WALL STATION. FIRST CHINESE ANTARCTIC RESEARCH EXPEDITION, 20 FEBRUARY 1985".

旗杆前还有一块正方形的水泥坪，供直升机起降，但目前长城站没有自己的飞机。后面一号栋的屋顶有一排低一些的旗杆，供其他站长来访或举办活动时升他们的国旗之用。

随后参观一号栋。在生活栋建成之前，这是长城站的主要建筑，也是当年长城站建成的标志。1985年2月22日，当时的中国南极委员会主任、国家科委副主任武衡率领祖国慰问团就是在这栋建筑前主持长城站落成典礼的。吴站长和16队的一些队员目前还住在里面，但因下水道冻结，在疏通前17队暂时不使用。进门是吴站长的办公室，里面是他的卧室，吴站长说，建站前考察过其他站的设施，这样的安排参考了俄罗斯等站的模式。走廊两边是宿舍，走廊尽头的大间原来用作接待室，现在是活动室和小卖部。每年夏季，长城站都有外国游客来参观，其他站的人员也不时来访，小卖部的纪念品和中国工艺品很受欢迎。吴站长问我们："你们进了一号栋是不是感到比较暖和？其实里面并没有开暖气，主要因为内壁是木结构，所以既保温，感觉也舒服。"

又参观了供应、通信、科研、发电、气象、文体各栋以及车库、码头和山坡上供水的小湖——西湖。虽然是走马看花，但大致明白了各栋的用途和概况，至少知道了办什么事该到哪一栋。总的印象是，站里的设备比较充足，如住的方面，最多时住过70多人，而现在新老队员合在一起不过40人，到越冬时只有12人，绰绰有余。但由于大多建成于十几年前，设计和设施都已显得有些陈旧，亟待更新或改建。

更意外的是，对外的通信联系比想象的要困难得多。据吴站长介绍，站里对岛外的联系主要是通过海事卫星，费用昂贵。无论是打电话还是发传真，每分钟都是8美元，打电话以3分钟起算，对方占线也要收费。发传真按实际分钟计费，但不能用软盘发，得先到气象栋用一台针式打印机打印出来。目前不能收发邮件，更无法上网，要等这次带来的服务器调试好后才有可能开通，正常使用还得等集装箱上的设备到达。集装箱2000年9月份就在上海启运，原来说在我们之前就能运到，现在智利方面的消息是要等到2001年1月中旬。因为话费太贵，一般都去智利站使用那里智利电话局设立的投币电话，每分钟500比索，按智利站里银行的兑换率是1美元。据吴站长介绍，本站也有请智利电话局装投币电话的打算，但因每年6 000美元的维护费没有着落而作罢。由于与国内的时差，我们一般只能在早上或上午去打电话。智利队员也使用这个电话，他们是打国内电话，塞上100比索可以讲好久，有时在电话中聊天，我们只好等待。2000年春节，智利方面为了照顾我们与国内亲友通话，特别通知本站的人上午暂停使用。他这位站长更麻烦，按这里的惯例，站长访问别站要预先通知，对方站要升我方国旗；而且电话就在智利副站长的办公室旁边，中国站长去打投币电话被他见到实在有点尴尬，所以他只能尽量少打，或者利用早上跑步、别人还没有起床时去打。韩国站由于经费充足，向智利电话局申请安装了包月线路，每月付5 000美元，随意使用。吴站长说，我国极地办与所属的二站（长城、中山）、一船（雪龙号）、一所（在上海的极地研究所）每年的总经费是2 800万人民币，而韩国一个考察站一年的经费是800万美元。

原来设想利用网络收发邮件，从网上接收新闻和其他资料，现在都成泡影，连打电话、发传真都将是很大的负担。但我们度夏毕竟只有两个月，将在这里生活整整一年、并度过漫长冬季的越冬队员们，长期看不到国内的电视和报刊，听不到国内的声音，与亲友的联系又如此不便，在生活上和心理上会产生多大的影响？国内有多少人能够体会得到？他们是国家派出的两个南极考察队之一,是13亿中国人中数量很小(两站合计不到30名)的代表,难道不能为他们提供稍为好一点的条件吗?

原定晚6时晚餐,今天因为16队要为17队接风,顺便还招待俄罗斯站站长、两位驾驶员等四人,以答谢他们的帮助,所以开得稍晚。新老站长热情讲话,相互介绍各自的队员。用餐都采用自助式,午餐时每人就领了一个铝盘和碗筷,在餐厅旁的小间一排电饭锅上打饭,在厨房窗台前长桌上放着的菜盆中取菜,外国来客是如此。今天的菜相当丰盛,还有各式酒和饮料。据说中国饭菜是长城站的"三宝"(另"二宝"是驳船和18吨大吊车,为其他各站所无,因其他国家使用的船舶都没有雪龙号那么大的吨位)之一,名闻乔治王岛各站,且长盛不衰,各考察站都乐意应邀来站,以便找个尝中国饭菜的机会。饭后一些队员打开VCD唱歌娱乐,大概来南极的厨师都会唱歌,16队的厨师李刚也能歌善舞,十分投入,比我队的厨师张来胜似乎更胜一筹。在餐厅坐了一会,回室休息时下面还很热闹。

刚坐下不久,就见海滨有三只企鹅,唐师曾等人正围着摄影。企鹅还真友善,第一天就主动上门了。我赶快穿上外衣，背上相机出去。第一次见到这些可爱的小家伙觉得特别有趣，远远地跟着它们走了一段，慢慢离它们近了。大概这只是初次见面，企鹅们不想久留，不久就下海远去了。返回时见一号栋的旗杆上升着俄罗斯国旗，显然是站长来访的缘故。

回到餐厅，俄罗斯客人还没有离开，与他们谈了几句。站长名奥列加，能讲英语，他说还没有去过中国，但与中国的考察队一直打交道，俄罗斯别林斯高晋站与长城站关系很好。一位驾驶员稍能说些英语，来自圣彼得堡。另两位只会说俄语，邵滨鸿与他们交谈得很热烈，他们还给她取了个俄文名字"舒拉"。我自幼读过《卓娅和舒拉的故事》，问他们"舒拉"的名字不是男性吗？他们说男女都能用。

晚上风越刮越大，终夜不止。后来听气象员杨志彪说，风速达每秒17米，阵风8级。回到房内记日记，今天的内容相当丰富，但已很疲倦，到晚9时多在床上躺了一下，起来继续记。阿正来通知，因为智利飞机时间变动，16队决定明天下午就离开，所以他与邵滨鸿得抓紧时间采访。我建议将准备发出的文件用软盘交给16队带往王勇处发出邮件，三四天间也可以收到，可暂时解决通讯的困难。记了一会，仍然很累，就睡了。到11点多何怀宏不停敲门，起来后知道是阿正将人文队的队旗交来让各人签名，何已签毕。唐师曾已睡，我告诉他明天才能签完。接着就签名，为抓紧时间，签完后就交阿正转给邵滨鸿。12点多再睡，窗外的天色还是像傍晚一样。凌晨3时醒来，见窗帘中透出亮光，拉起一角，见天已大亮。要不是有这块厚窗帘，这觉大概是睡不好的。

02. 长城站初体验

2000年12月13日—2000年12月18日

《当代中国的南极考察事业》一书是这样介绍长城站的：

中国南极长城站建于1985年2月20日，坐落在西南极洲南设得兰群岛的乔治王岛上，其精确位置是南纬62°12′59.32″，西经58°57′51.87″，距离北京17 501.949千米，与北京的精确方位角为170°38′27″。

长城站所在的乔治王岛,是南设得兰群岛中最大的一个岛屿,北面邻德雷克海峡,与南美洲的合恩角相距960千米,南面隔着布兰斯菲尔海峡与南极半岛相望,距离约130千米。

乔治王岛面积1 160平方千米,其中90%被冰雪覆盖,冰盖平均厚度约100米,最厚可达350米。

长城站建在乔治王岛西南部的菲尔德斯半岛的南端。这个半岛属于无冰盖区,在南极夏季期间,除山峰和阴面地区的冰雪不融化外,其他地区的冰雪都会融化。半岛南面,隔着狭窄的菲尔德斯海峡,是终年被冰雪覆盖的纳尔逊岛,这里为冰川考察提供了良好的场所。

长城站站区南北长2千米,东西宽1.26千米,占地面积2.52平方千米。站区系火山岩组成的丘陵地形,呈台阶式,西高东低,坡度为3—5度,平均海拔高度10米。地表面由卵砾石和砂石组成,平均1.2米以下为永久冻土层。

长城站区三区环山,一面临海。周围的山分别被命名为龟山、蛇山、平顶山、西山、八达岭、山海关峰、望龙岩、栖凤岩等,其中山海关峰最高,海拔135米。东南靠海,海岸线较长,海滩平坦开阔，适于建造小型码头和小艇登陆。往东离开岸线是长城海湾，其最大潮差为 2.2 米。再往东 1.9 千米，有一小岛，取为阿德利岛，是企鹅繁殖、栖息的好地方。岛上有帽带企鹅、阿德利企鹅和巴布亚企鹅，总数愈万只。

长城站的气候与南极大陆相比，温和湿润。据 1985 年以来连续观测资料统计表明，夏季代表月一月份的平均气温为 1.3 摄氏度，极端最高气温 11.7 摄氏度，极端最低气温零下 2.7 摄氏度；冬季代表月七月份的平均气温为零下 8.0 摄氏度，极端最高气温 2.6 度，极端最低气温达零下 26.6 摄氏度。年降水量 220 毫米以上，以降雪为主。月平均降水量最大可达 150 毫米，最小不到 20 毫米。相对湿度的年平均值为 88%。暴风雪频繁是长城站的最大特点，每年大风（≥ 17 米 / 秒）日数在 60 天以上，最大风速可达 40.3 米 / 秒，个别月份大风日数可达 16 天之多。

行前不知已看了多少遍，但到了长城站，才真正理解了这些看似枯燥的数字；而参加了南极考察队的活动后，才开始体验了长城站的真实含义。

2000年12月13日，星期三 多云

　　大概是时差还没有完全调整过来，到凌晨4点多又醒了，在床上拖了一会，已睡意全无，只得起身。窗外风声呼啸，似乎比昨夜更大。续完昨天的日记。7时半早餐，有面条、炒饭、花卷、稀饭。早餐时有两位外国人进餐厅，坐着喝咖啡，听说是捷克站的，路过休息。

　　饭后问王站长上午有何安排，说基金会罗主任等要去智利站参观，我们可以自行安排。又得知由于航班未定，16队今天肯定不会走了。正在房内续写途中未写毕的报道，阿正来说站里让邵滨鸿联系俄罗斯站派车来接，可以一起去智利站参观。再请邵问站长，得知9时出发，还说10点钟智利站的体育馆有个什么活动，具体内容不大清楚。这里外出得提前准备，涂防晒膏、换墨镜、穿戴外衣帽子、换水靴，得花好几分钟。稍后俄罗斯的"坦克"（大家都这样称呼这两辆履带式运输车）驶到，王建国、赵萍、基金会罗王二人、我们六人、张雪梅、刘弘一起去。邵滨鸿因临时接到国内电话迟到，上车时已没有座位。我给她让了座，蹲在车尾，坦克极颠，幸而路不长，勉强坚持。

　　俄罗斯站前也按惯例升起我国国旗，站长奥列加在门前迎接。他领我们来到站内的活动室，墙上挂着俄国探险家别林斯高晋和阿卡廖夫的画像。别林斯高晋是俄罗斯最早到达南极的探险家，所以不仅南极半岛西部的海域被命名为别林斯高晋海，这里的考察站也以他的姓氏命名。该站建于1968年2月，规模为俄罗斯第二。当年苏联曾在南极建有8个考察站，现在还维持着5个。站长说他的任期为两年，中间没有休假，但因通信便利，家属对他也很支持，所以没有什么问题。俄罗斯站的设施虽显得陈旧，但基础很好，电脑等设备也齐全，特别是室内都很宽敞整洁，陈设雅致，气氛温馨。最后到站长室，显然这就是我们站一号栋站长室的蓝本。陪两位站长聊了几句，兼作翻译，脱身后就到室外看看。海滨有一群企鹅，过去拍了几张照。

这时见远处雪地上有人陆续向智利站走去，看时间已接近10点，我们也随之而往。积雪还很厚，走起来相当吃力，为安全起见，我都沿着前面人的脚印走。我从未到过智利站，但看见前面的人都消失在一座长方的大建筑物前，估计那就是体育馆。果然门上写着GYMNASIUM（体育馆），推门入内，见里面已聚集着一些穿着不同颜色和样式考察服的各站成员，穿着深蓝色羊毛内服的智利站长和下属正在招呼客人。

又见到了今天早上在餐厅的那位大胡子捷克人，交谈中得知捷克站是这里唯一的民间考察站，只有几个人，他就是我在国内看到过的报道中提到的站长，这次他来两个月，以前曾来过多次。

10点稍过，仪式开始，智利人员将来宾引至体育馆前面，在一条线外站好，讲台旁站着身穿笔挺西服和军装的几个人，格外引人注目，扩音机中奏起不知哪国的国歌。等讲话开始，才知道这是以色列驻智利大使馆举办的以色列文化周活动的一部分。仪式主持人简短致辞后，一位以色列军官向智利站赠送礼品，接着一位以色列官员介绍以色列的情况，宣传各方面取得的进步和成就，印象特别深的一句话是："650万来自世界各地的以色列人在沙漠中建成了人间天堂。"以色列是否人间天堂自可别论，但所介绍的内容的确具体而雄辩，以色列人办事的效率和态度也令人敬佩。为了在这里向总数不满100位的各国考察队员作宣传，他们不仅准备了多媒体演示，在馆壁悬挂了图片文字，还备有中、韩、英、西班牙文的资料和明信片，供与会者索取。

仪式结束后自由参观和交流，智利站员送上咖啡茶水。遇到韩国站管理员Koo先生，他特别强调姓Koo，而不是Cool（酷）。我为他与王站长翻译，约定12月29日借用我站驳船，三天内将由他们的站长来电确认。

王站长要我告诉他，我们的新快艇是双机75马力，与他们现在用的一样，由集装箱运到后将请他们协助培训一下。那位以色列官员身边围着的人逐渐稀少，我过去与他交谈。在智利时从电视中得知以色列总理巴拉克已宣布辞职，我问他近日形势，他说国内正准备议会选举。我问巴以和平的前景如何，他出言相当谨慎，只说此问题十分敏感而复杂，但以色列决心寻求和平。最后我问了他一个个人的问题，由于以色列人大多迁自世界各地，我想知道他是否移民，他说他出生在以色列。事后得知，他是以色列国驻智利大使，那位军官是武官。他们也是昨天上午到达，与我们坐同一架飞机，怪不得有一群外国人在起飞前才登机，并坐在门口，到达后马上离开。曾做过驻中东记者的唐师曾说，以色列人行事高度保密，事先绝不让人知道。他已与那位武官交谈，得知他曾是先进的喷气战斗机驾驶员。

随王站长等往站长办公室拜访智利弗雷总统站巴斯库尼亚站长。稍坐了一会就找到邮局，想往家里打个电话。邮局只有一间小屋，坐着一位办事员，正为一位顾客办事。他很热情，特意请那位顾客稍等，将我领到另一幢建筑物中的投币电话室前，原来阿正、邵滨鸿、周国平、何怀宏都已在，有的已打通了电话。

等电话机一空我也往家里打电话，投入500比索后，居然一下子就接通了，但只听见女儿在问我，她却听不见我的声音。我意识到应该按应答的钮，可是戴着墨镜看不清电话机上的标志，摘掉墨镜看时，见机上的文字早已模糊不清，这时女儿已挂断了电话。问了其他人，知道应该按第二个按钮。可是再拨家里的电话时，每次都是忙音，大概女儿在上网了。直到离开前，我准备再最后试一下，居然拨通了，刚才女儿果然是在上网。妻女听到我从南极传去的声音，异常兴奋，提前祝我生日快乐。其实不用讲什么话，相互听到声音就够了。王站长等也来打电话，我们由吴站长指引步行回站。

沿途见到海滨有不少企鹅，就分散去拍照了。我发现有几只企鹅站在山坡的雪堆上，黑白相映，非常鲜明，就爬上坡去摄影。

海滨还看到一些白色的软体长条，粗细不一，像蛇一样盘着，有的很长，谁也不知道是什么东西，有人说是一种海洋动物，有的说是动物的排泄物，也有人以为是动物产的卵。以后查了书，知道是南极长带海鞘。

步行经过雪谷，才真正体会到积雪的厚度。这条道路在这里正好通过一个山谷，冬天风将雪吹到山谷，堵塞道路，得不断用推雪车清除，而两旁清除不到的地方雪越堆越高，形成这样一道雪中的峡谷。我们走到中间，见两旁积雪还有一人多高，由于长期堆积，下面已结成冰，像两道整齐的玻璃幕墙。

又经过一条小溪，上面还覆盖着冰雪，但下面已经可以听到淙淙水声。有的地方，流水已破冰而出，薄薄的冰层边缘形成多姿的冰花。厚的冰层上则挂着冰凌，像古洞中的钟乳石那样，许久才掉下一个水滴。水旁松软的沙土上长着一片苔藓，在黑白相间的地上渗入一片嫩黄。俯身细看，它们的颜色竟也相当丰富，有绿的、黄的、棕的、紫的，上面还长着黑色的小花。这景象，分明显示着南极也有春天。

到站已过下午1点，用餐后回不了屋，因为唐师曾将钥匙留在室内了，只能等赵萍回来借公用钥匙，以后我们干脆不锁门了。整理完今天的照片，睡了约半小时。到阿正房间去，建议带来的信封有机会就要盖戳，随时备用。见他十分疲惫，原因之一是这两天不断拍片，我劝他拍片的事要从长计议，突出重点，不要太劳累。

何怀宏说早上捷克人来时，还带着一个7岁的小女孩，是划船过来的，因为风大回不去，在油库附近的海滨搭帐篷住下了，等风小再回去，提议去访问。问了邵滨鸿,果然如此,就商定6个人一起去。这时已5点半,我建议不如晚餐后再去。

晚6时3刻出发,除我们6人外,刘弘也去了。先由油库边沿着海滩向前走,再往前就没有脚印了。平地和谷地都还有积雪,不知深浅,一般只能顺着前面的脚印走。而山顶、山脊、陡坡大多没有雪,看得清路,比较安全,所以我们尽量沿着山脊走。在山顶俯瞰,长城站尽收眼底,拍了几张照。再往前上山,就看见了海对面纳尔逊岛上的大冰盖,纳尔逊冰盖比柯林斯冰盖更大更厚,据说超过300米。这一带都是高坡,而捷克人的帐篷在海滨,必须找一条路下去。下去的距离并不远,但望着软绵绵一片白雪,不知道究竟有多深,特别是中间到底有没有更深的沟坎。往前走会越走越远,只能慢慢试着下坡,虽然也有几步积雪没胫,但总算平安无事。一顶深绿的帐篷孤零零地迎着寒风,却不见捷克人的踪影,但他们的睡袋还在里面,说明并未离开。旁边还有一个旧集装箱,是长城站留着的临时避难所,里面有些简单的家具。转了一圈不见捷克人回来,想起晚上还有会议,我建议返回。途中见到一对企鹅,我耐心等待它们出现合适的姿态,照了一张。回去后给唐师曾,他说这张照得不错。8时45分回到房间,已经浑身是汗,这里外出很麻烦，衣服穿少了会冷，但爬山、上坡、踩雪很累，时间稍长又会出汗。

晚9时在餐厅开会，站长布置明天上午举行新老队交接及升旗仪式，10时半欢送16队归国，下午6时举行庆祝中智建交30周年活动。赵萍讲作息时间及帮厨安排，即日起按排定的次序执行。

整理照片入电脑，颇费时间。续写报道，很倦，至12时半睡，窗外还看得一清二楚，像阴天的白天一样。后来得知今夜的月色极好，张雪梅还说从来没有见过这样大的月亮，莫非比我在圣地亚哥见到的还强？可惜睡前没有外出，错过了比较的机会。

2000年12月14日，星期四　阴，下午有小雪

清晨5时起床，风已止，试开窗，也不冷，只是天阴。

将给《文汇报》的报道写毕，又拟致家中的邮件和给两位副所长的邮件，以报道的部分内容改写为送《青年报》的"日记选"。早餐后将这些邮件整理在一个软盘上交给阿正，后来他又让我托付给16队队员，请他带给王勇代发。

8时半，新老队员集中到旗杆前，举行交接与升旗

仪式。邵滨鸿担任主持人，不过今天她却没有在中央电视台"东方之子"中当采访者那样的风采，宣布"仪式开始"这句话，第一次话没有接上，第二次忍不住笑了，第三次才说成。吴金友向王建国转交国旗，由17队两位越冬女队员赵萍和林清担任旗手，升起这面国旗。由于在仪式开始前有人说过，按惯例升旗后新老队员要互相拥抱，并表示这次将要瞄准两位女队员，她们俩做了准备，待将旗杆上的绳子扎好后撒腿就向前逃去，可是林清没注意绊着了旗杆前的栏绳，一下摔倒在雪地上，引得哄堂大笑。当然，也没有哪位男队员追上去拥抱她们了。接着，17队全体队员持队旗合影。

今天我带着陶松云老师托我带来的那面小国旗，仪式结束后就请唐师曾以长城站牌及国旗为背景，拍下了我手持小国旗的照片（图3），准备回去后送给陶老师。我将这面小国旗扎在站牌下的铁架上，了却了陶老师的心愿，阿正、张雪梅、刘弘等也都拍下了这一过程。回房间后就写了一篇报道，写完后退出时不知为什么在"是否保存"栏中按了"否"，不得已重写，好在文章并不长。

16队原定今日返回，可是到现在飞机还没有消息，据说已推迟到明天，但因为原定今天送他们回国，庆祝中智建交的活动也已推迟到了明天。近中午时智利海军15人乘小艇由码头登岸，从窗中看见，还以为是韩国人，因为听说韩国站来往都是用船的。等我到楼下时，他们已在餐厅和会议室休息，得知他们是临时来访，事先并没有通知，所以坐了一会就原艇返回。

　　午餐后已近1时，刚睡下不久，就被刘弘敲门声吵醒，后来又有人来敲门，拖到2点多起来，窗外下起了雪，一会儿又停了。16队又提前至下午出发，原定3时半离站，但现在飞机还在蓬塔，没有起飞。翻阅昨天带回的以色列资料等着。4时刚过，俄罗斯"坦克"来了，我们在楼前欢送，我自告奋勇敲锣，可是找不到槌，只能用一把开罐刀。为了用柄敲锣，手只能抓住刀的一头，要不是戴着手套，大概非发生流血事件不可。"坦克"开走了，站里的人一下子减少了三分之一。越冬队一部分人与16队队员相识，16队厨师李刚当初就是为接替因病返回的张来生而来，所以张来生特别伤感，一个人坐在厨房落泪。

　　去发电栋二楼洗澡，来后还是第一次。浴室利用柴油机的冷却水，一般水温为40摄氏度，水量正好供一人用。当年没有考虑到有女队员，所以只有一个浴室。使用前先打开门口的循环泵开关，水管中就会有水流出。发电班的当班人员再三叮嘱，洗完后千万别关水龙头，只能关外面的开关，否则循环泵还在转，水没有地方流，会溢出储水罐，或者影响机器的冷却功能。

发电班的三位队员都来自贵阳柴油机厂，都要越冬，站里安装的三台柴油机都是他们厂的产品。他们三人轮流值班，24小时不断人。卫建敏是三人中最年轻的，儿子还只有1岁，是第一次来南极，今天他值班。洗完澡后与他聊天，顺便了解一些情况。站里的一切都离不开电——供水、取暖、照明、烧水、洗衣、科研和通讯设备的运转，发电机必须万无一失。特别是在冬季，稍有问题就会酿成大祸。所以要配备三台机器，一台工作，一台检修，一台备用，随时可以相互替换。小卫说，他们既然来了，就有思想准备，无论如何要保证安全发电。不用说大话，至少都是贵柴人，不能丢贵柴的脸。他不相信越冬会出什么问题，他认为主要是人的素质。哪一个人不想家？但不会影响本职工作，更不会像有些人那样闹出事来。不过有些情况比我想象的要差，如三台柴油机不仅型号落后，而且早已超过了3万小时的正常期限，靠维修人员不断保养和零部件更新维持着。油料供应也成问题，在南极规定要用30号（零下30度才冻结），而运来的数百吨油都是10号

（零下10度冻结）的，到冬天不得不经常人工清蜡。油的质量也不好，杂质多，影响机器运转。领了四个应急灯，三个是坏的，类似的情况还不少。

张雪梅已发过传真，据说传输速度与一般情况相同，打印是由赵萍帮助解决的，看来《文汇报》的报道得用传真发了。

晚上记日记，并查由武汉测绘科技大学考察人员去年编的长城站日出日没时间表，近日此地晨2时11分日出，晚9时38分日落，为一年间白天最长的几天。而最短的6月下旬是上午9时38分日出，下午14时16分日落。今日海上见到一块大浮冰，渐漂渐近，用望远镜看远处海上还有不少。海对面的韩国世宗王站晚上灯光很亮，拉开窗帘就看到。

写一篇在南极过生日的短文，未写完就觉得很疲倦，不知何故，只得关机，11时半睡。

2000年12月15日，星期五　阴间多云

今日是我56岁生日。

晨6时余起，续写短文毕。7时半早餐，告诉阿正上午准备去智利站，邵滨鸿约一同去。

昨天见到的浮冰不见了，我怀疑已漂到了岸边，早

餐后就往油库方向海边去看。途中见到两只企鹅，我走得很近摄影，它们一点不在乎。

在路口遇见一位捷克人，与他交谈，知道他来自布拉格，今年46岁，专门研究濒危的天然纤维。他是与站长等人一起过来的，现在仍住在海边，前天晚上看见我们去他们帐篷，因为离得远，没有来得及过来。我问他，听说有一位7岁的小女孩也在那里。他说是的，小女孩与他父亲住帐篷，他与站长就露宿过夜。我本来以为他们会住在我们的避难所，听到后很惊讶，问："那么冷的天，晚上住在外面行吗？"又问小女孩能否适应，他说完全没有问题，小女孩也很好。他说前几天因为天气一直不好，今天天气转好，上午11时准备划船回去了。他们的站在海峡对面的纳尔逊岛，没有风的话半小时就可划到。我说我们很有兴趣访问他们的站，他表示欢迎，但要我们事先联系，因为他们经常外出，站内不一定有人。他来南极已三星期，但最近两个月内他们还会轮流有人来往。我给了他名片，欢迎他再来访。阿正与唐师曾正好在旁边，为我们拍了照，我也将他们向捷克人作了介绍。

邵滨鸿说上午准备要求去企鹅岛，不去智利站了，我决定独自去。9时半出发，大约走了半小时。先到邮局，选各式明信片各买一张，共18张，每张300比索。明信片寄往国内的邮资是250比索，又买了10份250比索的邮票。去投币电话给家中打电话，好几次才拨通，得知女儿想打来电话，告诉她可以不必，有事可发传真来，待我看后再打电话来问。电话断了，又拨通，谈了一分钟。回到站已11时3刻，已收到女儿发来的两页传真。

午餐时通知下午1时半开会。饭后回房间写要寄的明信片，准备寄给家中、学校、所内、陶松云老师以及上海、北京、美国、日本、澳洲的几位朋友。

下午会上王站长布置近日工作，度夏期间必须完成的工作有七项，主要是建筑和设施维修，相当繁重。有的事只能等集装箱到后才能做，但能做的一定要抓紧，天气好时尽量多做。宣布重新分班，人文学者仍为一班，阿正为班长，邵滨鸿为党小组长。因一号栋下水道冻结，开通前不能住人，不久还有德国人来参加合作研究，要预留房间，所以不能满足住单间的要求，只能根据实际情况作微调。

会议结束后就发工作服、手套，今天下午开始清理本队食品集装箱。大家一起到食品库房，将由16队带来的集装箱中的食品分类储存到各处。因为"雪龙号"

两年一次来南极,所以轮到有船的一年就将下一年的食品带来,我们即将吃的食品都是1999年10月在上海装船的,要维持到2000年12月为止。集装箱中都是冷冻、脱水或干食品,我们按要求将肉类、鱼类、蔬菜、点心、干果等分别搬入不同的冰箱或库房,结束时背一袋25公斤的面粉回厨房。

劳动结束后阿正通知我站里的决定,准备照顾周国平和我一个单间,周搬入206号空房,让唐师曾搬入何怀宏房间。我认为王自磐(度夏队员,海洋局研究所研究员)年纪比我大(1945年1月出生),又有考察任务,住单间更合适,建议他让出来搬到何怀宏房间,我与唐师曾就不必动了。阿正说在会上他也提过这样的建议,但王自磐不同意。回房间后与唐师曾商议,果然他也主张不要动,一方面他嫌何怀宏抽烟,愿与我同住;另一方面他觉得与我已同住了一段时间,彼此能互相体谅,相处得很好。于是我通知阿正,周国平搬出后,不妨让何怀宏一个人住,今后如果大家都能住单间我们再搬,否则这样住到结束也没有什么关系。

整理今日所拍照片、日记。

6时余晚餐,全站队员聚在一起,为我祝贺生日。我是到站后过生日的第一人,我知道事前站长就做了准备，请16队厨师李刚预先做了一个大蛋糕，站长亲自用土方法以蛋清在蛋糕上浇字（图4）。今天的菜肴很丰盛，有鱼虾、水果，还有各种酒和饮料。王站长致贺词，代表全体队员赠送贺卡及纪念品，我讲话答谢。餐后歌舞助兴，至9时余才结束。

我的41岁生日是在美国波士顿过的，那时正在哈佛大学哈佛燕京学社做访问学者。51岁生日那天是在海南岛的海口，正参加一个学术会议。53岁生日在日本京都度过，当时正担任国际日本文化研究中心的客座教授。这一次是离家最远的一次，今后还会有更远的地方去吗？到更远的南极大陆以至南极点去吗？到地球外去吗？不过即使能去，也未必能在那里过生日，所以这个生日大概是空前绝后的。

晚10点半阿正通知开会，唐师曾已上床，不愿再起来，阿正同意改在明天。

去阿正房间与王自磐谈及南极考察现状。回房间后写完生日的短文，日记，至12时。

2000年12月16日，星期六　阴，风较昨日为大，下午起大雪

晨6时余起。早餐时，站长布置上午先将垃圾集中

至处理房，参观处理系统，然后各班派2人整理油漆。

邵滨鸿预定8时与她儿子通话，问有什么事需要向国内转达，请他通知家中12时来电。

候至8时40分方开始劳动，先将本栋及一号栋的生活垃圾集中至焚烧炉，由周兴赞（越冬队员，负责管道维护、废物污水处理等）介绍焚烧及污水净化系统。可燃烧的垃圾经高温焚烧后残留物约为1%，仍由集装箱运回国内处理。生活污水先经生物发酵，再过滤及用漂粉精片净化（每日一小瓶）后排入海内，残渣也送入焚烧炉。最后排入海中的尾水不仅已看起来清澈洁净，经检验也达到无害标准。金属、玻璃、电缆等不可燃的废物则打碎压实后全部装箱运回国内。又与阿正随周兴赞去老车库的油漆库房，将几种油漆和稀料分类堆放备用。后王站长来参加清点，结束后北京广播电台采访我与阿正，对着话筒谈了一些到后的观感。

10时半回生活栋，稍后阿正召集会议。至会议室，由阿正主持，传达站长意见，让我们6人订出一个活动计划，以便站里事先准备和安排，因有些活动必须准备交通工具，事先征得其他站的同意，或者得请其他站帮助。我们讨论后列入计划的有：访问企鹅岛和各国考察站，去西海岸和两个冰盖，乘直升机，树碑等。议论到有些活动限于条件，如直升机不一定有足够的座位，我建议如遇到这样的情况可以临时抽签决定，下次再轮流，因为谁都有理由去，谁都想去。讨论立碑时有不同意见，我的意见应树在长城站的中心区，具体说就是建在旗杆后面，与已经建的纪念标志放在一起。有人建议在海岸找一个偏僻的地方，至少应立到站旁"厦工路"那边海滨去。我认为立碑的目的本来就是为了宣传，扩大影响，当然要尽可能引人注目，放在偏僻的地方谁来看？如果不准备让别人看，又何必立碑？有人提出结束后去复活节岛的建议，此时已近12时，我要去接预约的电话，先退会了。

在通讯栋等了几分钟，12时2分女儿来电，告诉我家中的近况。我简单说了这里的情况，告诉她卫星电话的费用很贵，今后可以每周发一次传真，我如果有事会去智利站打电话的。

午餐时问阿正会议的结果，知道去复活节岛的事还难确定，由于离开圣地亚哥的时间已定，如果按原定时间离站，剩下的时间有限，肯定来不及；如果要提前，就得报极地办批准。

中午1时余睡，2时就被窗外风声惊醒。风雪大作，至夜不绝。问王站长，说因为天气不好，下午没有什么安排。在房间内写《衣食住行》一文，介绍长城站日常生活的情况。来后发现以往的报道大多不够准确，往往一味夸大艰难，以突出其"体验"意义；有的又说得太好。中间在走廊散步时见一号栋上挂起了德国国旗，下楼一问，原来刚才有德国旅游者23人来访，大多是退休人员，还有几位是法国人，搭一艘游轮来，现停在智利站外，步行往返，还将参观其他站。小卖部生意不错，林清说售出信封、队标、桌布等共90多美元。稍后赵萍叫人帮忙，答应送给俄罗斯站一些食品，现在"坦克"已经到了。与一些人去食品库，背回大米一包（25公斤），送给俄罗斯人的有大米两包、羊两只、肉两箱等，赵萍等随车送去。续写文章，其间向王站长核实有关数据。

下午听说在山后有一只垂死的大海豹，晚餐后问张文仪（越冬队员、气象专家），知道他也是从外国站的人那里听来的，并非亲眼所见，而且离站有几千米，中间有积雪。外面风很大，雪不是飘下，而是横扫，原来没有积雪的地方又都白了。又问他天气趋势，他说明天仍可能有雪，但气温不低，所以一般不会积雪，至多夜里积一点，白天就会化掉。

阿正邀我去看立碑的地点，唐师曾与我的意见都是离中心越近越好。说到雅俗，立碑本来就是俗事，不妨俗到底，还求什么雅？如果真是雅得不想让人知道，不愿被人看到，何苦立碑？到现场看了一下，少年纪念碑那里已经太靠路口，只能放在石狮那边。

回房间写完《衣食住行》一文，3 500余字。又拟致潘益大函，说明此处通讯条件，如《文汇报》不能承担通讯费，发稿只能到此中止，请以传真答复，并说明传真件是否能接收清楚。

深夜1时半睡，窗外仍像白天一样，离日出只有40分钟了。

2000年12月17日，星期日　大风雪，中午转阴，风渐小

晨6时起。今日轮到我帮厨，所以7时余就到厨房，帮助张来生准备早餐。早餐毕又清理餐厅，周春霞（女，度夏队员，武汉大学测绘学院博士生）主动帮助打扫厨房。得知中午有俄罗斯站站长等2人来。

回房间整理出准备发给《青年报》的日记选，拟致赵延传真，内容与致潘益大相同。阿正处取来他准备发传真的软盘，将我拟送往《北京青年报》的两篇文章并入他的文件。

10时半去厨房帮厨，因为有客人，多备了些菜。到

11时40分俄罗斯站的2人忽然带着7位德国人一起到了,而站长没有来。原来为俄罗斯站长准备了白酒杯,急忙撤掉,并临时增加坐席。这些德国人是将与王自磐进行合作研究的人员的一部分,原先知道他们已到达俄罗斯站,但不知道他们今天会来。12时共进午餐,德国人赠送了一盒水果,有苹果和柑橘。现在新鲜水果最宝贵,我大致估计了一下数量,征求站长意见后通知每人可选一个。最后多了20几个,还可以吃一次。因为干活方便,我也穿着一件白色的工作服,德国人称赞:"你们的cook(厨师)也能说这么好的英语!"别人告诉他,我不是cook,而是professor(教授),他更感到惊奇,professor为什么要当cook?我只能将我们的帮厨制度向他解释一番,他还是觉得有些不可思议。饭后清理餐具和餐厅,至下午1时余。因为有客,赵萍、林清、周春霞帮助一起干活。

赵萍房间中有一台打印机,但电脑上的软驱坏了,不能输入软盘。另一台在气象栋,给杨志彪打电话,约定马上去打印。那是一台老式针打机,好久没有用了,纸也对不准,请杨志彪帮助打印完毕。打电话给李志刚(越冬队员,负责通讯),正好在,就去通讯栋发传真。阿正的两份发了5分钟。潘益大的一份发了3分钟,赵延的一份却一直发不通，就留在李志刚处，请他有空代发。

回房间已2时3刻，即睡。至3时余有人来电话找阿正，被闹醒，只得起来，记日记。4时半至厨房，张来生说没有什么事，我就将走廊与楼梯用拖把拖了一遍。开饭前帮助干些杂活，晚餐后收拾餐厅，到7时多完毕。去发电栋洗澡，有人在，稍等了一会。洗完在值班室中稍坐，与小卫聊天，又了解柴油机的有关情况。回来想洗衣，但洗衣房一直人不断。全自动洗衣机有故障，虽还能用，但成了半自动，放水、变换功能等都得有人管着。阿正与何怀宏、邵滨鸿等已开始在会议室为带来的信封盖戳，看来工程浩大，所以约定大家轮流，现在由他们先盖。在笔记本上查带来的《中国大百科全书》光盘，准备写书稿。12时半睡。

2000年12月18日，星期一　阴，下午风加大，晚起小，转多云

晨6时起，洗衣房没有人，抓紧时间洗了换下的衣服。但上上下下跑了好几次，要不是有一条牛仔裤，还不如手洗方便。早餐时李志刚说给赵延的传真一直没能发出去，但其中有一次已占用40秒，所以还得付1分

钟的费。

早餐后即准备劳动，今日布置清除发电栋旁的三个油罐中的存油，每班分配了一个。发电机大概每三天用一吨油，必须先将海边大油罐中的油储存在这三个油罐中，就近使用。经过近一年时间，这三个油罐下面已积了厚厚一层油脚和杂质，只能趁现在气温较高时清除和清扫。

8时开始劳动。其中两个油罐盖昨天已经打开，其他两班人员先后下罐开工。人文班轮到的第三个罐昨天就没有打开盖子，今天周兴赞等费了很大的劲还是打不开，而且就是打开了，油气没有散发，人也下不去，于是决定人文班的人分别帮助其他两班。油罐有一人多高，得有人从油罐顶上的盖子中用梯子爬进去，用勺将油脚装入小桶，站在油罐上的人用绳子吊上，传给下面的人倒入油桶运走。下罐的事自然最苦最累，不仅要穿着水靴淌在油脚中，还得忍受强烈的油味，所以干了一会就得换人。干其他活也不轻松，天冷风大，就是空等着也不好受，一桶油脚传上传下，难免不泼出来，既脏又滑，工作服弄脏早已顾不上，手脚总得小心。开始打出的是混浊的液体，可以通过漏斗倒入油桶；后来就是黏稠的黑渣，只能装入大口容器。清理完后再用废旧布将罐底擦干净,至 11 点终于大功告成。虽然我是照顾对象,没有下油罐,但好久没有干这样的活了,觉得很累,手上的油味也难洗尽。南极的紫外线辐射实在厉害,看起来没有太阳,几个小时下来,脸上还是有灼痛的感觉,无怪老队员一再提醒要涂防晒膏。

今晚将举行庆祝中智建交三十周年活动,午餐后赵萍送来站长讲话的英文稿和议程,要我按中文意思改一下。内容不多,还不如重写,就在赵萍的电脑上写好,又译出议程。下午近 2 时睡,不足一小时。赵萍又来电邀至餐厅,晚上的活动已布置就绪,餐厅正面墙上并排挂中智两国国旗,智利国歌的录音已借来,并试放过。赵萍说议程中的句子很长,太难念。我说中智建交三十周年一类话不便省略,在这种场合双方的国名也以用全称为宜,请她再试试。稍后王站长来,商定在会上由赵萍以中文主持,由我用英文口译。

近晚 6 时,智利马尔什基地弗雷总统站站长巴斯库尼亚(Bascunan)率副站长和队员共 8 人到达,王站长于会议室会见,我翻译。赵萍召集队员到餐厅,但有的人到会议开始时尚未回来。

6 时余仪式开始,赵萍司仪,我口译。先奏两国国歌,王站长致辞,巴斯库尼亚站长致答辞,互赠礼品。

仪式结束后聚餐，我与双方站长坐在一起，为他们翻译。席间巴斯库尼亚介绍智利站的情况，现有队员80人，其中越冬队员38人，现有家属45人。他的太太与一子一女上周五刚到，所以那天没有能为16队吴站长回国送行，表示歉意。他有子女四个，长女19岁，在圣地亚哥上大学；另一个孩子下个月也要来南极。他们的前任站长也已回圣地亚哥，12月26日将赴美国任职一年。他又向王站长提出下星期五将在他们站举行同样的仪式与聚餐，邀请我们10—15人参加。饭后举行联欢，我们有不少歌舞好手，又唱又跳。但似乎没有什么客人听得懂的歌，没有人懂西班牙文，VCD盘中也找不出什么合适的歌，我只能用英语清唱了《圣塔露茜亚》和《平安夜》。智利客人合唱了一首军歌，唱完后巴斯库尼亚告诉我，这是19世纪时与秘鲁发生战事时的军歌，结果智利获胜。谈到智利国旗的含义，他告诉我红色象征开国烈士的鲜血，蓝色象征海洋，白色象征安第斯山上的雪。这使我想起了中国人民熟悉的智利诗人聂鲁达，以及他称智利为一个由白雪、葡萄和波浪组成的花环的名句，巴斯库尼亚非常高兴得知我知道聂鲁达，知道他对智利的赞美。旁边有人建议我也向他解释一下我们国旗的含义，但我想到如果他问国旗上四颗小星的含义，恐怕一时说不清，就没有提到具体所指。至近晚9时，王站长致辞欢送，巴斯库尼亚答谢，正式邀请我站15人下星期五参加他们举行的庆祝活动。仍由俄罗斯"坦克"来接他们返回，与王站长等送至门前。

回房间后日记，阅光盘上有关内容，备写书稿。

03. 南极的"原住民"

2000年12月19日—2000年12月22日

2000年12月19日，星期二　阴，下午转多云

晨6时余起。早餐后李志刚来叫接电话，原来是上海东方卫视来电采访，并嘱请邵滨鸿也来，约定稍后再来电开始。接北京电视台马小姐给阿正的电话，马上打电话找他来。东方卫视又来电，接受采访，谈来后的感受，以环境保护为例，谈了约16分钟，电话中断。接着又打来，我谈毕后由邵滨鸿继续谈，共18分钟。

至站前摄像，先摄长城站全景，后听梁永进（越冬队员，驾驶员）说前面海滩上有一头海豹，过去后看到

果然躺着一头，约1米多长。它的表皮的颜色与地表的颜色极其相似，要不注意真以为是一块岩石。拍了几张照，又请梁永进给我拍了一张在海豹旁的照片。这时唐师曾从前面回来，说油库前海滨有一头更大的海豹，而且是在雪地上，他已拍了照片回来了。我马上过去，见雪地上有一道粗印，显然是海豹移动时留下的，此时那头海豹就躺在粗印尽头的雪地中，有近两米长。围着海豹转了一圈，它一点动静也没有，只见它身上冒着细细的白气，偶然用它像手一般的鳍拍了两下身体，又酣然大睡了。对这样的懒虫实在没有办法，只好舍它而去。

站里本来想趁今天风不大，安排分批上企鹅岛参观，但请王自磐打电话给智利的观察者时，他说他上午不在岛上，不希望有人去。讲了好一会，他还是坚持最好等他在岛时去，只能等下午再说。企鹅岛的正式名称是阿德雷岛，与长城站只隔了一道狭窄的海峡，低潮位时可以直接从一道沙坝上走过去。但为了不惊扰企鹅，乔治王岛上各考察站和来访的旅游者都事先与在岛上从事观察和研究的科学家联系，听从他们的安排和引导。岛上有一间铁皮小屋，本来是德国考察队的一个避难所，后来就成了智利科学家的观察站，每年夏季都有人住在那里，日夜关注着在岛上繁殖的企鹅和其他鸟类。

李志刚交来收到的两件传真，一是《文汇报》潘益大的答复，同意承担传真费，但希望每次不超过3分钟，但新年专稿可不受限制，又约我与唐师曾为"百人百梦"栏写200字，尽快发去。即通知唐师曾，请他尽快写出来。

午餐时通知下午2时去企鹅岛，饭后稍睡即起。本班6人一同去，由王自磐带领，在站前乘橡皮艇上岛。王自磐建议将船绕至岛前，可减少步行时间。登岛后果然见企鹅遍野，成群结队。我们谁也没有见过这么多企鹅，边走边拍，有的干脆停下来不走了。王自磐与智利观察者哈维尔约定3时见面，不得不一再催促。而且由于我们已误入观察区，应尽快通过，以免影响观察。我与唐师曾虽也想多拍，但不忍让他为难，还是尽可能跟着他，并帮他一起催促其他人。好不容易来到观察室，见到哈维尔的助手，才知道哈维尔已去岛的另一头沙坝那里等我们，因为一般船是靠在那一头的。

王自磐带着大家去见哈维尔，并要我们尽量沿着海滩走，以免惊扰正在哺育幼鸟的企鹅。我们在海滨遇到哈维尔，王自磐介绍后，我问了哈维尔不少问题。他很高兴我对他的工作如此有兴趣，一一作了很详细的回答。

从1998年以来连续观察了三年的智利南极研究所的哈维尔告诉我们：岛上现有16对巨海燕和20多对贼鸥，4 000对金图企鹅、800对阿德雷企鹅、26对帽带企鹅。他们还与韩国科学家合作，韩国世宗王站附近观察着3 000对帽带企鹅和1 000对金图企鹅。现在正是企鹅的繁殖期，哈维尔和他的两位同事日夜生活在岛上。在他们的小屋附近放着一把椅子，每天上午他要坐上三个小时，密切注视着近在咫尺的成群企鹅的一举一动，作出记录。

说到企鹅的状况，哈维尔如数家珍。岛上的企鹅已经与他熟识，所以当他坐在那里，或走近企鹅时，它们不会感到惊恐。如果有陌生人坐在他的椅子上，企鹅就不会靠近，或者会躁动不安。他认为，目前对企鹅最大的影响，一是智利基地飞机的起降，二是来岛的参观者。经过他们的劝说，直升机已经注意避免接近这个岛，但飞机驾驶员却说由于航线的原因，只能按现在的路线起降。对此，哈维尔也无能为力。参观者包括科学家、考察队员和旅游者，大家都很爱企鹅，但往往因好奇和摄影而过度接近，或者因兴奋而惊扰它们。所以这个观察站要求任何上岛的人都要事先联系，由他们带领，按固定的线路、人员、地点观察或摄影，并且不要进入他们的重点观察区。

我问哈维尔,近年的气候和南极的环境是否有什么异常,他说没有发现什么明显的变化。例如现在比往年同期气温偏低,企鹅的繁殖至少推迟了一周,但还在正常的范围之内。从近年来企鹅的繁殖和生长情况看,人类的活动和环境的变化没有造成消极影响,岛上的金图企鹅已经增加了700对。

我与哈维尔谈话时,唐师曾在旁边照相,哈维尔一看就说:"你的照相机真好,你是专业摄影师吧!"他对唐说:"你与别人不同,你如果要拍好的照片,可以到我的小屋来,我可以带你到你想去的地方。"

哈维尔让我们三人一组,随他小心地登上一座小山丘,轻轻地招呼我们坐在指定的位置,离我们不足1米的企鹅群照样在嬉闹觅食,或者在安静地照料一对新生宝宝。小企鹅看上去像长满茸毛的小鸭,有的已经伸长脖子左顾右盼;有的依偎着母亲的身体,最小的只露出半个身子,不仔细看很难发现。不过企鹅世界也不太平,有的企鹅会偷偷地跑到别的企鹅身后,将垒窝的小石头衔走一块,放到自己的窝上;有的紧紧护着自己的孩子,却不停地去啄别家的小企鹅。个别企鹅还不时啄自己的孩子,不知是不是在进行早期教育?我们拍够了企鹅，又互相交换相机拍了自己，然后循原路下坡，哈维尔又带领第二组上去。

回来时改走习惯路线，即沿海滩到长城站对面，然后由橡皮艇接回。哈维尔让他的助手送我们，虽然沿途我们再三道谢，但他一直将我们送到远离观察区的避难所才告别，看来还是为了防止我们继续留在观察区。

越过一个小山冈，前面是一片未化的雪地，中间一个小湖半冻半化，冰晶中漾起浅浅的碧波，除了一排深深的脚印，完全是一个未经扰动的宁静天地。雪尽处已是怪石嶙峋，不远就是海滩。拣一块稍平整的石头坐定，静候对岸来船，这使我回想起三十几年前在安徽铜陵对面一处长江沙洲中候船的情景，只是远处纳尔逊冰盖在提醒我，这毕竟是在南极。

晚餐后王站长召集人文班会议，宣布有关纪律，并介绍站里的计划，听取意见。邵滨鸿说来后有满意的地方，也有失望的地方，因为没有能够体验到艰苦及生存极限。周国平和何怀宏表示赞成，认为未能感受孤独，提出应去捷克站住上几天，或者到冰盖露宿。我认为这有点不切实际，即使能住到冰盖上去，也体验不出当时不得已在上面工作或意外遇险时的感觉。唐师曾直言希望照顾摄影师的特点，不要什么事都集体活动，否则拍不出好照片。他又提出去复活节岛的计划。王站长离开后我们继续讨论下阶段的活动,最后商定就去复活节岛的事专门向极地办打一个报告,请站长转达,要求提前7—10天离开。

散会已晚11点多,回房间后在光盘上查资料,不久就有了睡意,12点多睡。

2000年12月20日,星期三 阴,傍晚转多云

晨6时半起。早餐后将数码相机上的照片输入电脑,并写潘益大所索200字,以对史料开放和发现为题。阿正和邵滨鸿等决定下午去智利站邮局盖戳,因得知5时乌拉圭站来访,让我留在站里,以便直接打听一下直升机的事。请阿正将已写好的明信片带往邮局寄走。拟出要求提前离站去复活节岛的报告,先签名后交阿正,以后得知经各人签名后交王站长。我要求每人都在报告上签名,一则是表示郑重,二则是让各人对自己的意见负责。因为讨论时我感到,各人的意见实际上很不相同,我只能根据大家的共同点拟报告,尽管如此,还得请每个人表态,以免日后麻烦。

午餐后赵萍要我用英文为本站将送给其他9个站的新年贺卡题词,并开信封。睡了1小时,起后写完

贺卡,至楼下交给王站长。见有外国人坐在餐厅,问后知道他们与王自磐有约。稍后智利直升机降在站前停机坪,下来一人交给赵萍一封信后飞机又起飞,从楼前掠过,呼啸而去。后来知道这次飞行就是为了向我站递送庆祝智中建交活动的邀请书,真是豪华的信使。

4时刚过,楼下人说乌拉圭站有人来了,显然联系时又将时间搞错了,因为他们用的是智利夏令时,比我们用的早一个小时,现在已是约定的5点了。到门厅见到三个人正在脱外衣,其中一位竟用中文说:"我们是乌拉圭来的。"真让我大吃一惊,交谈后才知道他曾在兰州的中国科学院冰川冻土研究所访问过半年,1992年还来长城站住过一个多月,所以对我们站很熟悉。他的专业是冰川及孢粉分析,所以对柯林斯冰盖的情况相当了解,他说如果现在去的话最安全,1月份后冰川的边缘开始融化,100米以下就很危险。可惜他明天就要回国,2001年1月中旬才回来,否则可以带我们上冰盖。

除他以外,其他一位是副站长,管理站内日常事务;另一位女士是医生,兼管小卖部;都与我们站的情况相似。乌拉圭站明天两队轮换,越冬队将有11人,其中一位是女性,负责气象观测。目前最年长者约50岁,是厨师。副站长今年31岁,医生实际已27岁,据介绍她自称23岁,是站里最年轻的。得知副站长是海军军官,估计他们站里大多是军人,与智利站相同。

我提出能否利用他们直升机的空位,副站长说他们现在缺乏汽油,所以飞的次数很少。他们需要的汽油及食品到2001年1月中旬才能通过一艘2 000吨的船运来。他们的直升机除驾驶员外可坐11人,完全容得下我们6人,我想哪怕只飞一次,至少也能俯瞰菲尔德斯半岛的全貌,包括这两个大冰盖,可是这一切如今还都是未定之天。

他们来时先用吉普车送到智利站,然后再步行而来,如果全程步行估计要60—70分钟。后来听老队员说,他们可能是根据坐一半车的时间来估计的,实际远远不止。提到我们回国途中可能在阿根廷停留时,他们问我为什么不到乌拉圭看看,我说我们的时间很紧,再说还有签证的问题。他们说,乌拉圭与智利、巴西、阿根廷和秘鲁五国间可以用身份证自由来往,无需签证,并拿出身份证让我欣赏一番。说到与国内亲友的联系,他们说太方便了,国家专门为考察站设立了一条卫星线路,所以在考察站打电话就像在国内一样方便,收费也与国内完全相同。真令人羡慕!三人留下晚餐,站长与我陪同,饭后由林清带去小卖部,7时余将他们送至门外。

晚8时半站长召集全队会议,重申有关纪律,大致就是昨晚在人文班会上所说。又布置明天去智利站参加庆祝活动的事,女队员全部去,男队员各班按名额推派,人文班派3人。散会后阿正等一起商定,由他、何怀宏与我去。稍后又去餐厅,参加活动的队员排练合唱《歌唱祖国》,以备明天之用。接着周春霞练太极拳,试着以CD中民乐伴奏。最后由几位女士练习女声小合唱,我建议男士可以退场,以便她们从容排练,站长同意。

稍后去洗澡,正好有人,在小卫的值班室中等了一会,洗完后又坐了一会。值班室内的电视机可收智利节目,小卫常看,但他说由于不懂西班牙语,新闻内容只能猜,美国的小布什大概在选举中获胜了。来此后与外界几乎完全隔绝,听到一言半语就像重返世间一样。谈到记者写的有关南极和长城站的报道,他说来之前曾看到《贵阳晚报》上一篇文章,说16队承担某项目的某人乘雪地摩托外出遇到海狼,相持了十几个小时才脱险,还说见到大力神飞机飞过时,他高声呼救,飞机上的人毫不理睬,后来驾摩托车飞越而过。完全是胡说八道。他们厂里来过长城站的人说,16队根本没有这个人,更没有这个项目,为此他曾与该报交涉,提出意见。后来得知此文是转载《羊城晚报》,作者是15队队员,专门胡编些故事捞稿费。真是无聊!这样的例子或属个别,但来后发现,原来看过的有关报道中夸大其事与水分过多的说法的确不少。

回房间后日记,12时余睡。

2000年12月21日,星期四 昨半夜起风,上午至下午转剧,小雨雪

醒来时才5时,再醒来时则已7时多,发现闹钟键未设定。即起身,7时55分方至餐厅。

上午邵滨鸿、何怀宏、周国平去西海岸,还带了对讲机,原定下午两三点钟才返回,实际11时就已回站。

早餐后阿正来室闲谈。李志刚交来潘益大传真,与昨天所收的内容相同,但最后用笔补了一行,问昨天的传真是否收到,看来他相当急。即拟复信,将唐师曾与我的"百梦"发去,并请范兵帮我与《青年报》赵延联系。又拟了一份回复两位副所长及所内同人的传真。写毕后即去气象栋打印,阿正托打印出所拟计划。至餐厅交王站长签发传真,因李志刚说发传真一律须经站长签字。他正在为蛋糕裱字,今日是林清的生日。林清正在餐厅量血压,为我量了一次,脉搏71次,血压75—130,都很正常。

稍后王站长交回传真稿,致电李志刚,他正在通讯栋,即去发传真,所内的一份费时1分17秒,《文汇报》的一份花了1分3秒。

刘弘来问前天我在企鹅岛采访的内容,因为他听说我有录音,我告诉他我的确用数码录音机录了,但无法翻录或转换,只能用我的录音机重放。还未谈完有人来找,答应他有空再说。

午餐时为林清庆贺生日。下午睡了一小时,起来后日记。开始写《生命线》一文,介绍长城站的水电供应和污水垃圾处理,立意是二者都是生命线,前者是维持考察站的生命线,后者则是维持南极环境的生命线。稍后致电刘弘,约去他房间听采访哈维尔的录音,我也需要确定一下企鹅岛上各类企鹅的数量,又到王自磐的房间中找他核实无误。

下午4点半就开饭,有些人出发前先吃些饭,怕外国站的东西吃不惯,或者吃不饱。5时半出发,还是由伊格尔开俄罗斯坦克来接。开过智利站时没有停车,我们很奇怪,到机场时才明白,今天的庆祝活动是在机场宾馆举行。巴斯库尼亚站长等候在门口,将我们接进接待室后，就将议程与站长讲话的英文稿交给我，并说明议程完全是按照我站的仪式安排的。我将议程和他讲话的大意译给王站长听了一遍。巴斯库尼亚的讲话很短，但他说明了中智两国是在巴黎建交的，强调智利是南美洲第一个与中国建交的国家，智利人民对中国悠久历史和文化的敬佩，希望太平洋地区在21世纪能起更大作用。稍后仪式开始，还是由我充当译员，王站长未备讲稿，就根据大意口译。在王站长向巴斯库尼亚站长赠礼后，我也赠给他一块复旦大学的水晶玻璃纪念牌。

侍者送来餐前酒，是温的红葡萄酒，还有一种点心，类似夹心面包，里面包着橄榄、玉米、肉末等，味道不错。有的人以为就这些点心，还要了第二份。站长请大家进入里面的餐厅，一个大长桌上铺着雪白的桌布，整齐地放着餐具和餐巾。入席后先上色拉，有棕榈尖、蔬菜及一个肉卷；接着是主餐，烤牛肉配土豆和玉米；另有葡萄酒和小面包，甜点是桃干和麦仁羹；喝完咖啡还有加冰威士忌酒或茶。这顿饭出乎意料的丰盛而正规，说明智方的重视，也是对我们热情款待的回报。

餐后与巴斯库尼亚和副站长闲谈，还在他们陪同下观看四壁的照片、图片及地图。餐厅正面挂着智利共和国现任总统和空军司令的照片,巴斯库尼亚向我介绍:皮诺切特的军事统治长达17年,此后智利进入民主时期,现任总统是第三任民选总统,第二任是弗雷,因为他来视察过基地,考察站因此而改名为弗雷总统站。在谈到智利与中国建交时,他说,那时是阿连德时期,他与中国建交的决定是正确的,所以无论智利政局如何更迭,与中国友好合作的政策都没有改变。阿连德实行社会主义,倾向当时的苏联,国家经济陷于崩溃,所以军方接管政权,阿连德自杀。皮诺切特执政期间,智利经济摆脱困境,迅速发展,才有了今天的民主政治。皮诺切特当然是独裁,并且长达17年,但对智利是有贡献的。我知道审讯皮诺切特目前在智利是一个热门而有争议的话题,我说:作为一个历史学者,我认为看一个人、一件事都不能离开当时的具体环境,要作出评价必须经过相当长一段时间。我对智利的情况了解有限,相信智利人民最终会作出明智的判断。站长说他很高兴听到我的理解。其实,对美洲军事独裁政权的作用和评价,在国内也曾相当引人注目,并曾被"新权威主义"引为例证。听了站长这一番话,又引起了我的思绪,为什么"社会主义"必定会与经济崩溃连在一起,而经济发展又得依赖于军事独裁呢?

得知智利在南极有 4—5 个站，分属陆海空三军，但除了这个马尔什基地外，其他站都只有夏季开放，冬季关闭。此站的军官和专业人员可以带家属，夏季可回国度假一个月。家属也可以来探亲，每期两个月。带家眷的人都住在家属村。基地的机场冬季关闭，仅留一个人值班。机场宾馆有 60 个床位，供军官及专业人员使用。机场在 1980 年开通，到 1982 年建立基地，但智利最早的南极考察是在 1945—1948 年间进行的。

站长问我中国的新年从什么时候开始，我说中国的法定新年采用公历，与各国相同。传统上的新年现在称为春节，下一个春节是明年（2001 年）1 月 24 日。他又问明年的生肖是什么，他知道今年的生肖是龙，是 12 个生肖中唯一一种实际不存在的动物，他自己属猴。我很惊奇他对中国生肖的了解，他说是从一本书上看来的，他对中国文化一向很有兴趣。

智方显然没有安排联欢，近晚 10 时我们表示不便再打扰，副站长就打电话招来俄罗斯"坦克"，还是伊格尔来将我们送回。

写毕《生命线》一文，仍有一些疑问，时间已晚，只能明天问清楚后定稿。12 时 3 刻睡。

2000年12月22日，星期五　阴，昨夜雨，今雨雪不止，但无风，气温高

晨4时余曾醒，又睡，6时余起。早餐后知道站长安排周兴赞领路去西海岸，阿正将随站长去乌拉圭站，今天该站举行建站16周年庆典。唐师曾今天不想外出，周国平、何怀宏、邵滨鸿准备了干粮、罐头、饮料，准备在外一天，我决定一起去，但半天之内返回。至9时1刻出发，除我们四人外还有张雪梅。

周兴赞带着我们从气象栋旁上坡，然后沿着谷地中的小河往上走。开始还能沿着水边的砾石或沙土走，或者在河中淌水而行，后来小河成了较狭的山溪，水激石滑，极易摔倒，只能折往山上。这里其实根本没有路，只是找好走一点的地方往上走，一直翻过分水岭。沿着山脊走得在大大小小的岩石间爬上爬下，有的地方还相当陡，但没有积雪；从坡上走比较平坦，但积雪未化，特别是如果没有脚印就不知深浅，一脚下去常会没到膝盖，万一踩到雪下沟壑会有危险；沿着流水走距离最近，但有些地方水深难行，而且水旁不时会经过一片淤泥，踩在上面会往下陷。我们只能在三者中选择较好一点的"路"，时而上山，时而踏雪，时而下水。

今天气温较高，尽管不时下着雨雪，但稍走就热，

加上路难走，很费力，羽绒衣成了累赘。我脱了羽绒衣，只穿一件内衣，但还是不停地冒汗，毛线帽都拧得出水来。好不容易走到分水岭，所有的水都已向前方流了，海上的岛屿、礁石与波涛已经映入眼帘，但还是走了半个多小时。我们来到一道悬崖边上，崖下就是海滩。右侧的山上有一座小峰，很像一位正在向海上眺望的老人，左侧的一座山则像一座正方形的城堡，已被命名为平顶山。还有一条断崖延伸到海边，海中是时断时续的礁石。不远处的海上有一片大礁石，酷似一位坐着观海的老人。远处海上还浮着几处大小不一的岛礁，在碧海与冰山之间时隐时现，恰似仙山楼阁。这样的景色如果在地球的其他地方，肯定早已成为旅游胜地，这些无名的山峰岛礁大概早已由文人雅士或开发商命了名，成为骚人墨客和记者笔下镜下之物了。忽然见到左侧前方有飞机起降，原来已到了智利基地机场的跑道尽头附近，荒原离现代文明不过一箭之遥。

忽闻一声吼叫，接着响成一片，说不清是犬吠、狼嗥、狮吼，还是虎啸。周兴赞说："看，那里一大堆海豹。"顺着他手指方向看去，只见崖下边重重叠叠一片海豹，有的还在昂首张口，放声大吼。路上他说西海岸的海豹像猪圈里的猪那样一大堆，我还以为必定有所夸大，现在不由我不信了。

来到平顶山方向的一个小断崖，周国平和何怀宏已经爬到岩石的最边缘，由上往下拍这群海豹的照片。断崖很窄，我再要过去已无容身之地，就先站在后面遥望海上，忽然见到一只雪鸥飞来，停在断崖旁的一块岩尖上，我突发奇想，感到前面两位不过是两只大一点的蓝鸟（他们都穿着蓝色考察服），与那只小白鸟相映成趣。想到这里，我赶紧取出相机，将这三鸟收入镜头。等他们照完腾出空地，我也爬到前面，发现虽能照到那群海豹，毕竟距离太远。而且在海豹之外，海滩上还有一副鲸的头骨，总得下去看看。此时又听周兴赞在喊："快看，那个小海狗多好玩，一滚一滚的。"可等到我将视线转到了所指的方向，那海狗已经消失了。我还没有见过海狗，不能不为之抱憾。

断崖虽不甚高，也有数十米，大多由积雪覆盖，不知何处能下。幸而周兴赞以前来过，带我们来到一条小溪旁，顺着山势钻出一个隘口，下面有一片没有积雪的陡坡，侧着身子走了下去。还没有走近海豹群，一股腥臭味扑鼻而来，但谁也顾不得躲避，迫不及待地围了过去。只见一群象海豹聚在一起，大的足有2米多长，小的也有1米多，有的相互交错，叠在一起；有的独处一隅,但相距不远。有时它们都十分安静,只听到微微的喘气声;但只要哪一个仰起脖子,张开血盆小口(与它的庞大身体相比,实在谈不上大口),大吼一声,就会此起彼伏响成一片,伴随着一阵翻滚和滑行,或者互相厮打一番。有的海豹身上的皮有不少裂痕,不知是在砾石上磨擦所致,还是同类厮杀的结果?随后一切又归于平静。后来何怀宏数了一下,这群海豹共有23头。

想来它们是同类中幸运的新一代,自从在南极保护海豹的国际条约生效以来,南极海豹已得到切实保护,使它们得以安享太平盛世,不再有杀身之虞。而在南极被发现之初,捕猎海豹曾经是不少国家的寻求目标和财富来源,也是很多探险家、航海家的强大动力和经济基础。今天当然应该谴责对包括海豹在内的南极动物的捕杀和掠夺,但我们也要理解,在两个世纪以前,要是没有领土、奴隶、财富、新航线这样的吸引力,又有谁愿意并能够投入巨资、调兵遣将投入这前途未卜的探险?要是南极连企鹅油、海豹皮都不能提供,斯科特·库克船长就会后继无人,南极的进一步发现和探险就不会如此迅速。同样,要是没有工业革命以来科学技术和物质文明的发展,或许今天地球上的一部分人还不得不用企鹅油来制皂,海豹皮来御寒,鲸鱼肉来充饥,即使有崇高理念、菩萨心肠，又怎能救得了它们的命？

尽管事先就知道这些在海洋中身手矫健的"浪里白条"到了岸上就步履维艰，但面对这些庞然大物，不由人没有几分恐惧。开始我们离它们都有一定的距离，看它们毫无动静，就一步步靠拢，拍下了一张张特写，摄下一段它们之间嬉闹争斗的过程。大概因为没有人侵犯它们，它们也不怕人，对我们靠近熟视无睹，至多只在谁过于逼近时突然昂起头来，对着他张开嘴吼一声。当然，如果遇到豹海豹就得小心，它的脖子伸缩自如，有攻击性，且范围大。不过豹海豹的攻击力主要也是在水中发挥的，一到陆上也威胁不大了。

从海豹群前一两米处跨过一道岩石，是一处开阔的海滩，岸边的砂已被冲得较细，走在上面相当松软，要是气温稍高，这是一处理想的海滨浴场。海滩上有一具鲸头骨，长1米多，高约八九十厘米，还有一部分埋在地下。十几米外还有一段尾骨，中间有一方残余的鲸肉。周兴赞说，这条鲸已死了好久，肉被其他动物吃了，也被来的人割下带走，还有人来锯走鲸头骨，他上次来的时候，鲸尾骨还在更远的地方，现在已被海水冲过来了。鲸头骨很硬，像石头一样，上面有明显的锯痕，但比较脆，我用手在角上一扳，就扳下来一小块。

剩下那块鲸肉就像化石,灰白中发绿,大概曾经霉变,肉的纤维很粗,看起来像编织袋。鲸尾骨更硬,一节节很分明。中间的骨头都看不到了,我想不是在散架后被海水卷走了,就是被什么人弄走了。滩上还有几头海豹,孤零零地躺着,不知为什么与近在咫尺的同类不相往来,离群索居?或许它们本来就不是一个群落?

周兴赞领着我们回到海滩另一边,说那里有一头死海豹和一头死贼鸥。贼鸥的残骸还比较完整,海豹的残骸只剩下不全的豹皮和部分骨肉,周兴赞说它已回归自然了。它们的死显然与人类无关,而是自然界正常的生存竞争和弱肉强食,也是南极生物链不可缺少的环节。

周、何、邵已经做了全天在外的准备,站里给他们带了对讲机,以备不时之需,他们准备沿着海岸往南走,我与张雪梅随周兴赞原路返回。说是原路,其实只有雪地上留下的脚印才能分辨,其他部分只能凭着感觉走。最麻烦的是一些水边的淤泥段,要是看得见水还好,一则事先有准备,二则水底下反而比较硬,不会往下陷;糟糕的是看来比较干的淤泥,有时一脚踩上去就往下陷,要不是提得快,不知要陷多深。我忽然听到后面惊呼,原来张雪梅的双脚都陷进去了,她用尽全力也没有办法拔出来。我自顾不暇,赶紧叫前面的周兴赞,然后慢慢往她那边挪。等我赶到,周兴赞已帮她从淤泥中脱身,但鞋子还留在泥中。快到气象栋时,周兴赞在路上发现了邵滨鸿掉的手套,让张雪梅带回她们的房间。据说邵滨鸿回来见到后却说:"怪不得我的手套找不到了,原来没有带去。"我回房间后也发现遗失了充电电池板上的连接线,要是在南极之外,这是很容易配到的,但在这里,这就意味着这块电池板只能中止使用。但我没有邵滨鸿那么幸运,谁也没有再发现这根线——当然它比手套小得多,最担心的还是它会不会被贼鸥、企鹅当食物吃了。

回来花了1小时15分钟,12点50分才回站。开饭时间已过,饭菜还留着。我想换换口味,第一次泡了一碗方便面。

浑身湿了又干,干了又湿。湿时热,干时又会觉得冷。这是我不愿将行程延长到一天的主要原因。饭后稍休息一下,即去发电栋洗澡。回来想睡一会,已过了正常时间,没有睡着。

阿正从乌拉圭站返回,说今天赴会的八个站,即智利马尔什基地弗雷总统站、韩国世宗王站、巴西弗拉斯站、阿根廷尤巴尼站、波兰阿克托夫斯基站、俄罗斯别林斯高晋站、乌拉圭阿蒂加斯站和中国长城站的站长先后在我们从北京带来的申奥旗帜上签字，并持旗合影，一些站长还祝愿北京申办成功。参加聚会的德国、智利科学家也在旗上签名。只有捷克站长没有到会。

将今天用数码相机拍的照片输入电脑，其中有几张照得很满意，将其中一张命名为"象海豹露真容"，最大的那头象海豹正昂首张口，露出它的牙齿。因为当时戴着墨镜，现在看照片上的风景，比见到的还鲜艳，海水蓝得可爱，礁石也丰富多彩。

下楼问周兴赞关于站内水管保温结构的情况，改定《生命线》一文。

晚上近9时周、何、邵三人才回来，据说海边的路不好走。

稍后阿正召集会议，传达党支委商议我们提交的计划后作出的决定：访问其他考察站年前可安排3处，企鹅岛可再安排半天参观，何、邵等提出参与岛上的观察不可能，因智利方面不会接受。乘直升机去冰盖的事还在联系中，目前还没有结果。将安排我们与科学家为队员作讲座，主要利用天气不好、不安排其他工作时进行，要求周、何和我各准备一小时讲座，阿正与邵各半小时，内容要深入浅出，既有自己的专业特色，也要让大家都听得懂。为满足体验的要求，准备安排人去油罐前海滨的避难所住48小时，只带干粮与少量饮水，其余自行化雪，配一个对讲机，每天开机一次联系。周当即表示不去，邵笑而不语，何默不作声。另外要求清除站区附近的垃圾，开始大家表示安排一天，将油罐前海滨的散木头运回站来。我认为垃圾并不多，集中半天时间就可以了，主要还是平时随时注意收集。唐师曾建议就将这作为迎接新千年的一项活动，得到大家赞同。最后商定12月31日上午接受传媒采访，中午参加升旗，下午至海滨清除垃圾。又讨论了钓鱼赛及游泳，我对钓鱼一窍不通，发表不了意见；对游泳，我认为附近的海滩都是礁石，无法迅速入水与出水，而且容易伤脚，大家认为最适合的地方还是码头，那里水较深，而且有两座铁梯可以上下。会后至阿正处，建议对海滩上的木头不必作为垃圾清理，因为这些木头都是海上漂来的，只要集中在一起就可以，木头即使朽败不会产生污染，放在那里还可供避难所使用。王自磐在旁边听了也表示赞成。

改定《孤独不能体验》一文，至近12时毕。阿正问明天是否有稿可发，告诉他或许能完成，但还定不了。1时余睡。

04. 世界尽头的"地球村"

2000 年 12 月 23 日—2000 年 12 月 30 日

2000年12月23日，星期六 晨晴，稍后转阴，中午起大雪

晨 6 时余起，天气极好，阳光灿烂耀眼。早餐时，阿正认为这样好的天气，可以划船去鼓浪屿。我建议问一下张文仪，张说上午没有问题，就商定上午划船，分两组，阿正、唐师曾与我为一组，周国平、何怀宏、邵滨鸿三人为一组，约定 9 时出发。回房间内改文章，至 8 时 45 分阿正来催，就去海滨，梁永进已将橡皮艇放入海中，因唐师曾去听电话没有到，就临时调换一下，与何怀宏、阿正先出发了。梁永进随船，以便必要时开机。去的时候很顺利，一刻钟划至岸边。本来准备上岛，由梁永进将船开回去，让第二组划过来，然后我们再划回去。但这一带的水很浅，船离岸后被风吹着，离不开这片浅滩，无法开发动机，否则螺旋桨会打在礁石上损坏。见他试了几次都没有成功，阿正与何怀宏想

帮他将船推出去，也没有成功。我建议一起返回，大家奋力将船推出，三人乘势爬上船，挥桨离岸。此时形势骤变，因为已成逆风，我们虽划得更加卖力，也更加协调，看两边海浪似乎船在不断前进，看岸边景物却不见增大。20分钟后，离长城站似乎越来越远，再回头看鼓浪屿，船竟已到了它的左面，正向企鹅岛方向飘去。看来不能再迟疑，只能请梁永进开机驶回。在海上见有一条小艇载着八九人在码头登岸，唐师曾在给他们照相，靠岸后得知是阿根廷的海军临时来访。接着唐、周、邵三人划船，有了我们的经验，他们在划到鼓浪屿岸边后，没有上岸，就开机返回。

在码头候船时，唐师曾忽发灵感，建议我们六人在新年前致函联合国秘书长安南，呼吁世界和平与全球环保。回来后他很快写出一个初稿，我增加了一些内容，修改定稿，给各人传阅签名。但如何发，是通过国内还是直接发，是用传真还是邮寄，一时未作决定。

韩国世宗王站蒋舜槿站长及队员来访，留午餐，所以开饭稍迟。

下午睡了近1小时。3时与阿正去车库，想为即将树立的"南极抒怀碑"找到能用作基座的材料。我们事先商议过，最好能利用废旧物资，又要有一定创意，所以专看那些报废的器械和废料。我看中一台旧机床,但估计很重,吊出去不方便,另外如何将不锈钢的碑文与它合在一起也是个问题。转了一圈,忽然见墙根放着一个废旧轮胎,外径足有一米六七,何不就用这个轮胎,将碑文嵌在轮胎中间呢?量了一下轮胎内径,正好放得下60厘米见方的碑牌。剩下的就是如何将轮胎固定后竖起来,梁永进说这不难,可以找两个报废的水泥墩,或者用石头加水泥砌一下。估计这个轮胎风化解体前至少能维持十来年,寿命不比不锈钢牌上的涂层短。现在只等站长同意,就能请周兴赞施工了。我对这一创意很满意,首先这是废物利用,并未因为树碑而耗费有用的物资。其次,饱经磨炼的车轮可比喻为历史的车轮滚滚向前,寓意深刻。再则,碑的整体粗犷有力,与碑文部分的精细适成对比。

以《在南极申奥》为题拟成一新闻稿,与《生命线》一文一并交阿正去打印,准备发往《文汇报》。《孤独不能体验》一文则由阿正并入其他稿件,由他发往《北京青年报》。

刘弘为他们电台做采访,到他房间录音。

晚餐前阿正说王站长看传真稿时对《生命线》中一节有疑问,即关于输水管结构的描述,正好他也在,就在会议室中请周兴赞来问了一下,将报道改定后交阿正传真发出。

俄罗斯站站长奥列加率队员来访,留他们晚餐。餐后联欢歌舞,至11时余。我们站不少人对当时苏联的老歌很熟悉,但俄罗斯队员中只有年长一点的人才会唱,他们很惊奇中国人对他们的过去比他们还熟悉。中间先回房间,赵萍打来电话,因与一位俄罗斯队员交流不通。我到门厅问这位队员,原来他想借我们站的KENWOOD发射器,他说原来用过,我们自己已不用了,所以原来的吴站长曾答应可以借给他们。赵萍听明白后就与站长商量,请李志刚找出来借给他。送别时我见那位俄罗斯人已抱着这台发射机,高兴地对我说,这是他的baby(小宝贝)。

参加与王自磐合作研究的德国耶拿大学教师和研究生已到达,大部分住在俄罗斯站,有两男四女住到长城站来,其中三位就住在我们对门的一间。

阿正说传真已发走,但忘了将致安南的呼吁书一起发到北京去了。我意思是最好在这里直接发出,他打算明天打印出来后告诉王站长,看能否通过智利办事处查到联合国的传真号。

前次帮厨时见厨房中有不少绿豆,就自告奋勇想试着发豆芽,还请赵萍找来了一块黑布。找了一个脸盆和一只塑料箩,用温水泡着豆子。可是厨房的温度太低,几天后还不见出芽。又搬到房间里,放在电热器旁。过了两天,芽是出了,但豆子太多,容器太小,塑料箩又不通气,豆子开始腐烂。今天清理一下,绝大多数都扔了,只收到一小撮发到一两寸长的,交给厨师撒在汤里,完成了这次不成功的试验。

唐师曾将这几天来替我拍的照片转入我的笔记本。夜1时睡。

2000年12月24日,星期日 上午尚有雨雪,午后转阴

近7时起。上午在房间准备开始写《文汇报》的新年专稿,安装《大英百科全书》光盘成功,查了有关资料。

王站长来电,因赵萍不在,而智利站来电,要我代听,结果是该站通报下午2时半有11人来访,包括家属,参观后就回去,不必招待用餐。这几天想到一点人口史方面的观点,续写《人口史》中一章。

下午1时余睡,将近2时赵萍来电,问上午电话的内容,说接到智利站电话,参观的人马上就到。不久果然听到楼下人声喧哗,还有小孩在走廊上奔跑的声音。

立即起床，稍后去会议室见智利客人。智利气象官带着妻儿一起来，他儿子才4岁多，活泼可爱。在南极见到这样的小孩，人人都觉得格外亲热。气象官为人友善，他告诉我他与16队的气象员尹涛是好朋友。他知道我们还无法发邮件，表示可以私人为我发送。我向他祝贺圣诞快乐，问他是否给儿子准备了圣诞礼物。他说当然，但又说，孩子还小，不必花过多的钱，有个意思就可以了。他说虽然只有一个孩子，重要的还是教育，而不是给他多少物质条件，我表示完全赞成。临别时他一再表示欢迎我们去他家访问，有事也可找他，他家住在家属村3号，智利站的内线电话也是3号。

刚回房间，阿正通知站长让全体队员都去挖雪开道。第一次爬上长城站的大卡车往智利站方向驶去，过了雪坡后在山坡前停下，搭车返回的智利客人也下车，步行回家。前面的坡较陡，积雪也很厚，站长说为了及早让卡车开通至智利站，决定不等积雪融化，人工开道。坡上的积雪下面都已结成冰，厚处不止一尺，必须先用铁镐凿碎，才能用锹挖去。有的碎冰很大，锹挖不动，得用手搬走。工具很差，长短不一，缺胳膊短臂，得心应手的少。进展很慢，也特别累，至5时40分收工，留下的工程还很大。

晚上继续写《人口史》稿。向唐师曾建议致安南的信就在这里以邮寄发出,他当即征求周、何意见,都表示同意。后阿正来,师曾已睡,我告诉他这一建议,他也赞成,并将信留在我这里。商议通过智利站气象官发邮件的事,我建议个别给站长打个招呼,但不要公开,以免给人家添麻烦,我们六人集中后至多每周发一两次,但不收邮件。

今天很累,这样的劳动量好久没有了,12时就睡。

2000年12月25日,星期一 上午阴,偶有日色,下午风渐大,小雪,傍晚转大雪

晨7时起。早餐时通知上午仍去开路,8时半出发。

阿正与北京电台约定有电话采访,8时与他至通讯栋,正好来电。阿正先谈,然后由我谈,主要两点:在南极体会"四海一家"和环保精神,至8时半结束。

立即回房间换了工作服,登卡车出发。干的活与昨天下午一样,中间还抡了几次铁镐,毕竟不如年轻人,抡不了几下。中间曾想用装载车推雪,但效果差,反不如原始方法快。至近12时结束,路大致开通,装载车已能通过。

李志刚通知我有传真,已放在会议室中。午餐时间

王自磐能否谈半小时,因准备写新年专稿中有关他的一节,他答允在今明两天内安排。收潘益大传真,同意按计划发新年专稿,前两篇报道稿已收到,并已由范兵替我与赵延联系。同时收到赵延传真,《青年报》报社不同意在稿件前用"鹭江出版社组织策划",认为没有先例,对传真费也未明确答复,他表示只得中止原稿约。

下午1时余睡,稍后王自磐来,正有空,因阿正正午睡,他不想影响阿正,所以来我们房间。马上起来,先问了他来南极的次数和具体考察内容,他说已有一份书面材料,到时可打印给我。又问了几个问题,并录了音备用。又睡了一会,近4时才起来。得知阿正来过,过去问什么事,他想与我一起去看站区有什么可以利用的废水泥墩。

4时15分出门,风很大,并有小雨雪。周兴赞领我们到小河边,指着一个水泥墩说上面留有两段铁条,正好用来固定轮胎。我们看这个水泥墩较大,很合用,但担心它埋在下面,是否拔得出来,周说只要用装载车一拉就出来了。当即确定用这个墩,请他有空就将这个墩子吊至站前备用。

书写致安南呼吁书的信封,唐师曾为我拍照留底。本来今天就要寄出,因得知智利邮局圣诞节放假一天,决定明天去寄。又拟定送《文汇报》有关呼吁书的报道稿。张雪梅来要呼吁书稿，就从笔记本上拷贝给她。

晚餐后将来南极后所拍的数码照片全部转录进MO*，又试用MO查《二十五史》，速度很快。

风极大，窗外排山倒海，连房屋都感到一阵阵震动，雪也越下越大。打电话到气象栋，杨志彪说目前风力8级，阵风9级，风速已达23米，是我们来后最大的一次。到11点半又给他打电话，得知已测得风速为25.3米，阵风10级。

阿正准备去打印，就将拟送《文汇报》报道稿软盘交给他。他建议明天去智利邮局时试发传真，如能发，价格肯定比每分钟8美元便宜。还可试发邮件。我的意见是，如发邮件，就应集中一次。发现楼前一辆俄罗斯"坦克"在大风雪中已停了，还看见驾驶员趴在车底下，似乎正在修理。后来知道是送德国研究生回站，他们在俄罗斯站参加庆祝圣诞活动。俄罗斯本来不过圣诞，今年是特意为这些德国人安排。

开始写新年专稿，又续写《人口史》。至1时余。

---

* MO：是 Magnet-Opical 的缩写，是指利用激光与磁性共同作用的结果记录信息的光磁盘。

2000年12月26日，星期二　上午雪，大风，下午雪渐止，风仍大

晨7时起。早餐时问张文仪，得知1时余记录到的最大风速为26.4米，仍为10级，但长城站建站来曾测得41米的最高风速。风雪仍大，无法去智利站。

王自磐给了我他的学术经历1页，答允用毕后交阿正，将其中与南极有关的部分用于专稿。

9时余采访王建国站长，问有关各国在南极的经费投入，考察队员的待遇，目前存在的问题，进一步发展的可能性等方面问题。

王站长说，据他掌握的资料，各国每年用于南极考察的经费以美国为最多，达2.1亿美元。其他国家（以美元计）的经费分别为：英国4 000多万，法国2 650万，澳大利亚5 000万，意大利3 000万，瑞典1 500万，智利800万，印度700万，韩国600万，新西兰750万，我们大致是320万美元。但有些国家，如印度、韩国，都只有一个站，没有专用的船。而我们的经费要包括极地办、极地研究所、雪龙号和长城、中山两个站。相比之下，我们的经费很有限，所以队员的待遇也比较低。刚建站时，长城站的津贴是每人每天4美元；中山站艰苦些，每人每天5美元。1995年，当时

任国务院副总理的朱镕基访问智利,听了使馆反映的情况,就指示随团访问的财政部副部长回去后予以解决。现在每人每天的津贴已经提高到13美元和12美元,伙食费每人每天6美元。但如果从智利采购新鲜蔬菜水果,仅运费就超过每公斤4美元,所以我们的绝大多数食品只能通过船运。最近来站的德国人都是研究生,他们的伙食费标准是每天30美元。

风雪仍骤,经过这一天一夜的大雪,前几天雪已化尽的地方又成了一片银白。去车库前及海滨摄像,同时拍下一只企鹅由陆地入水的过程,又拍了贼鸥觅食和起飞等。

邵滨鸿来我们房间,就她一封信中提到唐师曾的部分征求他的意见。她已将书稿的形式定为写给她儿子的信,每天一封,这是其中之一。

1时余午睡,至2时起。续写《人口史》,又续写新年专稿,写成有关王自磐一段。

今日梁永进帮厨,晚餐有他做的上海菜红烧烤麸,很受欢迎。

饭后张雪梅来问我上次帮厨是在哪一天,说她写报道要记那一天的时间,从日记中查到。请王自磐核对所写的内容,他没有什么意见,又要求在最后加上几句,当即拟定补上。

阿正通知明天上午去智利站，下午去俄罗斯站，商定明天去智利站时试发传真及邮件。给家里写了一封很长的邮件，与阿正的邮件合在一个软盘中备用。续写新年专稿和《人口史》，计算《人口史》已完成的数量。夜1时睡。

2000年12月27日，星期三　阴，有小雪，下午阴转多云，晚气温骤降

晨7时起。早餐后即备外出，阿正取来两面队旗，让我写上赠智利、俄罗斯两站的字。又让准备带信封至俄罗斯站盖章，我建议不必用已盖过智利站纪念章的，可用未盖过的，另外数量别过多。

8时半开车，因事先再三通知不要迟到，只有刘弘晚了一两分钟。除我们六人外，同去的还有的张、刘两位记者和周春霞，赵萍去智利站办事，卫建敏去打电话，也同车前往。由梁永进开卡车，到雪坡前下车步行。我们花了差不多一个整天才开通的路，经过这几天的大雪又全部被堵了，我们还是享受不到劳动的成果，只能踩过没膝的积雪，翻过这个山头去智利站。

8时50分到智利站站长室前，因为约的时间是

9时，就在户外等候。路旁一座两层小楼是智利的伊那克（INACH）南极研究所，以一位教授的名字命名，该教授逝世于1984年。刚准备过去看看楼下铭牌上的文字，巴斯库尼亚站长已到站长室了。与他寒暄几句，约定先由气象官等二人陪我们到各处参观，然后再与他见面。

第一个点是银行。长城站的队员要到智利站打投币电话，都要到这里来换钱。办事员不会讲英语，由气象官翻译。据介绍，这是智利一家商业银行BCI的营业所，设立于1985年，有一名办事员，能办理储蓄和兑换，但只限于智利比索与美元之间，兑换率也固定为1美元兑500比索。不能用信用卡，因为目前还没有与国内银行的电脑联网，业务都是通过发传真联系的。有人问他，用现金兑换比索有没有限制，他说欢迎你们多换，银行有足够的比索。实际上智利比索经常贬值，对美元的比价越来越低。而这里的兑换率更低，在蓬塔阿雷纳斯1美元已可换570比索，按500比索收进1美元的比价，当然多多益善。墙上的镜框里挂着银行现任总裁和这个营业所历年办事员的照片，从照片的数量估计，办事员的任期不会超过一年。办事员要我带信给我们站长，希望12月30日下午3时去我们站，因为他看到上一批来我们站参观的人买回去的纪念品很好，也想买了作为礼品。

我们参观时银行的营业时间刚到,我让他完成了今天的第一批业务——给我换了1 000比索的硬币。他向我们推荐电话卡,每张2 000—5 000比索,或4—10美元。多数人不愿用电话卡,说用卡控制不住时间,不知不觉一张卡就用完了,不如投币,500比索用完电话自动挂断,不会多花钱。

第二站是邮局,我上次已去过。为了买明信片、发信或盖戳,多数人也光顾过。唯一的办事员也不会讲英语,但邮局归气象官管理,所以直接由他介绍或回答问题。得知这里不能发传真,所以今天真正要做的事就是买一张250比索的邮票,将装着致联合国秘书长呼吁书的信寄走。我问什么时候可以收到,气象官说这取决于来往于蓬塔阿雷纳斯的航班,但航班不固定,除了受气候条件限制外,还得看乘客或货物的多少。到了冬季飞机基本停飞,邮件也无法送出。也可以寄快件,但同样得等飞机,价格又贵,毫无意义。信件和明信片的邮费与智利国内相同,但包裹或印刷品很贵,至智利每公斤8 000余比索,国际邮件每公斤14 000余比索。

一部分人留在邮局买明信片和盖戳,我们先随气象官去医院。医院只有一名医生和一名助理,没有护士的编制。但现任医生的太太是护士，作为家属来南极后正好继续当护士。医院有外科手术室，可以做腹部手术；还有内科诊疗室、牙科诊疗室和体检室。体检室内有三张床，我们进去时其中两张躺着检查者，他们都是空军人员，需要定期体检。看来医生必须是兼通内、外、口腔等各科的多面手。我们问在南极最常见的病是什么，医生想了一想后说，没有什么常见病，治疗最多的还是骨折，特别是在冬天；此外就是定期注射防疫针。因为有电脑联网，可以作远程诊断，所以真有疑难杂症也能对付。我们又问，在什么情况下、由谁决定病人需要转到智利国内去治疗？医生回答说，如果他认为在这里无法治疗，或对病人不利，就转往国内；一切由医生决定，司令官也得听从。问起医疗费用由谁负担，回答是空军人员由基地承担，公司雇员由公司支付，其他人员自己付费，或者由他们的医疗保险机构报销。但急诊一律免费，包括岛上其他外国基地的所有人。

体育馆已去过，但那天是参加活动，来不及参观，今天才发现除了体育活动外，它还有其他功能。体育馆的主体是一个铺了地板的标准篮球场，也可进行网球、羽毛球、室内足球比赛。球场旁靠门厅一边分为两层，有各种健身设施齐全的活动室，还放着各种大型的儿童玩具。有一个地方是专门给儿童过生日的,气象官说到那时孩子的父亲照例要给所有参加活动的儿童发礼品。二楼旁边有一个房间,是幼儿园,现在放假,门锁着。球场的另一头是男女桑拿浴室,冬季也向其他站开放。体育馆每星期三下午为外国站开放,夏季过后,各站人员都会去,因为这是岛上唯一的体育馆。

出门时,正好副站长卡利略的车经过,他说20分钟后有一架轻型飞机起飞,他邀我们一起去机场参观。因为上午预定还有其他参观项目,我谢绝了他的好意。

我们来到基地后面的家属村,立在村前的欢迎牌上写着"人口:41"。但气象官说,那是指经常性的人员,现在实际有50多人。家属村也都是架在钢架上的金属板平房,一般每幢一户。统一建造,但分属空军基地、公司和伊纳卡研究所。气象官说他是公司雇员,所以他的住房是由公司提供的。我一直不明白这是一家什么公司,他告诉我是智利一家全国性的机场服务公司。我估计,大概就像前些年我们国内军方经营的公司。

他陪我们走到家属村后面高地上的一所教堂。这是十年前一位智利富翁捐赠的,因为基地的预算不能包括建教堂。教堂没有神甫,有时过圣诞时有神甫自愿从智利国内来主持仪式,今年没有。智利人一般都信仰天主教，站里的人大多信教，所以可以推选一位年长的人主持这类仪式。教堂24小时开放，供各人祷告，每个星期天中午12点半做礼拜。气象官说，尤其是在冬季，基地的人免不了感到寂寞，或产生杂念，那时来教堂可以净化灵魂，也可以减少不少麻烦。

气象官邀我们至餐厅休息，说已经作了安排。智利站的午餐时间是下午1时，即我们的12时，此时一位厨师和一位厨工正忙于准备午餐，他们的级别和职责分得很清，那天在机场宾馆聚餐时我误将厨工当作厨师，站长立即作了纠正。厨房和餐厅都很整洁，几张长桌上铺着洁白的桌布。为了不给主人添麻烦，我们集中坐在一张桌上。厨工备了咖啡和茶，但更多的人想喝桌上大玻璃罐中放着的那种被戏称为"胡搞"的智利果汁。这是一种玫瑰红色的液体，一般以葡萄汁为主配成。在这里，当然不可能喝到新鲜、天然的"胡搞"，但已足以饱大家的口福，以至桌上的一罐不能满足，厨工又从厨房拿来一罐。

最后的参观项目是小学。小学与医院都建于1985年，这些设施一方面说明智利对教育与医疗的重视，也说明智利对南极有相当强的领土意识，完全将这个基地当作国土的一部分来经营。所以不仅鼓励军官与专业人员带家属来南极，还安排两个婴儿在南极诞生。我不了解世界上最大的南极考察站——一般有200人越冬的美国麦克默多站是否有小学，如果没有的话，这就是世界上最南端的小学，也是南极唯一的小学了。小学有教师两人，上学期有学生十多人。现在正是暑假，教师回国休假去了。3月的第一周将开学，到时学生估计会增加到20人，并且将首次有一位中学生。学校准备专门为这位学生开设课程，气象官本人将教数学与物理。原来他是教师出身，使我顿时有了一种同行的亲切感。

这无疑属于世界上规模最小的一类学校，但设备却相当齐全。当我们跨过台阶上厚厚的积雪，走进学校的门厅时就有一种温暖和整洁的感觉。门厅旁就是一间不大的电脑室，但有5台电脑，其中一台带有摄像头；两台打印机和一台电脑投影仪。走廊一侧是两间教室，尽头是一间大活动室。在走廊的墙上，我意外地见到了一面绣着中文的锦旗，由上海普陀区金洲小学赠送。在活动室的墙上，还贴着两幅由金洲小学两位小朋友画的画（图5，图6）。由于教师不在，我不了解金洲小学是怎样与这所小学建立联系的，估计是通过"雪龙号"带来的。可惜我不能等到它开学，否则一定能将这所学校师生的友情带回金洲小学。但我还是拍下了那两幅画的照片，并在锦旗旁摄影留念。活动室墙上的显要位置挂着智利两位诺贝尔文学奖获得者聂鲁达（Pablo Neruda，1904—1973 年，1971 年获奖）和米斯特拉尔（Gabriela Mistral，1889—1957 年，1945 年获奖）的铜质浮雕像，这是智利人民的骄傲，也是从小激励学生的榜样。我注意到，智利历届总统的头像仅以小得多的尺寸布置在走廊墙上。活动室里还挂着几幅师生的合影，学生们穿着整齐的校服聚集在南极的冰天雪地中，或者正准备滑雪。虽然学校没有室外运动场，但冰原雪地就是他们的大运动场。在这样的环境中成长起来的孩子，必定能有更强的生存能力。由此想到，智利政府在南极设立学校，实在是一项意义深远的措施。

  气象官执意邀请我们去他家看看，邵滨鸿与我、两位记者作代表，其他人自由活动，约定 11 时 50 分在原地上车回站。他已给家中打了电话，所以还没有到他家，就见他可爱的儿子趴在窗口向外招手。气象官家里有三房一厅，一个厨房和一个卫生间，房间里铺着地毯，厅里放着一棵小圣诞树，点缀着花木，温暖如春。要不是窗外漏进来的冰雪景象，真使人不能想象这是在南极，是人类社会在亘古冰雪中的一块小小飞地。他的儿子见任何人都像熟人一样，大概认为别人都听得懂他的话。我没有想到带礼物，顺手从口袋里摸了两块巧克力给他。小家伙非常高兴，拿来一辆玩具车要我玩，直到我顺着地毯将车推到对面才罢休。气象官的太太前几天到站里来过，与她寒暄几句后我就随气象官到他的电脑室发邮件。先接通雅虎，用我自己的地址发，但没有成功，只得用他的地址将我与阿正的两个邮件发走了。张雪梅想发一张照片，但文件过大，也没有发成。已近午餐时间，我们就告辞了。本来准备再去站长室，因时间不早，就请气象官转达，改日再去拜访。

我想来一次不容易，何不趁机给家里打个电话。投入500比索后，第一次就拨通了，告诉家中注意收邮件，就在1分钟满时结束通话。急忙赶往候车地点，还差1分钟时到达。路上赵萍谈到她听智利站长说，电视中播放我们国内发生火灾，烧死了三百多人，但详细情况没有听清。听不到国内的新闻，但如果真的连智利的电视台都播了，肯定是一次重大灾害。

午餐时，站长说俄罗斯站来电话说下午可能另外有事，如可以参观再来电话，但至今还没有音讯，下午不去了。1时余睡，近2时阿正来电，说俄罗斯"坦克"马上来接。急忙起来，准备赠给俄罗斯站的队旗，又取出100张信封交阿正带着。周国平因事不去，我们五人与两位记者、周春霞登车出发。至俄罗斯站后，正好在站前见到奥列加站长，就做了采访。

据奥列加介绍，别林斯高晋站建于1968年，初建时只有几间木屋，后来逐渐改建为铝合金结构。20世纪80年代是极盛时期，1990年前还准备扩建，如将100千瓦的发电机改为200千瓦。但1990起就完全停顿了，因为规模缩小，这样的功率已足够了。山顶的房子本来是气象观测室，两年前停用，设备转移到其他站。苏联本来在南极有8个考察站，现在俄罗斯还有5个站，另外乌克兰有1个站。我问他俄罗斯每年用于南极考察的经费是多少，他说不知道。我又问他们站每年的预算是多少，他也说不知道。我说，作为站长你不知道每年的预算，那如何开支呢？他说："如果有什么开支，我就向上级提出，如要采购什么，如果上级有钱就批准，否则就不批准。"我问考察队员在南极是否有津贴，每天多少钱，他开始说没有什么津贴。我又问："智利站和附近国家只收美元，你们如果没有津贴，在这里花什么？"他说那是有的，每人每天发11美元。问到他队员是如何挑选的，他说，科研人员一般是自己申请的，如有合适的项目和经费就有可能来。维护人员是由他挑选的，如开坦克的伊格尔就是他挑的，在南极已有8年。

站里曾来过两位妇女，一位是站长的妻子，来了一年，兼做厨师；另一位是来度夏的，仅住了一个半月。我问他食品供应的情况，他说每年通过船运补给两次，因为船停泊在荷兰或德国，所以都在那里采购，或者在路过巴西时采购。最后我问他到过此站的最高官员是谁，有没有中央政府的官员来访问过，新年前有没有收到社会各界的贺卡。他说，到南极来过的最高官员是政府南极局分管考察站的副局长，来了不止一次。曾经来过一个政府的代表团，但他也弄不清是些什么人。新年前收到国内亲友和南极局的贺卡，但没有社会各界或不相识的人寄来的贺卡贺信。奥列加感叹："我的队员都是最优秀的，所缺的就是经费。当初我们各方面都超过智利站，可是现在，智利站越来越完善，越来越扩大，而我们却连国际电话都不能打。"

奥列加的话真切地反映了当年曾经在乔治王岛上傲视群伦的别林斯高晋站如今江河日下的尴尬地位，随后的参观更印证了这位站长的处境。当我随着站长走进休息室时，他说："我要给你看我们的电影院，真正的装着银幕的电影院。"这是一间可容纳上百名观众的放映室，墙上安装着标准银幕，但厅内也放着乒乓桌和台球桌。更令站长自豪和令我吃惊的是，在放映室隔壁的库房内从地面直到天花板的落地架子中堆满了一个个装着35毫米电影胶片的圆铁盒，连旁边一间房间也被占了一半。"整整一千部电影片！"奥列加说。我马上想到了从小看过不止一遍的苏联电影，随口举出了一连串的名字。"全有"，他不假思索地回答，"什么时候你们有空来，随便点了看。"不过他立即补充："这些都是1990年之前留下的，从这以后再也没有送来过电影片，只有一些新出的录像带。"我问站长："这么多电影片，你们怎么放？"他说，按惯例，每天晚饭时由值班的人选一部片子，供晚上放映。不过近来爱打乒乓球的人多了，爱看电影的人少了，所以已经在旁边图书馆中装了一个小银幕，以便其他人可以在放映室中打球。图书馆中的书同样都是1990年之前的，全部是俄文的，此后再无新书运来过。从放映室出来，经过一个小小的过厅，墙上挂着几幅很精美的南极动物摄影。据站长介绍，那是1986年当时苏联与东德的科学家进行社会主义阵营最后一次联合考察时三位生物学博士的作品。毕竟年深月久，照片已经显得陈旧，被窗口一缕阳光照射着，使人想到了昔日的辉煌，又增添了几分凄凉。

　　站长问我们去不去看看车库，我们客随主便，能参观的都想参观一下。俄罗斯站区的建筑物之间都铺着厚厚的木板，即使在融雪时节也不必穿雨靴。这些厚木板自然都是1990年之前从苏联国内运来的，可以想象当年规划与建设的周到。可是，这些年来大概已不再维修，所以有的路段已经残缺，有的路段木板已经陷入地面。被称为车库的建筑物有两座，旧车库已经报废，我们去看了新车库。车库的一半现在用作修理车间和停车，另一半放着三台柴油发电机。中间有一个桑拿浴室，正在装修油漆，木材都以清漆保留着本色。俄罗斯人对洗桑拿浴很讲究，据说比智利的桑拿浴室还舒服，以前长城站不少越冬队员应邀去洗过。修理车间有位留着山羊胡子的老头，邵滨鸿与他用俄语交谈，得知他已63岁，在国内已退休。问他为什么还来南极，他说这里的收入比较高。看来每天11美元的津贴在俄罗斯还是很有吸引力的。

俄罗斯站前是一片海湾，大船可以直接停靠，不像长城站前的海湾，因为水浅礁密，只能使用橡皮艇。海湾前竖着一根标杆，顶上是一颗南极星，下面钉着一排路标，分别写着至世界与俄罗斯各大城市的距离。正好智利站的气象官带着他的小儿子站在标杆旁，正在眺望海湾对面的冰山。唐师曾萌发灵感，将这一情景拍下了一张题为《南极》的照片，事后看来极为传神。

就在标杆前不远处，一大堆布满黄锈的废钢铁正听凭风雪的销蚀。仔细一看，其中有水陆两用坦克、履带式装甲运输车、重型卡车、雪地车、锅炉、发动机，有的还不止一件，如今只剩下断架残躯，在默默诉说着一部苏联帝国的兴衰荣辱史。这些废钢烂铁的存在破坏了极地环境，引起各国考察站和环保人士的不满，但俄罗斯站表示没有能力将它们运出乔治王岛。看来如果没有外界援助，就只有让时间来慢慢销蚀了。

俄罗斯站的医院原来规模比智利站的还大，现在因为人员减少，已将一半作了生活区，只保留了一半，有一个手术室、牙科室、体检室和医生的房间，医生房间的外间就作为一般的诊疗室。我们在体检室见到一位研制远程诊疗软件的博士尤拉，他作为医生的助理，在此做远程诊疗的试验。他说他定期给队员做体检，并邀请我做一次体检，试试他研制的软件，说非常方便。我谢了他的好意，说下次有机会再麻烦他。我顺便与他开了个玩笑，说你既然能体检，先猜猜我的年龄，他当然没有猜对，但也要我猜他的年龄。我看他年龄不大，就猜他三十多岁。他哈哈大笑，说已经47岁了。我怎么也不相信，他让站长证明，并说可以拿护照给我看，可是一时没有找到他的护照。这时，医生回来了，看来年纪已不小。他说原来在海轮上工作，20世纪80年代曾航行于中国与越南之间，但已忘了船停在中国哪一个港口。他们的医疗依然全部免费，外国站的人去就诊也是如此。

最后我们来到站长室，这已是我的第二次。我向奥列加站长赠送了复旦大学的水晶纪念牌，他很喜欢，说要放在他的办公桌上。邵滨鸿代表我们向站长赠送队旗，阿正请站长在一些队旗上签名。得知我们带着信封要盖戳，站长拿出他们站的纪念戳让我们自己盖，我与唐师曾流水作业，很快盖完了带来的100个信封。站长赠给我们纪念信封，又托我将一个行李包带给韩国站的蒋站长，当时我以为这两天就会去参观韩国站，就同意转交。参观结束后仍由伊格尔开坦克将我们送回。

回站后将今天拍的照片输入电脑。请李志刚发出给《文汇报》的传真稿件。晚餐后，阿正约定7点钟与周兴赞一起去拉上次选定的水泥柱。看到海滩上有一群企鹅，6点50分就出门了。拍完照后，阿正与邵滨鸿、何怀宏一起过来，与周兴赞、梁永进来到小河边，周兴赞准备让梁永进开装载车来拔那根水泥柱，梁永进认为这根水泥柱正好靠在桥边，拔掉后会影响路基，而且装载车未必能拔得起来。梁说的话不无道理,为避免麻烦,我们商量在海滩上找一块大石头。周兴赞已看中两块,选定其中一块后由梁开车将它运至旗杆前预定的位置。

回房间后继续将所摄照片转入电脑。李志刚送来我的博士生左鹏的传真,但只有一页,没有全。洗澡后记日记。刘弘来问今天采访的有关情况。他说有用海事卫星收到的国际电台的新闻稿,请他将所收新闻稿转在我的软盘上读了一遍,证实12月25日洛阳的确发生重大火灾,三百余人身亡。12时半睡。

2000年12月28日,星期四 阴,时有雪

晨7时起。早餐时赵萍通知,各人将愿意接收的E-mail地址登记,网站开通后将只接受来自这些地址的邮件,因为通过海事卫星线路的网站收发邮件都要收费,今晚将与北京做开通试验。

今天上午安排刷油漆,早餐后正做准备,王站长要我上午与赵萍去智利站,因为昨天接洽托运水果、蔬菜的事尚未落实。与赵萍约定8时半出发,步行到智利站时已9时10分。

来到副站长卡利略的办公室,他正忙于处理公事,

但在接完两个电话,交代了下属一件事后马上与我们谈托运 250 公斤水果和蔬菜的事。不过,他说 20 分钟后有飞机到,他得去塔台,我们说用不了那么多时间。副站长立即与蓬塔阿雷纳斯的基地联系,得知明天有一架小飞机要来,1 月 2 日另有一架大力神飞机。他说如果明天的飞机无法安排,最迟也可以在 1 月 2 日运来,但重量不能超过 250 公斤。不一儿蓬塔基地打来电话,说明日的飞机运量已满,不可能再装。卡利略答应一定在 2 日那一班运来。赵萍报了一个需要品种与数量的清单,以便万一与我们的代理人联系不上时,可以请智方代购,反正都是在圣地亚哥付款。

最后副站长表示,今后如有智利站的人到我们站去,一律会由他事先联系,否则我们可不予接待。因为他已发现个别队员擅自离站,问他到什么地方去了,就说是去中国站;问有什么事,就说去玩玩。我表示,中国站欢迎其他站的朋友、特别是智利友人随时造访,但一定尊重智利方面的决定,我回去后一定向站长转达他的决定。我们站长对队员也是这样要求的,除了打电话及发邮件外,都必须经站长批准后方才可以访问智利站,并且事先都会征得智利站的同意。

与副站长告别后,赵萍马上给圣地亚哥办事处的王勇打电话。她手头没有硬币，我借给她100比索。这里打到圣地亚哥是按智利国内话费标准收费，100比索可以讲不少时间。口袋里还有500比索硬币，我想顺便给家里打个电话。可是其中一个硬币每次投下去都被拒收，直接落入下面的返回口。身边已经没有其他硬币，只能作罢，应了"一钱逼死英雄汉"这句老话。

10时半回站。本来想继续参加刷漆，到门厅时发现我的工作服已被别人穿走了。正犹豫间，唐师曾与周国平已经收工回来，说其他人也快结束了，果然后面阿正和邵滨鸿也回来了。

午餐后睡了1小时，起来后继续写新年专稿。何怀宏来约3时40分去钓鱼，我平时从不钓鱼，加上想抓紧时间写完稿子，就没有去。

晚餐时杨志彪核对各人已报过的E-mail地址，看来快开通了。餐后李志刚通知，接上海东方电视台来电，约明天上午8时作采访，后天采访邵滨鸿。

本想继续写稿子，邵滨鸿来邀至会议室讨论，其余5人都已到。大家要我介绍一下正在写的新年专稿的内容和写书稿的设想，接着还是讨论南极环境保护等方面的问题。至11时结束。回房间续写专稿，至午夜1时。

2000年12月29日，星期五　多云

晨7时起。早餐前收潘益大传真，说如果在12月31日或明年1月1日发传真，可直接发至要闻部，以便及时处理；此前后仍可发给他。又告知赠阅明年《文汇报》，已交家中订阅。

8时至通讯栋，上海东视来电，约定马上开始调试，1刻钟后再来电正式开始。杨志彪正在与北京电话联系，试验收发邮件。1刻钟稍过东视又来电，说电话录音还没有调试好。北京来电找王站长，王站长来听后得知是《经济日报》做采访，正好要找我，就由我介绍近期活动，并回答提出的问题。北京来电找阿正，约稍后再打来。东视的电话接通，我谈了我们的迎新活动，对新世纪的祝愿，对上海观众寄语。结束时约定明天上午8时半由邵滨鸿谈，并请每人说一句话。王站长在旁边听到我提到向联合国秘书长安南寄呼吁书的事，问是怎么回事，说怎么他不知道。我说我们都是通过阿正向他汇报的，具体情况可问阿正。后来听阿正说，他告诉站长，这是我们的个人行为，本想向他汇报，但又恐怕他知道后反而为难，所以没有告诉他。

今日天气极好，来南极后尚未遇到过。至海滨摄影。回来记日记，续写专稿。午餐后大家纷纷准备外出，阿正来我们房间，他与唐师曾都想去西海岸，我可以带路，就约定一起去。

下午1时余出发，路还是很难走，只能在水里、淤泥上、积雪间、岩石堆中选择。说是带路，其实只是指个方向，路还得自己找，各人走的未必相同。有时前面人走过的地方太滑，后面的人就得改道。但有时前面人轻松地走过一片积雪，后面人最好踩着他的脚印。我知道，沿着谷地走一般是最近最方便的路，所以尽量不离开那条小河或小溪，但有时水底下的石头太滑，或落差太大而水太急，就只能绕道。流水切割着积雪和雪下的坚冰，有时形成一道很高的冰崖，可以看出上面有明显的层次，在阳光下折射出不同的色彩和光芒。有时流水消失在雪下，从上面走过时可以隐隐见到冰下闪动的波纹，但也会一脚踩破冰雪，陷入水中。阳光灿烂，蓝天、白雪、裸露的黑褐色岩石，形成强烈的色彩对比。这情景只在西藏见过，但这里的天更蓝，雪更白更多，而岩石也更裸露，连一寸土、一棵草都没有。紫外线辐射极其强烈，虽然戴了墨镜和面罩，出门前还涂过防晒膏，但回来后脸上和眼睛仍感到灼痛。

到海滨还是花了一个多小时，但上次从崖上走下去的那个隘口已被前几天的积雪所覆盖，还是唐师曾从远处一段不太陡的雪坡上踩出一条下崖的路。从分水岭流来的涓涓细流汇集在一起，从崖上跌落，形成了三股并列的瀑布，泻下一个很深的冰洞。这是随着融雪加快、水量增大而形成的新景观，上次来时还没有那么壮观。

海滩上有一大群海豹，似乎还是上次见到的那一群，不过数量更多，至少有四五十头；分布的范围也更广，原来可以走过的地方也因横七竖八的海豹而无法跨越了。第一次见到那么多象海豹的阿正与唐师曾贪婪地拍摄着，离海豹的距离也越来越近。我的兴趣已不如第一次，只找那些与上次有所不同的镜头。走路时的一身汗经海风一吹，就感到阵阵寒意。我爬过海边的礁石，来到海湾的另一边，风明显小了，阳光更加明媚，身上暖洋洋的。海还是那样的海，山还是那样的山，但今天在丽日蓝天的映照下，完全是另一种景象。我徜徉在沙滩上，独自欣赏这绝无仅有的南天风光。当我回到海湾的另一边时，他们两位还舍不得离开。已经3点45分了，我决定先返回。

到站已过5时，唐师曾与阿正快6点时也回来了。他们说在路上遇到了海狼，一只小海狼直往唐师曾扑去，速度很快，他躲避不迭，跑到山上才摆脱它的追赶。我问海狼有多大，他们说像一条小狗。我充分想象着这只"鸭子"被海狼追逐的窘相，暗自庆幸今天没有这样的遭遇，但也为至今没有见到过海狼而遗憾。

李志刚送来家里的传真，知道在智利站发的邮件已经收到。稍休息一下后继续赶写新年专稿，晚餐后又写至近8时，完成全文，有6 000多字。下楼见杨志彪正在餐厅贴新年用的横幅，请他立即到气象栋打印出来，交王站长过目。在餐厅遇到智利站哈维尔和他的助手，问了他一些近况。他看毕稿子后，提出两处数字有误，一处是笔误，当即改了；另一处其实是误解，因稿子中提到王自磐将过57岁生日，他认为应该是56岁。我告诉他生于1945年的人到2001年是满56岁，生日这一天是57岁的开始，所以应该称为57岁生日。那天王本人也有这样的误解，我已作过一番解释。不过站长认为年纪大的人总不喜欢人家说得大，于是我改为"满56岁"。即请李志刚发出，拨号后一直是忙音，留下请他稍后再发。

检《二十五史》，续写《人口史》稿。夜12时半睡。

2000年12月30日，星期六　昨夜大风雪，今阴间多云，大风，偶有雪

晨7时起。早餐时得知昨天所交传真已发出，原来是因为唐师曾接电话后未将话筒放好，所以线路一直不

通，后来才发现。

邵滨鸿准备去接东视的电话，我告诉她已通知其他人。回房间后想到昨天与平时外出时对南极缺少泥土的印象，立即写成了《土的含义》一文，800余字。其间邵滨鸿邀各人于11时半去接电话，唐师曾认为没有什么好讲，不愿去，劝他也无用。后阿正来说，东视的采访时间已改约今晚9时半，他们说特别希望听到"唐老鸭"的声音。

午餐后何怀宏来我们房间告别，将去油罐前海滩上的避难所住48小时，希望不报道，不公开，也不要去探望。尊重他的意愿，没有给他送行，从窗口见他背着一个睡袋和一个背包，消失在山坡后面。

下午1时半睡，2时余起。开始改写南极日记，自阿正到青岛与我商议他的计划开始。经这些天来再三考虑，决定将日记作为书稿的主体，详细记录这次南极之行的全过程。改写的过程，是将原来的流水账改写为有过程有感想的记录，将半文半白改成适宜阅读的文字，当然还得将个别不宜公开发表的内容删去。

3时余一架直升机载着乌拉圭站14人来访，吃完晚餐后才回去。因餐厅人挤，我们改在会议室用餐。平时不喝酒的唐师曾也喝了一小杯红葡萄酒，趁着酒兴，大谈他对庄则栋的采访等事。饭后唐师曾又去会议室盖邮戳，我力劝他去接东视的电话，说你这只"鸭子"随便去叫几声上海人也爱听。近9时半由邵滨鸿将他拉去通讯栋，后来听说他谈得很得体。

阿正来电，王站长邀明上午10时半为中央人民广播电台谈两分钟，要求事先写好稿子，我认为不必写，只要想好内容就可以，而且读稿子的效果远不如即兴谈话。改日记至12时余，约完成5 000字。睡前拉开帘子看一下，见窗外明亮如白昼。

05. 新千年在南极

2000年12月31日—2001年1月10日

在新的一年、新世纪、新千年来到的时刻，我们在南极长城站两次迎候。北京时间2001年1月1日零时，我们在敲响21次钟声后，在国歌声中升起了国旗。长城站时间2001年1月1日零时，我在长城站前等待新年、新世纪、新千年的曙光。

能在南极迎来这个时刻的人，无论在中国还是世界，都是屈指可数的，而我就是其中之一。在我的有生之年，或许可以一直回忆和讲述这一时刻，又有谁能够取代？大概只要我说得出，就没有人会不相信，没有人能不羡慕。

不过此时此刻，我实在感觉不到什么异样，至少没有产生什么新的感受。

由此想到了古往今来的重要时刻，或许历史的轨迹就是在这一刻改变，或许亿万人的命运就是在这一刻决定，以至于多少年后还会被人们刻骨铭心，永志不忘。但在当时当地，难道不会与这个清晨一样吗？

成事固然在天，谋事还是在人，看来再重要、再关键、再有历史意义的时刻，对不同的人会有不同的意义。要不是有人在这些时刻做成了一番事业，创造了历史的一个篇章，那些时刻就会变得毫无意义。新世纪、新千年本身决不会给我们带来什么，什么都得靠我们自己争取。

在南极长城站不也是如此！

2000年12月31日，星期日 晨起多云，随即转阴，风虽比昨天稍小，仍很强劲

晨7时起，7时半早餐。阿正通知9时10分有北京

电台的直播采访。后又来电,要求谈10分钟。早餐时得知何怀宏与站长有联系,昨天一切正常,就是衣服带少了,有些冷。

早餐后稍整理日记,阿正来催,接着李志刚又来电,立即去通讯栋。9时余接受北京人民广播电台直播采访,我先谈了一些,接着阿正、邵滨鸿谈,最后又问了我几个问题,阿正继续谈。但王站长与中央人民广播电台所约时间已到,所以北京台至10时结束。中央台的电话接通后,王站长介绍情况并向听众致问候,由赵萍代表越冬及度夏女队员发言,然后我讲,至1分40秒时电话中断。我的话正好也说完了,王站长与王自磐留着等再接通,我就回房间继续改写日记。

11时20分阿正叫我们去餐厅在申奥旗上签名,邵滨鸿也取出他们杂志社的旗帜请大家签名。

11时半,中国第17次南极考察队长城站的21名队员(何怀宏外出不计)集合在一号栋前的升旗台前。一号栋是长城站最早的建筑之一,曾经是长城站的主要生活区,在它的正门前悬挂着一口铜钟。今天,一号栋前还积着一堆未融化的残雪,形成一道三四米高的雪坡。根据事先的安排,每位队员将敲响一次钟,21响钟声正好象征着21世纪。首先走上雪坡,登上台阶,站在一号栋前的过道上敲响第一下钟声的，是国家海洋局第二研究所56岁的研究员王自磬，第二位是武汉大学测绘学院23岁的博士研究生周春霞，他们是这次考察队中最年长的和最年轻的队员，今天将担任升旗手，所以享有先敲钟的特权。然后队员们鱼贯而上，每人敲响一下钟声。我敲了第16下，阿正敲第17下，唐师曾敲了第18下。带着队员们对亲人、对友人、对祖国、对人类、对新世纪、对新千年的希望和祝福，钟声回响在南极的上空，也回响在大家的心头。

激动人心的时刻即将来到，王建国站长登上一号栋前的过道，做敲响第21下钟声的准备。"五、四、三、二、一"，随着倒计时声的结束，王建国敲响了这最后一声。在欢呼声中，长城站与祖国一起进入了新世纪。

在国歌声中，那面从天安门国旗班带来的国旗，迎着极地的劲风冉冉升起。队员们相互拥抱致意，并手持三面签满了名的国旗，合影留念。今天升起的国旗将由第17次考察队越冬队员带回，交极地博物馆珍藏，三面由队员们签名的国旗将送回天安门国旗班。

对这个简单而庄重的仪式我特别满意，事先队里作过多次讨论，而我提出了主要的创意。

正在站里作合作研究的六位德国研究生应邀参加敲

钟和升旗仪式,在我们的国旗升起后,由他们两位代表在一号栋的旗杆上升德国国旗。由于没有德国国歌的录音带,我问那几位年轻人是不是可以唱国歌,谁知他们为难地说:"我们记不得歌词。"我感到惊奇,但马上想到事出有因,忙问:"你们统一后用的是不是原来西德的国歌?""是的。""歌词改过没有?""没有。"我默然了。这些生在东德,从小唱着《德意志民主共和国国歌》的学生,到一二十岁突然必须改唱《德意志联邦共和国》的国歌,他们只能接受这个事实,但大概从来没有认真记住新国歌的歌词。或许他们至今还记得东德的国歌,但这已是消逝的历史陈迹,只能埋在他们心里。

接着举行拔河比赛,原定由度夏队与越冬队对抗,因度夏队人太少,选手不够,临时邀请三位德国人参加,每队7人。先在旗杆后的水泥地上比赛,结果一胜一负。为了公平,我们建议将决赛场换到前面的直升机坪,我取出房门钥匙,让双方代表猜正反面决定由谁先选择场地。邵滨鸿代表度夏队猜对,先择场地,但事后才发现她选的方向不利,因为地坪微微向下倾斜。结果越冬队获胜,或许与占了地势之利不无关系。最后又即兴增加了中德女子对抗赛,德国人高头大马,奋力一拉,竟将邵滨鸿拉倒在地,看见绳结要被拉过中线,旁边人将邵扶起，趁机帮她用了一把力，德国人却已放松警惕，中国女队猛一用力，竟反败为胜。

午餐后已1时半，接通知去通讯栋更改各人邮箱密码，但由于目前只能用自己的笔记本电脑通过联机发送，而我的笔记本没有准备网卡，所以无法使用，就没有去。

下午1时3刻睡，2时40分起，开始写今天中午活动的报道，名为《天涯共此时》，未毕。

3时至餐厅，由张雪梅主持交换礼品，德国六位研究生也参加。各人事先交礼物一件集中，然后在一纸盒中摸一张写着姓名的纸片，摸到自己名字的重摸。我身边没有什么可用的礼品，只能开了一张"期票"，将由集装箱带来的一块复旦纪念牌预支，结果被发电班徐文祥摸到。我摸到了卫建敏提供的一个小狗钥匙圈。开"期票"的不止我一人，有的比我的时间还长，如周国平提供的是一本他写的书，但得到北京才能拿到。

第二个项目是由林清主持的"猜照片"，将她事先征集到的队员们带在身边的亲友照片集中在一起，由大家猜照片上的人是谁家的什么人。她借走了我与女儿的合影，然后将我的部分用纸遮住，也放在里面。为了鼓励积极参赛，她规定本人提供的照片也可以写上。各人凭丰富的想象力和观察力煞费苦心地写出答案,她收起来后宣布,晚餐后公布标准答案和比赛结果。

这项活动至4时半结束,由我主持第三项——长城—北京接力赛。我确定的办法是度夏队出一组、越冬队出两组,每组三名选手,"接力棒"是一个餐盘,上面放两个注满水的一次性塑料杯。评分的标准分两部分:速度第一名6分,第二名4分,第三名2分;杯中水最多者4分,第二名2分,第三名零分;按总分确定名次。从发电栋门前为起跑点,国旗杆前为终点。比赛开始后,阿正跑度夏队的第一棒,遥遥领先。可是传给第二棒周春霞后就被越冬队两组全部超过。到第三棒的王自磐虽然奋力追赶,无奈距离已远,加上盘中的杯子倾覆,结果屈居季军。越冬队的发电组速度最快,杯中的水也最多,稳获冠军;另一组也毫无争议获得亚军。

回房间写毕报道,得知张文仪正在气象栋,立即去打印后交站长。

6时全队聚餐,喝了些红葡萄酒。林清公布猜照片结果,笑话百出,对者极少,连我女儿的照片都被猜成五六种答案。不过有的照片是神仙也猜不出的,如有一张是赵萍的朋友。至7时半散,交李志刚发出送《文汇报》的报道《天涯共此时》。回房间记日记。

8时又有活动，是由王自磐主持的南极科普知识竞赛，他事先出好一些题目，放在一个纸盒中，摸到后如回答准确，可得分，并继续摸下去；如答错则无分，并就此结束。年轻队员虽答得不多，但积极性很高。看了一会回房间，向梁永进借得他带来的上海浦东邮电支局两个纪念邮戳，共盖阿正所制纪念封900个，其中500个盖了两个章，其余的盖了一个章，至午夜1时余结束。

晚11时3刻全队集合于旗杆前，至12时升队旗，迎来了长城站的2001年。因为周围各站根据智利夏时，在我们的11时整已经宣布进入2001年，智利站站长巴斯库尼亚还通过高频电话发表了新年祝词。在这样重要的时刻，这位站长也要突出他的"主人"身份。同样，我们在智利电视中看到的新年特别节目中，也少不了弗雷总统考察站的镜头，就像我们中央电视台的春节晚会上少不了来自南沙群岛驻军或边疆哨所的消息一样。看来智利人对南极的"领土"情结实在是很深的。还有40年《南极条约》的规定的冻结期又将届满，到时世界各国将如何解决这个难题？这是21世纪的世界不可回避的，也是我们中国人必须正视的。

2001年1月1日，星期一　多云转阴，9时余大雪，至傍晚方止

凌晨1时余继续改日记，至2时20分。据预测今天的日出时间是2时24分，到阿正房间叫了一声，没有听见回答，就独自下楼，在站前等待2001年的第一缕阳光。这时阿正也背着摄像机下来了。昨天就与他约好，今天无论天气如何，我们也要在户外迎接这一时刻。东南日出的方向罩着厚厚的云层，新世纪的太阳迟迟不肯露面，西南方向倒透出少许霞光。等到2时40分，天空已飘起微雪，我们才在站前留影后返回。毕竟是南极的夏天，此时不用闪光灯也完全可以拍出清晰的照片。

乔治王岛上新世纪的第一天就这样来到了，没有阳光，甚至没有什么曙色，只有在灰暗的云层下纷纷飘洒的雪花。大多数队友还在梦乡，周围一片寂静，只有海峡对面韩国站长明的灯光正渐渐淡入雪山和天色，连好动的企鹅、贼鸥也还不见踪影。多么寻常的一个南极清晨！这难道就是亿众企盼的21世纪、新千年的第一天？难道就是我们经过几个月的策划和准备而迎来的世纪之交、千年之交？我努力使自己想得深沉，想得复杂，想得庄严，又一遍遍极目四望，再凝神静思，但实在感觉不出什么异样。其实，该想的都在事先想到了，

该写的也已写得差不多了,所谓"谋事在人",我们已经尽了力。至于想象中的新世纪的瑰丽曙光、灿烂朝阳、壮阔波澜之能否出现,那是"成事在天",只能由自然来决定。岂但是我们,那些不辞劳苦跑到离太平洋上日期变更线最近的小岛上去迎接的人,那些争来了中国最早见到新世纪阳光的人和随之蜂拥而去的成千上万游客,全世纪等着发"新世纪""新千年"大财的人,又有多少人能够如愿以偿呢?

雪花逐渐密了,我赶快收好照相机和摄像机。这也向我证实,我的的确确是在南极经历着2001年1月1日的清晨——一个多少人没有能够经历、多少人热切期待、多少人为之振奋,多少人为之销魂的时刻!能在南极迎来这个时刻的人,无论在中国还是世界,都是屈指可数的,而我就是其中之一。这22位中国人中,在日出时分准点注视着太阳升起的方向的只有我们俩(或许还有何怀宏,但他正离群索居,我无从知道)!在我的有生之年,或许可以一直回忆和讲述这一时刻,又有谁能够取代?大概只要我说得出,就没有人会不相信,没有人能不羡慕。

不过此时此刻,我实在感觉不到什么异样,至少没有产生什么新的感受。

以前听说处在台风眼中是最平静的,即使是在最大的台风中,但即使是在台风的外围,风也会大得多。我现在大概就在这台风眼!但在旁人或后人眼中,我无疑已被狂飙惊涛所包围,必定以为我有过人的能耐,才能处于如此境地。

由此想到了古往今来的重要时刻,或许历史的轨迹就是在这一刻改变,或许亿万人的命运就是在这一刻决定,以至于多少年后还会被人们刻骨铭心,永志不忘。但在当时当地,难道不会与这个清晨一样吗?即使真的出现五星连珠、紫气东来、旭日东升、气象万千,在失败者的眼里也会如此辉煌吗?

成事固然在天,谋事还是在人,看来再重要、再关键、再有历史意义的时刻,对不同的人会有不同的意义。要不是有人在这些时刻做成了一番事业,创造了历史的一个篇章,那些时刻就会变得毫无意义。21世纪、新千年本身决不会给我们带来什么,什么都得靠我们自己争取。

我们回房间时,见邵滨鸿正背着相机下楼,大概也是为了追逐新世纪的早晨吧。

凌晨3时余睡,到7时醒来,这几个小时我睡得很平静,但还感到很疲倦。既然睡不着了,就服从生物钟的安排。窗外积雪增加,早上已下过雪。

7时半至餐厅,空无一人,连厨师也不在。看了黑板上的通知,才知道今天早上不开伙,各人自便。冲了一碗奶粉,泡了包方便面。将吃完时张文仪来了,问他今日天气状况,他说没有风,雪也不大,如果准备游泳,今天倒合适。问他海中水温,他说大概零度左右。

回房间时唐师曾已起床,他去餐厅后,我躺在床上闭目养神,后来阿正来了一会,唐师曾用我昨天借来的纪念邮戳盖他带着的一盒信封。9时余雪转大,迷蒙中见有二人划船过来,停在油罐前的海滩,后来得知是捷克站的。雪越下越大,不便外出,看来原来的活动计划不得不改变,继续改写日记。

午餐时见张文仪在黑板上写着,今日水温为6度,气温零下1度。他说今天虽然有雪,但没有什么风,要游泳的话还是合适的。餐前见到捷克站站长耶达,邵滨鸿正与他交谈。据邵说捷克人带来的七岁小女孩每天游泳,现在已可以在水中坚持1分半钟。

饭后回房间睡下没多久,阿正来敲门,通知将去参加俄罗斯人的烧烤,并在那里游泳。我以为现在风雪已大,而且要游泳也不应该到油罐附近的海滩去。下楼后见王站长正做带大家去参加的准备,林清等还备了一些被套，以便游泳结束时当浴巾用，好几个人怂恿我也做好游泳的准备。2时出门，冒雪走到油罐前面海滨，俄罗斯人与德国人的烧烤已开始。旁边停着俄罗斯站的卡车和坦克，录音机中放着俄罗斯乐曲，礁石的背风处用废木材燃着一堆火，他们用铁签穿着肉块在火上烧烤。然后他们围着站在一起，在鹅毛大雪中喝着啤酒和饮料，手持铁签大块吃肉。这是俄罗斯站每个新年的传统活动，所以我们前几天经过时就看到旁边堆着不少废木材。王站长和赵萍将带来的几瓶酒赠给奥列加站长，但奥列加仅略作应酬，因为今天俄罗斯站并没有正式邀请长城站，只是将我们作为路过的客人，随便拿来一些饮料和几根铁签，请大家自便。此时俄罗斯人对游泳也没有兴趣，他们今天上午已在别林斯高晋站前的海湾中游过了。

捷克的耶达站长也在，我与他提到我们站的人想在这里游泳，他认为这里的海滩礁石太多，水太浅，要走不少路才能下水，并不适宜。俄罗斯老医生也说今天这里不宜游泳。我到海边用手试试水温，感觉相当冷，估计不会到6摄氏度。后来，据俄罗斯人测量为摄氏1度。我建议不要在这里游泳，如果要游，不如到我们站码头旁去试试。再说，本来是想与俄罗斯人一起游的，现在他们并无兴趣，就剩下我们自己游，何必要跑到这里来呢？周国平表示同意。王站长、阿正、邵滨鸿等商量了很久，最后也决定回站去。我与周国平闻讯后先踏上归途，其他人也在我们后面陆续返回。可是就在我们来到海角一块大礁石时，却听到走在后面的张雪梅一边往回走，一边喊着："快回来，他们下海游泳了。"我们有点莫名其妙，弄不清怎么又有了变化，还来不及回到原来的地方，就看到一个穿着游泳裤的人蹚着海水快步往海里跑去，然后扑入水中，游了一段。等我们回到人群旁时，一些人正忙着帮刘弘擦身穿衣。我们才知道，本来大家已经在往回走，忽见俄罗斯医生助理尤拉脱了衣服步入海水，然后裸身跃入水中游了一阵。但另一位俄罗斯人刚下水，就冷得受不了，赶快逃上岸来。大概是受了尤拉的刺激，刘弘就准备下水，俄罗斯老医生见他个子瘦小，拼命劝阻，止不住后，又在等他上岸后示意大家给他保暖。

　　返回的决定就此自动取消，梁永进作为第二位应战者下水，游了一圈后顺利上岸。接着邵滨鸿步入海水，这时俄罗斯人和德国人的注意力才被吸引到海滩上，驻足观看。尤拉见邵滨鸿下水，急忙第二次跳下海去，快速向她游去。邵滨鸿见他游近，以为他还是裸体，立即用手打他，警告他不许靠近。等她游完站起身来，一步一滑向岸边走时，才看清走在旁边的尤拉这一次穿着游泳裤，在大家的欢呼中，她拉住尤拉伸出的援手，在他的搀扶下走上岸来。林清等围着邵滨鸿，让她坐下，俄罗斯医生忙示意不可，要她边擦身边活动。旁边传来平时专供男性的二锅头，她拿着瓶子连喝几口，还说："这时候喝起来像水一样。"最后一位是阿正，他游得最长。但有了前面精彩的场面，就显得无惊无险。他下水时邵滨鸿还没有准备好，由我给他摄像，中间由邵接手。海滩上的礁石的确很滑，阿正上岸时差点摔倒，脚底划了一个口子。终场节目是三男一女四位南极夏泳勇士在海滩合影。

一场差一点流产的国际南极夏泳就这样戏剧性地开始和结束了，不过事后想想，我还是感到不游是正确的。要是那天有谁在水中发生意外，既无橡皮艇，又无救生器具，其他人就是要下水也未必来得及。幸而什么都没有发生！

6时晚餐，为庆祝新年，我们都喝了些葡萄酒。餐桌上继续议论下午的游泳，还没有吃完饭就催阿正和刘弘播放游泳录像。正放到尤拉裸身下海时，他居然出现在餐厅门口，原来他是来归还刚才给他裹身的被套的。

尤拉见到自己在电视机中的形象,并无尴尬的表现,只是微微一笑。邵滨鸿再次向他表示感谢,大家留他喝些酒,吃些东西。尤拉今天很兴奋,稍后就站起来举着酒杯,要我替他翻译。他说,他的母亲一族是中国人,他对中国有特别的感情,祝中俄两国人民的友谊永存,两国永久和平。大家都很惊奇,原来他与中国还有这一层关系。我问他出生在什么地方,他的英语似乎不够使了,一直讲不清。邵滨鸿用俄语问他,才弄清楚他的外祖母是华人,住在伊尔库茨克附近的一个小城;祖父是波兰人,父亲是军官。我和邵滨鸿陪他聊天,一位德国女研究生悄悄对我说,尤拉刚才在俄罗斯站已经喝了不少酒,不能再给他喝酒。看来尤拉头脑还是清醒的,因为他只喝些饮料,还说一般日子他是不喝酒的。谈起他的家庭情况,他说他结过两次婚,大儿子25岁,是与前妻生的;大女儿是现在的太太带过来的,她生的小儿子5岁。提到小儿子,他的脸上顿时一片灿烂,说最喜欢和最想念的就是小儿子。这时我才相信他确实有47岁了,就问他怎么能保持得如此年轻和健康,他说主要是天天游泳,经常锻炼。邵滨鸿将带来的民乐CD送给他,他邀我们有空去他办公室,还说要交给我们他已经准备的一份小礼物。告辞时我们问他要不要请站长派车送,他说不必,就步行回去了。

整理电脑中所录照片,续改日记,至夜12时。

2001年1月2日,星期二 晨多云,上午转晴,下午转阴有雪,转阴

晨7时起,今日又轮到我帮厨,稍早至餐厅,厨师张来生说不必帮,今天没有客人,没有什么事。早餐后仍清扫餐厅。

卫建敏准备去智利站,托他将10张明信片带去贴上10比索邮票,并补盖1月1日的邮戳,智利邮局了解大家的心情,在盖邮戳时很通融。后来唐师曾也去了。收副所长发来的传真,准备以邮件答复。据站里通知,网络开通后只能收发邮件,无论收发,都按每6秒钟4元左右的价格收费。为节省时间,应尽量用文本文件,不要用附件。

阿正忽然来通知,10时韩国站派船来接我们去访问,下午返回。马上准备出发,去厨房问张来生要不要找人代替帮厨,他说不必。在房间里见两条韩国船在Koo的带领下靠上码头,立即关电脑出门,唐师曾正好赶回,没有错过这一机会。

到码头登船前,得穿上韩国船上的救生衣,这种救

生衣是衣裤连在一起的，万一掉在水里还有保暖作用，但穿起来比较麻烦，好几个人都靠韩国人帮助才穿上。同去的除我们6个人外，还有两位记者、王自磐、周春霞和林清，共11人。王站长本来已准备去，因为智利站通知托运的货物已到，临时未去。我们分乘两船，我与唐、邵、林、张雪梅一船。除了驾驶员外，陪同我们的是韩国站年轻的医生，他能说英语，据说在美国生活过好几年。为了让我们能看看海景，两条船都在海上绕了一大圈，并开得很慢，先后靠近两块大浮冰，供我们靠近摄影，不仅围着浮冰转，还将船尾顶着浮冰，跟着浮冰飘了一段。我站在船尾，靠在冰上，请唐师曾给我拍照，还照了浮冰底部姿态各异的裂缝、冰凌和断层。随后两船加速驰向韩国站，船头迎着波浪上下起伏，船身不断振荡，有几次将坐在船帮上的人都颠了起来，不由人不紧张。当然都是有惊无险，反而觉得富有刺激。

船靠码头时，站长蒋舜槿博士等已在等候，站前旗杆的韩国国旗下，挂上了中国国旗。在接待室坐定后，王自磐与我简单介绍了一下我们的情况，然后就听取蒋站长的介绍，并提出一些问题。在介绍他姓名的汉字时，蒋站长说："蒋是蒋介石的蒋，舜是中国古代圣人尧舜的舜，槿是韩国的国花。"我问他"槿"是不是无穷花（木槿），他很高兴我知道无穷花，又拿纸笔写了"槿"字。韩国世宗王站现有23人，其中越冬队员15人。目前还雇了4名智利工人，承担站区建筑物的夏季维修。站长认为就地雇工既省钱又提高效率，可以使队员集中精力做好本职工作。看来这是个好办法，而我们的队员在度夏时主要的精力都是用在建筑的维修和站区维护上，连科学家也不能例外，让高级人才的时间和精力花在简单的体力劳动上本身就是极大的浪费，何况是在南极？即使就成本而言，也未必合算。就地雇劳动力并不贵，只要负担他们从蓬塔阿雷纳斯来往的旅费。而且这些劳工技术熟练，干活省时省料。我问队员是如何挑选出来的，蒋站长说，科研人员主要根据项目挑选，也有一部分是由本人申请的，其他的维护人员则在有关单位挑选。但年轻人都喜欢度夏，而不愿越冬，称来南极越冬为三D工作：dangerous（险），dirty（脏），difficulty（难）。问他经费情况，他说每年用于南极考察的费用有2500万美元，比王站长介绍的800万美元多了几倍。开始我以为听错了，他又重复："Twenty five million."我还不放心，问他是美元吗，他明白地说："Yes, dollar."他还告诉我们，韩国站往返的船是租的，虽然较贵，但比专门备一条还是便宜，可以节省日常的维护和人员费。他们目前经费相当充足，都是由政府提供，毫无困难，所以一般不接受私人企业或民间的赞助，以免受到企业利益的影响。但他希望能够在中山站附近再建一个新站，这方面的经费还没有落实。我问他来南极的队员每天有多少津贴，他没有具体回答，只是说有不低的津贴，一部分是出发前就发的，用于队员在国内的安家费，另一部分是在站里发的。韩国站的通信相当便捷，有一条卫星传输线路，并通过智利电话局包了一条专线。不过蒋站长说也是利弊兼有，与国内联系过于便利了，队员不容易管理，而且上司动不动发指示，站长事事都得请示。食品大部分由国内装船，一部分在沿途停靠的地方就地采购，新鲜蔬菜水果在美国和智利补充。站里的生活设施齐全，房屋宽敞，但规定每间宿舍都得两人或三人合住。蒋站长说这也是他们多年的经验，特别是越冬队员，单人住容易发生心理问题。

接待室与餐厅相连，站长招待我们用午餐。午餐也是自助式，米饭外有海带汤、两种炸牛肉条、几种泡菜、生鱼片及生海鲜，其中还有生蚝，鱼片与海鲜都很新鲜。蒋站长告诉我，今天是韩国的一个节日，习俗要喝海带汤。与海洋生物学家安仁英博士邻座，她能说一口美国英语,与王自磐的专业相近。站长邀我喝一点桌上放着的"江陵烧酎",强调这是酒,只能少喝一些。我看了瓶上的说明,实际是稀释烈酒,只有14度。我注意到,餐桌上其他韩国人都没有动这种瓶,仅喝些饮料。看来他们平时不许喝酒,出于礼仪也只喝少许。韩国人非常注意细节,餐巾纸上都印着他们的队标。他们不仅室内非常整洁,站区各建筑物之间的道路也相当平整干净。我们进接待室时换了拖鞋,以后就可以在各幢房屋间来往,直到离开站区前,不必再换鞋。而在我们站,建筑物之间还没有像样的道路,逢到雨雪天,出门、进门非换鞋不可。刚才登岸时,我注意到地上画着两道平行的红线,等吊车将橡皮艇从海上吊起停稳后,我发现橡皮艇正好放在第一根线后面,而吊车的抓斗正贴着第二根线。

饭后我与阿正等向站长赠送了我们的队旗,并请他在一些队旗上签名。站长陪我们参观站里的各种设施。气象室的窗正对着长城站,里面放着一台高倍望远镜,我们站区的景物看得一清二楚。在旁边还围出了大约一米见方的小温室,栽着辣椒、黄瓜和一些绿叶植物,虽然都长得过于苗条颀长,但也郁郁葱葱,充满春意。安仁英主持的海洋生物实验室设备齐全,可容纳10位研究人员工作，目前有4人。还有几位博士生和硕士生，参加不同的科研项目。实验室正面墙上挂着一牌英文标志，写着"海洋生物化学实验室"，却让邵滨鸿出了一个小洋相，她进门后就说："这是玛丽亚实验室。"原来她将"marine"（海洋的）误认为人名了。

最后来到站长室，照相后就为带来的100个信封盖戳。乔治王岛上各站都备有供来访者盖的纪念戳，也是来访者的必备项目。韩国站有一个戳是自动添加印油的那种，盖起来很方便。

原来一些人准备登山，蒋站长已准备亲自陪同。但得知王自磐等将去观察企鹅后又改变了主意，我只得向站长表示歉意。除林清等三位女士留在站里外，其他人都随着三位韩国队员沿着海岸往东北的海角而去。陪我一起走的是一位生物化学专业的博士生，他来了不久，但已两次看到过鲸。韩国站前就是外海，水深流急，常有鲸出没，我们在海滩上也看到一副鲸骨架。大约走了三刻钟，来到一个雪坡前，上面有大片企鹅的脚印，不少地方被企鹅粪染成暗红色，显然是企鹅上下的通道。我们随着韩国人上坡，有时旁边的企鹅也在上下坡，似乎它们已习惯与人类并行不悖，各行其是。出门时我就见前面的韩国人手里举着一根滑雪杖，以为他是备着登山时用的，可是在上坡时他还是举着，我才知道是为了防备贼鸥袭击，或必要时用于驱赶。上山以后，看到听到的情景与在阿德雷岛上几乎一样，漫山遍野都是企鹅。但这里只有帽带与金图两类，没有阿德雷企鹅。两种企鹅各有千余对，共约2 600对。它们都集中在自己的群落，一对对照料着新一代的企鹅。巢穴非常密集，只有少数单干户散居在周围。这一带海滨悬崖逼岸，礁岛林立，怪石嶙峋，在蓝天碧海的衬托下极其壮美。其中有一块大礁石，韩国人称为"蜡烛石"，突兀海边，形态酷似。此时天气晴朗，海风虽冷而爽，远处漂荡的浮冰和更远处的冰盖，在阳光照射下熠熠生辉，海水也因深度与波浪的不同而展示出不同的蓝色。根据光学原理，三种基色就能合成所有的颜色。但这幅大自然的杰作似乎更加简单，只有蓝白两种基色，却合成了变幻莫测、应有尽有的色彩和图形。这是一幅只能意会、不可言传的图画，令我随带的像素高达340万的最新数码相机也无能为力，却十分慷慨地让每一个人尽情陶醉。

　　王自磐和两位韩国队员先下山了，另一位留在后面的队员很礼貌地提醒大家，如果已经拍好照，就请抓紧时间下山。过了一会儿，他又催促大家赶快回去，说刚接到站长电话,天气快变了,得赶在海上起风浪前送我们回去。这时天空虽有些云,还是艳阳高照,我们将信将疑,但既然主人如此安排,我还是催大家马上下山。我与唐师曾先往山下走,在下雪坡时,他正与几只下山的企鹅遭遇,我为他拍了"鸭"与鹅狭路相逢的照片。我们到坡底时,见其他几位也在韩国人的再三催促下往下走了。走完前面一段高低不平的礁石路,已经满头大汗,后面一段是一马平川的卵石海滩,踩一脚滑出半脚,走得越快越滑。虽然风已越吹越大,但汗也越出越多,我只能停下来摘下帽子,脱去外衣,歇一口气再走。唐师曾落在后面,但韩国站的建筑已在视线之内,我独自往前走着。接近站区时,我离开了海滩的车辙,抄了一段近路,想从一处观察站旁直接进站。谁知无意中靠近了两个贼鸥窝,只听一声呼啸,两只贼鸥轮番向我头上俯冲。在去的路上曾风闻韩国站附近贼鸥的厉害,赶紧低头逃窜。可是贼鸥得势不让,穷追不舍。我忽然想到手里拿着的橙红色外衣是一件可用的武器,就在贼鸥接近时举起来挥舞。这一招似乎还有些作用,加上我渐行渐远,贼鸥终于收兵回营。

到站时,已是彤云密布,雪花飞舞。为了抓紧时间,我与王自磐约定大家不再进站,直接到码头集合。

码头边的海滩上积着大小不等、形状各异的浮冰,海上还在不断漂来。这景象在长城站是看不到的,因为鼓浪屿与阿德雷岛这两重障碍,加上它们间的沙坝礁石将稍大一点的浮冰都挡在外面,偶尔有一两块漏网的体积都不大,浮在水面的部分从未见到超过一米的。

蒋站长、医生等到码头送行,Koo 陪同我们合乘一条船返回。雪花已从柳絮变为鹅毛,蒋站长再三叮嘱注意安全,如天气不好要随时联系。出海不久,前面出现了一座一间房屋大小的浮冰,令人称绝的是上面躺着两头海豹,而且是一白一黑。Koo 非常理解大家的心情,立即下令减速,橡皮艇靠近浮冰后,围着它慢慢转圈。每人都有充分的拍摄时间,只是船上已坐满人,很难避开别人的头或身体。离开浮冰时,海上天色昏暗,大雪飞舞,迷蒙一片。我将能扣的扣子都扣上,能拉的拉链都拉紧,风雪还是直往身上钻,转过身来背着风才稍为暖和些。送至本站码头后,大家劝 Koo 留下暂避风雪,他说这天气的确不好,但还不是太坏,驶回去应该没有问题,执意立即回去,我们只能目送他们很快消失在风雪海浪中。

到站 4 时 45 分,立即去厨房,张来生说没有什么事,我就将楼上楼下走廊和楼梯的地板拖了一遍。后来赵萍说六位德国研究生已承包了楼道的清洁，但我也差不多拖完了。

晚6点前到餐厅，帮厨师准备开晚餐。今天运到了新鲜水果，每人分到两个油桃。晚餐时得知韩国船离开不久螺旋桨就发生故障，折往智利站修理。蒋站长没有联系上，以为出了事故，立即请乌拉圭站救援，乌站的直升机紧急出动，冒着风雪低空搜寻，一无所获，此时蒋站长才接到智利站的电话，知道是一场虚惊。

餐后清理完餐厅，回房间写给家中的邮件。将完毕时阿正来电，说他将去发邮件。立即去他房间，将我的两个邮件输入到他的笔记本上，一起去通讯栋。又请杨志彪过来，为阿正登记账号，修改密码，再用阿正的笔记本连接服务器，发出阿正与我的邮件。站里说怕各人的软盘直接放入服务器的软驱会带来病毒，只能用自己的笔记本连接服务器，但我们几台没有网卡的笔记本就无法连接。

回房间记日记，整理今天所拍的照片。11时半去洗澡，前后与卫建敏、徐文祥（越冬队员，发电班成员，来自贵州柴油机厂）闲谈。回来时已起风，但东南方向很亮，还有霞光。稍坐即睡，午夜1时半。

2001年1月3日，星期三　阴，小雨雪，入夜大雪

晨7时起。早餐后即整理照片，用MO做备份，至11时余方完成。其间李志刚来电，接北京来电说阿正发出的邮件中有的地址错误已被退回，但究竟是哪一件，要晚上收发邮件时收到回执后才知道。这里发的邮件仍通过海事卫星传输，到北京后又要经一个站转发，接受邮件也得通过那个站。为何怀宏拷贝我拍的几张照片。

下午1时睡，不到2时就起身，因卫建敏来敲门，交一个软盘给唐师曾，醒了后未再睡着。继续改写日记。邵滨鸿来，邀今夜8时举行座谈，我提出座谈应有具体题目，才不至于浪费时间。她表示赞成，不久送来了打印出来的几个题目，又谈至6时。

阿正已查出他所发邮件地址有误。晚餐后阿正等去发邮件，得知我的邮件没有退还，应该已发走了。

晚餐后继续改写日记。8时与唐师曾至会议室，仅邵滨鸿在，候至8时40分，阿正与周国平、何怀宏方到。刚坐下，李志刚又叫阿正去接电话，稍后才开始。先谈书稿的进展和可能性。周国平谈他的情况，大意是游记部分可以写出来，感悟部分与在北京时并没有什么差别。唐师曾认为自由与集权本来就有冲突，如果完全

写真话，出版社能一字不改地出版吗？我发表看法：形而下的方面肯定会有很大收获，毕竟是没有到过、又很难到的地方。但形而上的方面就未必，得看各人的基础和感悟。我所注意的主要是形而下的问题，所以完全可以写出书稿。第二部分谈对南极未来的看法，我认为，《国际南极条约》只是冻结，而不是解决了各国的领土主权要求，并且是既不肯定也不否定，今后必然有出现利益再分配的问题。何况南极是地球上唯一一块主权未定又存在巨大潜力的大陆，中国应着眼长远，适当布点，为确定将来应该分享的权益奠定基础。南极在军事上的作用虽然不大，但军民结合、平战结合还有很大发展余地，我国基本未加利用。南极的资源目前还是个未知数，主要是环境保护与资源开发的关系如何处理，还有开采的成本与可能性，包括对国际条约修订与完善的可能性。在科研方面，南极是绝无仅有的实验室，应该充分利用。南极的旅游必定会迅速发展，中国应积极参与，不能总让外国人赚中国人的钱。对我的说法，他们都没有提出什么意见，仅稍作了些补充。最后又讨论六人下阶段的计划，与站里的协调和若干具体问题，至夜12时20分才结束。1时余睡。

2001年1月4日，星期四　阴

晨7时起，见窗外积雪满地。早餐时问李志刚是否收到过发来的邮件，他说因发来的邮件都是给管理员的，所以不知道是谁的。我问是否可以各人按自己的密码认领，他说要问管理员。后问赵萍，她说已试过，都不是她的邮件。告诉阿正，请他去试收，并请他今后每次发邮件后都代我们查一下。与王建国站长谈些近况，又建议应恢复一号栋的站长办公室，以便与其他站的公务往来。现在他住在底层一间普通房间，无法接待客人，只能在餐厅或会议室，但那里谁都可以进出，见重要的人或举行正式会见很不方便。楼梯上遇到阿正，他正去发传真，告诉他我的密码，请代收邮件。杨志彪来电，我前日的邮件也未发出。后送来拷下的回执，居然在发送地址中漏了一个字母，当时似乎都查过了，竟还是漏了。既然没有发走，自然不会有发来的邮件。

今天上下午至晚上都在改写日记，至12时共完成21 000余字。

上午见何怀宏、邵滨鸿在码头下水游泳。又听说极地办已批准我们去复活节岛。下午仍睡1小时。

晚餐后阿正来电，问如何合并文本文件。我在原邮件上增写一段，并输入阿正电脑，请他再发一遍。又告诉他合并文件的办法。阿正说,今天早上王站长通知,极地办已批准我们去复活节岛,准备晚上开会商议。8时余阿正来电,已将我的邮件发走,并通知去何怀宏房间开会。阿正通知三件事:一是极地办的答复,同意在2月1日后离开,已请王站长与王勇联系,确定返回蓬塔阿雷纳斯的机票,两三日内可有结果。二是我们提出的去冰盖及参观各站计划,原则上都同意。但用吉普车的事仍需谨慎,因为这里情况特殊,不仅路况复杂,而且有些地方有沼泽。三是明天可能安排去捷克站,阿正与邵滨鸿将留一两日,以拍成捷克小女孩的电视片。阿正说,实际上捷克站旁有中国避难所,条件还可以,如果谁愿意留下也可以住,但事先不要透露,以免站里不同意。讨论离站后的安排,我建议到复活节岛上应联系旅行社,否则人地生疏,言语不通,时间都浪费了。但有人以为自助旅行更合适。最后决定等王勇答复后再说。12时余睡。

2001年1月5日,星期五　阴,上午转多云间晴

晨7时起,阴而无风。7时20分阿正来电,通知做去捷克站准备,9时前出发。早餐时王站长说明准备分两批去,因为原来与捷克站联系时只说去一批,但难得

天气好，怕今后没有机会，所以我们先去，如果捷克人同意接待，那么其他人就第二批去。稍后告诉阿正，我与唐师曾准备随船返回，不在那里过夜。后来得知周国平也这样打算。赵萍随我们六人去，说已与捷克人约定9时到。我与唐师曾先上船，其他人也陆续来到，但最后一位8点40分过后才到。

今天海上也没有什么风，但出湾后浪稍大些。将近纳尔逊岛时见到一座很大的冰山，远看像是悉尼歌剧院，驶近后又见它旁边有一座较小的，像一座石狮。冰山高有三四十米，后来据捷克人说，冰山的水下高度至少是露出水面部分的两倍，水下的体积也更大。船渐靠近，只见厚达300米的巨大冰盖越来越大，边缘不断崩落的冰崖泛着蓝光，顶部却始终像一只晶莹硕大的水晶盘，覆盖在万顷碧波之上。只有沿岸有一片裸露的礁石和山峦，捷克埃柯站和中国、巴西的避难所就设在上面。

驾船的梁永进和徐文祥都没有去过捷克站，不知道该在哪里上岸。赵萍用高频电话呼了几次，一直没有声音。时间已过9点，看到山坡上有一所房子，就靠滩登岸。这时赵萍才与站长帕维里希克的对讲机联系上，因为他每天只有早上开机5分钟，一则为了省电，二则为了不影响正常工作,现在开机还是为了等待我们。他说我们登陆的地方不对,上面的房子是巴西避难所,他的站还在海角的前面。听到消息,周国平、唐师曾、何怀宏就沿着海滩往前走了,考虑到橡皮艇还要回来接我们,应该知道停靠的地方,剩下来的人还是坐船过去。于是重新推船下海,可是船卡在礁石上动不了。我本来已在船上,又下水推船,等船顺着浪势冲出去时,阿正与邵滨鸿上了船,我来不及爬上去,只能沿着海滩步行往前。

何怀宏顺着山坡去那座房子,后来知道是巴西的避难所。靠近海角的一段路很难走,山岩直逼海边,只剩下一条很狭窄的海岸,都是一块块大小不等的岩石,已经被海水冲得又圆又滑,有的高出海面一两米,有的却出没于波涛之中,通过时只能在岩石上跳上跳下,还得注意脚下,以免不小心滑下海去。

海角前靠岸的大礁石上有两只企鹅,正好与冰山相对,唐师曾与周国平正在摄影。等我赶到时,因在海水间的岩石上跨越费了不少时间,企鹅已经下海,他们俩也已走开。正在踌躇间,又有两只企鹅爬上了大礁石,后面还跟着两只。我耐心等着,接连拍了好几张。回来一看,其中有一张是一只企鹅面对冰山展翅,角度比唐师曾拍的还好，给它定了个题目叫《好大的冰山》（图7）。另一张是两只企鹅面对面嘴对嘴，模样十分亲热，名为《冰前对话》（图8）。

拍完照时见橡皮艇已靠上捷克站前海滩，赶快绕过海角走去。靠海滩有水，路又滑，我尽量靠山坡走，不料靠近了贼鸥窝，一只很大的贼鸥奋翅扑面而来，利嘴几乎要啄到我的头，急忙俯身避让，快步离开。以往遇到的贼鸥都是从后面冲过来，有时自己还未觉得，它已一阵风冲到前面去了。这样的正面袭击还是第一次遇到，事后回想到当时的情景还有些胆战心惊。海角礁石林立，无路可走，只能贴崖攀行。正是涨潮时刻，石下就是海浪，石上遍布青苔，一不小心就会滑下海去。为防不测，手脚并用，细步慢移，好不容易绕过海角，刚才还被海风吹得发痛的额上已是大汗淋漓。

远远看到乘船的几位已经上了山坡，一位捷克人依然等在海滩。走近后见是曾经邂逅交谈的斯蒂文。他的任务不仅是迎接我们，还是为了指引我们沿着他们平时走的小道上坡，而不要去踩那片坡地。尽可能少干扰自然界是他们的原则，所以他要等到我们最后一个人到达后再离开。唐、郑随后也到了，唐师曾过海角时滑倒，脚已踩入海水，幸而马上坐在礁石上，才没有落水。

走进有几间小屋连成的主要建筑中，经过一个储藏室和一间小厨房，就是耶达（帕维里希克先生名字的昵称）四五平方米的房间，邵滨鸿和阿正已在采访那位小女孩丹妮莎，旁边坐着何怀宏。我和耶达坐在一张不足一米宽的床上，唐师曾拍照时几乎没有落脚的地方。我顾不得满头大汗，脱下外衣就迫不及待地提出了一个又一个的问题。我准备录音，发现原来的录音已满，一时来不及删掉，就向阿正要纸作笔记。耶达见了，取出一本笔记本送我。我知道他们运输不便，物资有限，坚辞不收，他说笔记本并不缺，一定要我收下。我不便再推辞，就请他签名后作了记录本，记下了这个乔治王岛上唯一的民间站站长的传奇故事。

四个连在一起的铁皮顶木屋和三座分开的小木屋，这就是埃柯站的全部建筑。其中靠近海滩的那个尖顶小木屋是建于11年前的最早建筑，也就是当年的埃柯站。所有的建筑物都漆成黑黄两色，向阳的一边漆成黑色，是为了尽可能吸收热量；其他面漆成黄色，是便于识别。站上的主要能源是一台500瓦的风力发电机，供照明和充电。虽然有备用的柴油发电机，但很少开动。同样，他们尽量利用海上漂来的木头和从废集装箱中搜集来的木材烧柴取暖和供水，很少用油炉。所以每人每天消耗的柴油控制在1升之内，一个不大的油罐的储备可供10年之用。他们自己钓鱼，补充食物，每天只吃两顿饭。在固定风力发电机的钢丝上，我发现了我们熟悉的木制衣夹，原来他们洗涤的衣服都是用夹子挂在户外自然吹干。室外还放着他们收集来的废旧缆绳、废钢铁，室内一面墙上挂着各种工具。能利用的废物就利用，能自己动手的就动手，在节约能源、讲究实效方面，埃柯站真是煞费苦心。

第二批参观者已到，王站长等进来会见耶达，我的采访就此结束，转到户外摄影。中国避难所就在山后，稍后王站长、赵萍、阿正、邵滨鸿、何怀宏、周国平等去避难所，唐师曾想拍丹妮莎在户外活动的镜头，等其他人在室内拍完后，请她父亲带她外出，做些平时应该做的事。先在山坡上拾柴，将散落的废木残枝集中在一起。再拿了钓竿至海滨礁石上钓鱼，我不想靠近，但无法拍照，改用摄像机，同时拍了周围的环境。不知是由于人多的影响，还是今天这一带没有鱼，丹妮莎空手而归。赵萍等还没有回来，我又与唐师曾返回站房，拍了些丹妮莎的照片，并与她合影。

12时15分与赵萍、王自磬、唐师曾、周国平、周春霞先乘船回站，耶达等到海滩送我们，阿正、邵滨鸿与何怀宏今天就留宿在捷克站。离岛不久驶近那座冰山，见一道冰坎上有一群企鹅，可惜距离太远，否则必定是一幅精彩的照片。又见海上不断出现一群群在水中跳跃的企鹅，但速度太快，镜头来不及对准就已消失。穿过菲尔德斯海峡最窄处时，见海中的大小礁石与两岸若即若离，绵延不断，从高速航行的船上看去，更是千姿百态，宛如一盘巨大的盆景，与越南的下龙湾也颇相似。

1时到站。午餐后已2时，睡至近3时。整理今天所摄照片，共50余张，删去部分。洗澡，毕后已近6时。晚餐时周国平说，回来前他与阿正等商议，想去中国避难所住两天，因为今天上午已去看过，有三张双层床，被褥等齐全，还有桌椅、炉子等家具和用具，条件不错。如果定下来，就需要向站里打个报告，以便派船送去。我答应考虑后在明天早上作出决定。回房间时唐师曾在周国平室内，我也过去闲谈。避难所没有电，我觉得两天不用电脑，不能写作，损失太大，而在那里又没有什么事做，再说我也不习惯这样住在一个房间，除非遇到不得已的特殊情况，现在却没有必要，所以决定不去避难所；唐师曾也不想去。周国平虽未明确，也已倾向不去。

回房间整理今天的访谈记录，合并于日记中，至夜12时。唐师曾要耶达的谈话记录，答应整理完后拷贝给他。其间致电通讯栋，问是否有我的邮件，李志刚查后说没有。临睡前拉开窗帘，见海湾和山岭都已沐浴在晨曦之中，东南方向的天空透出耀眼的光亮。我查了一下时间表，今天日出在凌晨2时34分。与唐师曾约定到2时25分再看情况，如果能看日出就一起去看。

2001年1月6日，星期六　多云转阴

凌晨2时25分被闹钟唤醒，见窗外天色大亮，太阳即将出来。叫唐师曾，他没有动静，立即带了相机来到站前的空地，举目四望，但见正东方韩国站方向的山后，天空中一片红霞，一直延伸到东北方的柯林斯冰盖上方；西边的山顶也泛着红光；东南方向只是越来越亮，没有其他变化；就是北方山顶的积雪也已闪出银辉。这使我产生了疑问：这里的太阳究竟是从哪里升起的？走近海边，我才发现地形不利于观日出，因为除非太阳是从东偏南二三十度方向升起，否则就看不到红日跃出海面的景象，其他方向都有大大小小的山岭。直到2时30分，我才判断出日出的方位应该在东偏南40—50度之间，那里恰恰被一座小山遮住，但要在日出前翻过山去，无论如何已来不及了。

我赶快登上一号栋的台阶，这是附近最东南的向阳位置。当太阳从山顶左侧露出一角时，我拍下了第一张照片。急步跑到海边伸出最远的角上，我又拍了一张有海水映着太阳的照片，但避不开前面那片朱红色的大油罐。就这样，我从一个位置赶往另一个位置，追逐着太阳，追逐着我理想中的日出景象。当我回到生活栋二楼靠东的窗口拍下最后一张照片时，太阳已完全升起在山巅，只是无论是我的视野，还是镜头中的影像，都离不开站内的建筑和设施。以至于事后唐师曾评论这些照片时认为，看不出是在南极，倒像是在某一人烟稀少的工地上。不过今天还是幸运的，因为太阳刚出全就钻进了云层。

回去又睡，只是好久没有入眠。至7时起床，相当疲倦。李志刚送来家中发来的传真两页。早餐后告诉赵萍，我与唐师曾都不去避难所。她问周国平去不去，我说大概也不去，但还是直接问他为准。

上午站长安排二号栋除锈，人文班一半人不在，我们商量后决定不参加。上午将照片输入电脑，答复家中传真，显然家里还没有收到我的邮件，但我还是想以邮件发出。午餐时遇到杨志彪，请他查一下我预先留的接收邮件地址是否正确，因为据说收不到邮件的原因是原来留的地址不对。我虽然相信自己写的地址不会错，而且还核对过，但至今收不到邮件的事实使我不得不对自己产生了怀疑。他说如果北京的管理员仍在卫星转发站，可以打电话请他修改，但如果他调试后回北京了，那一时就无法改了，因为卫星转发站在郊区，离市区较远。

今天是一位德国女研究生的生日，厨房也准备了蛋糕，午餐时全队为她庆贺，并向她赠送了集体签名的贺卡。王站长告诉我今晚去乌拉圭站联欢，因人数有限，原则上去过智利站的人不参加，上次听说周国平和唐师曾不愿意去，所以这次也没有安排。另外1月8日将开各站生物科学家的讨论会，请我代作会议记录，因为他与王自磐要主持会议。我说没有问题，只是有些专业方面的词汇和内容没有把握，还得请王教授改定。向他说明今天不参加劳动的原因，他说可以由我们自己安排。

下午1时余睡，到近3时才起来。写访问捷克站的报道。至5时，唐师曾来通知提早开饭。到了餐厅说晚饭还没有做好，又回房间，周国平过来闲谈。稍后杨志彪来叫大家用饭，发现何怀宏已在餐厅，得知他们三人2时就回来了。

晚餐后见阿正，说他们是由捷克人划船送过海峡，再从后面山间步行回来的。与他谈起今天早晨看日出，他很有兴趣，邀他来房间看早晨拍的照片。向王自磐了解贼鸥的习性，知道贼鸥的主要食物有笠贝，就是我们平时经常能在海滨或贼鸥窝附近看到的那种单面贝壳。杨志彪通知确实是我留的地址有误，但需要站长或赵萍同意后才可以用公事电话与北京联系。7时至阿正电脑上输入邮件，又问了王自磐几个问题。继续写报道毕，3 000余字。近夜12时致电气象栋，正好有人，就去请杨志彪打印出报道稿。王站长已由乌拉圭站回来，将稿子交他签字。与唐师曾聊天，至午夜1时余。

2001年1月7日，星期日　阴，上午有小雨雪，下午阴，傍晚转多云

晨7时15分方起。早餐时通知各班派两人清油罐，其他人包干油漆，人文组包小平房面墙。王站长处取回报道稿，交李志刚发出。阿正决定由他与何怀宏参加清罐，其他人去刷漆，周国平和唐师曾请假。8时半到二号栋旁领了工具，就去小平房除锈，用铲刀将铁皮上不平整的地方铲平，将锈斑刮去。稍后邵滨鸿来参加。小平房高处已过一人，抬头除锈时锈屑飘入眼中，赵萍说

她那里有防护镜，领了一副套在眼镜外面。小平房的面墙是木头外面包了铁皮，时间长了铁皮已锈蚀，除锈时稍用力，就会将锈铁皮全部挖空，露出里面的木头，周兴赞说不必过于除尽，否则损坏更大。小平房是长城站的第一座建筑物，当年如能住进小平房就是特殊待遇。但现在已过了使用年限，只是因为意义重大才保留着，只用作储藏室。至9时半，除锈已完成，因天下雨不便刷漆，我们就此结束。

回房间整理日记。11时余王站长要我将明天会议的议程和他的发言稿译为英语，至午餐后译毕。近2时睡，3时起。将译稿交给王站长，并与他讨论议程，原来会议延续到下午，还有当场通过会议纪要一项，我认为会议纪要不必当场通过，只要会后写出后交给与会者即可，否则如果有人提出不同意见或节外生枝就很难对付，上午可安排得紧凑些，午餐前就结束。他表示同意。我又建议稍稍修改议程，他应作为会议主席，由我口译。到王自磐房间，向他了解会议的情况，问他为什么会议的名称要那么长，称为"在菲尔德斯半岛、阿德雷岛、巴顿半岛上进行生物研究和自然保护合作的学术讨论会"，他说这是经过反复讨论后确定的，会议筹备的全过程和每一细节都已报北京批准，所以不能再改变。不久王建国也到，就商定议程。我改定英文议程，去气象栋印出。印至最后一份时打印机送纸失灵，幸而只少了一份。

阿正来电，让我去旗杆前讨论树碑的方案。到后阿正告诉我现有三种方案：即用一个大水泥墩做基座，用两个水泥墩左右做基座，用两个水泥墩夹在轮胎的前后做基座，并领我看了选定的废水泥墩。我选定用两个水泥墩放在轮胎的左右，以为其他方案都破坏了碑面的形象。

晚餐后至海边摄影，拍到企鹅戏水及海豹在海中露出头的照片。稍后在走廊上见北窗外空中有一轮明月，周围却还是绛色的晚霞，下面衬托着黑白分明的残雪与山岩，非常入画，立即拍了几张照片。

刚开始改写日记，赵萍来电，说王站长、王自磐正与德国人讨论明天的会议安排，希望我能参加。立即去会议室，在场的除王站长、赵萍和王自磐外，还有德国耶拿大学教师汉斯、研究生斯姆娜，智利伊那克南极研究所的哈维尔。汉斯等建议更改议程，将韩国的安仁英的发言排在第一，因为安的专业是海洋生物，而其他报告人都是鸟类方面的研究，这样内容可以相互联系。由于事先联系时韩国站没有最终确定是否由安仁英做报告,王站长担心她没有准备好,如排第一个发言就没有回旋的余地。但他们认为如她实在没有准备,不发言也可以,如有准备,必定是她自己的专业,插在中间肯定会将完整的内容分为两部分。于是大家同意将安仁英的发言调到第一个。他们又建议在自由讨论前列入到会者提出建议一项,开始王站长不同意,但汉斯等引邀请书为证,说明原来就说过请来宾发表意见的话,而且态度强硬,说如果没有这项内容,会议完全没有必要开。经过一番讨论,王站长表示同意。在各人介绍发言内容时,哈维尔提到阿德雷岛的管理,王站长指出这是学术讨论会,不宜讨论管理方面的问题。哈维尔又谈到直升机和飞机对阿德雷岛的影响时,王站长要我译了一段话:长城站本身没有任何飞机,并不是批评或讨论的对象。但作为会议的东道主,不应该在我们召集的会议上批评其他站,或者使客人感到不愉快。管理问题十分敏感,应该通过协商解决,不适宜在这样的场合提出来。他们又提出到讨论时应该另外有一个人主持,意思是王站长不懂英语,临时双重翻译太费时,甚至提出由我担任。我坚决反对,说明只负口译之责,实在要增加主持人,只能是王自磬。但王自己要作会议总结,再担任其他角色也不妥当。讨论的结果是仍由王站长主持到底,但由王自磬与我协助。最后一项建议是增加一个会议总结发言，由王自磬与哈维尔合作，就在会议过程中准备，大家无异议通过。到近午夜1时才散会。将议程改定后，即请赵萍通知杨志彪，请他在气象栋等着。我回房间改定英文议程，去气象栋交给杨志彪，请他当即打印出来。

回来路上见晴空无云，曙色已明，有了前天的经验，我已有充分把握，与阿正约定2时出发去看日出。已1时半，就翻阅数码相机的说明书，又整理杂物等候着。

2001年1月8日，星期一　多云，下午转阴

到凌晨2时便邀阿正一同出发。我们翻过油罐前的小坡，一直走到东南海滨。前面就是一望无际的大海和纳尔逊冰盖，根据上次测定的方位，太阳将从纳尔逊冰盖的左侧升起。在我们与纳尔逊冰盖之间，只有一些零星的礁石和不高的山丘，不会影响我们的视线。邵滨鸿与周国平也先后来了。

此时风平浪静，只有海浪轻轻拍打着礁石的声音。忽然间，一对雪鸥从山上飞起，在蓝天下盘旋翱翔，它们的鸣声又引得几对贼鸥腾空而起，似乎都急于在清晨

一试身手。前面的一块礁石竟在慢慢移动,原来是一头巨大的海豹正缓缓游泳,偶尔将头露出水面,晃几下脑袋,在爬过一块礁石后很快潜下大海。一群企鹅在海边戏水,又陆续上岸,或摇头摆尾地散步,或张着翅膀左右顾盼,或相互嬉闹,或孜孜觅食。莫非这些动物都已觉察到新一天的开始,正与我们一样在迎接朝阳?

2时38分是预定日出的时间,但由于纳尔逊冰盖的阻挡,我们还看不到太阳。但此时周围的一切都已沐浴在金色之中,冰盖由水晶变为黄金,海上荡着粼粼金波,企鹅身上闪着金光,连黝黑的礁石都蒙上了一层金色。可惜我看不见自己的模样,相信也一定染上了金色。

我站在一块高高的岩石上,将数码相机设定到最高解像度,准备用每张9兆多的规格拍下记录日出全过程的6张照片。由于储存需要时间,每张照片之间大约要间隔1分钟。当照到第五张时,原来还只有大半的太阳突然跳上冰盖旁的山崖,下部约有四分之一居然嵌在山崖之前。在亘古的坚冰与万顷碧波的衬托下,这个硕大的火球迅速升腾,火焰逐渐熄灭,形状随之缩小,变为一片光亮。我把镜头拉至那群企鹅,用最后一张照片拍下了同样在迎接太阳的小动物。

走近站区时，见国旗后面的一号栋上挂着俄罗斯、德国、韩国、智利、乌拉圭的国旗，在蓝天下迎风飘扬，十分鲜艳。这是我们来站后挂旗最多的一次，又恰逢这样一个好天气。

凌晨3时半睡，7时起来时很累。早餐后将所拍照片输入电脑。阿正在做"鹭江杯国际钓鱼邀请赛"的准备，要我将发往各站的邀请书译为英文。

9时半至会议室，为今日的会议接待来宾，先后来到的有韩国站蒋舜槿站长、安仁英博士及博士生2人、橡皮艇驾驶员1人，智利站卡利略副站长等多人，智利海军，乌拉圭站数人，俄罗斯站奥列加站长及副站长等。餐厅中挂着中英文的横幅，将餐桌拼成长方形的会议桌，铺着代用的桌布。桌上的几个话筒架是发电班临时用灯罩改装的。

10时5分开会，我向大家介绍会议主席王建国站长，然后他主持会议并致开幕词，我做口译。随后出席者依次作自我介绍，我在介绍时特别加了一句："我今天的职责只是口译。"

学术报告开始后，第一位发言的是韩国海洋生物学家安仁英博士，接着是中国极地生态学家王自磐、德国鸟类学家汉斯博士、德国鸟类学家斯姆娜小姐、智利鸟类学家哈维尔。在自由讨论时，俄罗斯奥列加站长、智利站副站长和海军代表，安仁英、哈维尔、乌拉圭站代表、韩国站站长蒋舜槿等提了问题或作答复。

已近12点，我建议王站长快结束，即停止自由讨论，由哈维尔与王自磐作简单总结，王站长肯定会议成绩，并表示感谢后宣布散会。与会者留下午餐后陆续返回。

在会议进行过程中，捷克站站长耶达、斯蒂文及女孩丹妮莎来站。会后得知他们是划船过来的，费时1小时半，因为斯蒂文与丹妮莎将于明天乘飞机返回，今晚留宿在我们站。丹妮莎的父亲还留在捷克站，他的训练期还没有结束。午餐时问耶达什么时候可以继续讨论，他说他一时不走，这两天肯定有空。下午1时余睡，至3时方起，仍觉疲倦。4时余洗澡，又在值班室看了一回智利台的电视新闻，大多是有关审讯皮诺切特的内容。

晚餐时遇耶达，他说今晚已约了与何怀宏谈，明天还在这里，因为另外有3个人要来，不知明天什么时候到，我要接他们回捷克站。准备洗衣，但洗衣机一直没有空。这台全自动洗衣机从我们来时就已变成手动，从加水到每一顺序都得人工操作，加水时尤其要注意，阀门不会自动关闭，过了时间就会水漫金山，所以洗一次衣服相当费时。新的洗衣机要等集装箱运来。等到7时多才轮到我洗。将前阶段所拍数码照片移至MO。刘、张两位记者向我要今日会议的记录，告诉他们因忙于口译，没有记下多少，让他们向王自磐去要。

近10时，唐师曾回来说，耶达正在餐厅饮啤酒聊天，不妨去与他谈谈。耶达与阿正、邵滨鸿在一起，据说阿正提到与我约定的讨论。他认为我们的讨论用一小时还不够，得有两小时才行。因为三位新来者所乘航班与丹妮莎返回的航班不是同一架飞机，到现在还不知道到达的时间，所以明天下午肯定有时间。他边喝啤酒我们边聊天，到11点多，实际上想问的大部分问题都问了。耶达他们今晚就住在一号栋。

回房间整理日记，至夜12时半睡。平时唐师曾上床都比我早，今天他却没有睡，到凌晨2时醒来，才发现他准备去拍日出。我起来看窗外的情况，认为太阳可能不如昨天明亮，但今天有云，霞光或许更美。他出门后继续睡。

2001年1月9日，星期二　多云，下午转阴，傍晚多云

晨7时起。早餐时见站长写在黑板上的通知，今天

上午仍安排劳动，人文班包小平房。站长又要我整理出昨天会议的记录，以备他写总结。

餐后阿正说他准备与邵滨鸿送捷克人去机场，后来又与邵建议我们六人搭这辆车一起去机场，然后步行去西北海岸。正议论间，王站长说捷克人坚决不要我们用车送，一定要步行去机场，原来的建议只得作罢。捷克人的行李很多，因为他们要将一部分垃圾带到蓬塔阿雷纳斯去处理，至少每人有两个大包，还带着一个7岁的女孩，步行到机场实在不容易。阿正通知上午暂勿劳动，时间可另行安排。回室内整理日记。

前几天邵滨鸿游泳时将一副眼镜掉在水中，大家都以为没有找到的希望，想不到何怀宏给找了回来，而且还包括一片脱离了镜框的镜片，真是奇迹。

近日海上浮冰大量增加，今天早上见远海的浮冰像两道墙一样，到中午时离海岸更近，在阳光照射下非常明亮。午餐后就往油罐前海边摄影，唐师曾已在前面，与周国平同路。浮冰实际距离还很远，所以拍照效果不佳，只能用摄像机拍。天气晴朗，远处的海水一片湛蓝，近处的海水异常清澈。又值退潮，海边露出大片礁石，还有各种海藻、海带和水生物，水底的礁石也显出各种色彩。我沿着礁石滩走得很远，直到礁石间距离拉大，无法再跨过去为止。更远的礁石上停着一群企鹅，等了一会，它们一直没有过来。忽然见附近一块礁石上有一只阿德雷企鹅，赶紧跨过去拍照。已拍的照片中都是金图和帽带两种，独缺阿德雷。阿德雷企鹅好动，总是不停地摆着它的两个翅膀，而且稍接近就会跑。今天虽然只有一只，倒能配合，让我拍了好几张后才跳下海去。又到半山，拍了远处海上的浮冰和纳尔逊冰盖。

下午 1 时半回来，睡下去不足 20 分钟，阿正来电，说有事要商量，马上至会议室开会。六人到全后，阿正传达站长中午的通知：1 月 12 日及 2 月 6 日都有飞机可以离岛，如果 2 月 6 日离开，可以安排去蓬塔阿雷纳斯附近的国家公园住一夜，再去火地岛；返回圣地亚哥后去复活节岛 4 天，此后仍按原计划经阿根廷回国。在蓬塔的费用可以回去再结算，但去复活节岛的费用全部自理。我说如果有人因特殊困难需要提前离开，可以搭 1 月 12 日的飞机，完全不必有顾虑。但我决定 2 月 6 日离开，一方面考虑应善始善终，另一方面这样的安排实在很有吸引力。但应该请王勇报个价，究竟要花多少钱？如果我们能接受，就得马上请他确认，以保证成行。讨论后大家都同意。因为站长曾布置 1 月 14 日前以劳动为主,一般不安排其他活动,所以我们又讨论了14日后的计划。邵滨鸿等提出去捷克站或韩国站住几天,我表示每天的工作无法离开电脑,不希望在没有电的地方费时太多。如果只是为了体验一下,当天往返或时间短些就可以了。邵说去避难所后就可以自己上冰盖,我坚决反对,认为上冰盖必须有专人引导,切忌冒失,一定要确保安全。因为还要整理会议记录,我建议会议尽快结束。

回房间整理出会议记录,将软盘交给王站长。阿正来找我看前天拍的日出照片,说他拍的没有那么光亮。近晚6时耶达来我房间,说已送走斯蒂文及丹妮莎,但新来的三位要明天上午才能到,所以准备明天早餐后就去机场接他们。约定今晚7时交谈。晚餐时请王站长将会议记录多印两份,因两位记者曾要过。

晚餐后发现我与耶达都有空,重新约定6时半就开始。到时至会议室,先为他拍照,随即开始讨论。前几次谈话主要是我提问,都是问他在南极的活动和经历,今天的谈话相当深入,是真正的交流,结果发现他的观点与我大致相同。邵滨鸿参加了一会,后来离开了。结束时正好见张雪梅在餐厅,就请她为我与耶达合影。王自磐问我与耶达谈得怎么样,我告诉他我们的观点很相似。刘弘问了一些耶达的情况,我择要告诉他,但他似乎还不得要领。

回房间将照片传入电脑,记日记。阿正来电,嘱至会议室,有事相商。到后邵滨鸿也在,阿正的后方遇到了麻烦,我根据自己的判断提出一些建议,近一小时。继续改写日记,至夜1时余睡。

2001年1月10日,星期三 阴,风加大,中午起小雪

晨6时40分阿正来电,即至会议室,帮他修改了一份传真稿。早餐时李志刚说有传真,稍后送来,是我的博士生左鹏及副所长朱毅发来的。与阿正、邵滨鸿商定上午劳动。8时到门口,邵、何怀宏、阿正先后到,去小平房刷底漆,完成后又去食品栋。站长照顾人文学者,分配的任务较少而轻。食品栋建筑新,只要刷底部的钢架。而且钢架较高,人可站直,不像其他栋的底架较矮,工作时只能弯腰。近11时结束,天已微雪。回房间记日记。

午餐后见耶达还在,得知他的新队员还在蓬塔阿雷纳斯,可能明日才能到达,他站里的工作很忙,准备下午先回去。稍后午睡,2时起,小雪。

本想打开笔记本继续改日记,觉得还没有睡够,又

靠在床上闭目养神。约2时半忽然见室内亮光一闪，听到啪的一声，还有股焦煳味。唐师曾平时电脑一直不关，此时却重新启动，忙把他叫醒，让他关了。发现室内及楼道都断了电，周国平来敲门，说他的房间里也断电了，此前还听到发电机突然轰鸣，随即停止。下楼见站长及赵萍在门厅与两位外国站长说话，门厅的灯居然还亮着，但楼下其他灯都熄了。告诉他们后，赵萍到会议室打电话给发电栋，但电话也不通，王站长马上去发电栋询问。

又遇到耶达，得知因气候变化，暂无法返回。俄罗斯站尤拉等二人来，陪他们稍谈，他们喝了咖啡后就告辞，又邀请我与邵滨鸿去访问，答允下周或稍后去。站长已问了断电的原因，小卫等说是因为今天切换成三号机组，正在试用，忽然间飞车（速度失控），电压骤升，发现后马上关机，重新使用二号机组。此时电力已恢复，发电班三人正忙于替换烧坏的灯泡。

回房间检查室内电器，都正常。周国平来说他室内的电灯烧毁了，才想起刚才唐师曾电脑曾重新启动过，急忙叫他起来试一下，发现电源器已烧毁。后来知道今天切换发电机组前曾通知各部门预做准备，在切换时关闭电源。到1点半时切换成功，通知已恢复正常，所以设备都已重新启动，谁知半小时后发生事故，造成很大损失，气象栋多件设备烧坏，风力无法自动记录，打印机损坏；通讯栋也有设备损坏；餐厅微波炉烧坏。

昨天至今写成《土的含义》一文，这想法其实萌发于来南极之初，经几次外出后才形成。稍后拟复两位副所长的信，晚餐后拟家信，并将《土的含义》一文改为文本方式，与两封信合为一个文件，交阿正发出。但没有多久就听说因服务器烧坏，已无法收发邮件。

王站长来电，要我去通讯栋。他与杨志彪、李志刚都在，因为服务器无法打开，要我看一下英文说明书。看后发现没有告之如何开机的内容，我告诉他们，一般厂商都不许用户自行开机，所以不会有这方面的说明。李志刚说连螺丝的位置也找不到，我看了一下后认为，如果真准备自己开机，可以将机箱上的商标纸撕开，开箱的螺丝或许就在商标纸后面。站长怕自己开机后引起麻烦，让小杨给北京打电话，办公室的人说以前没有碰到过这种情况，只能与厂商联系后，才能答复。我以为在国内买的设备不可能提供全球保修，即使有，最近的地方是智利本土，目前也没有办法送去。或许只有电源部分被烧坏，开机检查还有修复的可能。李志刚抱怨工具太差，连螺丝刀都不顺手。估计一时修不好，若明日再不能修复，就只能手写后发传真了。

回到门厅时遇见哈维尔，问他小企鹅什么时候能长大下海，他说不同的品种时间也不同，早的一两周内就可以，最迟的要到2月间。又问他，阿德雷岛是企鹅的繁殖地，它们平时生活在什么地方。他说，一部分企鹅完成繁殖后就离开阿德雷岛，在南太平洋活动；又有一部分企鹅就留在岛上。企鹅每年还要脱一次毛，脱毛时不吃不喝，重量会减轻不少，然后就长得很快。问他企鹅的寿命多长，说最长可活15年。

告诉阿正、唐师曾、邵滨鸿、周国平及张雪梅服务器损坏情况的消息，大家都感到沮丧，刚开通的网络又不知何时才能使用了。继续改日记，到今夜完成3万字。夜12时余李志刚来，说传真机只能对外发，几次都未能收下发来的传真，问我出错的原因。据英文说明书上的内容向他解释，是属于对方没有挂机。1时余睡，李志刚又来电，问现在能否去通讯栋，他将改变传真机的制式，让我帮他再查查说明书。告诉他已睡，约明天上午再去。

06. 意料之中和意料之外

2001年1月11日—2001年2月7日

很多事情是来南极之前就意料到的：

气候多变，缺乏新鲜食品，生活单调，度夏的主要工作是日常维护，交通不便，活动半径有限，无法自由行动，对外联系困难，信息闭塞……

但很多事情还是出乎意料之外：

今年的气温比往年同期偏低，是十多年来最冷的夏季。风雪频繁，出现了罕见的雪景和冰山。

应该在我们到达前就运到的集装箱，到我们离开时还滞留在智利，不少用品和设备无法及时使用，增加了考察队不少困难。

航空煤油的意外匮乏，使原定的乘直升机考察和上冰盖成为泡影。

新摩托艇不能投入使用，好几个考察站无法访问。

已经安排好的复活节岛之行，因经办人的粗心大意而取消。恶劣的天气推迟了离开的航班，火地岛和智利国家公园之行也随之取消。

王刚义来南极游泳，我为他测定时间，并成为他这项纪录的证人。

不出意外的活动会平淡无奇，出了意外又会有太多的危险，甚至需要付出生命的代价。谁也不想遭遇意外的危险，但谁都希望生活会丰富多彩。

我记录的既有意料之中，也有意料之外。

2001年1月11日，星期四　阴，上午小雪，下午转大，晚停

晨7时起。早餐后问耶达的教育背景，前几次谈话时忘了。得知他本来是布拉格查理大学的历史学博士生，1968年"布拉格之春"失败后因不满当局而离校，去一个海拔2 000米的高山从事抢险救生。该机构属内政部，由政府主办，但也接受志愿人员。我问他如果没有这一事件，是否也会去从事抢险救生，他说也可能去，但会推迟几年，至少是在获得学位后。问他此后是否就再没有上学，他说是的，有关抢险救生、南极、环保的大部分知识都是自学的结果。他告诉我，他在查理大学的老师是很有名的历史学家，这位教授写的战争史

著作虽出版于捷克斯洛伐克共产党当政期间，但极其优秀。他在查理大学时曾学过韩语、日语课程，但没有学过中文。他认为学中文需要美声，他不具备，虽然他家族的上辈中有几位歌唱家。

王自磐建议让德国研究生帮助我们刷油漆，因为他们见我们都在刷油漆，也要求参加，他想集中让他们干一次。与阿正商议后谢绝了，我们承担的任务本来不多，还是自己完成为好。后来王自磐安排他们另外进行了这样一次劳动锻炼。因发邮件没有希望，打印机又坏了，只能将昨天给所里的信手抄成传真稿。刚抄完，阿正说打印机已修好。阿正又说服务器已打开，因为他接到极地办陈主任的信息，说是北京传媒的宣传尚嫌不足，《海洋报》等着发稿，并要求配上照片，要发照片只能通过邮件，所以现正积极修理中。随即将文章输入软盘，并在阿正的电脑中修改原来的邮件。到气象栋，无人，又至通讯栋，王站长、赵萍、杨志彪与李志刚都在，李已打开机箱，正在检查。见机箱上有一处明显发黑，估计烧坏的机件就在此点旁边。看了一会，将软盘交杨志彪打印。

午餐时传来更坏的消息，站长与赵萍通知集装箱要到2月中旬才到，原来一直在盼望的新船、电脑等设备以及我自己托带的一个小包都不可能在我们离开前用到了。不仅如此，部分食品、食油、奶粉、酒与饮料等存货都已有限，号召大家节约。王自磐说他已停喝奶粉，度夏队员时间有限，应该节约自律，克服困难，以保证越冬队的供应。我表示响应。

下午1时睡，至2时起。杨志彪送来打印的文章，交站长审阅，并代唐师曾送去他要求站长开的证明草稿，说明他的IBM笔记本因发电机意外事故毁损。顺便问站长王勇对我们去复活节岛的安排有没有答复，他似乎不知所以然，又解释了一下，他答允马上给他打电话询问。

见一位德国研究生手持一只死企鹅扔在海滩上喂贼鸥，汉斯等又在楼前用诱饵套住两只贼鸥，先检查它的羽毛间是否有寄生虫，然后又在它脚上套环，以便长期追踪观察。唐师曾立即前往摄影。稍后到海滩，见一只贼鸥正在啄食企鹅尸体，旁边另一只贼鸥在观看，不许其他贼鸥接近，更不许一起吃。

王站长、周兴赞、张文仪等正在车库前安装碑座，他们说阿正想用铁架将水泥墩加高20厘米。我以为大可不必，随即叫来阿正，说明理由后他也同意不必再加。我的理由很简单，由于碑文的字不大，现在的高度正适用一般身高的人阅读,再升高的话看起来就不便了。回来没有多久,阿正来电,通知快去树碑的地方。王站长、赵萍、周兴赞、梁永进、徐文祥已在。何怀宏与邵滨鸿正准备去游泳,也过来了,稍后他们说再不去游身上太冷,就先去了。我们先确定了碑的位置,还是在石狮子的南侧,梁永进开装卸车铲来沙石,大家一起铲平,铺好基础,再吊装来两个水柱墩,最后吊装轮胎固定在上面。雪转大,风冷刺骨,出门时没有想到要那么久,也不知道要动手,未戴手套,手几乎冻僵,大致完成后先回房间。

晚餐时王站长告诉阿正与王勇联系的结果,下午他与赵萍专门去智利站与王勇通了电话。饭后阿正召集大家至何怀宏房内议事,通知联系结果:蓬塔阿雷纳斯及火地岛三日大致可由原来安排参观的费用中开支,如有不足,回国后与极地办结算。往返复活节岛的机票价450美元,每日食宿约150美元。大家议论纷纷,我建议给王勇发一个传真,确定一个可以接受的价格,以便进一步确认,商定往返复活节岛及岛上的食宿费以700美元为限。唐师曾建议提前离岛,到智利后可自由安排,肯定能有更多选择,但他还希望参加在蓬塔阿雷纳斯安排的三天活动。我以为既然如此,还得集体行动,王勇才能安排。如果大家都希望在2月1日后提前离开,应该先与站长商量,看能不能由我们派代表直接与智利基地联系争取。等我们的日程大致确定后,才能请王勇落实机票和食宿安排,否则即使他有了答复,我们也无法确认。商定由我与阿正找站长。立即去站长房间,说明情况后他强调一定要集体行动,而且与智利方面接洽仍应由站里进行。智方的答复必定不能肯定,因为我们有六个人。这样的话王勇那里就无法安排,何必为提前数日悬而不决?2月6日的航班有我国政府代表团来,早就通过官方途径做了安排,一般不会改变,可以有把握。他确实曾与智方联系过,6日前离开虽然不无可能,但都只能临时通知,就像这次捷克站新来的人一样。提前既无可能,就与阿正再召集各人,说明与站长交涉的情况后,一致选择6日离岛,推我拟传真稿。在传真稿中除请王勇弄清报价与所包括的具体项目外,又问了途经阿根廷时能否提供联系之便。请各人传阅并签名后,由阿正交站长发出。

李志刚送回已发给《文汇报》的稿件底稿,得知他自己单位的设备损坏不少,数据丢失,相当为难。阿正要我为《海洋报》写一篇,因已收的稿子不够。写成《遭遇贼鸥》一文,1 300余字。夜1时睡。

2001年1月12日，星期五　阴，上午无风，下午稍大

晨7时起。早餐时与阿正商定上午完成刷漆，饭后将昨夜所写文章的软盘交他。8时半与阿正、何怀宏、邵滨鸿一同去小平房，在已刷防锈底漆的基础上再刷上一层红漆。完成后又去刷食品库底下的钢架，至11时完毕。将结束时站长来找阿正，因智利站来人要看明天钓鱼赛所用的鱼竿。写出《天涯无处无春色》一文，700字，交阿正应《南方日报》春节之约。

下午近1时睡，近2时王站长来电，韩国政府代表团来访，要我快去。至会议室，王站长、赵萍正与韩国政府代表团座谈，蒋舜樫站长陪同，Koo等人等候在外面。为首的是韩国科学技术部企划管理室长管理官柳熙烈，一直用英语说话。另有计划与预算部预算办公室预算协调局任局长等七八人。柳熙烈表示促进两国科技合作，特别是在南极合作的愿望，对韩国世宗王站与中国长城站的互相合作和支持表示满意，同时感谢中国站历年来对韩国站的帮助。又说他曾三次访问北京，会见过当时的国家科委主任宋健，签订了两国科技合作协定。代表团向我站赠送了两盒青梅酒，特别说明酒中的梅子可以吃，于健康有益，瓶盖大的原因是为了用筷子将梅子夹出来。我表示完全理解，因为中国也有用梅子浸酒

的习惯。接着与王站长陪同他们至气象栋，杨志彪在，让他简单介绍日常观测的内容。柳熙烈问是否观察臭氧空洞的情况，告诉他中山站有这项目。又到通讯栋，稍看一下就出来了，因他们在站停留的时间只有20分钟。一起到站牌前合影。韩国站用两艘橡皮艇将代表团送来，还要去俄罗斯站，然后去机场，时间很紧，临时请我站派车。吉普车坐不下，只能再加卡车。送韩国人上车时，一位官员问我哪一辆车比较好，我说当然是吉普，结果大官都上了吉普，小一点的官与站长等都爬上卡车。赵萍陪同他们去俄罗斯站。

收家中传真，得知我12月20日寄出的明信片已经收到。听说服务器已修好，写了邮件回复。但因服务器已不能与其他电脑联机，只能用软盘，所以站里规定先要将软盘送杨志彪处检验是否有病毒，验毕后交阿正请他一并在今晚发出。毕后洗澡。

阿正等已起草去中国避难所住两到四天的申请报告，邀我在上面签字，我婉言谢绝。有人说先签了再说，到时不去也无妨，我以为不妥。唐师曾本已签名，听了我的话又划掉了。阿正又为《北京青年报》索稿，说此前我给他的三篇文章都已刊登，答允稍后考虑合适的题目。

德国耶拿大学与王自磐合作研究的人大部分即将返回，今晚聚餐表示欢送，汉斯等住在俄罗斯站的师生全部参加，奥列加站长等陪他们一起来。王站长邀王自磐与我陪同汉斯及奥列加用餐。饭后德国人留下联欢，但站长与王自磐、汉斯、赵萍在会议室开会，站方无人出面接待，我不得已留在餐厅内应付。厨师张来生来歌唱，但德国研究生听不懂苏联老歌，自己也不会唱，呆坐着没有什么反应。后来其他人陆续来了，与德国人合唱"两只老虎"一类曲子，我才脱身离开。

王站长交起草1月27日举行春节晚会的英文邀请函，回房间拟定后，将软盘交他。

阿正去发邮件，恐怕再有差错，一起去通讯栋。先发站长的邮件，给《海洋报》文章及照片都在内。随后我们的邮件也都发走。杨志彪检查我所留的家中邮址，并不错，而站长所收邮件中说日前北京转发站邮件积压，看来完全不是邮址错的原因。收到家中邮件，大喜过望。因收发邮局每天只能这一次，再写一个邮件来不及，只能先用英文回复了一句发出。想到一个观日出的题目，开始写《不夜南天观日出》一文，未毕，夜1时余睡。

2001年1月13日，星期六　阴，下午多云，晚雨

晨7时前醒，提前将闹铃解除，不觉又睡至7时25分。早餐时与阿正、王站长等商议下午的钓鱼赛，对比赛方法提出意见。餐后阿正来房间，商定比赛规则，建议请站长于午餐时通知，开始及结束时应组织队员集中到餐厅，特别是在颁奖时。续写《观日出》一文。

10时余阿正召集至何怀宏房中，告知站长与王勇通了电话，复活节岛四天可控制在700美元左右，但只包括早餐。返程机票尚未购得，正在设法办理中。依然有各种意见，我主张立即发传真确定，如果2月12日的返程票买不到，可以推迟一天，途经阿根廷可减少一天。商定后就由我当场起草传真稿，交各人看后一一签名，由阿正交站长发出。又讨论一些事，由邵滨鸿记下大家的要求。已过11时，建议阿正立即结束。回房间整理日记。唐师曾自李志刚处来电，说他的电脑虽已可用了，但电源电压上升，是否会危及电脑？我的意思如果没有把握，还不如暂停使用。

午餐后于12时45分睡，1时余唐师曾回来，为电脑不能用生闷气。1时40分阿正来电，催下楼。俄罗斯与智利站的人先后到，在餐厅报到，选手签名后编号发牌，规定结束后凭牌交鱼记分。因规定开始的时间将

到，王站长建议先出发，到现场再报到。在码头边遇到韩国站与智利海军的人，就请选手签名，发牌。一同步行至油罐前海滩，韩国队员开船停在附近海面。我用英语宣布比赛规则，因为各国都有人懂英语，可以相互解释：比赛时间为1小时半，但如果到时钓到鱼的不满三个队，可延长半小时。参加的共六个队：俄罗斯站、韩国站、智利弗雷站、智利海军、长城站一队、长城站二队，每队选手两名。然后我宣布进入10分钟准备阶段，选手可在规定的海面范围内做准备。还有2分钟时俄罗斯选手提出意见，说有的选手已经开始，我说明正式开始前不计成绩。我站在一块较高的石头上，于2时半鸣锣宣布比赛开始。因为找不到锣棒，还是只能用一把开罐刀柄。不到2分钟，俄罗斯人就钓到1条不小的鱼。俄罗斯选手简直是渔夫，他们经验丰富，用的钓竿很短，一点不起眼，但钩子特别大，专拣礁石缝里下钩，几乎从不落空，连钓饵都完整无损就能将鱼钓上来。人文班因只有何怀宏参加，所以无法单独组队，只能合组长城站二队。因王站长在学习俄罗斯人经验后颇有收获，临时加入长城站二队。韩国队两位选手用的是阿正从国内带来的钓竿，看来很高级，动作也很认真，可是从无鱼儿上钩。同时智利弗雷站队虽然事先做了准备，却一直没有钓到。何怀宏经过一番努力，终于钓得1条很小的鱼，大家说或许有希望评到最美丽的鱼。智利海军也受到本国同胞讥笑，只钓到1条比何怀宏那条还小的鱼，那位选手差点将它扔掉，被旁边人劝说才留下。韩国人的船上倒钓到了几条鱼，有人建议不妨也计成绩，被我拒绝。快结束时，智利选手突然拿出1条很大的鱼，以至于有人开玩笑说，是不是他们预先带来的？四个队已有收获，时间不必延长。至4时，仍由我在原地敲锣结束。

回到餐厅，就按号码交鱼过磅。结果俄罗斯站获团体第一，中国二队第二，智利弗雷站第三。俄罗斯2号选手获总重量（6000克）、总尾数（12尾）及最快钓得（2分钟）三项个人奖，智利站一人获单条最重（1350克）奖。原来以为何怀宏那条150克小鱼能拿个最美丽的鱼奖，可是智利海军一人钓的那条更小，只有100克；何的那条是与大鱼差不多的黄色，他那条却带红色；我只能判定智利海军选手获最美丽鱼奖。最倒霉的是俄罗斯1号选手，论总重量应列第二，论条数也远比其他选手多，最重的单条有1300克，可是一个奖都没有得到。韩国选手虽然全军覆灭，但根本没有提出要将船上钓的鱼计入成绩，当我计算成绩时，他们都声明是

zero（零）。奖状是阿正在北京准备好带来的，只要将选手的名字填入就可以。虽然在报到时我已强调选手们必须用印刷体写下名字，但照着写他们的俄文或西班牙文姓名时我还是没有把握。好在选手就在旁边，请他们当场辅导，总算没有写错。接着由我宣布各奖项获奖名单，王站长和阿正分别代表长城站和鹭江出版社颁奖。俄文和西班牙文的姓名都不好念，我只能含糊地念个大概，反正就这么几个人，获奖者不会因此而不上来领奖。团体奖的奖品是一个刻有南极洲的青铜纪念盘，在我们小卖部卖20美元；每位选手都有的纪念品是价值2美元的领带扣和纪念信封。发纪念品时韩国人就当仁不让了，当我说完参加者都有纪念品时，Koo马上自己动手，为到场的韩国人每人拿了一份，以至于中国选手的份额都给拿走了。

今天钓到的鱼都是被称为"大头鱼"的南极鳕鱼，来后还没有尝过。可是在邀请书和规则中都没有说明钓到的鱼归谁，我只能在宣布我们的站长请各位参加者留下吃晚饭的同时，表示希望选手们将钓到的鱼留一些下来，让大家在晚餐时尝尝。两位俄罗斯选手一听，马上将鱼全部交给我，说都可以留下，智利站和海军也将他们钓得的那条最大和最小的鱼留下了。这些最新鲜的南极鳕鱼立即被送进厨房做了鱼汤。

  结束后见智利巴斯库尼站长带着夫人及12岁的儿子、副站长卡利略来了,他们说是到附近海滩散步,顺便过来看看。站长与我在会议室陪他们聊了一会。已到晚餐时间,站长邀他们留下用餐。今天除了其他中国菜外,最吸引人的还是那一大盆鱼汤。特别是对我们,一个多月来吃的都是冰鱼冻肉,只觉得这鱼汤鲜美无比。我还是陪智利站长一家、副站长和智利海军站长用餐,席间智利海军站长邀请王站长与副站长下星期二中午去智利军舰上午餐,他说军舰将在星期一到达,仅停两天,主要任务之一即为在舰上宴请各站长。到时将来橡皮艇迎接,要求站长于下星期一前确认。智利站长和副站长问起我们站的食品供应,我说大多数食品是船运来的储备,新鲜食品得靠你们飞机的支持,他们表示理解,说一定尽可能满足我们的要求。俄国人因本站另有活动先告辞,智利客人吃完饭后也就回去了,他们说今晚还要庆祝一位队员的生日。韩国人兴趣很高,酒量也很大,与站里几位高手大干二锅头。今天俄国站要为德国人饯行,所以王站长、王自磐提前吃完饭赶去。

  回房间继续写文章,至12时写毕《不夜南天观日出》一文,1 700余字。其间阿正来电,说有我的邮件,立即去用软盘拷贝，是家中和转发所里的邮件，发现发送的时间反在前一封之前，显然是积压在北京转发站的。夜11时余雨转大，狂风大作。近1时睡。

2001年1月14日，星期日　阴，下午起大雾，至夜不散

晨7时起。早餐后交阿正昨晚所写文章。拟致家中邮件。

唐师曾说他闻到了海豹的味道，后来又说听到了海豹叫的声音，开始我也没有在意，忽然他说："看，海豹躲在橡皮艇后面。"从窗口看去，果然见到橡皮艇后露出一头海豹的尾部，还在轻轻晃动。立即拿了照相机和摄像机去海边，见到一头两米多长的象海豹正躺在橡皮艇旁一个废旧床垫上，看来它已在床垫上舒舒服服地睡了一觉。其他人都闻讯赶来，各种照相机与摄像机对准象海豹狂轰一番。大家还轮流到海豹附近与它合影，见海豹很友善，胆子也越来越大，与它的距离越来越近。海豹终于忍耐不住了，竖起身子，张开嘴巴，接连喷了几口气，掉转尾巴，身体一扭一扭地滑向海边，在一片与砾石摩擦的声音中轰然入水，游入大海。在拍完照后，又用摄像机拍下了海豹入水的全过程。

午后睡了近1小时，起来后整理照片，发现容量达

640兆的MO盘也已满了。继续整理日记。

下午一大批德国游客由智利站方向步行而来，他们都穿着橘红色的羽绒服，远看十分醒目的一片，走近后见大多是老年人。他们是乘德国游船来的，那艘红白两色的大船停在俄罗斯站外面的海上。耶拿大学师生就搭这艘船离岛，据说两天半可到阿根廷的乌斯怀亚。他们和游客都将从那里乘飞机回国。游客们在站区参观摄影，也有人注意到了我们那个还没有嵌上碑文的大轮胎，把它作为长城站的一个景观拍了下来。还见有游客上身钻在轮胎间，让别人替他照相。不知道他们有没有想象这个轮胎树着的含义？

5时3刻李志刚来电，说有我的电话，没有挂断，等我去接。我以最快的速度去通讯栋，一边想着有谁会没有预约在这时候打来。拿起话筒才知道是在澳洲悉尼的朋友、我以前的学生张步勤，他说前两天就收到我的明信片，知道了这里的电话后一直在打电话，但不是打不通，就是没有人接。由于时差，他今天特意在上班前早一点起来。谈了一些近况后，我建议就此结束，他说没有关系，以前还没有与在南极的人通过电话，总觉得有点不可思议。我问他声音有什么异样，他说没有，但总有不一样的感觉。共谈了17分钟。

晚餐时刘弘约今晚9时后接受国际电台的电话采访。

晚8时半去通讯栋，有人在接电话，候至9点后才开始发邮件。因每次收发都需要重建个人信箱，还得打电话将杨志彪找来。我们的邮件先后发出，但没有邮件发来，不知是否已有积压？正好收到所内发来的传真，得知校内近况，我通过家里转的邮件也已收到。

回房间记日记后继续改日记，至夜12时。中间去刘弘房间，接受国际电台主持人刘红的电话采访，是为春节节目预做准备。至会议室，将所领信封加盖长城站的两个戳，至1时3刻。睡前见窗外雾已散，韩国站后面的山上有一线朝霞，直接东南天空，但此外都是密布的乌云。

2001年1月15日，星期一　阴，上午起阵雨不止，风大

晨7时起。连日阴雨，今天看来又是一个坏天气。

早餐后与唐师曾闲谈，上午整理日记。中间阿正来要去钓鱼赛写的流程。午餐后近1时睡，至2时半方起身，多梦。下午至夜均整理日记，今日完成8 000多字。

晚餐时周春霞说我有一个邮件，旁人很惊奇她怎么能提前收发邮件，她说因有急事，是经站长特许的。请

阿正在发邮件时替我用软盘带回来，他因为等传真，到夜12时半才给我送来。读家中邮件，昨天所发的邮件尚未收到，看来转发还是不及时，急事只能仍用传真。1时睡。

2001年1月16日，星期二   晨起大雾，后雨，雾稍减

今天又轮到我帮厨，早晨6时50分起来，比平时稍早到餐厅。7时半准时来用早餐的人似乎越来越少，8点15分将餐盘收回厨房。

回房间后还是继续改写日记。按规定于10时半至厨房，张来生说没有什么事可做，11点半做菜时来就行了。做菜时他提到春节前不会再有新菜运来，下一次到货在2月8日，存菜不多，西红柿只剩下几个了。午餐后至12时3刻收拾完毕。

下午1时睡，2时起，继续改日记。4时半至厨房，无事可做，拖会议室及餐厅地板，又帮厨师备晚餐，餐后清扫，至近7时毕。

回房间写了一个给家中的邮件，答复女儿问的事，并告诉她们我的近况。洗澡，毕后以洗衣机洗衣。8时40分去通讯栋发邮件，因有人正接电话，等候至9时余方开始，我先输入邮件，阿正输入邮件时发现他要删去

的照片附件还在，让我帮他删去，不料将他的邮件全部删了。幸而他电脑上有原件，再返回拷来。因为要等他将邮件一起发后才能再收邮件，我不愿再等，留下软盘后先回来了。11时余阿正来，说因为刚才开支委会，来不及收邮件，如有我的邮件李志刚会代收并来电话。夜12时半睡。

2001年1月17日，星期三　阴，渐转多云，将晚晴

晨7时起。早餐后阿正召集会议，介绍昨晚支委会情况，说明站里并不是不安排我们的活动，赵萍每次去外国站，都会提出这些问题与人家商谈。还专门给极地办打了报告，要求购买航空汽油。极地办同意购买，但王勇说即使在智利买了，也要到3月份才有可能运来。也曾向智利、乌拉圭站表示愿意支付油费，但对方表示实在是油料不足，有了钱也不能解决问题。乌拉圭站熟悉冰盖的专家（即上次来过会中文的那位）还没有回站，其他人不熟悉，不敢带路。站上只有张文仪到过冰盖的边缘，但他认为真正危险的还是在冰缘，到了冰盖内部反而没有什么。另外，同意安排去西北海岸，可以由吉普车送至机场附近，回来时可用对讲机联系，再开车去接。近日可以去避难所，考虑到气候条件，准备

明天上午动身,后天傍晚返回。我问他们避难所的情况,据说有足够的床,但都在一个房间内。"那怎么住呢?"有人说:"有什么关系!火车的卧铺车厢不也是不分男女的吗?"会后阿正劝我明天一起去避难所,允诺考虑后于下午答复。

回房间与唐师曾闲谈,又阅读《当代中国·南极卷》中有关史实。好几天没有写报道了,原准备以与耶达谈话为内容,对捷克站与他的价值观念写一篇,忽然想到可以以南极地图上地名的来历为题,对比中国同时代的有关史实,写一篇有启示性的文章。马上查有关材料,觉得已有把握。

下午安排去智利体育馆活动,我与唐师曾都没有去。午睡起来后立即动笔,中间想到要问一下我方所测绘的地图上所标中文地名的通行程度,这些地名是否曾经得到过有关国际机构批准,问了站长及赵萍,都不知道。今天王自磐与周春霞去乌拉圭站参加科学讨论会,下午才回来。等他们回来后问周春霞,她也不大了解,但与我原来的印象差不多。

晚7时站长召集全体会议,传达极地办对1月10日3号发电机事故报告的答复意见,说明飞车事故的经过。三号机组出事后立即停机进行检查,由于控制箱的铅封已破，可能已有人开过，但查不到开箱的记录，所以至今还没有找到真正的原因。现在已封存关键部件，供进一步检查。又传达极地办对加强防火和安全的批示，提到江泽民主席和朱镕基总理对洛阳大火作重要批示。站长要求各部门、各房间加强用电安全，近期将举行防火演习。最后站长还重申极地办的规定，凡对外发出的稿件都要经站长审核签字。通过邮件发的也要先经他看过。

会后见西南方向天空明亮，约唐师曾登站旁最高峰山海关峰（海拔154.68米）看日落。7时3刻出发，每人带了一根雪杖。开始坡度不大，路也不难走，就是因为接连融雪，不少地方有淤泥，踩上去会下陷。到第二层时路很陡，还要经过贼鸥窝。在碎石遍布的陡坡上被贼鸥俯冲，虽然有雪杖可以防卫，还是不胜紧张。我先登上这一层，却不见唐师曾上来，喊了一阵，才见他在下面说遇到了贼鸥，不停地向他攻击。我告诉他尽量沿着左侧上来，可以避开贼鸥。又攀上一段陡坡，来到第三层。西南方向的天空有浓云遮蔽，太阳已被掩盖，但透过乌云霞光四射，四望广阔，三面见海，冰山闪烁，积雪浮现，十分壮观。离山顶已很近，攀上十来米就到。刚登上，就见一个贼鸥窝严阵以待，为避免冲突，马上从原路退回。改由缓坡而下，到第二层时仍循原路下山。

直接到通讯栋，阿正已等在外间，说有人在打电话。我告诉他正在抓紧完成书稿和有关文章，考虑下来明天还是不去避难所。20分钟后开始发邮件，但等了一会别人还没有发完，我留下软盘先走了。回房间继续写《地图上的尴尬》，至半夜完成。中间去王自磐房间了解我们地图上的中文地名在乔治王岛的通行性，从他所备由智利方面印制的地图看，只有少数较大的地名上同时注上了中文地名的音译，而且位置与我们所标不完全一致。

刘弘拿了我的软盘来，说杨志彪误将他的邮件下载在上面了，请他自己输出后删去。阿正说王站长已收到王勇传真，已让周国平、何怀宏、邵滨鸿阅后交我与唐师曾，我不知道，打电话问何，他说在邵处，而邵正在打电话。11时余何交来传真，看后以为很重要，应立即商议，以便在阿正他们明天出发前答复。与阿正商定由我起草一份传真稿，明天一早交各人同意后签名。

近12时，唐师曾让我往窗外看，在韩国站上方有小半个月亮，虽显得娇小，却十分可爱。我们立即走到海边观看，当我站在码头的边缘，见东方夜空中悬着一钩橘红色的明月，在海面映出一片流光，与东南方隐现出的一抹红霞交相辉映。在数码相机的显示屏上，已清楚地显现出一幅月色与朝霞争辉的图景。唐师曾又回到站前的里程标前拍照，我发现他的构思很巧妙，在照片中，月亮正处于一高一低两根里程标的轮廓之间。我在同样位置照了一张，又对着里程标上标明上海的一块，衬着月亮拍了一张，将这张照片命名为"明月故乡情"。回房间后拟好传真稿，同意王勇报的价，去复活节岛往返机票440美元，由旅行社安排住宿与早餐约250美元，2月10日上午10时去，13日晚9时返回圣地亚哥，我与唐师曾不去阿根廷和巴黎，2月14日飞机返回北京。夜1时3刻睡。

2001年1月18日，星期四　晴

晨7时起，天气极好，多日来所少见。海上也有些浮冰，但都不大。

早餐时将传真稿交各人传阅签名。问王站长，知道他们四人定于8时半出发。阿正、周国平、何怀宏、邵滨鸿去纳尔逊岛中国避难所，刘弘随去，王站长、赵萍、张雪梅准备送去后返回。码头上拍摄他们出发的过程。

发现昨夜拍的照片全部失败，仅有半个小月亮，或标明上海里程的路标。唐师曾说这是未关闭自动闪光的缘故，昨夜的确没有注意，这样的景色不知还能不能再见？为唐师曾将他所写的短文录入电脑，以备打印，建议他将题目改为《四十有惑》，请他去气象栋将我的《地图》一文一并打印出来。午前王站长由纳尔逊岛返回，将由六人签名的传真稿交他发出，《地图》一文也交他签字。

除午后睡了一小时外，今天从早到晚都在继续改写日记。晚餐后请李志刚从站长处取来《地图》一文发往《文汇报》，两页，近3 000字。

与唐师曾沿着海滩散步，一直走到智利站方向的海角，途中摄企鹅、海豹、冰盖等照片。本来希望能遇到阿德雷企鹅，师曾说以往这里能看到几对，但今天没有出现。海滩上躺着三只象海豹，它们的旁边有一只较小的阿德雷海豹，成群的企鹅围在它们周围，咕咕地叫着，有时离它们很近，但彼此相安无事。海角前有两座相邻的火成岩小山，一座纹理错综而清晰，但山体完整；另一座却破碎得像一堆乱石。远远见山顶上有两个人，走近后他们正好下来，是智利站的，他们还记得我。问他们爬上去花了多少时间，他们说大概要半小时。问有没有贼鸥窝，他们说有，但贼鸥在睡觉，很安静。时间不早，我们不想上山，到海角的岩石口上拍照后就折回。海角的岩石都是色彩缤纷的火成岩，在夕阳余晖中泛着金光，相映之下，天空和海水显得特别蓝，冰盖和积雪又显得特别晶莹，宛如一幅重彩的油画。途中听到轰然巨响，余音不绝，就像炸山采石的声音，显然是纳尔逊冰盖边缘崩塌所致。今天夕阳灿烂，将海滩上成群的企鹅也照得一片鲜亮，比之那天日出时所见毫不逊色。在海滩上发现一只死贼鸥，已经发硬，将它移至稍高处，以免被海水冲走。准备回来告诉王自磐，但他不在房间。

给李志刚打电话，得知他尚未收邮件。后来见到杨志彪，他说今天还是没有我的邮件。将所拍照片输入电脑。夜1时睡。

2001年1月19日，星期五　多云间晴转阴

晨7时起。早餐时听张文仪说今天下午起天气要变，站长决定上午就将在避难所的四人接回。餐后整理日记，11时余见阿正等已经回来。

午餐时通知下午1时举行防火练习。准时下楼，与张文仪等从厨房洗碗处拿小型灭火器去垃圾处理房旁，

队员陆续来到，王站长讲灭火器用法。周兴赞用废柴油与废纸在两个油桶中点火，大家轮流手持灭火器将火扑灭。小型灭火器持续时间很短，三四个人用后就只能喷出些气体。用完了三个灭火器。

睡至下午3时起。上午将唐师曾的《重返巴格达》书稿录入笔记本，读了前面三章，检出数篇旧文录入他的软盘，因他表示对这些文章有兴趣。写了一封给家里的邮件。晚餐后至通讯栋发邮件，已发出，在接收时线路断开，请李志刚稍后再发时注意有没有我的邮件。回房间又整理出两篇旧作，发给唐师曾。阿正让我将师曾的短文录入他的软盘，因为唐师曾说过他的稿子不许改一个字，所以不想让站长看稿，改以邮件发出。后来得知传输发生故障，邮件全部没有发走。晚9时余与唐师曾谈旧作中有关问题，其间阿正来，听至11时半去。续写至12时余。

2001年1月20日，星期六　雨，晚转阴，风加大

晨7时起。早餐后与唐师曾聊天，看他的两篇旧作《回忆北大》和《书商王玮》。续改日记，又将介绍复活节岛一书中的大事年表录入电脑，未毕。将午时张雪梅来问去复活节岛的事，说她与刘弘也已申请，站长同意

一并安排。

午餐时有新鲜蔬菜及甜瓜，是刚空运来的，总算在春节前运到了。午餐时得知网络至今未通，据说上午已打电话给北京办公室。午睡至2时余起，录毕大事年表。与王站长谈去复活节岛事，反映了大家的意见。又要求尽可能在离开前多安排些参观活动，否则将来我们的日记发表时将没有什么内容。他说新船已在1月18日由蓬塔阿雷纳斯运出，五六日内可到，春节后将安排去乌拉圭、巴西、波兰等站参观。我的意思是可以将参观与驾驶新船的培训结合，如请韩国站与我们站各一人共同操纵，我们就利用这机会去参观。他说他也是这样打算的，并同意天气一好就安排去西北海岸。

阿正要求再给《北京青年报》写篇稿子，我考虑在日记中选若干反映一些想法的片断整理成文。继续改日记。

晚餐毕稍休息后去洗澡，毕后与发电班的卫建敏、徐文祥、徐启英（越冬队员）闲谈。他们都来自贵阳柴油机厂研究所，对外称贵阳柴油机研究所，对内为新产品开发中心，他们属试车班。长城站刚建的几年极地办都要求派工程师，但工程师未必有实际经验，而且年龄偏大，后来同意派工人。每年都由极地办提出名额，由基层申报，政审合格后由厂方批准，报极地办。有的单位不愿派，因为本单位没有什么好处，还要支付工资和奖金。但贵柴本身效益差，这也是增加工人收入的途径，所以每年都愿意派。徐文祥以前来过一年，其他两人是第一次。

将去西海岸的日记一节改为一篇短文，就名之为《西海岸观海豹》，交阿正。续改日记。杨志彪来电，站里筹备过春节，他负责布置，要我拟春联二三副。与阿正谈起站长允许天气好就去西北海岸，他马上打电话给站长，商定明天8时半出发，立即通知各人。夜1时睡，上床后考虑春联的内容，尚未拟定。

2001年1月21日，星期日　阴，晨起有雾，上午有小雨，雾渐散

晨6时50分醒，考虑春联。7时起，早餐前拟定春联三副："建地球新村，保世界和平。"（生活栋大门两侧）"廿一世纪开崭新时代，十七次队创非凡业绩。"（餐厅大门两侧）"长城连北京，亲情友情祖国情。全球望南极，山新海新天地新。"（楼梯两侧）早餐时交王站长。

问张文仪天气情况，他说今天气温较高，风小，但可能有小雨或雾。还是决定出发，但我认为如果雾太

大，中途可以返回，没有必要非走一天不可。准备了一小瓶水、一小包饼干。为了安全和行走方便，我与唐师曾每人拿了一根雪杖。赵萍催出春联横批，答允下午回来就可写出。

8时半出发，同行者我们六人和两位记者。梁永进开吉普车送至智利基地机场的跑道终点，约定下午以对讲机联系来接。

跑道的终点前是一处面临大海的断崖，下了断崖后，沿着海岸往北。不久山崖又逼近海岸，爬上山后在中央高地边缘继续北行。这一带的断崖直逼大海，站在崖边眺望，礁石奇特，惊涛拍岸，令人目眩。可惜今天雾大，能见度太差，视野既不远，色彩也不鲜，远处更是一片迷茫。雾不散，还下起了小雨，真想由原路返回。只是想到余下的时间不多，未必再有来的机会，还是硬着头皮往前走。

到牛角尖后，远处传来象海豹的吼声，空气中也弥漫着海豹特有的臭味。俯瞰前面的海滩，又躺着成群的海豹。我与唐师曾沿着山坡往下走，经过一片长得很绿的苔藓，来到海滩。忽然见到岩石旁有一头与众不同的海豹。它的颜色是棕黑色的，浑身像长满了毛，忽然间它竖起身来，原来它不但有一对发达的后肢，还有一对可以支撑的前肢。"海狼!"我们不约而同的喊了起来。"快退后!"我马上想起上次唐师曾叙述的遭遇,怕这头不小的野兽也会向我们攻击。我爬上一块稍高的岩石,又将雪杖握在手中,一边对镜头,一边准备随时对付海狼。此后,其他几位也先后下山,看到如此精彩的镜头,已在海狼前布下了一道新月形的包围圈。不知是因为我们人多势众,还是因为这一带的海狼特温驯,这头海狼非但没有对我们有任何威胁,反而摆出各种姿势让我们照相,然后缓缓地向左侧方退去。大家的胆子越来越大,从不同的方向包抄过去。前面又过来一头较小的海狼,它们嬉闹了一阵后就爬上了一堆岩石。我们中有人攀上对面的岩石,有人绕到那堆岩石的右侧,我发现岩石的左下方有一片残雪,就等在前面的小溪旁。过了一会,那两头海狼奔下岩石,从雪地上经过,我抓住这一瞬间拍下了以雪地为背景的两头海狼。

再往前走,就发现这一带的海狼真不少。又见到一头海狼正往背后的一片雪坡走着,我们真希望它能走到雪坡上去,就不紧不慢地跟在它后面。谁知突然间一对贼鸥袭来,原来不小心走近了它们的窝。这时带着雪杖的优越性充分发挥了,我将雪杖举起,贼鸥就在雪杖顶上掠过,离我的头很远,使我增加了安全感。忽然唐师曾又有新发现,顺着他指的方向看去,只见地上一头毛茸茸的东西正在飞快地移动,仔细看去,是一只刚离窝的小贼鸥,它还不会飞,只能从这里跑到那里,怪不得它的父母呵护有加,生怕我们接近。那头海狼还是没有走上雪坡,为了避免与贼鸥纠缠,我们也返回了海滩。

海滩上横七竖八地躺满了海豹,象海豹最多。我们对它们已经没有多大兴趣,继续往前走去。但走了不远,还是发现了一些有趣的海豹。一头肥肥胖胖的威德尔海豹与一头凶神恶煞的象海豹躺在一起,有时还嬉闹一番,但始终是一个的尾巴对着另一个的头。还有一头威德尔海豹对过客非常友善,你驻足观看时它就静卧于地,你做个什么动作时,它也会有所表演。有的海豹大概在海滩上躺久了,静极思动,尾巴一掀,转过身子,一扭一扭地滑下海去。入水后,那些在岸上行动迟缓的动物一下子成了水中蛟龙。平时只能偶尔看到海豹在水中露出一个头,这里可以看到好几头海豹同时在戏水,看到翘起尾巴的海豹和飞速游弋的海豹。从海滩尽头去西北湛(地图上这样标,显然是"栈"字之误)桥时,必须从海豹丛中跨过,虽然知道它们不会对我发动攻击,但当这些庞然大物伸头探脑,或张开血口吼一声时,还是会吓一大跳。

西北湛桥实际上是一个非常狭长的半岛，前面还稍宽，有一些沙滩；越往顶上越窄，只剩下一片礁石。沙滩上散布着一副残缺的鲸骨，旁边还有一节生锈的铁管，我怀疑是击中这头鲸的武器上的部件。一头海狼从沙滩走向海边，然后缓缓入水，这是我第一次看到海狼下水的全过程。回来就又见到一头很可爱的小海狼，伏在一个岩石间不肯出来。前面的滩地相当滑，一块块礁石上长满了暗绿色的青苔，虽然只有很薄的一层，却胜过一层润滑油。开始还能找到颜色发白、实际是比较干的石头落脚，后来就无石不滑，只能靠自己步步小心。

湛桥的尽头的几座礁石堆上挤满了正在繁殖的企鹅，与阿德雷岛上的情景一模一样。大概是今年的季节推迟的缘故，这里的小企鹅也都没有长大，都老老实实地伏在窝里，最多只是在父母的监护下走开一两步。唐师曾发现一只孤立的小企鹅，就像一只孵出不久的小鸭，浑身的毛湿漉漉的，分不出黑白。它孤零零地站着，又艰难地走了几步，显然已经找不到父母，也没有其他企鹅理它。估计它活不长，但我们爱莫能助，至多为它留下一张或许是仅有的照片。而且根据科学考察通行的规则，对这些动物之间或它们内部的生存竞争，考察人员不能干预，即使是为了挽救它们的生命。王自磬给我讲过他亲身经历的事例：他们看到一只小企鹅滑进了一道冰缝，再也爬不上来，在下面哀鸣。它的父母在上面叫唤，却没有办法将它拉上来。如果要将小企鹅取出冰缝只是举手之劳，但根据考察规则，科学家的任务只能是观察，不能用任何手段干扰自然环境。既然小企鹅不是人将它推下去的，人也不能将它拉上来。他们只能忍心看着，第二天再经过时，这只小企鹅已经冻死了。

礁石顶上飞来一只贼鸥，正虎视眈眈地注视着礁石上数十个企鹅家庭。据书上介绍，贼鸥是企鹅的天敌，以猎取小企鹅为食物。或许是数十对企鹅父母都严阵以待，或许现在的小企鹅已经太大，我们等了好一会也不见双方有进一步的动作。而在我们住地前的海滩上，我经常看到一只企鹅可以将一群贼鸥追得团团转。这更使我想到，书上的说法是否冤枉了贼鸥？

从西北湛桥折回，见阿正和刘弘正专心地伏在海滩边一块大礁石旁，原来礁石顶上有一头海狼，旁边却有几只企鹅。海狼不时伸长脖子作仰天长啸状，企鹅也张开翅膀一摇一摆地走动，但双方都不愿离开。我从前面爬上礁石，居高临下，以海水为背景，拍下了几张海狼与企鹅和谐相处的照片。

不过沿着前面的海滩往前走时,自然界弱肉强食的血淋淋一幕就展现在面前。企鹅与贼鸥的残骸、骨架随处可见,有的还相当完整,却找不到明显的伤口,有的已只剩下一堆碎骨。我捡了一个完整的企鹅头,想回去制作一具标本。还有一具很大的骸骨,可能是海豹的。当然与鲸骨相比,这些只是小巫而已。地上还有数不清的笠贝壳和遍地的海藻、海带和不知名的海洋生物。连崖边的火山岩也在经历了千万年的沧桑后成了黑色粉砂。应该承认,人类活动基本上没有影响这一带的环境,但自然界按照自己的规律在进行着无情的竞争、淘汰和进化。

听到崖顶有呼喊声,见周国平、邵滨鸿、张雪梅已经在高高的山崖上,并指示我们往前有上崖的路。走到海滩尽头,就开始沿坡地而上,来到山崖较平缓的一边。时间已过中午12时,我们坐在石头上吃饼干充饥。上了崖顶是返回机场的方向,而我们应该继续往北或往东,那就得上前面的山崖。周国平等从崖边下到谷地,他们也同意一起往前走。我靠着雪杖的支撑,攀上那道山崖,上面是一片比较平坦的高地。柯林斯冰盖就在前面,我们离开海岸,折向东北。

高地上横着一道道溪流和谷地,经常遇到泥泞陷脚的地方，一不小心就不易自拔。但高坡上一般都有贼鸥窝，虽然我只要高举雪杖就能通行无阻，但前后老是有贼鸥夹攻总不是滋味。为了各行其是，尽量少发生冲突，我们尽可能沿着河谷，走在较低的地方。我们也注意到，不少贼鸥窝旁钉着涂了一圈红漆的小木桩，有的贼鸥脚上还套了环，显然是王自磐与德国人的观察对象。这类贼鸥往往能容忍我们逼近，大概知道逼近的人并不会伤害它们。一次我们看见一只小贼鸥在奔跑，最后来到它的父母之间，我们走得很近，它们很安静地配合我们拍下了它们的合家欢。

来到一个雪坡前，长年的积雪在这里形成了一道小小的冰川，中间经融雪的水流切割，成了一段微型峡谷。我站在流水中，前面是一道齐腰的残雪，后面是一人高的冰雪，我请别人帮我拍下了这张照片。这里立刻成了大家拍照的景点，唐师曾还爬上雪坡，跨过冰上的裂缝，拍了几张盘膝坐在冰雪上的照片。

此时落在后面的刘弘也赶了上来，就差一直走在前面的何怀宏了。我们继续向东北方向走，忽然听到刘弘说看见了何怀宏，邵滨鸿与他马上向他指的方向去找了，稍后见张雪梅也往那方向走去。再往前走了一段，见到远处山上有一个人，怀疑是何怀宏，我竭尽全力叫了一声，高地上传来回声，不知他听到没有。我们四人又越过几道谷地，已靠近柯林斯冰盖的边缘。前几天看到的在蓝天丽日下闪着耀眼光华的晶体今天却黯然失色，甚至与背后乳白色的天空难以区分。靠近看与远看唯一的不同是，远看冰盖边缘是一条很完美的抛物线，而近看才发现冰盖上有几道明显的台阶，显示出岁月沧桑留下的痕迹。

路仍然很泥泞，但上面依稀可见车辙，后来越来越明显，是履带车驶过留下的。登上一个高坡，前方又见到大海，还看到了以前在画册中见过的乌拉圭站背后那座很有特色的山峰，我们即将穿过菲尔德斯半岛，到达东北海岸了，此时已是下午2时。我们没有进乌拉圭站，而是从站后的山坡直接折向水源湖旁通往俄罗斯站的公路，因为知道我们站的吉普无法翻越前面的几个陡坡，不可能到这里来接我们。

这几个坡果然很陡，公路上经车碾轧更加泥泞，宁可选择旁边稍干燥的坡地。经过了几个乌拉圭站树立的千米里程牌，又经过了海边俄罗斯站的油罐。阿正一直在用对讲机呼叫，但站里一直没有回答，看来信号受地形障碍无法穿越。到达最后一个高坡时，阿正才与站里联系上，得知其他人已等在机场，吉普车正往俄罗斯站来接我们。我们在坡上略事休息，俯瞰坡下，俄罗斯站和智利站尽收眼底，海湾里还停靠着一艘不大的船，不知是不是前几天两位来站的美国妇女所说她们乘的那艘20米长的船？远远看到两辆车驶来，后面一辆好像就是站里的蓝色丰田吉普。我们以为它会停在山下，可是却随着前面一辆车往山上冲来，莫非它已能翻越陡坡？等车从我们身边驶过时，才见是坐满智利人的车，前面还是一辆面包车，显然正在向乌拉圭站驶去。

下山后，我们坐在俄罗斯站海边废钢铁堆附近等车。不一会徐文祥与赵萍驾车而来，车上却只坐着何怀宏，原来在机场等的只有他一人，他到机场后在塔台打电话通知站里，而邵滨鸿、张雪梅、刘弘还不知下落。我们四人上车后又驶往机场，仍然不见三人的踪影。何怀宏下车步行去找，车上的人商议后又追上去将他拉回车上，大家都认为这样找太盲目，还是到站后再说。

4点多到站，休息一下后吃了一包方便面，又去洗澡。回房间后将今天的照片输入电脑，今天最大的收获是见识了海狼，并拍到了很精彩的照片，遗憾的是全天未见一线阳光，照片的色彩不鲜明，也没有能欣赏到自然风光。梁永进又开车载着何怀宏去机场等候，后来听说邵等三人在路上遇到一位智利人，让他回站打电话通知车去机场接，但那人没有弄明白，只通知去智利站接人，几经周折，到晚餐时才将他们接回。

晚餐前乌拉圭站长与智利海军站4人来访，据说是为了祝贺赵萍生日。晚餐延迟至6时1刻开始，四位客人留下共进晚餐。席间为赵萍庆祝生日，在全体队员用中文和英文唱过《生日快乐》后，四位客人用西班牙文唱了一遍。餐后站长通知明早8时40分集中搞卫生，又邀我陪客人谈谈，至近8时才脱身。今天从早上9点到下午4点基本上都在走路，相当累，晚上只读了唐师曾的书稿。问李志刚，知道今天没有传真，邮件也还没有通。

杨志彪来电，核定春联文字及横批。我建议第一副春联（"建地球新村"）的横批为"四海一家"；第二副改为"廿一世纪开新天，十七次队创伟业"，横批用"为国争光"；第三副（"长城连北京"）的横批用"普天同心"。

至夜11时3刻记日记毕，12时睡。

2001年1月22日，星期一　雨，大风

晨7时起。今日上午打扫卫生，早餐后阿正通知9时开始劳动，就回房间改日记。至8时40分来电，说王站长正等着开会,并嘱通知何怀宏和周国平,立即关机下楼。站长布置分工,人文班除邵滨鸿外负责清洗厨房中两行顶板,女队员由赵萍带领清扫餐厅与会议室,但强调分工不分家。赵萍布置春节活动,明天上午分两批派车送去智利站打电话,智利站长已布置下午2时前只许中国队员使用投币电话。下午4时起包饺子,接着联欢。后天下午去智利站参加体育活动。1月25日下午钓鱼比赛。27日下午4时邀请各站长来,先包饺子,再联欢。又宣读温家宝副总理昨天在北京举行的春节慰问长城、中山两站会上的讲话稿。

散会后就开始劳动。由于16队没有进行过清洗,厨房顶板已经积了厚厚一层油垢。起初根据周兴赞的建议,用调漆的稀料擦厨房顶板,果然一擦就净,但气味极重,令人窒息恶心。立即改用洗洁精及去污粉,但很难擦,有的地方干了后又泛出污迹,还得再擦。擦完顶板后又擦钢板墙壁,至近11时结束,又稍打扫房间。继续改日记。

午餐时告诉杨志彪,有一副春联还想改一下,即将"建地球新村,保世界和平"改为"创建地球新村,维护世界和平";但他说已用电脑打印出,就算了。午睡1小时,起来后又看了唐师曾的书稿三章,继续改日记。

6时去餐厅，知道今天晚上推迟至6时半开饭，因布置尚未结束，又回房间改日记。稍后阿正来电，要我下楼看春联如何张贴。接着杨志彪又来电，问"欢度新春"之"度"字是否有三点。立即下楼，建议"建地球新村"一联贴在生活栋正门口，"廿一世纪开新篇"一联贴在餐厅门上，"长城连北京"一联贴在楼梯两旁。打印时，发现将我拟的"廿一世纪开新天"改为"廿一世纪开新篇"，比原字妥帖；但将原来的横批"普天同心"改为"普天同庆"与原意不符。

晚餐后在我们房间商议通讯费的使用问题，商定由阿正与站长协商办法。会后向他建议春节期间请站长为《南极抒怀碑》揭幕。

10时余上海东视来电话，立即去接，说已给我打了两天电话，一直没有打通。试音后即介绍长城站过春节的安排并向上海观众拜年，又向东视及观众致意。听我提到我们将于2月6日离岛，问我什么时候回上海，准备到后就邀我去直播室。告诉他大约16—17日，具体时间请他15日给我家中打电话查询。得知温家宝副总理慰问一事新华社已发稿，其中提及来长城站的人文学者。东视嘱向邵滨鸿致意，今天没有找到她。杨志彪正试连接网络，并给北京打电话查询原因，但直到我离开时仍未接通。回房间给邵滨鸿打电话，仍未回来，嘱张雪梅转达东视的电话。致电阿正，告诉他新华社新闻稿的事，因为今天宣读的发言稿中没有这一内容。继续改日记，至凌晨1时。

2001年1月23日，星期二　晨大风雨，上午渐止，下午阴，傍晚霁

晨7时起。8时半去智利站，今日分批去打电话，这是首批，同行者有张来生、周国平、阿正、卫建敏、徐文祥、周兴赞、周春霞、王建国等。车停在银行旁，多数人去银行购电话卡，我与周国平先去电话间，由周先打，他拨了两次就通了。此时张来生等到了，因张打完后要回站备午餐，就让他先打。智利站副站长卡利略等经过，非常客气地邀我去他办公室，并问要不要喝咖啡，又说下午2时以前你们尽管打，他已作了安排。接着由我打，第三次拨通，妻女刚回家，告诉他们邮件暂时不能发，有事可发传真。阿正因为不止打一个电话，时间稍长。这时来了一位智利人站在电话间旁，问我那人怎么还不打好。我以为他要打电话，就向他解释，今天是我们中国传统的除夕，是亲人团聚的时候，所以我们都集中往国内打电话。他说是呀，所以我们站长规定

今天上午全部让中国人打,可那个人占了那么多时间,要不要我将他拉出来。原来因为阿正个子高,又只露出背影,他以为不是中国人,准备严格执行站长的规定。我们听了哈哈大笑,告诉他现在也是中国人在打电话。接下去没有打过的人轮番拨号,顺利与亲人说上话的人兴高采烈,屡拨不通的人免不了懊丧,特别是曾与家里约好在这时通电话的人心情更急。第二批人也到了,电话间旁更加热闹,我们几位已打通的搭车回站。站里留下的人很少,洗澡,洗衣,都在中午12时前完成,算时间正好是在国内除夕晚上洗澡洗衣,好像完全是依照旧俗,不禁有些好笑。昨天布置时将一幅由波兰站赠送的南设得兰群岛地图挂在站长室旁的走廊上,以前未见过乔治王岛详图,用数码相机拍下备用。想到此时正是上海爆竹声震天响的时候,这里却是阴雨霏霏,寂静无声,宛然世外桃源。

午餐推迟至12时半开。听说有几个人尚未打通电话,准备下午再派车送去,打通为止。下午睡1小时,阅唐师曾书稿数章。4时起至餐厅集体包饺子,队员中北方人不少,都是内行,我们只要稍动手就行。见到周春霞,得知她终于在下午打通了家中的电话。晚6时聚餐,饮少许茅台酒。餐后联欢,主要还是唱歌跳舞,我们几位不跳的人也坐着助兴。10时站长通知国际电台将有我们的直播，各人可以准备几句话到时讲。刘弘已在会议室架好天线，接通海事卫星电话和收音机，但收到的只是对南美的新闻广播和节目，直至10点40分也没有听到直播，他说大概节目调整了。近11时回房间，餐厅中歌舞未休，今天有的人大概喝多了，异常兴奋。但在这样特殊的地方，这样特殊的时刻，偶尔有这样的情况也不难理解。幸亏前天运到新鲜蔬菜与水果，今晚每人分到水果四样：柑橘、苹果、油桃、猕猴桃各一个，巧克力一块。唐师曾略饮了些酒已睡，其间阿正与邵滨鸿曾来劝他明天下水游泳，12时后他又起来，与我闲谈至1时45分。凌晨2时睡。

2001年1月24日，星期三　上午雨，后转阴

还是在早晨7时前醒来，想到不开早餐，又睡到8时余才起床。9时去餐厅，以方便面作早餐，见有久违的奶粉，冲了一碗。李志刚告有传真，即去取来，女儿所发，因邮件不通，告诉我家中近况及几条国内外要闻。

站长收王勇传真，因为2月14日没有去巴黎的航班，唐师曾只能16日离开圣地亚哥，我们14日去阿根廷，16日离开。我如要改签至上海，需另付266美元。

蓬塔阿雷纳斯去国家公园的长途车在晚上7时半开，如2月6日去的话，万一离岛飞机推迟就没有保证，另外去火地岛的轮渡有时一天两班，有时只有一班。要求我们确定后，在1月24日上午前答复。与各人商议后由我起草传真稿，同意离圣地亚哥的安排，我的票不改上海；2月7日晚由蓬塔阿雷纳斯去国家公园，7日白天如有可能就去火地岛。交各人签名后请站长于上午发出。

师曾去对面空屋工作，不多久听到他的呼声，由于这间房的门锁失灵，他关上后打不开，在屋里出不来。请他将钥匙从门缝中塞出来，也打不开，周国平也来帮忙，还是无计可施。请周兴赞来从外面拆锁，他自己从里面拆，内外夹攻，终于将锁撬掉，打开房门。继续改日记。

下午1时至3时其他人去智利站体育馆活动，未去，睡了一小时。起来后看完唐师曾的书稿。天气转好，微风，并有一线阳光。稍后邵滨鸿来电，催"老鸭"下水。今天是唐师曾四十大寿，他曾说过准备在生日那天下海一游。我先往海滨看看，遇见俄罗斯站的尤拉与老医生，已在旗杆前和我们的碑前拍完照，见面向我祝贺中国新年，又赠硬币数枚及金属制服扣两粒作为纪念。然后他们两人往油罐前海滩方向散步。我用手试海水的温度，觉得仍很凉，回来对唐师曾说，估计水温仅3度，劝他慎重。不过他还是准备去试一下，说下水浸浸就起来。4时与唐去码头，阿正与邵滨鸿闻讯先后赶来。师曾立即下水，从码头一边的铁梯下去，从另一边上来，中间听到阿正叫"头浸下去"，他头没在水中游了几下。我只拍到一张他在水中的照片，待他上岸穿好衣服后又拍了一张。其他人只顾了拍录像，似乎没有拍到照片。

回房间不久，唐师曾突然让我向油罐方向海上看，说见到一个很大的浪。顺着他指的方向看去，不一会果然又翻起一个大浪，大如冰山，但中间有黑色动物跃起。海豹没有那么大，肯定是鲸。他忙喊其他人来看，徐文祥与李志刚来到我们窗口，此时又见到了鲸喷的水柱，间隔着喷了几次后，消失在远处海面。唐师曾、阿正等急忙拿了相机去海滨，但没有赶上。还是我的望远镜管用，看到了比较清楚的图景。晚餐时问王自磬，他说这一带的鲸是虎鲸。写成有关"人文学者抒怀碑"与"唐老鸭夏泳"的报道，立即打印出，正好在洗衣房见王站长，交他审阅后送李志刚，请在晚餐前发出。俄罗斯站为了祝贺我们的春节，特意钓了40斤鱼，让尤拉送来，得知消息时尤拉已走。

晚餐时为唐师曾庆贺生日，他喝了一些酒，兴致很高，妙语不止。先回房间继续改日记。9时余见智利站来船接走站长等，后来知道智利站有军舰来，已将本站所购两艘新橡皮艇运到。10时余一批箱子运到码头，以装载车运入车库，至11时余。夜1时睡时听到餐厅中仍很热闹。

2001年1月25日，星期四　阴，有雾，下午起风，雨夹雪，晚大风雪

晨7时起。今天早餐时已无奶粉，改用果珍。

邵滨鸿问我整理日记的进展和准备写的题目，想拷贝我已发表的报道和文章，早餐后来房间拷去。继续改日记。近中午阿正来，准备于中午举行抒怀碑揭幕，因为下午韩国站来人帮助装新船，原定的钓鱼赛已取消。建议由他与站长揭幕，因为立碑的单位是海洋局极地办和鹭江出版社，他俩代表最合适。他以为不妥，想由我代表学者，与王站长一起揭幕。我说如果要在学者中找代表，应选周国平，也符合我们事先排的顺序；他即电话通知了周。又告诉我下午将与邵滨鸿等去企鹅岛，采访哈维尔并跟踪拍摄他的活动，明天晚上才回来。上午有乌拉圭船载四人来找王自磐、周春霞，留下午餐。午

餐时站长通知阿正，哈维尔仅同意去两人，邵滨鸿再次要求去三人，站长表示这是对方的决定，他无能为力。

站长通知12时半参加抒怀碑揭幕，到时队员大多到场，由站长与周国平揭幕。我对自己参与完成的这一"杰作"相当满意，除了中英文碑文是在北京制作的两块60厘米见方的不锈钢薄板外，整个碑座都是就地取材的废料：乔治王岛海滨随处可见的砾石，构成了地基；两个废水泥墩作为基座；上面架着一个直径达1米7的废轮胎（图9）。中英文碑文正好嵌在轮胎中心的两侧，粗犷与精细，废旧与崭新，现实与情感，过去与未来，通过这样不经意的结构圆满地融合在一起。我们当然明白，无论是不锈钢板上的铭文，还是作为碑座的轮胎，都不可能长期抵挡南极的风雪严寒。有形的纪念碑只能有限地存在，但我深信，碑文所表达们的理念将在南极和人类社会永存。（由我起草的铭文是：圣哉斯域，天地之极。亘古洪荒，既纯且洁。千年之交，顾后瞻前，文明进化，宜慎宜惕。自然人类，相依相惜。四海一家，生生不息。）

结束后本想六人合影，但唐师曾已离开而未成。拍下长城石下中英文铭文备用。睡一小时，起来后将长城石的中英文铭文录入电脑，备补入日记。致电阿正，得知他与邵滨鸿午后已由车送至沙坝后步行上岛。继续改日记，至晚12时。

晚间站长带来王勇的传真，通知在复活节岛的住宿价格以及在蓬塔阿雷纳斯的安排，要求1月29日前回复。抄下价格，答允明天晚上阿正等回来后就商议答复。唐师曾接到家中电话，北京电视台已播出我们在亚布力和北京活动的节目，有各人的介绍。

晚狂风大作，雪不止。

2001年1月26日，星期五   大风，雨夹雪，上午止，偶见阳光，风仍大

晨7时起，见窗外已一片白，后逐渐化去。昨夜风狂，醒了几次。早餐时问张文仪天气情况，他说昨天夜里测到的风速有每秒18米。他此前曾来长城站两次，从未见1月下旬还这样下雪，一般要到4月间才再下。上午续改日记。

午餐时听说阿正与邵滨鸿已经到沙坝头上，何怀宏去接。稍后何先到，接着阿正与邵也到，是由俄罗斯站的车送来的。本来站长与梁永进开车去接，车抛在沙坝附近，徐文祥等又开装卸车去处理。告诉阿正有王勇发来的传真，让他与邵滨鸿下午来商量。

午睡至2时余起，继续改日记。稍后阿正来问复活节岛住房是否确定，又找来邵滨鸿，商定我与周、唐住一个三人间，他与何双人间，邵住单间，费用各人自理；又决定2月7日晚上去国家公园。由我拟定传真稿，交各人签名后交站长发出。除公共内容外，又请王勇打听去伊瓜苏瀑布的可能性。得知二位记者因王勇没有给他们订到去复活节岛的机票，想将离岛时间推迟至2月8日，但王勇已定2月6日的机票，尚在交涉中。站长也没有办法，只能报告极地办。

晚餐后有甜瓜，是节前新到的。

晚上继续改日记，近11时洗澡，回来后与唐师曾聊天，又稍改日记，至夜1时。

2001年1月27日，星期六　阴，上午偶见阳光，风渐大，晚狂风

晨7时起。早餐时问张文仪，能否将今年气温与往年作比较，他说没有可能，因为往年资料都已由前队人带回。又说如果就现在还在下雪而言，那么可以肯定比往年气温低。

上午继续改日记。阿正、邵滨鸿拍周兴赞收集垃圾等镜头，昨天也在拍摄。

午餐时站长通知部分人员餐后开会。周国平未来就餐，后得知是犯了心绞痛，林清去探视，说没有什么大问题，只要安卧休息，他自己备着药，不必多打扰他，一小时去看一次即可。今天是王自磬生日，大伙在集体贺卡上签名。

站长开会布置今天下午4时后各国站长来聚会的安排，估计来23人，6个站已有回复。接着分工，我负责接待，就餐时陪同各站站长。

睡1小时余，起后继续改日记。3时半站长来电，有一位智利机械师为徐文祥、梁永进讲解橡皮艇注意事项，要我去帮他们翻译。至餐厅与他们见面，因必须去码头，又回房间穿衣戴帽。到新购橡皮艇边，智利技师检查船体压力、油门等，又试压力检测器，指出起吊螺丝缺两只，气还可再打足些。新购的船两艘，每艘配两个发动机，实际因船尺寸不大，韩国技师认为单机就够了，否则速度太快，船头会翘起来。买来的船有驾驶台，与徐文祥等在圣地亚哥培训时见到的相同，但发动机上又有操纵杆，与驾驶台不配套。问智利技师，他说以前也没有见到过。智利技师的英语很差，大多名词都讲西班牙语，实际靠猜测。风冷得刺骨，戴着手套的手也已麻木，智利人也说受不了。梁、徐认为其他没有什么问题，到4时20分就一起回餐厅。

韩国、智利弗雷站、智利海军、智利南极所、乌拉圭、捷克各站的客人都已到达。波兰站没有到，估计是因为风太大，因为波兰站过来只能走海路。先在餐厅包饺子，各人分别辅导外国人。5时半晚会开始，站长表示欢迎，请站长们至主桌就座，由我翻译。餐后举行舞会，用从乌拉圭站借来的南美音乐带，来客狂舞，乌拉圭站的女医生玛丽亚始终没有停过；智利弗雷站副站长卡利略大概已半醉，不停地跳，并不断干扰其他舞伴，杨志彪唱歌时他抢过话筒乱说一气。站里的女队员除周春霞外全部上阵，善舞的更是应接不暇。男队员能与来宾周旋的只有王站长、刘弘、阿正，其他只能在旁边围着转。因为都是快节奏的迪斯科劲舞，刘弘如鱼得水，一度与玛丽亚长时间对峙，赢得一阵喝彩。俄罗斯人显然不熟悉这一套，尤拉等始终都没有跳舞。韩国人也只有一位年轻人上场。最高兴的自然是南美客人，他们说今天的舞会比他们自己站的还尽兴，大概各站都缺乏女队员的缘故。捷克站站长耶达说他参加过多次长城站的联欢，以这次最开放、最成功。不过他说这是年轻人的事，承认自己和我一样，只能当观众。

我陪着智利弗雷站站长巴斯库尼亚、韩国站站长蒋舜樌、捷克埃柯站站长耶达等聊天。巴斯库尼亚说印巴边境发生地震，已死 5 000 余人。蒋舜樌问智利人今日一架白色轻型飞机飞来是为什么事，据说是一位 26 岁的英国女游客因糖尿病而死，尸体已由此机运往福克兰群岛（马尔维纳斯群岛）。但据俄罗斯老医生告诉邵滨鸿，此女游客曾由他抢救，是糖尿病引发心脏病，离开俄罗斯站时还没有死。据说今天俄罗斯站站长奥列加闷闷不乐，就是为了这件事。从智利南极研究所考察站站长处得知 INACH 是 Institute of Antarctica of Chile 的缩写，该所隶属于智利外交部，总部设在圣地亚哥，有 8 个分处，考察站是其中之一，现在主要进行医学方面的研究，课题是极地环境对眼睛的影响。研究所还有一些附属项目，与大学和其他研究机构合作，如哈维尔在阿德雷岛的企鹅观察项目等。该站长定 2 月 6 日乘飞机去蓬塔阿雷纳斯后返回圣地亚哥，因已接到通知，将参加会见来自中国的重要人物。估计就是即将到来的我国政府代表团。

9 点多，蒋站长等三位韩国人到会议室窗口看了一会，认为风浪太大，无法驾船返回，希望留宿，让我告诉王站长。耶达说他们的船停在海边，他们三人将先步行去海边，如果风浪太大不能回岛，会在两小时内回来留宿。站长将韩国人安排在二楼的两个房间,又告诉耶达,如果回来的话仍可到一号栋去住。10时半后客人陆续离去。

回房间继续改日记,与唐师曾闲谈,夜12时半睡。

2001年1月28日,星期日 晨风雨大作,偶有雪,9时后有阵雪,下午风止

晨7时起。早餐时见耶达,他们昨夜于12时10分返回。耶达说他与两位队员2月份都将回国,到4月份他再带三位队员来越冬,一位是捷克人,一位智利人,一位瑞士人。他本人在将他们安顿好后就要返回,因为国内及欧洲的事很多。问耶达和蒋站长今年的天气情况,他们都认为这个夏季的气温之低、降雪结束之晚为历年所少见。蒋站长说前阶段汉城*气温为零下24度,又听到广播中说,印度中部发生地震,已死2 000人。张文仪说近期都刮东南风,来自南极,所以极冷。

何怀宏从会议室取来韩国、巴西站介绍画册及阿德雷岛会议论文汇编,早餐后稍翻阅。上午继续改日记。9时余见韩国船驶离码头,海上风浪仍很大,他们的船不断避开涌浪,曲折前进。后王站长要我代听电话,因

---

* 现为首尔。

刚才韩国站来电，赵萍不在。重新呼叫韩国站，得知蒋站长等安全返回，表示感谢。遇捷克站新队员，他说来自莱比锡80千米外一个小城，1983年曾来别林斯高晋站一年半，其间曾带着德国食品与中国考察队聚餐。

午餐时问耶达，这一个月的气温是否是他从1987年来后最低的一次，他表示肯定。但说就降雪量而言，1991年似乎更大，因为他记得他们明信片上的照片是1991年1月20日左右拍的，从照片上看，当时的积雪比现在还多；但气温没有今年那么低。问张文仪他上次是哪一年来的，他说是1994—1995年。

耶达给每位队员送了一张埃柯站的明信片，又将带来的纪念戳让大家盖，午餐前后都有人在抓紧时间盖。饭后阿正等在会议室盖戳，我也盖了几张信封。耶达见大家如此忙碌，就将章留在站里，说他下星期二三间还要来一次，到时再取回。

下午1时20分睡，3时余起。阅巴西站介绍画册，继续改日记。

晚餐后以捷克站及耶拿大学纪念戳盖信封，将几百个信封都盖了一遍。继续改日记，至夜12时半，今日完成9 000字。

10时半唐师曾来叫至餐厅，帮杨志彪一起做雪菜肉丝面。厨房中梅林食品厂的雪菜罐头很多，肉有的是，其实很简单，所以我只要动口就是了。大概是由于厨师做的菜不合大家口味，所以品尝后大受称赞。

2001年1月29日，星期一　雨，上午雾，下午转阴，傍晚多云，半夜大风，雪

夜间已听到风雨声。晨7时起，风雨大作，雾锁海湾，对面的山都看不见。早餐时听张文仪说，近日天气都很差。站长本安排橡皮艇出海，可能是为王自磐的事，因雾大取消。邵滨鸿告丁学良（复旦大学同届硕士研究生，我在哈佛燕京时他在读博士学位，现任职于香港科技大学）在传真中向我等问好。上午雾转大，连车库都已模糊不清，鼓浪屿更一无所见。继续改日记。梁永进来电，说因天气不好，正好有空，可去发电栋帮我理发。前几天曾与梁说过，离开前请他理发。理完后因张文仪也要来，等张理完后才洗澡。这几天无法外出活动，只能抓紧时间将日记改写完毕，作为书稿的主体。

下午睡40分钟，未入眠。起后继续改日记。晚餐时李志刚告诉阿正，说王勇给站长发来传真，内容与我们有关。饭后李志刚用高频电话告诉站长，因站长等于5时乘车去智利站，还没有回来。站长说等他回来处理。

李志刚先将传真交我们看一下，我们简直不能相信这位办事处主任的办事能力，他说原来智利航空公司往返复活节岛机票的报价是446美元，但没有票；蓬塔阿雷纳斯的代理报价440.042，因数字很接近，他以为是美元，由于旅行社没有美元账户，还专门将美元换成比索后转去，今日听代理说钱不够，才发现这一错误，由于机票价折合约790美元，已远远超过原定底线，所以已取消，问我们作何打算。好不容易争取来的机会看来已成泡影。李志刚要我们在站长看过传真前不要作任何反应，我们约定等站长回来后再商议对策。

连日气候恶劣，近晚忽转多云，见到了久违的阳光，队员们纷纷外出，有的在周兴赞带领下登山海关峰看日落，我回房间时唐师曾已不在，据说是与何怀宏一起去爬山了，阿正要去靠近纳尔逊岛的海边看日落。我见西南方向云还是很厚，估计又会与我们登山的那天一样，日落方向肯定被云遮蔽，所以只去海滨散步。

大家返回后还没有见站长回来，就先来我们房间商量。周国平与唐师曾对王勇已毫无信心，倾向于放弃原定计划，要求他尽快安排直接回国。阿正希望尽可能去复活节岛，也不想放弃阿根廷和巴黎，认为来南美不容易，只要机票的价格在正常范围，即使贵一点也可考虑。何怀宏没有什么主意，愿随大流。但邵滨鸿随站长外出还没有回来，决定还是等她回来后再定。

电气象栋问天气预报，张文仪说明天早上可能有小雨，但稍后转阴，风不大，天气比较好。

近晚11时邵滨鸿回来，今晚是去智利站参加舞会。阿正由站长处拿来传真，见王勇明确说已取消了所定机票和行程，显然即使接受790美元的机票价，也未必能有机票了。邵滨鸿主张放弃，连阿根廷也不想去，何怀宏没有意见，阿正孤掌难鸣。我因有日本京都的学术会议，2月18日之前要回上海；又由于到北京后还得靠唐师曾帮忙解决国内班机的超重行李托运，只能选择与他同行。最后确定分两批：我与唐、周2月11日起尽早离开圣地亚哥，经巴黎直接回北京。阿正、邵、何只停巴黎，能延长至六天更好。我拟出传真稿，经各人签字后送给王站长。他与赵萍正为此事而为难，见到传真稿后如释重负。谈到我们最后几天的活动，我希望天气稍好就尽可能安排活动，站长说已安排后天去乌拉圭站。只要天气好，其他地方也尽快安排。风已加大，不知明天天气如何。改日记至夜1时睡。唐师曾在对面房间看录像，尚未回来。

2001年1月30日，星期二　半夜起大风雪，今天暴风雪不止

昨夜12时前就已下雪，半夜起风声如千军万马，声震屋宇，房子嘎嘎作响，晨5时余即被闹醒，又睡至7时起。窗外一片银白，暴风雪不止。早餐时问张文仪雪还会下多久，他表示现在很难说，还没有停止的迹象。上午继续改日记。11时半外出拍照、摄像，一出门几乎站不住脚，向东南方向走十分艰难，地下的砾石已冻结，走路时很滑。风雪太大，只能在厨房边台阶和车库前照了一会。

午餐时王站长通知下午3时由王自磐及周春霞讲座。站长接王勇传真，我与周国平、唐师曾三人已定2月11日返回的机票，2月13日8时50分到北京，其他三人因法国的入境签证无法提前进入，请他们再作决定，他们商议后决定还是在2月13日至阿根廷停留三天后飞巴黎。

下午1时余午睡，至2时1刻起，风雪仍不止。致电杨志彪，得知至下午1时为止，雪量已达6.8毫米，风速最高测得21.6米每秒。据前几天了解的情况和昨夜开始的暴风雪，写《南极寒夏》一文，未毕。3时至会议室听讲座，王站长主持，王自磐介绍他的科研项目及

其意义，并回答大家提出的问题。周春霞介绍她的项目GPS（全球定位系统）联测以及GPS的基本原理、概况、运用前景等。队员基本都参加听讲，对王志磐的研究所涉及的问题很感兴趣。

4时45分结束。回房间写毕《南极寒夏》一文，约千字。附了一个给潘益大的短函，告诉他可能还有最后一篇报道，并告返回日程。致电杨志彪，得知站长也去气象栋，即请他在屏幕上看稿子，提到风力8级，杨志彪说可定为9级，即改正。杨查阅记录后说，去年的年平均气温还是比前年高约1摄氏度，而12月份的平均气温较前年同期略低，今年1月份尚未算出。

前两天就说不久要举行马拉松长跑，动员大家参加，可以有全程和半程，据说还有70岁年龄组的，觉得很奇怪，难道各站还有70岁的队员？晚餐后阅读赵萍带回的乌拉圭站马拉松赛规则，才知道并不是各站队员间的比赛，而是以专门来此的旅游者为主，怪不得还有70岁以上的年龄组。交李志刚文章的打印稿，请他立即发传真与《文汇报》。至晚7时，雪量已达8.6毫米，风力仍未过9级。

继续改日记。致电李志刚，得知已发出传真。他要求复印一份看看，当然同意。10时余唐师曾与张雪梅来叫去餐厅，说杨志彪又在做雪菜面，到者不少。至夜1时睡。

2001年1月31日，星期三　大风雪，上午雪渐小，中午雪停，风力减小，晚又有阵雪

晨7时起。早餐时问张文仪天气情况，他说未来4天内仅会有半天天气较好，昨夜风力仍有8级，今天也有8级，风速每秒18米左右。昨天最低温零下1.8度，最高零度。最低气温在正常范围，但最高气温却罕见。李志刚说科研栋前积雪已超过1米。估计往智利的公路上的"雪坡"及上坡一段又需要重新开道了。

餐后向赵萍借得乌拉圭站马拉松赛通知，输入电脑。看来这完全是一次商业性活动，主要对象是由一艘游船载来的旅游者，而且要求相当专业。归还时告诉赵萍，她还没有收到乌拉圭站的具体要求。

继续改日记。稍后见雪渐小，风虽然还大，但已不如昨天那样厉害。这场大雪超过我们来后的任何一次，形成了我们来后见到过的最壮观的雪景。机会难得，与唐师曾一起到海边摄影。过码头不远，就见雪地上有一只不小的海狼，身上粘着不少雪，显然到此时已经躺了不少时间，或许昨天就是在这里过夜的。它在雪中翻滚

了一阵，徐徐下水了。稍前又有两只海豹，由于都是躺在厚厚的雪上，形象更为突出。油罐边的路已被积雪掩盖，前面的小山上凡是背风地方或低凹处都堆满了雪，远望像一座座高峻的雪峰。海上的浪很高，当几个大浪相遇时往往掀起一排巨浪，越过岸边高大的礁石，卷起千堆白雪。

午餐时通知下午1时半切换电机，上次的事故使大家心有余悸，饭后早早切断电源，停止使用电脑。午睡1小时，起后发电机组已平稳过渡。整理照片，并输入MO制成备份。其间周国平、何怀宏、邵滨鸿先后来，互相传输为别人拍的照片。见海边爬上来一头海狼，停在橡皮艇旁，告诉阿正等，他们都下去拍摄。继续改日记。

晚餐时为德国斯姆娜生日贺卡签名。饭后即与唐师曾去智利站方向的海滩，摄得阿德雷企鹅甚多，似皆今年新生者。又以阿德雷岛为背景留影。途中又下雪。归后整理照片，邵滨鸿拿来她拍的照片，录下其中有我的货船。阿正持王勇致站长传真来，除确认行程外，建议2月10日安排去聂鲁达故居等四景点，要求8人一致。将各人找来，大家都同意这样的安排，由我转告站长。

2001年2月1日，星期四　阴，时见阳光，微风，下午阴，偶有微雪

晨7时起，风已停，偶然能见到阳光。早餐时女儿发来的传真，已为我订购了往返日本大阪的机票。附来的要闻有，印度地震已死2万人，而印度的国防部长曾宣布死亡人数超过10万。

张文仪说今天的天气还可以，至少傍晚前不会有问题。向王站长建议今天安排去纳尔逊岛，他同意。等到9时20分才出发，临开船时又等了斯姆娜，同去者除我们六人外，还有其他人，因为他们来后都未去过。近岛时海上浮冰非常之多，有的地方冰块密集，有的冰块很大，尽管摩托艇已经减速或注意避让，但偶然撞到冰块，船体还会随之一震。靠近中国避难所的岸边都积满了块冰，就像白色的礁石，船无法靠近登滩，冰块又没有冻在一起，不能踩在上面，登岸相当困难，幸亏徐文祥站在水中扶着我们，才艰难地跨上了岸。捷克的埃柯站就在岛的另一端，看到今天的情景，我不能不佩服耶达选址的本领，据他告诉我，他们建站十多年来，前面的海湾从来没有冻结过，要是他将站址选在这一端，气温再降低点的话就很难不冻了。我们六人留在岛上，王站长约定在11时50分派船回来接。

我们今天来的目的当然是为了上冰盖，清理避难所只是一个借口，这一点站长心里也明白。但在我们离开前站里也没有办法安排我们上冰盖，只能对我们的计划眼开眼闭，只是将时间尽量控制得短一些，以免我们走得太远。等船驶远后，我们就赶紧沿着山坡上山，走到一个山谷的尽头，又攀上一道山脊，沿着山脊起伏而上，来到冰盖的边缘。连日大雪，山上到处为积雪覆盖，但由于风势强劲，山脊上几乎没有积雪，虽然有的地段比较险峻，走起来还是比较轻松。冰盖边缘的积雪也较厚，刚踩上去与走在雪地上一样。越往上走，脚下的感觉越硬，雪却越来越薄，俯身细看，下面就是坚硬的冰层了。冰层的坡度不是很大，一般都很平整，但不时会见到一道冰坎，冰面也会随之升高。大家心里都明白，这看似平静的冰盖上其实随时会发生危险，特别是在大风雪以后，积雪已将绝大多数冰裂缝遮盖了，或许一道能将人吞噬的冰缝就在身边脚下。为了安全，我们遵照安全规则，由何怀宏与阿正结绳前行，后面的人踩着他们的脚印前行，人与人之间保持足够的间距。行进中见到一处冰面不平的地方，阿正用脚稍拨了一下，积雪下陷，原来是一道冰缝，深不见底。我们小心地走到旁边拍照或摄像，又蹑手蹑脚地离开。只有唐师曾站在那里拍照时稍用了力，发现脚下亦是一条裂缝，只是没有前面一条那么宽。阿正的包留在后面，他回去取三脚架，奔跑了几步，却忘了踩在刚才的脚印上。忽然见他身子一倾，一脚陷入一道冰缝。我们发出一阵惊呼，幸而他那只脚在膝盖处卡住了，没有继续往下掉，仅擦破了一点皮。要是遇到一条更宽的冰缝，后果就不堪设想。前面天色昏黑，冰盖延伸到天际，与阴沉的天空连在一起。我认为我们并没有什么考察任务，既然已经充分感受了冰盖，可以适可而止，建议就此折回。于是我们在冰盖上合影，摄像后开始撤回。回到山坡时已中午11时半，看到摩托艇已经等在岸边了。岸边不远处跑来五只海狼，大家又过去拍照，直到它们重新入海。唐师曾与周国平最后上船，也只晚了1分钟。

11时51分开船，王站长、张文仪、王自磐、刘弘、张雪梅、卫建敏等都在船上，又弯到捷克站去接斯姆娜。回站途中又看到了那块大浮冰，远看像一只大海龟，近看则随着不同的方向和距离而变形。据张文仪和王自磐说，这几天因为气温低，冰盖比较稳定，不易发生冰缝崩裂或产生新裂缝。如果像前些时候那样气温升高，冰盖的边缘还是相当危险的。回到码头时，赵萍通知已与乌拉圭站约定,下午2时去访问。午餐时站长又通知,1时40分出发,由俄罗斯的车送去。回到房间已近1时,将上午拍的照片转入电脑后就准备出发。

下午周国平不去,除了我们五人外,还有两位记者、王站长、赵萍和林清。俄罗斯的车将我们一直送到乌拉圭阿蒂加斯站的建筑物前。这个站的主体建筑是一座大平房,站长室、会客室、活动室和餐厅都连在一起,显得很宽敞。与对方站长见面,稍谈了一会,大家拿出带来的邮品去站长室盖纪念戳。这时站长要我告诉王站长,下午可以提供直升机,专门为我们飞一次,在本站、智利站及长城站上空转一圈。王站长与赵萍听邵滨鸿说,乌拉圭站是为了将货物送往智利站,顺便带我们飞一下。他们要我问乌拉圭站长是否如此,对方回答是专门为我们飞的,不会在智利站下降。但因为还有机组人员,我们只能上五个人。站长颇感为难,只能决定分配给两位记者与我们中间的三个人,具体由谁上让我们自己决定。邵滨鸿对张雪梅说,即使只能上一个人也应该由她上,因为是由她联系成功的。我问赵萍是否如此,她说没有这回事,是站里请乌拉圭站安排的,但此前一直没有说定时间。阿正强调为了拍摄电视的需要,他与邵滨鸿必须上去。我说既然如此,那剩下的一位就让唐师曾上吧,毕竟他是专门摄影师。何怀宏建议用抽签的办法决定,阿正说如果抽签,邵滨鸿应除外,剩下我们四人抽出两位。何怀宏却说应在包括两位记者在内的七个人中一起抽出五位,这显然与站长的安排不符。我以为既有人坚持要上,不必为这样的小事多纠缠,还是让他们三人上去算了。阿正劝何放弃,就此决定。我提了个补充条件,要是离岛时飞机上有靠窗的位置,就留给我们吧。

因为直升机的预热要花不少时间,我们先参观站上设施。为了避免污染,该站的取暖、饮水和炊事已全部用电,明年还将安装风力发电机,减少燃油。夏季最多时有17人,冬季一般保留10—11人。夏季有时也接待旅游者,设施可容约20人。科研室的设备可供4人研究,现有2人。现在队员中女性3人,一位就是我们熟悉的医生玛丽亚娜,她们都是度夏队员。转完一圈后送五人至停机坪,直升机的螺旋桨已在快速转动,飞机附近风很大,他们都躬着腰,随乌拉圭机组人员快步登上飞机,门一关上飞机就腾空而起。我抓紧时间拍了两张照片,就回站区和海滨拍照。乌拉圭站面临深水海湾,大船可直接靠岸;柯林斯冰盖近在咫尺,便于观察;附近两个淡水湖水源充足,是一处理想的站址。但就在我们的长城站选址前,乌拉圭选定了这一地点。而在长城站选定不久,韩国也看中了菲尔德斯半岛南部,但在我们的油库之外已经没有多少空地了,最后只能定在长城站的对岸。由于冰盖的阻隔,韩国站对外交通主要依靠海路。尽管这里没有硝烟战火,但一步之差也会造成长期的后果。

回餐厅休息,乌拉圭队员招待喝咖啡。副站长拿出几本画册让我们看,并向我们介绍乌拉圭和该站的情况。考察站得名于阿蒂加斯,他是18世纪争取乌拉圭独立的先驱。他受到殖民当局的迫害,被放逐到巴拉圭,至死都没有能返回祖国。现在已经在他的故居建了一所小学,教师都由乌拉圭派去,学生都是巴拉圭儿童。为了表示友好,巴拉圭政府将故居所在地赠送给乌拉圭,所以有这样一小块飞地。阿蒂加斯的骨灰归葬祖国,现首都中心有一个独立广场,其中就是阿蒂加斯的陵墓,墓前有他的骑马雕像。在站内的门厅旁也有一座阿蒂加斯的胸像,副站长的介绍令我们对他肃然起敬。副站长又根据画册介绍乌拉圭,自首都开始,逐个介绍全国的19个省。乌拉圭只有400万人口,一半居住在首都。从画册看,首都相当现代化,海滨景色如画。副站长还在照片上指给我们看他家所在的位置,邀请我们在归途中去乌拉圭访问。

　　大约15分钟后，站区上一阵轰鸣，直升机降落。站长得知我们来时是由俄罗斯的车送来的，表示愿意用他们的车送我们回去。4时多离站，由站长驾驶履带拖车，我与唐师曾、何怀宏、赵萍、王站长坐在前车，其他人坐在拖车。途中听赵萍说网站又开通了。

　　到站已5时余，立即拟给家中的邮件，告知近况。晚餐后整理照片，唐师曾将他所拍的照片传入我的电脑，我也将与他有关的照片传给他。毕竟是专业摄影师，今天他在飞机上拍了一张很完整的《俯瞰长城站》（我给取的名字）。不过师曾说他能拍照的时间其实极短，因为待他上飞机时靠窗的位置已经全满了，还是在途中一位乌拉圭人将座位让给他拍了一会。李志刚来电，嘱去发邮件。到后收了女儿1月20日的邮件，又将今天的邮件存入待发。回房间记日记，唐师曾早睡。不多久李志刚又来电，说刚才我留下的邮件被不慎删去，让我去再发一遍。到后杨志彪也在，说刚才操作有误，所以得重发。正好王站长来发其邮件，就将我们的邮件一并发出。去发电栋洗澡，回来后继续整理日记，到今夜已将此前日记整理完毕。夜12时半睡。

2001年2月2日，星期五　多云，上午转阴，风渐大，下午大风，3时起雨夹雪，又转大雪

唐师曾早晨6时余就起床，我虽醒了，还是拖到7时。今天是最后一次帮厨，7时20分到厨房，早餐后又整理餐厅。书稿已有把握，上午开始继续写《人口史》书稿，因为来前在电脑上存放了《二十五史》等资料，又带了几本常用书，一般的史料不成问题。至11时半去厨房劳动，餐后清洗至12时40分。午餐时站长通知下午1时于站区捡垃圾，一方面将垃圾集中以免造成污染，另一方面政府代表团即将到达，站区应该有一个整洁的面貌。回房间稍休息，即与师曾下楼。下午1时开始于站区捡垃圾，捡得废锈铁钉、电线、螺丝等物，海边铁锈皮不少，但只能将稍大的捡起，其他都已粉碎。风极大，迎面行走相当艰难。至2时余结束，王站长有意外成绩，为邵滨鸿捡到她的摄像机三脚架上的一个螺丝，是阿正使用时掉在站区的。睡了近一小时，但一直未入眠，起身时已风雨大作。王自磐送来他与德国人合作项目的专用纪念邮戳，将所有的信封都盖了一遍。去他房间归还邮戳时，只有阿正在。阿正向我解释邵滨鸿与乌拉圭站联系乘直升机的经过，我告诉他这是邵自己对张雪梅说的，因为赵萍认为与事实不

符，所以当天就让我反复询问乌拉圭站站长，究竟是专门为我们站飞的，还是像邵所说的是趁他们载货或公务之便。再说，拍电视片不是我们的集体活动，不存在必须确保的理由。邵那天的说法也缺乏礼貌，本来这类事都不难商量。阿正表示他也记得当时的情况。他还谈了回国内后可能的去向，我说无论如何都应该预先通知大家，以便回去后保持联系，并按事先设想完成书稿，正式出版。如果他的工作有变动，应该由出版社指定新的联系人。

近5时至厨房，没有什么事可帮，将底层与楼梯的地板擦了一遍。回房间记日记。5时45分至厨房开晚餐，餐后清洗至6时50分。前几天就听说大连有一人要来游泳，但站里说没有接到极地办的通知。晚餐时听说王站长曾去菲尔德斯海峡为他选定一条路线，长约600米。他来时将带一位摄影师，刘弘说与摄影师相识。王站长告诉我，近日极地办通知，此事已经海洋局批准，所以得为他做些准备。他有些担忧，既然海洋局已批准我们就应该配合和支持，但站里只有这两条摩托艇，又没有专业救生人员和器材，如何保证他游泳时的安全？万一出了什么事怎么办？我建议站长一方面要尽最大的努力，另一方面也应该将站里能提供之救助和合作向他作一个说明，并与他签订一个协议，以免出现意外时负不必要的责任。

王站长接通知后告诉阿正，2月6日的航班已推迟至7日，代表团的到达与我们返回都因此而推迟，这意味着我们在蓬塔阿雷纳斯的时间又减少了一天，原来的打算已完全落空。回房间告诉唐师曾，不一会李志刚来，带他去通讯栋看录像。周国平来，与我谈返回的日程及到蓬塔阿雷纳斯后的安排，似乎还没有意识到去火地岛已经没有希望。我告诉他由于去圣地亚哥的机票已经定好，在蓬塔阿雷纳斯停留期间无论如何来不及去火地岛了。他想去通讯栋发邮件，我说风太大，还是明天去吧。正好唐师曾回来，说风大得路都难走。继续写《人口史》稿。此期间邵滨鸿来找阿正，找不到后来我这里闲谈，又向我解释她与乌拉圭站联系直升机的事，估计阿正与她说过。近夜里1时睡。

2001年2月3日，星期六　阴，大风不止，夜转雪

早晨近7时阿正来说，油罐前海上有一座大冰山，拉开窗帘一望果然。立即带上相机去海滨。风极大，举步维艰。到上次举办钓鱼赛的海滨，但见巨浪拍岸，漫过礁石，虽然距离尚远，大浪过后已如同一阵急雨打

来，衣衫尽湿，镜头上也沾满水雾。冰山有数十米高，长方形，浮于海上。但从镜头中看反而不如房间中看到那么大，因为缺少了大油罐作参照物。拍了不少照片，到8时余才回来。早餐时问张文仪，知道昨夜阵风有9级，风速达每秒22米，天气趋势仍然不好。

回房间后在窗前摄像，又到走廊的窗口拍照，都以油罐为背景。与冰山相比，那8个可储油72吨的大油罐成了一堆微不足道的玩具。稍后冰山向左移动，10时后又右移，似乎已经搁浅，中间出现一个大洞。

邵滨鸿发来队员通讯录，林清拿来她一件T恤衫要我在上面签名，大家都在做离别的准备了。续写《人口史》稿，所成不多。午餐时站长通知，代表团即将到达，为做好接待工作，明天中午我们都搬往一号栋，除邵滨鸿与张雪梅这间可保留外，二楼其他房间都要腾空。唐师曾等很不高兴，师曾表示不会搬。睡一小时。起来后拟致家中邮件，并拟了一张所需要数据的单子，午餐后已与杨志彪商定，请他帮我填写，因为都是气候方面的，我自己去查很不方便。去通讯栋，与李志刚核对发传真的次数与时间。将待发邮件存在服务器，本来想当时发走，因线路未通。回房间后将清单输入电脑备用，又摘录《中国大百科全书》中有关资料，备写书稿之用。

今晚阿正与站长、赵萍、林清、两位记者及李志刚等去乌拉圭站活动。晚餐后与唐师曾至海滨摄影，在山上见一具企鹅尸体，鲜血淋漓，好像刚被贼鸥咬死。那座冰山远看似乎已经离岸很近，实际还有相当距离，看来高度还不止数十米。回房后卫建敏、杨志彪、徐文祥等先后来聊天话别，谈到新买来的摩托艇还不能用，徐文祥说是王勇定的，花了60多万人民币。杨志彪已帮我填全我要的数据，将它们录入电脑，又整理照片。至夜12时半睡，入夜又下雪了。

2001年2月4日，星期日　阴，晨偶有雪，终日狂风不止，傍晚偶多云，风又转剧

晨7时起。昨夜雪大，窗外尽白。起床后从窗口见车库前有一头海狼在雪中玩耍，连楼前也来了两头海狼，取出摄像机拍了好久，唐师曾下去拍照。早餐后与王站长谈搬房的事，他的意见没有松动。回房间整理箱子，做些准备。李志刚来电，说昨天的邮件已发出，并收到我一封邮件。马上去取来，是女儿发来的。10时余去发电栋洗澡，回来洗衣。站长来电，要我在今天下午2时半作讲座，我建议改为3时开始，内容是介绍我的专业历史地理学。午餐时站长发下午讲座的通知，又有

人建议请唐师曾讲摄影，餐后站长来房间约唐师曾。邵滨鸿说已与东视通话，将人大约于2月13日回国的消息告诉他了。睡一小时后起床整理照片，输入MO，未完成。

3时至会议室，先由我介绍历史地理学，约半小时结束，王自磐、邵滨鸿等提问，我作了回答。接着由唐师曾讲摄影。结束后邵又提出问题要我解答，实际是为补拍电视镜头。散会不久来了美国马拉松旅游公司的三人，两位是美国人，一位阿根廷人。一位美国人来自波士顿，知道我去过，就告诉我他们的公司就在哈佛广场。一位来自宾夕法尼亚州的伯利恒，正好我也去过。这个小城被称为美国的圣诞城，记得在高地上竖着几根钢制的巨大红烛。问起这几根巨烛，才知已经拆除，因为原来是由钢铁公司建造的，而如今钢铁公司已关闭。他们说有三位澳洲游客在邻近岛上攀登冰山，都坠入冰缝，现已由智利站救起，一人安然无恙，另二人伤势严重，正在抢救，将由2月7日来的飞机送往智利。

他们向我介绍"南极马拉松赛"的情况：首次比赛是在1995年进行的，之后每两年举行一次，一般是安排在1月下旬。前三次都能如期举行，第二次天气很好，第三次稍微下了点雪，这一次天气最恶劣，也最冷。今天他们由乌拉圭站的站长等人陪同，上午已经步行而来，在沿途检查及布置标志。比赛的距离完全按马拉松赛的标准，设全程和半程两项。半程是从乌拉圭站到长城站一个往返，全程是两次往返。此次参加半程赛的有20余人，全程赛的有一百余人，共120多人。其中年龄最大的是两位75岁的男性，一位是日本人，一位是欧洲人，分别参加全程和半程。年龄最大的女性是63岁，最年轻的15岁。亚洲人参加的有五位日本人，还有一位23岁的香港人。如果能在两个小时内跑完半程已经很不容易了，跑完全程需要五六个小时，因为即使天气好，这里的路也会很难走。

我问既然如此，是否需要什么特殊的器材或鞋子？他们说不需要，服装和鞋子都是自己准备，作为组织者他们只给参加者发号码布。

我很关心参加者的花费，他们告诉我所有参加者都是自己到纽约报到，每人平均收4000美元，最贵的5000多美元，最低的3800美元，因为在船上的舱位有所不同。这笔费用包括从纽约到智利的机票，再乘包轮往返于乔治王岛和附近小岛，共10天9夜的食宿。比赛之余，也带参加者在乔治王岛与其他岛上参观旅游。他们包了一条俄罗斯船，厨师也是俄罗斯人，包俄罗斯船比较便宜。

我问要是天气还不好，比赛会不会延期？他们回答不会。由于气候太恶劣，预计明天无法比赛，所以轮船已在今天开往其他岛，明天肯定回不来，最早要后天才能进行。但如果后天还进行不了，就只能取消，因为整个行程早已确定，不能更改。本来他们考虑从明年起改为每年举行一次，想不到今年的比赛就可能流产，所以回去会研究是否需要调整比赛的时间，避开不利的气候。

据介绍，该公司也组织参加北京国际马拉松赛。但组织在其他地方的比赛比较容易，因为公司只要组织客源，不必派人去参赛地点，具体的比赛都是由东道主安排的。但在南极比赛，他们同时担任组织者，必须来南极。问他们比赛有没有奖品？经理介绍说："没有奖金。在规定时间内跑完全程的人都可以获得一枚奖章，不值钱的。跑完全程的人都可以得到一张由我签名的证明。"得知乌拉圭站站长将参加半程赛。我们站的卫建敏与周兴赞已报名参加，但不知道是全程还是半程。

回房间整理完照片，与阿正互相交换。

来客留下晚餐，我陪同，到7时送别。在谈话中两位美国人问了国内电话及手机的普及程度，政府对企业的控制，因特网用什么搜索引擎等。看来他们对中国的情况很有兴趣，但了解很少。在喝饮料时他们发现雪碧瓶上写的不是英文（是中文），就问我这是什么地方生产的。我说在中国，他们又问那是什么时候运来的呢？我回答是一年多前，他们惊奇地说："还能喝吗？"此后就滴水不沾了。

7时半，周国平在会议室发布来南极后写的散文诗，有动物、环境、气候三部分，由他自己和邵滨鸿朗诵，邵兼拍摄。结束后阿正将我叫到他的房间，王站长已经在，一起商议搬房的事。站长意见是希望我们在2月6日8时后全部迁出，免得让站里为难，也不要为了此事给别人留下话柄，并说如果按照极地办的规定，必须在代表团到达前一星期就腾出房间，现在只提前一天，是完全必需的。我说明情况，搬到一号栋去的确有不少困难，特别是最后一两天还得搬一次实在太麻烦。我建议双方都为对方想想，能不能找到大家都能满意的办法。比如，我们事先做好一切准备，能打扫的地方都打扫干净，当天早些起床，将房间搬空，再布置好，完全可以不影响代表团的接待。我也答应明天再与唐师曾等商量。回房间记日记。邵滨鸿又来采访，主要是为补拍镜头。这几天她与阿正全力以赴地拍摄，想在离开前几天中尽量多拍一些。写毕《秦皇汉武》一文，约5 000字。

12时余致电通讯栋，周春霞接，让她催唐师曾赶回来。等了一会儿就先睡了，师曾回来时已凌晨2点多。

2001年2月5日，星期一　阴，偶多云，大风，下午稍小，晚又加大

晨7时起。早餐时收到上海《新闻晨报》陈默的传真，上海市政协正举行大会，得知我正在南极，提出了几个采访问题，并问我对会议有什么提案或建议。交王站长阅，说明将以邮件答复。上午答复家中邮件，又答复陈默的采访。以《乔治王岛气候持续恶劣　人文学者定7日离长城站》为题，给《文汇报》写了一篇报道。其间去刘弘处问他将来的大连冬泳者姓名。下午睡1小时，起来后写毕报道，3时余去通讯栋发出三个邮件。因陈默《新闻晨报》的采访有时效，站长同意不等晚上就发出。去气象栋打印出已发传真清单，交王站长，请他盖上考察队公章。站长征询对工作的意见，我对整个考察工作和站里的工作谈了一些看法。他说今晚7时将与我们座谈。在走廊遇到阿正，他说将去李志刚处结算传真费用，突然又说有几份是发我的邮件，费用应该与我分担。我以为是指邮件，他却明确说是传真。我很惊奇，因为原来他说过由他组织的稿件，通讯费是由出版

社支付的。刘弘、张雪梅来问巴黎的签证能否延长，我说这类由航空公司代办的签证一般是不能延长的，具体可问王勇。他们说明天将举行马拉松赛。晚餐后王自磐来问那天我接待的韩国政府代表团是哪些人，找出他们留下的名片。

7时至会议室开会，先由站长听取意见，我下午虽已个别对他谈过，但见大家一时沉默，就将大意又说了一遍。唐师曾、周国平、邵滨鸿接着也谈了一些，阿正仅表了个态，何怀宏始终一言不发。站长征求对他个人的意见，大致反映对有些队员接触了解还不够。站长又提出了搬房的要求，唐师曾明确表示反对，并说代表团来是为了关心慰问，怎么反而要增加我们麻烦？我们当天搬，在他们来之前准备好不就行了吗？周国平也强调搬来搬去的困难，何怀宏还是默不作声。邵滨鸿与张雪梅的一间不必搬，自然没有意见发表。站长还是希望大家能统一行动，我见该说的话都已说了，没有必要再僵持下去，建议今天到此为止，我们会尽量配合。站长走后，大家又议论搬不搬，阿正说他作为支委和班长得服从站里的决定，准备明天搬。唐师曾说绝对不搬。我表示我还会争取，但如果不行，我还是会搬，不会因为唐师曾不搬而沾他的光，或者将不搬的责任推到他头上。

周国平也说他不会搬。我们把目光转向何怀宏,他依然若无其事,摸不透他的心思。阿正又谈了结束工作和他可能的去向。这时周春霞来叫阿正去听电话,就此散会。林清给我们每人送了一张她描下的乔治王岛地图,我问她有没有牙痛药片,因为我一个牙齿已高度动摇,唯恐坚持不到回家。归房间开始整理行李,为明天搬迁做准备。其间周国平来,为他拷贝了3张照片。续写日记,夜12时半睡。

2001年2月6日,星期二 大雪,风仍大

晨6时3刻起床。见窗外又是白茫茫一片,雪还在下。早餐时听说来游泳的大连人王刚义今日搭飞机到达。王站长通知,因为一号栋的105室已安排王刚义等住,而昨天已安排我与唐师曾住,现在就不必搬了。周国平身体不好,也不必搬了。其他人还是照搬。实际就是阿正、何怀宏与刘弘搬,早餐后阿正搬往一号栋,刘弘的东西特别多,其他队员帮他搬了几次。回房间后与唐师曾一起清挪卫生间。唐师曾看似粗人,实际极爱清洁,这方面与我完全相同,所以我们的房间一直打扫得很干净,卫生间也经常擦洗。但为了履行诺言,不给站里的接待工作增加麻烦,我们还是用洗洁精和去污粉

将洗脸盆和马桶擦干净，还将墙壁门框都擦了一遍。隔壁何怀宏的房间毫无动静，既不见他打扫，也没有往外搬东西。梁永进、周兴赞将刘弘的房间打扫好后，敲门问何教授什么时候搬，他也不置可否。给家中写了份邮件，致电通讯栋，李志刚不在。得知站长已带人去机场接王刚义，但窗外依然风雪弥漫，张文义说这样恶劣的天气飞机是无法下降的。这时听到阵阵轰鸣，大力神运输机已经飞临上空，虽然除了飞舞的大雪什么也看不见。轰鸣声持续了很久，渐渐消失。近11时站长等空身返回，原来飞机在机场盘旋了几圈，还是无法降落，已返回蓬塔。看来这架飞机今天不可能再飞回来，那么原定明天飞来的送代表团并接我们离开的飞机也未必能来了。至此，不但肯定去不了火地岛，连去国家公园的计划也成了未知数。又和唐师曾处理掉空间里的杂物，将能集中的东西全部理入箱中。午餐后李志刚来电，让我去气象栋打印传真费清单，去后核对了一遍，改正了一处的号码，因为那篇最长的新年特稿是发给《文汇报》要闻部的。又去通讯栋等候李志刚，发出给家中的邮件。回房间已下午2时，睡了一会，去发电栋洗澡。回来时王自磐、李志刚在，王自磐与周春霞的考察项目还没有结束，比我们晚些离开。在电脑上修改英文书稿。

6时晚餐，为我们8人送行，唐师曾、阿正等喝了不少酒，都有些醉意。特别是唐师曾，平时基本不喝酒，今天喝得脸色通红，当众与阿正说了一些我们内部的话，我与李志刚将他劝回房间，徐文祥、张雪梅、刘弘、赵萍等先后来聊天话别，中间阿正也来了。师曾的脑子其实很清楚，又与阿正说起了这些事，当然是各执一辞，不会有什么结果。最后离开的是赵萍，此时唐师曾大概彻底清醒了，一番发自肺腑的临别赠言使她深受感动，热泪盈眶，想不到这"鸭子"还有这样的本领。后来周国平来了，我们谈起阿正与邵滨鸿拍的电视片原来并没有列入这次活动的计划，也没有包括在我们与出版社的协议中，显然是他们个人的活动。我主张在回国前表明我们的态度：如果这是用于新闻报道或公益活动，我们没有异议；如果是商业性的，就应该事先征得我们同意，与我们有关的内容或我们的镜头应该让我们看过。他们表示赞成，准备找机会提出。夜12时余周国平告辞，又与师曾闲谈。我们两人朝夕相处，虽然专业与性格各异，但遇事都能相互体谅，求同存异，所以不仅十分融洽，彼此都感到收获不小。又将行李理了一遍，凌晨1时45分睡。

2001年2月7日，星期三　阴，风稍小

原定6时起，唐师曾5时刚过就起来了，我也接着起床。将行李全部搬到走廊上，师曾建议将床单被套全部拆下，去楼下洗干净，又将房间最后清扫了一遍，自信已完全符合接待代表团的要求。周兴赞和梁永进已等在走廊，但何怀宏的房门到7点多才打开，本以为他已收拾好，实际房间中尚未打扫。周、梁急忙进去擦洗卫生间，他却往海滨散步去了。

7时半早餐，听说周国平昨夜1时余发病，林清说情况不是很好，要我们在途中注意照顾，不要让他一个人睡，并要知道急救药放在什么地方。我的箱子被摔坏了一个搭扣，关不紧，饭后请周兴赞、梁永进用绳子扎紧。一切准备就绪，到会议室等候，在电脑上续写英文书稿。李志刚通知有邮件，立即去取来，是女儿发来的。站长刚接到王勇传真，说代表团推迟至明天到达。因情况不明，他急于与王勇通话，但一直打不通王的手机。我建议站长发一个传真，又为他给代表团住的旅馆总机打电话，也没有通。后来终于接通了王勇的手机，知道王刚义今天到，我们明天离开，代表团明天到后于2月9日返回。我与唐师曾搬回原来的房间，我继续写书稿。

午餐时得知王刚义将到,两位记者随站长去机场接,请张雪梅回来后给我打电话。刚睡下,赵萍来电,说她接了一个电话没有听清,请我去翻译一下。到楼下门前的高频电话,是智利海军站打来的,为运送煤气罐的事,告诉赵萍几个名词的译法,又与对方商定请派人来站面谈。

在餐厅见到王刚义,自我介绍是大连开发区法律事务所的负责人、律师,1956年6月生。同来的薛冠超是摄影师,一路为王摄像。王刚义带来一叠智利报纸,报道他在蓬塔阿雷纳斯附近的冰湖游了35分钟的纪录。与王站长商定协议书的内容,由我写出草稿,改定后打印出一式两份。王刚义本身是律师,完全赞成办这手续,对内容也没有异议。他提出希望请智利站长来观看并作证人。站长让他先去一号栋休息,以便在气候条件合适时立即行动。我与赵萍给卡利略打电话,等了很久都没有空,说正在接机。又给巴斯库尼亚站长打电话,他也没有空,只答允另外来电话。站长派一条摩托艇驶往阿德雷岛一侧进行实测,与长城站码头的距离是736米,气温1摄氏度,水温1.4摄氏度,风力4级,风速6米/秒。找薛冠超,建议立即开始,因现在天气极好,而据张文仪预测,一个新的气旋正在逼近,好天气很快会结束。

4时全队集中，王刚义与薛冠超也到餐厅，王站长讲话作了简要介绍，接着代表长城站与王刚义签协议书，我与薛冠超作为双方见证人签字。

王刚义讲话，除谈了他的目的和表达了他必胜的信心外，还告诉大家两点重要的注意事项：一是他的惯例，在这样的低温水中游了多少时间，至少需要同样的时间才能恢复，在这过程中出现什么情况，如抽搐、昏迷等，大家不必紧张，是正常现象；一是他上岸后，可以给他保暖，但不能用热水给他擦身，不要给他喝热水，只能用凉水，不要让他睡着，要与他说话，扶着他走路，帮他活动，直到恢复。他还声明，他的纪录是时间，而不是速度和距离。林清为他作体检，他状态良好，体温37度，血压110/160，脉搏每分钟120次。他的血压明显偏高，但他说与平时差不多，是正常的。两艘摩托艇和可以动用的救生用具全部动用，说是救生用具，实际只有平时在船上用的救生衣、绳索和供保暖的被套、毯子。站长分配两艇的成员及任务，还有些人在岸上配合，我负责在船上为他计时。

大家簇拥着王刚义到码头，我们分别上船，两船发动后在岸边待命。我在前面一条船，船上还是王站长、薛冠超、王自磐等人，两船都有负责救援的人。他的最低目标是游满40分钟，最高目标自然是创造新纪录。但为了确保安全，事先与他约定，只要他举手示意，或者船上发现他有险情，就立即将他拉上船。

队员们能够使用的摄像机和照相机全部动用，只是唯一的专业摄影师唐师曾没有被安排上船，不知是站长一时疏忽，还是什么原因，他只能在岸上拍摄这次活动的首尾。王刚义站在码头的铁梯边上，举手向众人示意，表明除了他穿的尼龙游泳裤、戴的游泳帽、防护眼镜、防冻手套和脚套外，身上没有任何其他器械或设备。4时40分，随着王站长的一声哨音，他走下铁梯，鱼跃入水。王站长与我同时开始计时，我的卡西欧多功能电子表记录了王刚义游泳的全过程。天公作美，长城湾风平浪静，水波不兴，尽管远处见得到巨大的冰山，有时水上飘着浮冰，有时还能见到企鹅和海豹的踪影。两艘船一前一后引导护卫，他顺利游向前去。大约22分钟后，他在阿德雷岛岸边折返。按事前约定，我在30分钟和35分钟时大声报时，此后每1分钟报一次。"40分！"王刚义预定的最低目标已经达到。在两艇队员的助威声中，王站长与薛冠超多次询问他是否结束，他都表示状态正常，可以继续坚持。45分钟后，我每15秒钟就报时一次。此时已近海岸，聚集在岸上的队员和正好来站的三位客人也在鼓掌欢呼。5时31分，王刚义到达码头北侧的岸边，在他站起来走出水面时，我的表停在51分42.17秒，估计游程超过1 500米。在欢呼声中，一面鲜艳的五星红旗披在王刚义的身上，他被队员们搀扶着走回长城站（图10）。进餐厅后，林清立即为他作了简单的检查，血压为80/120，脉搏每分钟84次。在此后约1小时内，大家按照王刚义的注意事项，用各种方法帮助他恢复。有几次他似乎要失去知觉了，我们拼命喊着，甚至用手轻轻地拍打着他的脸，待他稍清醒些又扶着他缓缓行走，对着他大声唱歌。要不是他事先说过，我们肯定会万分紧张，不知道如何对付。待他基本恢复后，就送他回房间休息。

我回房间写成一篇报道。昨天联系的事已落实，越冬队的几位队员将空煤气罐装车送往智利站换气。至近9时才晚餐，站长为王刚义祝酒，大家举杯庆贺。王刚义已完全恢复，十分兴奋。俄罗斯的奥列加站长、德国站的斯姆娜及捷克站一位队员也来用餐，他们也向王刚义致贺。餐后周国平来我们房间，谈他的病情，说症状似乎比在家时严重，但问题不大。后来林清、邵滨鸿、阿正先后来，他们都主张林清今晚住在周的房间监护，我以为不必，这样反而会弄得很紧张，过一段时间去看一下就可以了。

去通讯栋发邮件，站长得知我已写了报道稿，一同去气象栋多印出一份，因为中央电视台预约要做电话采访。顺利发出给家里的邮件和给《文汇报》的报道。正在这时，东视陈伟元来电，采访对上海两会的反应，我与他谈到王刚义游泳的事，他立即要我作详细报道，我就按写好的报道读了一遍，他又核对了几个数据。事后知道我的报道最早见报，由于当天中央电视台的电话没有打通，也根据我给东视提供的消息作了报道。

到隔壁李志刚房间中话别，唐师曾也在，劝他回去休息，他谈兴浓，我先回去了。赵萍要我起草一份英文收据，以便明天去智利海军站接收煤气罐时交给他们。因为她的打印机正在打印明天接待代表团要用的文件，今晚都不会空，征得站长同意后回房间手写了两份。唐师曾刚回来，又给刘弘找去了。记完日记后睡，已过凌晨1时，不知唐师曾什么时候回来的。

07. 归程

2001年2月8日—2月13日

尽管与火地岛和智利国家公园失之交臂，回家的感觉还是好的。

尽管在总结时不无遗憾，队友间不无歧见，南极之行还是画上了圆满的句号。

聂鲁达故居比想象的还精彩，几小时的转机时间意外参观了布宜诺斯艾利斯。

2001年2月8日，星期四　长城站阴，蓬塔阿雷纳斯多云

唐师曾还是老习惯，每次有事都起得特别早，6时就起来了，随后我也起床。昨天已打扫过一次，稍整理一下就行。7时15分即听到飞机声音，得知王勇给李志刚打过电话，飞机在5时多就从蓬塔阿雷纳斯起飞。用毕早餐后就于会议室等候，为王刚义签名，题词，陆续与遇见的队友告别。稍后代表团的行李车到达，一部分

人去搬行李。身边一时无人，只能与张来生先拿着锣鼓在楼前迎接，其他人听到声音陆续赶来，在锣彭声中，我国政府代表团乘站里和智利站借来的吉普车到达。他们进餐厅后，站长简单介绍了活动安排，用早餐。

王刚义在智利结识的一位智利人和一对智利夫妇来访，他们昨天与王同一架飞机到达。王刚义要我为他填写证明书上的中英文内容并签名，准备交给两位智利人签名。我问他是否一定要外国人签名，如果不必还是不要请他们签名为好，因为他们只看到了你上岸的情况，并没有看到全过程。王刚义接受，改请我作为证人签字，其他两位证人找了王站长和摩托艇驾驶员徐文祥。我参照他前面用过的几份文件，将证明书上的内容一一填全，并专门注了一句话："横渡长城湾第一人，未用任何设备器械"，"The first swimmer crossing the Grate Wall Bay without any equipment"。王刚义向我要昨天拍的照片，我答应回国后用邮件发给他。我还劝他应该请医生从医学角度研究他的情况，特别是在每次长游以后，究竟会不会对身体带来损伤？可以激发潜能，但要防止透支生命。

全体队员到餐厅集合，与代表团见面。极地办陈立奇主任介绍了代表团成员，王站长介绍全体队员。

团长、海洋局局长王曙光，国土资源部部长孙文盛，全国人大法工委副主任卜耀武，山东省委副书记陈建国先后讲话。代表团成员还有财政部建设司、外交部条法司、中央编制办公室、海洋局国际司的负责人，智利大使任景玉及夫人，以及《北京青年报》社长及记者等。代表团向长城站赠礼，有山东所赠的大瓷盘、《北京青年报》的特制邮品、大使馆赠送的酒等，队员每人获赠一个电子台历，男队员另有一把海尔电动剃须刀，女队员另有礼品。全体一起去国旗旗杆前合影，代表团又与我们六人合影。返回途中与条法司副司长谈起我们的历史地图中的边界问题。陈立奇说他看到了《文汇报》所发的新年专稿，表示很满意。他本来安排马上与我们六人座谈，因赵萍接到智利方面通知，让我们立即去机场，只得取消。站上为我们每人准备了一包点心、饮料和水果，我们深知新鲜水果对越冬队员的重要性，坚持将水果留下。

队友帮我们将箱子装上卡车，我们分乘两辆吉普车去机场。分别的时间到了，想到在我们离开后，他们还要经历漫长的冬天，10个月后才能回到祖国，想到这两个月间终身难忘的共同经历，道别的声音哽咽了，王站长和所有在场的人都流下了动情的泪水。我不忍延长大家的伤感，只能催动吉普车，挥手而去。熟识的生活栋、气象站、厦工路、长城湾、雪谷渐渐远去，或许这辈子不会再见了，见到时或许也不会是今天的模样，我贪婪地注视着这一切，尽管平时已拍过不少照片，但它们都无法代替心中刻下的形象。海湾中漂浮着不少浮冰，像千姿百态的冰雕，是以往从未见过的景象。我懊悔这两天没有外出，错过了这千载难逢的良机。要不是这个夏天特别寒冷，要不是前几天的异常气候，这里不会有这么多浮冰，也不会将它们塑造出那么多的形态。

阿正与何怀宏由林清陪送坐在后面一车，却不见唐师曾，原来他随装行李的卡车，半路卡车上的几个箱子被颠了下来，只得停车搬上，可苦了这只"鸭子"。户外风仍很大，大车库没有门窗，站了一会就很冷，等看到智利军人将我们的行李装车，又问清楚不需要办什么手续，才进休息室休息。见到智利站的正副站长等人，得知已确定在下午1时（智利夏令时）起飞。稍后见一位认识的智利队员来核对人数，他告诉我今天乘这班飞机的还有韩国大使及夫人、乌拉圭和智利乘客。

下午近1时登机，本来以为我是走在休息室乘客的前面，其实等在车库的乘客早已登机，靠窗的几个座位都已有人，我居然还是坐在来时的位置，在空中最后看一下乔治王岛的一线希望也失去了。见耶达与斯坦尼斯拉夫也在舱内，还有几位面熟的智利、乌拉圭考察队员。1时10分起飞，相当平稳，我想象飞机从跑道尽头飞离东北海岸，沿着海湾盘旋半圈后升上德雷克海峡上空，向南美大陆飞去。这时才感到肚子有点饿了，吃了点心袋中的两个鸡蛋。里面还有火腿肠，给了刘弘。大家已没有第一次乘这种飞机的新鲜感，都在用各自的方式休息，只有何怀宏与邵滨鸿在相互照相，还跑到舱后去照。在座位上打了会瞌睡，又在笔记本电脑记了日记。

约三小时后降落在蓬塔阿雷纳斯机场，王勇夫妇来接。在等行李时遇见韩国驻智利大使，他说因为原定航班迟到，在乔治王岛仅停留了一天，加上气候恶劣，访问长城站的计划也只能取消，非常遗憾。王勇所定的车将我们送至萨伏伊旅馆，与唐师曾住224室。安顿好后与王勇谈日程与安排，确定明天下午2时的班机去圣地亚哥，中午12时15分来车接。由于王勇夫妇要留在这里接代表团，两天后才能回去，办事处没有人。但他已作了安排，到圣地亚哥后有旅游车来接，使馆的张处长可能也会到。

2001年2月9日，星期五　蓬塔阿雷纳斯阴有小雨，圣地亚哥多云

智利正使用夏时，比长城站快一小时。晨7时余醒，看电视新闻。

12时15分出发，王勇夫妇送至门口，说因为要安排代表团的接待工作，不能送至机场。到机场后分批办行李托运，我的箱子还有26公斤，唐师曾的箱子也稍为超重，但都顺利通过。邵滨鸿等与阿正合在一起办，虽然超重很多，柜台上的人也没有留难。候机时见到巴斯库尼亚夫人与一女一子，乘我们前一班机回圣地亚哥。2时15分起飞，这次我拿到的座位正好靠窗，天空虽多云，能见度却很好，使我能从南到北俯瞰半个智利。起飞后越过了几个湖泊和一片草原，约40分钟后经过一片高山，峰峦峻峭，有雪山冰川、森林大湖，应该就是著名的国家公园，远远望去也令人神往，可惜这次失之交臂。近蒙特港时但见海上岛屿星罗密布，岛上一片葱绿，沿岸隐藏着一座座住宅，景色极佳。但中间都是大片的沙漠和荒原，只有安第斯山绵延不绝，太平洋一望无际。大概是蒙特港一带的美景吸引了阿正，他不停地拍摄，却没有注意到飞机已经在降落，直到被空姐制止。

傍晚6时余到圣地亚哥，气温30摄氏度。使馆张处长来接，将我们领至车上，他自己另外开车陪送我们。

2001年2月11日，星期日　圣地亚哥晴，布宜诺斯艾利斯附有雷阵雨

晨6时起，6时20分叫醒周国平，以方便面为早餐。阿正起来后帮我们一起将箱子搬到楼下。车到得很早，7时不到就与唐师曾、周国平一起出发，阿正、何怀宏、邵滨鸿、张雪梅等送至大门口，他们两天后离开，并将在巴黎停留三天。至机场后还很早，却遇到了意想不到的难题。来时我们是乘法航的直达班机，只在阿根廷机场停留，回去时订的票却是乘智利航班到布宜诺斯艾利斯，然后再换法航班机。智利航空公司坚持只能免费带20公斤行李，说他们与法航没有连运关系，不能按法航的标准处理。在柜台上交涉无效，想找法航，但机场上没有它的办事处，也没有代理，只找了它的电话，这种事在电话中肯定是解决不了的。想给王勇打电话，身边又没有带他的电话号码，而且看来他也不会有多少办法。只能再与智航协商，办事员答应尽量给些优惠，按超重50公斤收费，付了170多美元。昨天整理行李时怎么也没有想到，这个国际玩笑居然还有

这样一个结果。经过一番折腾才进候机楼，为了少付些超重费，我的手提箱没有寄掉。时间尚早，补写日记，整理昨天拍的照片。

近10时半登机，又是满座。过安第斯山时见残雪不多，只有最高的山上还有积雪，与来时见到的不可同日而语。12时45分至布宜诺斯艾利斯机场，本以为只为在过境处等候，但这个机场根本没有过境处，全部旅客都得办入境手续再出境。不过手续极其简便，不但我们拿公务护照的人毫无阻碍，就是拿因私护照的唐师曾也没有任何麻烦，看来根本不需要签证。

下午4时到法航柜台办转机手续，因为不是同一家航空公司，职员先进去找到了我们的行李，又复印了圣地亚哥机场上给我们的行李票，花了不少时间。将办完手续时，他又对我们是否还要交机场税产生了疑问，进去请示上司后，才将登机牌发给我们。进候机室时窗外电闪雷鸣，暴雨如注，我庆幸天公作美，给我们的观光留了足够的时间。6时余登机，又是客满，连手提箱也没有地方可放，请空姐来后才由她放到后排的行李箱中。起飞时雷雨还没有停止，幸而对飞行没有什么影响。稍后供应正餐，是阿根廷式牛肉与俄式色拉，还有一小瓶红葡萄酒。补日记，正好将笔记本电脑的电池用尽。这一天过得不轻松，坐定后就想睡了，但睡不久又醒了，就这样睡睡醒醒打发了十几个小时。

当地时间11时余至巴黎戴高乐国际机场。登机牌上注明在2F区登机，但乘车到达后才知道已换在2B区，重新乘车才找到，幸而时间充分，经得起折腾。北京时间12时余起飞，预告明天早上8时15分可到北京，比来时快了一个小时。用过餐稍睡了一会，却很难入眠，并且感到太热。是时差关系，还是回家的兴奋？

从电子屏幕上见到飞机进入了中国国境，窗外正好见到壮观的日出，北京时间已是2月13日清晨。

北极纪行

起点：上海

终点：北极点

时间：2011.7.9—2011.7.23

最北的地方就没有北了

2011年7月9日晚上，我发了一条微博，告诉朋友们，我将去最远的北方。马上有人问我："是到漠河去吗？"我回答："更远。到了那里，就没有北了。"于是朋友们都知道，我要到北极去了。

是的，真的到了北极——北半球的顶点，北纬90度的地方，就没有北的方向了，因为无论向哪里跨出一小步，都是指向南方。不仅如此，在北极点上，东西方向也失去了意义，因为经度是在纬度上划分的，当纬度越来越短，最终缩到零时，经度自然就无从划分了。一旦没有东西之间的空间距离，也就无所谓东或西了。

在南极点也是一样，在那里的所有方向都是北，东西向也失去了意义。

不过严格地说，北极点和南极点已经都是人为确定的，或者说只是地理上的极点，或物理上的极点，目前是靠GPS（Global Positioning System，全球定位系统）确定和维持的。现代的卫星定位技术已经可以确保它们稳定不变，但人无法将自己固定在极点的地面——在北极点只能站在浮冰上，在南极点只能生活在冰盖上——所以随时都会随着浮冰或冰盖飘移，除非不断地调整自己相应的位置。在南极点上的美国阿蒙森·斯科特考察站，每年标出的南极点位置都会不同；在北极，无论是破冰船、飞机，还是徒步者，在到达北纬90度0分0秒后，除非不断地调整位置，否则就会随着浮冰而离开。

如果你带着罗盘到达极点，上面的指针依然会指向北方，因为地磁的极点并不在地理上的北极点，而这个地磁点也是在飘移中。目前的北磁极在加拿大以北，离开北极点有2 000多千米。

Arctic（北极）一词起源于古希腊。古希腊人对北方的概念离不开熊（Arktos），就是熊出没的地方，而北极就是熊站在头顶的地方。从赤道往北，天空的星会越悬越高。当北半球天空最大的星座——大熊星座（北斗七星）正好悬于头顶时，你就站到了北极的位置。但古往今来，真正看到过这一景象的人屈指可数，因为在到过北极点的有限的人数中，绝大多数人是在北极的夏季，也即极昼期间到达的，他们在北极期间都是白昼，是看不到星星的。

但极点毕竟可以称为世界之巅,站在那里转一个圈就是绕地球一周,你面对的所有方向都是南方,你可以想象其他所有的人都在你的脚下。

就凭这一点,北极点和南极点就具有巨大的吸引力,这至少是绝大多数人,包括我在内,想去地球两极的理由之一。尽管很少有人有这样的机会,尽管去过的人告诉我,真到了那里似乎也没有什么特别的感觉。

2000年12月,我参加中国第17次南极考察队到了南极长城站,在那里度过了我的56岁生日和千年之交——2001年的元旦。但长城站所在的乔治王岛处在南极圈之外,离南极点还有3 100千米之遥。

在我们归来后,有人就质疑:你们究竟到了南极吗?

当然到了!要不,我们的名称能叫南极考察队吗?长城站能叫南极考察站吗?要知道,乔治王岛上就有9个国家的考察站,从来没有人怀疑它们是不是称得上南极考察站。中国和其他一些国家能够成为国际南极公约的缔约国,就是因为已经符合一个基本的条件——已在南极拥有常设性的考察站。

其实,中文中的南极至少有三种不同的含义:

南极点,理论上说就是南纬90度0分0秒。

南极大陆，指包括南极点在内的连成一片的陆地。

南极洲，指南极大陆和它周围的岛屿与海域。

南极圈的概念用得不多，因为南极洲上无其他国家，而智利、阿根廷、南非、新西兰、澳大利亚等远在南极圈之外。

但北极没有大陆，北极点周围都是海洋，即北冰洋，附近只有一些小岛，所以也没有北极洲。正因为如此，到了北冰洋或进了北极圈一般不认为是到了北极，只有到了北极点才算。

我要去的正是北极点。

01. 推迟的航班

2011年7月10日，星期日　上海阴

　　睡前定了清晨6时的闹铃叫醒，但闹钟铃还没有响我就醒了。6点20分，昨天订的出租车已到，稍后就出门。在浦东机场第二航站楼B区芬兰航空公司的柜台办登机手续时，被告知，因为机械故障，本次航班要推迟到11时半才起飞。据说是飞机检修时发现要换一个零件。近来已习惯了数小时以至一天的航班延误，再说对无可奈何的事愉快地接受更有利于个人，并有益于和谐社会。出乎意料的是，办完登机手续时，获赠一张100元的餐券，说明在本机场任何一家餐馆都通用，作为对晚点的补偿。

　　本来我准备到商务舱的休息室用早餐，有了这张餐券，就进了三楼的"上海人家"。坐定后却被服务员告知，本餐厅不接受这张餐券。我请她问清楚，她回答得很干脆：刚才已经有人拿这类餐券来过，听说不能用就走了。我坐着不动,请她向老板确认,然后不是投诉航空公司就是投诉你们。此时她改口说再问一下,果然有了不同的结果。不知道是那位小姐懒得问,还是被问的上司朝令夕改?或许她第一次根本没有问过,只是想当然地答复。我不明白,为什么送上门的生意还不主动做?此时餐厅不过三四位顾客,航空公司的餐券不会有兑付的困难,餐厅的价位也能保证每一次消费有利可图。近年来,国内新建的机场一个比一个大,一个比一个豪华,可是任何一个新建的大机场,都能轻而易举地列举出不止一项毛病,包括在供 VIP(贵宾)、头等舱、商务舱和金卡旅客出入使用的设施。

我点了68元的套餐,另加一份35元的蒸饺,100元的餐券以外,又付了3元。套餐可以在牛腩面和大肉面中选一种,在牛奶和果汁中选一种,另有三个春卷和两小碟咸菜。用至一半,还没有见送牛奶来,只能催问,服务员才想起。

至芬航休息室候机,上网未成。领队找来,告10时半即可登机。稍后登机,坐1排D座,是首排中间,其旁一座无人。此航班无头等舱,只有商务舱,旅客半数有余。途中用午餐,小睡,阅所携杂志。降落前用轻食。

当地时间约4时落地，预报气温26度，阴间多云。由领队集中办入境手续，故甚简便。入境后行李已到，即分组上车，驶至旅馆，相距18千米。出机场后路旁只见到树木，很少见到建筑物。市区不大，不久就到了中心。至旅馆，住524室，入内见张维迎已在，方记得曲向东曾提过他与我同行。5时40分下楼，稍后登车去一中餐馆，用自助餐，有三文鱼一盘，其他则乏善可陈。乘车回旅馆，途中已有小雨。回房间后就抓紧时间收发邮件，但一直连不上网。想起在机场也是如此，莫非换3G卡时已重新设置。至大堂，询总台，说网络技术人员已下班。幸有队友小马相助，果然已设置为关闭，调整后见有90多封邮件，有订巴黎机票等重要者。怕回房间影响无线讯号，就在大堂处理完毕，近两小时。回房间洗澡、睡觉。期间工作人员来房核对人数，备明晨统一叫醒。想起此时已是上海早上4点多了。

晚餐后本想外出，天色尚可，但有小雨。据领队说，7月24日返回后仍住此处，25日是下午的航班，当天上午可以有时间观光，那就留在25日吧，说不定可以见到赫尔辛基的夏日阳光。

02. 路遇库兹涅佐夫号航母

2011年7月12日，星期二　赫尔辛基雨，摩尔曼斯克阴

昨晚约定5时半叫醒，4时半就醒了，延至近5点起床。抓紧时间收发邮件，果然有女儿自罗马发来英文邮件，立即回复。到6点，不得不关机。如果不出现奇迹，从现在起到返回赫尔辛基，与外界的邮件联系就中断了。据预先的通知，船上没有一般的网络信号，只能到无线电室去使用卫星电话或收发英文邮件，只能使用室内专用的电脑，且收费昂贵。问题是发给我的邮件绝大多数是中文的，我的回复基本也只能用中文。尽管事先已在微博上通知，给家人与馆内同仁都打了招呼，但还是有些异样的感觉。6时10分至餐厅用早餐，也有熏三文鱼。6时40分登车，雨不小，幸而我们乘坐的4号车就停在大门口。到机场时仍在下雨，赶紧将行李搬进航站楼。全队一百多人集中在两个柜台，花了不少时间，等办完手续到出境口，已是8点15分，登机

牌上的时间是8点10分。好在是包机,稍后才上摆渡车。登机时见前面一位提着铝合金手提箱,说是昨天在赫尔辛基买的,花了600多元。后面的一位说,那很便宜呀,北京要卖1 000多。"你说的是人民币吗?这是欧元。""说不定也是made in China。""哪里,这是正宗的德国货,真正的铝合金,一般要800多欧元。"

  我要的是靠窗的座位,26排A,已在机尾,但起飞后一直云遮雾障,降落前才依稀见到地面景象。起飞后机长广播,因起飞迟了,将加快引擎,1小时15分就能到达。途中用西式餐。下机时等候很久,虽然停机位离候机室很近,但需要用摆渡车。俄罗斯边检人员已登机,第一车开走后就停止下机,却无通知,大家都站着等候。下车时见一老式卡车,正从飞机上卸行李,队友讥笑俄罗斯落后,因此类卡车在国内已绝迹。但也有人说,这正是解放牌卡车的原型,当初是我国仿制的对象。下车后连入境处的门也进不了,还有人从里面挤出来透气。据说第一车的进去后,到现在尚未开始办理,不知什么原因。我们这边也出了问题,在机上填写入境卡时,告知只需填一半,另一半待出境时再填。我根据经验,将两边都填好了。此时通知,另一半也得填写,大家只能就着墙壁或摊在手上填写,对本来就不习惯写字母的人自然更加艰难。稍后进入排队，果然见俄罗斯女边检坐在那里不知在干什么，又见另一窗口的人员过来，俩人不知在谈什么。终于第一位的护照递进去了，速度虽慢，队伍开始移动。每次听到连续三次盖章的声音，知道又可以往前一步了。轮到我的时候注意观察，原来女边检的服务态度还不错，主动以英语问候，当我用俄语说谢谢时，她更高兴，而中间之所以停留，显然是在等电脑上的显示。看来一开始的等候可能是因为电脑的故障，或者是网速太慢。后来又听说是她们经验不足，如不认识香港护照，相互讨论了一番。

出关后见有些队友坐着抽烟，领队引导我坐4号车，与在赫尔辛基一样。车上只有两个人，过了一会又有人来通知，因为入关手续太慢，所有已经到达的人集中到一号车先出发，因为上船的手续也不会快，免得到时再等候。车开了一段时间还不见城市踪影。虽然到处是树，但都相当低矮，或许气候所致。远处见到成片建筑，以及电厂。近市区时仍未见红绿灯，路口的车辆按主次道避让。终于见到红绿灯，路旁有成排建筑，但都是兵营式的公寓，破旧不堪。远处见到库兹涅佐夫号航空母舰，其旁有一石油平台。下坡转弯，在围墙前停车。导游说，为避免等候时间太长，可由边检人员上车登记护照，整车出境。车窗外就是那艘航母，有人迫不及待隔着车窗照相。下飞机时曾通知，从那一刻起到开船，其间不许拍照，因摩尔曼斯克是军港。但车上导游说，他会不理睬这规定，上船后就会照相。俄罗斯人员上车一一登记护照，又过了一会，车驶至大门前，停车开行李箱检查。旁边有一美女军人（或者是边检人员），吸引了不少人的目光，但她除了保持微笑外，没有任何动作，更没有什么命令，大概她的职责就是监视车辆经过大门。下车后就排队登船，有船员在舷梯口迎接，一一握手致意。进舱门后即交出护照，得知房门都已打开，可直接去房间。至64号室，仍与张维迎同室。因行李箱未到，稍安顿后即上甲板。已有多人在拍照，可见未开航不许拍照纯属空话。到最高一层甲板，选择有利位置拍照，重点自然是那艘航母。因为这或许是拍它的唯一机会，返回时谁知道它还在不在。何况这不仅是俄罗斯唯一在役舰母，也是中国从乌克兰获取的航母原型。由于正停港检修，航母甲板上是空的，飞机都藏在机库。图书馆备有茶点，用咖啡点心。

再回住室，张维迎已到。候行李箱送至门口，整理行李。房间不大，一张固定床靠壁，一张活动沙发床临窗。维迎客气，先选了沙发床。小写字台倒有一排两个，两人可同时用笔记本电脑，室内柜子抽屉也足够使用。

晚6时起航，登甲板观看。左侧前后各一小船，拖大船离港湾，船首拉出后即驶出泊位。左侧岸旁停着不少船，有四艘红色的破冰船尤其显眼，其中两艘为核动力。出港后归住室，7时半至餐厅用晚餐。9时余睡。

03. 进入极昼圈

2011年7月13日，星期三，巴伦支海

第一次醒来是1点半，看了手表，以为是电池用完，停了。再抬头看壁上的钟，也是如此，才明白时差和极昼都起作用了。从昨晚9点睡下，已有4个半小时，接近平时睡醒的时间了，而窗外的光线也给了我天快亮的提示。现在想来，当初在南极长城站时，窗帘配上红黑两色的厚布非常必要，拉上窗帘后就能人造一个黑夜的环境。这船上的窗帘是奶黄色的，料子也不厚实，遮挡不了多少光线。何况这条船的航程全部在北极圈内，正全速向北极驶去，我们即将进入一个完全白昼的空间。

人总得适应环境吧！去卫生间解除了生理负担后，决定再睡。

再次醒来时近4点半，看表看钟时听到维迎发出的声音，显然他也醒了，一问固然。议论几句后达成共识，可以起床了。我说："时差不能靠一天调整好，今晚再调整一次就可以正常了。"他说："反正都是白天，想睡时可以再睡。"

第一晚在赫尔辛基旅馆同居一室时就得知他习惯于早上起身后洗澡，而我习惯于晚上临睡前洗澡，这正好符合在一个比较狭小的空间中的错时安排，合理利用。昨晚洗完澡，顺手洗了内衣、袜子，1点半起来时发现已经干了。维迎洗完澡时，顺便向他传授洗衣后快干的办法，看来我们两人的错时安排既有利于建设和谐社会，也能最大限度利用有限空间。

窗上可以看到密布的雨点，从昨夜起，小雨大概没有停过。看船上出版的《极地日报》，今天的气温是10摄氏度，船位大致是北纬70度、东经30度。由于有雨，船周围的一片汪洋黯淡无光。风浪不小，船一直有轻微的抖动，不时还有更大点的晃动，不过都在正常人能容忍的范围，所以早上遇到的人个个神清气爽，有人还说，好久没有睡得那么好了。显然，不是这里的睡觉条件太好，而是他平时睡觉的条件太差，尽管他也许掌管着数以亿计的产业，或拥有上亿资产。

按照每天发来的日程，6点钟开始，在图书馆有咖啡和小吃，8点在餐厅用早餐。时间尚早，在与维迎聊了感兴趣的经济话题后，我于6点10分到图书馆，倒了一杯牛奶，取了一块点心，与周围的几位天南海北地聊上了。不知不觉间人越来越多，我注意到我们的专业摄影师已经拍了好几个镜头。原来想到甲板上去看看，也没有去成。不过从甲板回来的人说，比昨天冷得多，不戴帽子，耳朵的感觉就像是北京的冬天。到了8点，我还没有出去的机会，回房间放下相机就直奔餐厅用早餐。

9时后通知逐组往报告厅领防寒外套，至第六组时，通知剩下的人都可以去了，包括我所在的第七组。途中经过开着舱门的地方，吹入的风已很冷。我选了一件中号的，穿在身上正好御寒。又去看游泳池，已在放水，试了下水温，应该可以游泳。只是太小，得不停地转圈。

10时半，全体乘客集中于报告厅，听取安全常识介绍。为慎重起见，由主持人逐舱室点名。接着由船长以英语讲解安全常识，备有PPT，并有口译。船长说本来应该到户外试救生船，因故不便外出，准备在明天另行组织。他介绍说，这艘船于每年冬天驶离摩尔曼斯克港，一路破冰赴远东，用于运输和补给，这是该船的主要任务。夏天无事，就作民用，载游客驶往北极，每夏最多可以往返四次。为此，船上配备了相应的各种设施，有安全认证ISM和适宜载客的执照。现在是与英国一家旅游公司合作，游客的组织、接待和日常服务都是由旅游公司负责的，一百多位服务人员也是由公司从全球招募的。在航程中对船最大的威胁是什么？不是大海，而是火灾。所以船上到处都有烟雾探测器，不许在舱内或甲板上吸烟，要吸烟只能到专门的吸烟区。如发现任何地方有火情，必须立即触发警报器，也可打电话报警，会立即采取救助措施。因船员数量很多，最好由船员来。在走廊与甲板都有灭火器，小孩不许接触。舱门都有磁性，按钮即可关闭。外甲板有救生圈方向指示。船即将进冰区，一旦遇险人可以站在冰上，不必再用救生圈。当场演示七短一长警报，说明这只是警告，如果听到这样的声音，不必紧张，更不必跳海，到这里来集合就可以了。如果听非常长的连续警报声，就得直接往救生船。每艘救生船下都是救生站，明天将要向各位明确应去的位置，大家好认准方向，或者在这两天已经注意到了。不必担心，在本船任何地方都能听到。当听到通用性警告，可以尽快回到自己房间，穿上保暖衣服，带好急用常用药品，不要带小电器、相机等，然后去各自的救生站。那里有救生衣等野外生存用品，会后将会演示。有关细节已写于告示上，每个舱室关门时都可以看到，写着具体船号及所走路途。有四艘救生船，奇数在右舷，偶数在左舷，就在接待站之外。必须记住去救生站的最近路线，并发现可替换的路线，只要按标志行走就行，有大箭头指示。如烟雾多时，地下有反光条。救生站与直升机甲板相同，将有船员引导。明天演习时，船员将敲窗，引导大家至救生站。如果人员不全，还会以各种方法确保每人到达。因到时噪音很大，所以如果听到呼叫，应举手示意。明天可登上救生艇，观察了解它的内部情况。救生用具不必在舱位中找，就在救生船附近，生存救生衣亦在附近，到时工作人员会帮助穿好。衣服里有一个哨子、灯光，可以保持联系。船上共有20个救生筏，还有高速艇，保证每人都能得救。因为船上有时会摇晃，所以必须保持空出一个手，以便随时保持平衡。这艘船在破冰时，一般感觉不到。但遇到冰层厚时也会振动，甚至会发出巨响，因此随时准备空出一手，船上到处有扶手。船上的楼梯都比较陡，而且往往每级高低不一。甲板中间有防滑材料，尽可能走中间。

有人问核反应堆是否安全。船长回答：船上有两个核反应堆，一个产生热水、蒸气，驱动船前进，不需要用柴油。船上24小时都有监测人员在工作，一次航程所受的辐射量低于一次从北京到阿姆斯特丹的航程，也低于在纽约时报广场上受到的辐射。这艘船已经航行了20年以上，还没有收到过任何投诉。从第一艘核动力破冰船列宁号以来，这艘船的设施最先进，请大家相信船长及全体工作人员。

接着由安全官演示如何使用救生背心，分前后两部分，比较简单。又演示旱救生衣，先由船员示范，又有乘客一人志愿试穿。2001年我在南极长城站下海时曾穿同样款式的救生衣，但当时就被告知我们穿的并非标准的旱救生衣，落水后不能隔水，而韩国站已有真正能隔水的旱救生服。我问儿童如何穿，答复是这类救生服仅适合身高165厘米以上的，儿童只能勉强使用，只要头部能露出就可以了。实际以往未考虑过适合儿童使用的旱救生服，因为要不是旅游，这样的船上是不会有儿童的。

结束后返室，稍后即至午餐时间。由于用餐人多，而且是完全不同的标准和服务方式，每次用餐都分三批——船员、服务人员、乘客。12时半至餐厅,主菜点了意大利面。餐后闲谈至1时40分,服务员来催才散。2时至船尾会客室领高帮防水靴,选了41码,试之后正合适。3时至办公室,以信用卡办船上计账用卡,船上不用任何现金,一切消费或服务费用都用此卡记账。

5时至后会客厅,介绍直升机情况及登机办法。因未至现场演示,费时不多,强调到时分组分批,并必须服从临时调度。

6时45分至后会客厅参加船长鸡尾酒会,船长致辞。7时半至餐厅,今晚为船长欢迎宴会,正式而丰盛。

归室稍息。维迎去酒吧喝酒,说已有人约。稍后也去酒吧,人不少,还有人在跳舞,队长Yang也在。我喝了些饮料,坐了一小时余。洗澡后睡。

04. 进冰区第一天

2011年7月14日,星期四 阴

昨晚仍醒一次,再醒已5时半,即起床。船已进至北纬79度，至9时，显示船位在79度42分。至甲板拍照，雨已停，但水气很重，海上也雾气茫茫。回房间后发现相机镜头模糊，以电吹风干燥。至船前面的驾驶舱，船长等都在，容许我们自由拍照。此船自动化程度高，实际由自动操纵系统在控制航向和航速，值班人员主要是监控仪表，执行船长临时下达的指令。回房间补日记，稍后在窗外已见到浮冰。

9时1刻至后会客室，今上午由曲向东报告北极探险。其间海上浮冰渐多，至11时余归室取相机。听到广播船右侧有北极熊，立即至右甲板及船首。据介绍此熊约为5岁，很可爱。船长为便于大家拍摄，轻移船位，并不断调整，所以始终与熊相距不远。但毕竟有一定距离，还是只能以长焦镜头拍摄，而我的相机只是业余级，当时觉得拍得不错，与专业相机拍的一比就很不堪。此后我们随时留意着广播，听到消息就奔赴甲板。如正在进行其他活动，一般也临时中止，毕竟这些机会可遇不可求，多多益善。

11时半回后会客室，由Yang作报告，介绍法兰士约瑟夫地群岛。

群岛共有191个冰雪覆盖的岛屿，离北极点900千米。无人居住，处于亚欧最北端。最北为鲁道夫岛，最大岛为乔治地岛，东西长69英里。最高点以维也纳一小村命名，是一座平顶山，海拔600余米。19世纪奥匈帝国拥有庞大海军，希望发现新航线，顺便找到北极点，于1872—1874年发现这一群岛，就以帝国皇帝的名字命名。当时探险目的是为了打通东北航线，并探索北方究竟是海还是陆。曾用此类罗盘，现保存于维也纳博物馆。用的海图也不同，但至今海图并无什么变化，仍然可以用指南针找到这些航线。北极熊现存25 000头，数量正在减少。此张海图将在这次航程中拍卖，所得供保护北极熊之用。1630年地图仍于北极点画了陆地，现在有了GPS（全球定位系统），导航已相当先进。今天早上最先看到的是贝尔岛和北库克岛南端，今天下午将去胡克岛以及卢比尼岩，然后穿越不列颠海峡，直往北极点。

船首前方又出现了一头熊，闻讯立即前往观看拍摄。在回房间途中听到广播，另一头熊又出现了。进冰区的第一天就见到三头熊，据说是很罕见的。等我登上甲板时，后来的那头熊距离颇远，而前面的熊已远去，但留在甲板的人说同时看到了这两头熊。

发给我们的资料中有北极熊生活习性的介绍：

北极熊具备特别的捕猎技术。通常，它们在海豹的换气孔处等候。海豹在水下游泳时必须定期换气，于是它们在冰面打开换气孔。在这个换气孔的边上，北极熊静静地守候着，有时一等就是几个小时。

如果海豹不小心潜出水面，熊就用爪子一下子把它从水里扑出来，甚或跳入水中击打它。通常北极熊一掌就能让海豹毙命，然后把海豹拖到冰上吃掉。

有时候，海豹在换气孔的边上休息，这时候北极熊就小心翼翼地跟踪靠近。它们甚至在厚厚的积雪和冰块后寻找掩护，用腹部慢慢滑动，直到接近海豹的距离足够进行突然袭击为止。一般这个距离不能超过20米。否则，一旦海豹发现了它，能够迅速潜入水里，所有的努力就白费了。

春天时，海豹妈妈在积雪下为幼崽建造洞穴。这些洞穴从外面大都是看不见的，因为它们是从冰下的出口延伸挖出来的。海豹在那里产下幼崽，然后把它们留在洞穴里，自己去寻找食物。北极熊凭借自身非常灵敏的嗅觉能够追踪到冰下的海豹。它使劲一跃，用前掌趴在上面压着，这样海豹一点逃生的机会也没有。

午餐后船渐近卢比尼岩（Rubini Rock），先至舱外拍照，实际距离尚远。近2时渐近，最后船身紧贴岩旁。通体为黑色玄武岩，岩石节理间停满了鸟，或飞或息，声音嘈杂，鸟粪味也随风而至。此岩与爱尔兰巨人之路（Giant's Causeway）和英格兰斯塔法（Staffa）岛相似，天然形成的岩壁突出处适合鸟筑巢，并可避免北极狐偷袭，因而成为鸟的乐园。

胡克岛，俄语（Tikhaya Bukhta，意为宁静海湾），1913—1914年俄罗斯探险家乔治·谢多夫在前往北极探险途中于此过冬。1929年8月29日，第一极地考察站在此建立，被命名为"谢多夫站"，至1963年停用。但仍有生物学家于夏季来此岛，使用此科考站尚可利用的房间。剩下的飞机残骸与飞机库证明这里曾是非常重要的航空观测基地。岛上可见到科考站工作人员墓地，其中之一是飞行员的墓。

3时余广播通知准备登岛，第一组随即出发，45分钟内全部送出。出发时每组按通知在右侧甲板过道等候，前一组登机后，后一组即跟上待命，下机人员从左侧甲板离开。每次登机前都要在登记表上签名，下机后一一核对。4时余，与第六组5人共登直升机。米-8直升机可载客20人，动力强劲，起降速度很快，噪音虽大，因时间短，尚可忍受，至岛上降落时也尚平稳。步至海滨，一侧为卢比尼岩的后面，形状与前面完全不同。岛上有俄罗斯人废弃考察站的兵营，废油筒颇多，弃于露天。这种情景似曾相识，在南极乔治王岛上的俄罗斯考察站也堆满了废弃的车辆、机器和废物，其他国家的考察站一直敦促俄罗斯人尽快处理以保护环境，但到我离开的2001年2月依然如故。原定6时返回，在岛上尚未绕完一圈，得到通知，因天气将变必须提前返船。至停机坪附近等候，细雨与霰密集，风声更紧，倍觉寒冷。至第五批登机，返回时不分组，本想等至最后一批，队友让我先归。

6时半晚餐，今天备俄式大餐，有红汤、鱼子酱小点等。席间船员演唱《喀秋莎》《莫斯科郊外的晚上》及另一首俄罗斯歌，引得不少人同唱。餐毕张维迎等招我至他们一桌，正饮伏特加。船上饮食完全免费，正餐可自行点菜，但酒需记账付费，这瓶酒收150欧元。我不饮白酒，对座一女士劝饮红酒。后女士先退，方知与同桌其他人并不相识，而所饮红酒都是该女士所供。

10时余广播，明天1时至3时间（船长估计为2时）将与两艘俄罗斯船相遇，一为核动力破冰船俄罗斯号，一为常规破冰船，都是在北极执行地理考察后返回，有兴趣者可至驾驶舱或甲板观看。

一天下来颇累，加上喝了点酒，整理照片后洗澡，11时余睡。洗澡时维迎回来，从浴室出来时他已睡着。

05. 海神庆典

2011年7月15日，星期五　于冰海，附，偶露日色，下午转多云，后晴

3时半被震醒，船首遇到了厚冰。又睡至6时起，船已至83度51分。至甲板一转，四周冰已密布，而且相当厚，因为从被船撞破的冰看到，水下部分还很厚。记得船长曾介绍，此船可直接撞破厚2.5米的冰层，能压碎更厚的冰，而对付2米以下的冰层就像热餐刀切黄油。

8时早餐，归室改PPT，备今天讲课之用。10时45分于后会客厅讲《北极、南极与中国》，王小丫主持。讲完后曲向东稍作补充，有一女士发言，称应重视国际

公法人才的培养。

午餐后整理照片，又阅《上海手册》（上海世博会后拟制订）文本。觉得很累，睡了一小时余，此行的首次午睡。4时余听到广播，船右侧可见到彩虹。即至甲板，见天空有淡淡的虹影，却见不到多少色彩，不过在相机中可以显示，在接近北极点的地方有这样的景象也堪称奇观。

晚6时半至后会客厅，举行"海神庆典"，这是此船的传统节目，由船员饰海神波塞东（Poseidon）、其妻及诸神。仪式简单，主要是供大家拍照取乐，"海神"和"海神夫人"自然是最受欢迎的活道具。至三层后甲板，已备有各色烧烤、食品和饮料，有墨西哥玉米饼、牛羊猪鸡肉等，还有热葡萄酒佐餐。船已停于85度27分，此时日朗风清，连日阴霾一扫，是开船以来从未有过的好天气，浮冰反射的阳光显得有些刺目，红色的船身分外耀眼（图11）。虽然才烤好的肉食转眼就变得冰凉，凭着热酒的后劲和灿烂的阳光，仿佛置身于夏日郊外的野餐会上。"海神"们继续在甲板上显身，在被拍了足够多的照片后，与大家一起享受丰盛的"祭品"。

9时45分开船，据报告明晚可到北极点。洗澡后睡，12时余。

06. 破冰之旅

2011年7月16日，星期六　阴

　　船极颠簸，显然是冰越来越厚，并且船的两侧都受到冰层挤撞所致。但昨夜睡得很好，大概白天累了，时差也调节得差不多了。6时半起，船已过87度。8时早餐，毕后遇到刘晖，得知船长称今年的冰厚过去年，船速减慢，有时还得迂回行驶，估计明晨方能到极点。稍后至甲板，四望海面全为冰封，几无空隙，从船旁碎冰可见都有一两米厚，泛着蓝光。不时可见到一汪海水，细看只是表面一层，下面还是冰。维迎在拉开窗帘时发现，在水平拉的两层薄窗帘后面还有一道上下拉的厚帘子，拉下后可完全遮光。原来我们自己没有发现，还错怪船上设施考虑不周，几天来白白忍受在较亮光线下睡觉。听说今天下午可能会安排乘直升机俯瞰本船破冰。

　　发现船停了，忽然倒退，又停，再前行，而且震动很大，看来遇到了厚冰，只能用这种方法冲击破冰。后听小记者从驾驶舱采访回来说，Yang告诉他们的确遇到了多年不见的厚冰，只能迂回通过，以保证船身安全。实际已不止一次这样做，只是未引起注意。

后归室，阅《上海手册》材料，觉得很难改变其基调，增补案例也不容易。

12时半午餐，用白葡萄酒。连日都吃海鲜，今日点了一道鸡肉，还是觉得不如法式炸鱼可口。菠菜汤味道很好，怀疑船上有中国厨师。好事者去查问，知道就是船上的洋厨师制作，厨房中并无中国厨师。

回房间翻阅杂志，维迎睡前劝我也睡。大概他的话与行动起了作用，看了一会就觉得来了睡意，也睡一小时余。5时至后会客厅，听刘晖讲徒步至北极点的经历。他于今年4月间乘北欧航班至斯瓦尔巴群岛，又乘俄罗斯安-47型飞机至俄罗斯设于北纬89度处的临时基地，又乘米-8直升机至离极点20余千米处，徒步至极点后由直升机接回。这条路线已很成熟，沿途的训练、补给、服务设施也很完善，但收费颇高，直接收费20余万，加上由国内往返及自备器材等，总共需要30多万。时机和气候都很重要，一般来说，4月份最合适，早了气候恶劣，多暴风雪；晚了冰层表面局部融化，不便徒步。

回房间后发现船又在后退，估计前面冰况严重。即至甲板，于船首尾拍照。

晚餐后至后会客厅，由 Yang 队长报告明至北极点过程及登陆活动。座位都满，不少人只能站着，因无人愿意缺席。离极点还有约 60 海里，估计船速每小时 10 海里。这次活动参加"时间胶囊"计划，到时会将一个能够耐 4 500 米海水压力的密闭特殊金属筒沉入北极点海底，有兴趣参与的人都可以写上自己希望留给后人的话，今晚放在图书馆。明天将全部装进金属筒后封闭下沉，今后或许会因沧桑巨变使金属筒为后人所得，开启后将这些信息传递给后人。

洗澡后睡，11 时半。

07. 北极点之光

2011 年 7 月 17 日，星期日　晴

5 时半醒，维迎已起，且已浴毕。启帘则阳光满室，真是吉兆。6 时听到广播中鸟鸣声，是 Yang 队长催醒，

通知距极点仅6海里。即持相机至甲板，风和日丽，较前晚更佳。拍照多幅，分别取名为"旭日玉海""巨冰夹道""船塔凌空"等。

至前甲板，已聚集不少队友，船员正在备香槟和酒杯。人越来越多，维迎等都已到。本队已备好不少大小国旗，我们都手持或肩披国旗拍照。一位年轻队友穿着短袖T恤与我合影（图12）。我一时兴起，也脱了外套，仅穿长袖衫与他拍了几张，也不觉得冷。船慢慢停下，又略后退，广播告知因前面有多年积冰。稍后船加速前进，只听到轰隆的破冰声，在震动中接近极点。昨晚已通知，在此时船长必须在进退和左右调整中方能将船停在90度0分0秒的点上，因此都手持酒杯，屏息伫候。很快船停妥，已臻极点。如此顺利，自然由于俄罗斯船长技术精良，也拜好天气之赐。宣布方毕，全船欢呼雀跃，举杯庆贺，共祈世界和谐，国运昌隆，人民幸福，天遂人愿。又齐声感谢船长、队长，互祝幸福安康。全体队员男女老幼、队长和工作人员、能够离开岗位的船员在船首甲板分列三排，合影留念。全球人口数十亿，每年能至极点者不足千人，能享此艳丽清和气象者或许仅我们这三百余人而已，曷其幸哉！

归舱，船又启动，船长要找一个合适的停泊点，除考虑冰面的坚硬度外,还要有足够面积,方能供全队活动。8时半早餐。稍后广播直升机可作绕船飞行,通知第三组作准备,于10时半起飞。至甲板拍直升机起飞至降落过程,每次约6分钟。候至第七组集合,签名后知第六组尚有三缺额,即与维迎等补入。米-8机登岛时可载20人,但观景飞行每次只坐10人,以保证人人可有拍摄窗口。登机后坐于左侧,见窗未闭紧,即拧紧螺栓。起飞后隔窗拍船全景,见对面座上有人打开了窗拍摄,效果更好,赶紧也开了窗,发现风并不大,噪声也差不多。但直升机已绕至另一侧,右侧对着船,我坐在左侧只能拍冰海。有人从左侧转到右侧去拍,我以为还会转过来,还是坐在左侧等候。忽然见到船身,则已在降落之中,照不到整个船身了。我们下机时,第七组已在过道等候,忽然接到通知,雾已大加,不宜再飞,剩下的人等下次安排。

直升机飞行前已见有船员下船,还有人在冰上步行,在测算合适的冰面大小和安全系数。又见船员由库房取出桌凳,启动吊车吊装。但回房间不久听到广播,因冰裂缝扩大,此处不宜停泊,船长将另觅锚泊地。船已启动,广播通知原定午餐是下船在冰上烧烤,须推迟至船靠定后。维迎与我都带了几包备用的方便面,上船后首次用上。

2时左右停船，仍有多位船员往周围探查，并在四周布置观察哨。确定地点合适后，船员陆续将桌椅、烤炉、食品、饮料等用吊车放下，布置妥当，做好准备。2时半下船，因天已转阴，不见日光，风吹来很冷。活动集中于船的左侧，已布置船员站在各个控制点，任何人不得超越，以保证安全。远望附近有大大小小的水面，似乎冰面不是连成一片。走近后观察，才发现这些只是冰面上的雪融化的结果，而薄薄的水层下面同样是连成一片、一两米厚的冰层，所以坚如磐石，完全可以趟水而过。船锚即竖于冰上，据称重15吨。船员已在冰上竖了一个一人多高的北极点标志，船旁悬挂中俄两国国旗（图13）。按此船的惯例，除了俄罗斯国旗外，有哪些国家的乘客就应挂那些国家的国旗，但这次是中国人包的船，全是中国人，自然只要挂上中国国旗就行了。其实我知道，乘客中有些人已入美国籍、加拿大籍，或许还有其他国籍，但在这里他们都以中国人自居，没有人要求挂其他国旗。船员已在北极点标志周围画了一个圈，大家绕圈而立，形成一个人圈（图14）。船长及Yang致词，大家静默一分钟，各立祈愿。然后携手绕行一周，气氛热烈。四五位船员举着烟花，拥着手举"时间胶囊"的 Yang 奔向船尾左侧，事先已在那里凿开冰层，露出一片数米长宽的海水。大家紧随其后聚集到周围，并开始念数字倒计时。但 Yang 听不懂中文，念到"1"时还毫无反应。只能重新用英语念，Yang 将胶囊沉入 4 500 米深的海中。

在已布置好的桌凳用餐，船员现场烧烤，有牛羊猪肉、香肠、玉米、土豆，还烤了两条硕大的三文鱼，佐以色拉，备有伏特加、热红酒及各色饮料，还有冰淇淋、甜点，称得上是盛宴。一想到这是在北极点，就更是独一无二的享受。

掷"时间胶囊"处的"水池"就是游泳池（图15），备有入水扶梯和大浴巾。勇敢的挑战者先由船员在腰间系保险带，船员握住保险绳，以便随时救援。有人一步步走入海水，也有人一跃入水，有人一跳入水中就赶快上岸，有人在水中游了几下。由于大小浮冰来不及清除，成为比寒冷更大的威胁，有几位勇敢者被划伤皮肤。上岸后马上由船员裹上浴巾，对成年人都奖励伏特加一杯。

分散活动的时间很充分，有人在展示他们团队旗帜拍照，有的在冰雪中拍某一白金酒的广告，有的手持球杆拍雪地打高尔夫球姿势，有的在秀时装，还有卧者坐者，不一而足。铁锚处拍照的人较多，船首放下来一根缆绳，可作拉船的样子拍照。我走到各个控制点，因距离有限，都很难拍全船身，只有船首一方拍得全。4时半归舱，检查照片，见最后几张图像模糊，看镜头上有水渍，可能是旁人帮我拍照时沾湿了。擦干后下船，到刚才的几个位置补拍。通知6时开船，稍后发觉船动，已踏上归途。

8时晚餐，用法国红酒，后邻桌又赠饮智利红酒。

洗澡洗发，维迎早睡，又于床上阅杂志，觉倦而睡。

08. 极地游泳

2011年7月18日，星期一　阴，后稍露日色

4时45分醒，又睡至6时半起。因维迎未起，又于床上休息。8时早餐。

上午于室内整理旧文，备写纪念季龙（谭其骧）先师百年诞辰一文。毕竟近北极点，冰区宿冰多，船不时

撞击，晃动兼震动，不便阅读，也不便使用电脑，工作效率甚差。

12时半午餐，因有人来谈各国文化比较、欧洲历史等，直到近3时，服务员催促离开而结束。

小编辑来索稿，因前日曾答应交日记一段，以昨晨至北极一段交差。

3时余往商店，买明信片4张、邮票4枚，费14.5欧元。至总台盖纪念章。后写地址，至图书室投入邮箱，到岸后方可由俄邮局寄出。如需由维也纳寄出，则需要贴2枚欧盟邮票。往游泳池，池中一直有一位俄罗斯女性在游。泳池小，划四次即到对面，因而需要不断转向，颇不方便。是直接引入的海水，嘴巴接触后觉得相当咸。船不时晃动，池中就会波涛翻腾。游约半小时，很累。

7时半往晚餐，居然尚未开门，原来大部分人去参加拍卖了。稍后开门，首批用餐的人很少，因拍卖会尚未结束。后其他人陆续来，听说拍出的最高价是一小时驾驶权，以36 000欧元被北京某餐馆企业主拍得，去年才12 000欧元。稍后Yang队长广播，拍卖会创历史纪录，总额为103 561欧元，拍品还有海图、工艺品等。

09. 再遇北极熊

2011年7月19日，星期二　阴

2时45分醒，又睡至6时余。

9时半至后会客厅，张维迎作《探险与企业精神》报告，至11时。

日间与下午数次听到广播发现海豹及北极熊，海豹出水时间很短，所以甚少有人拍到，我仅拍到它的影子。午后遇到一熊，Yang广播说它刚用过午餐，因为有队友在望远镜中见它的嘴巴都是鲜血。到甲板上观看，距船尚远，返回室内。后见船长停机靠近，又去拍照。此熊停留时间很长，很会配合，作出多种姿势。

5时余往游泳，因船速慢，没有震荡。但海水仅流经与热水管相旁的管子加热，水温低，加上得不断转圈，仍觉颇累。

晚餐时听到广播，某女士怒斥队友中仍有人在甲板或舱内吸烟，还有人在下午看北极熊时扔苹果。回房间稍休息，广播今晚将停船于此，明晨5时启航，约20海里至弗雷格利海角，准备登岛，所以原定晨练取消。

9时半至图书室，由张树新主持读书会，到者34人。由她介绍后我讲《统一与分裂》约一小时，张维迎评论，我又作了些补充。至11时散。回房翻阅杂志，刚准备睡，广播后甲板有北极熊，而且很近。起身过去，果然见一头个子不小的北极熊就在船旁。拍到熊渐渐走远，因船已停，无法再靠近。12时半又睡。

2011年7月20日，星期三　阴雾，气温1度，晨起在北纬81度52分

昨天收到的最新船报刊登着原计划——清晨远征：弗雷格利海角（Cape Fligely），还有以下材料：

法兰士约瑟夫地群岛（Franz Josef Land）

鲁道夫岛（Rudolf Island）不仅是法兰士约瑟夫地群岛最北边的岛，也是欧亚大陆最北边的岛。岛最北边的顶点离弗雷格利海角不远，纬度是81度51分。实际上这个位置是在最北端的冰川上，因此会因为冰川的断裂和运动而改变。法兰士约瑟

夫地群岛比它西边的邻居斯瓦尔巴群岛靠北几乎正好一个纬度，约等于111千米。

鲁道夫岛的最大宽度约27千米，它几乎完全被冰帽所覆盖，也就是说几乎所有的海岸都是冰面直接崩裂到海里，顶部高出海平面460米。岛上只有几个海角和高原边缘的山峰突出冰面：西北面的弗雷格利海角，从南到北的西海岸有Brorak海角、Auk海角、Saulen海角和Germainia海角。岛上仅有的几处不被冰雪覆盖的地方，只有很稀少的植被，地面大多是岩石，鹅卵石和永久冻土上的沼泽。每年这里温度达到零上的时间只有几周。

巡航挪威角、杰克逊岛

我们希望在挪威角（Cape Norwayw）登陆，那里的地面是典型的北极苔原冻土地带，在地面上平坦的地方有小花和苔藓，背景则是住着海鸟的峭壁。在北极历史上，这里是最神奇的越冬地。1895年9月，南森和约翰森从遥远的北方探险归来，在自己搭建的半地下小屋中度过了整个冬天。这个石头小屋的遗迹上，还可以看到当年他们两人收集漂流的木头拱形屋顶。1895—1896年冬天，他们就在这里躲避严寒，过着远离大陆的生活。熊、海豹、狐狸、海象和偶尔捕获的鸟提供了食物、燃油和光明（燃烧它们的油），还带来了防寒的服装、房顶和几乎任何需求。冬天过去后，两位勇士继续向南，老天保佑，他们在Flora海角遇到杰克森。

5时半开船，6时15分起床。近8时广播，因大雾，已无法停靠附近岛屿，将驶往挪威角。如下午雾散，方可安排登岛。建议大家晚起，以逸待劳。我仍在8时余至餐厅早餐。上午整理所记及昨天所拍照片。近12时听到广播，第七组去船长室参加船长的鸡尾酒会，即与维迎同去。在外室取了酒水，到会客室坐定后船长表示欢迎，随后回答众人提问。

我问今年气候与往年相比如何，是否冰较厚。答：此船有两批船长及船员，轮流工作与休假，所以未必每年走同一航线。北极气候变化多端，或同一船期也会走不同航线，只是至今尚未发现有什么明显的变化趋势，冰厚度的变化也是如此。有人问他怎样成长为船长的？答：幼时即立志当船长，之后进大学学习6年，又在各类船上不同岗位工作多年，才当上船长，至今已22年。全俄有核动力破冰船船长15人，比宇航员的数量还少。有人问他当船长以来最大的危险是什么？答：并未遇到多少危险，一般乘客视为危险的因素，实际都在预计和掌握之中，而且船上有各种备件，如甲板上可见到巨大的螺旋桨，就是准备在发生故障时替换之用，所以从未遇到过意外危险。最痛心的一件事，是另一位船长心脏病发作，他急忙驶船往别处取药，但药取来时该船长已死。我问他按规定何时退休？答：只要身体允许，医生无异议，没有退休年限，但北极航线只能工作至55岁。我问他家属是否可以同行？答：这次就有妻子、两个女儿及一位外甥同行。但因正常的航程长达4月，妻子自己有工作，无法陪同，像这一次十几天时间是最好的机会，孩子们正放暑假。此船多位船员有家属同行。我问此船冬天开往何处，是否为符拉迪沃斯托克。答：西至格陵兰，东至白令海峡，都是航程范围。我问墙上照片是否是普京，普京何时到过此船？答：2007年2月。问梅德韦杰夫来过吗？答：没有，普京来时是总统。问他家离摩尔曼斯克远吗？答：就在圣彼得堡。我告诉他我曾访问过圣得彼得堡，那是一座美丽的城市，他说他家住在涅瓦河边。我说在俄罗斯的城外往往有很多自建别墅，问他有没有。答：很羡慕，但自己目前还没有。问他去过中国吗？答：还没有。有人问他能否去外国当船长，如去美国、中国。答：个人旅游完全自由，如愿意去外国工作也没有限制。奚志农等赠给船长画册及书，我们先后与船长合影，船长为各人签名盖章。参观船长室（图16），见玻璃柜子里有一本大签名册，问能否翻阅，船长同意。首页就是普京的照片及留言（图17），经翻译，大意是祝此船顺利启航，祝船长荣任等。至无线电室，电家中，略告近况，通话仅1分钟。

午餐时，得知昨晚举行读书会后，某妇人居然要求曲向东予以制止（读书会）。某妇人平时用餐时经常坐在我旁边，今天早餐时曾盛赞重庆唱红歌，说很有必要，我当场予以驳斥。以前曾颂扬某人的伟大贡献，我也曾据历史事实作过纠正。此妇人来历不明，自称每年外出旅游，已遍历世界各处，此次闻讯就报了名，不必与家人商议。有人问她从事什么产业，答称已退休。但在我们提到几位"官二代"时，她都非常熟悉，并不时为他们解释，如说某人已离开诺华药业，某人做的是风投，风险很大等。看来此人不是官太太，就是既得利益集团一员。

又听到广播，雾仍大，并且没有解除的可能，拟放弃在附近登岛，继续前行，或能于今晚成行，要求大家养精蓄锐以待。稍后睡，未几为广播叫醒，说发现北极熊。考虑到能见度差，拍不出好照片，未起。后又有乒乓赛等通知，仍睡至5时。

晚6时35分Yang广播：离岛尚有若干海里，只是天气仍不理想。由卫星信息获知，本船处于南北两个低压之间，且正在逼近。所以只能就地停泊，以待机会。

7时半晚餐，今日为奥地利晚餐，服务员都穿奥式服装。主菜有奥地利香肠，我仍点了鱼，甜点用奥地利梅馅饼。将毕时广播，船旁有冰川可看，大家外出拍照。远不如以前在乔治王岛见到的壮观，加上没有阳光，形象暗淡。回房间时听到广播，雾将散，可登岛，通知第七组于9时40分报到。到9时20分就来催集合，即到总台签到，首组出发。直升机直接登岛，航程不足一分钟。到后就向高处攀登，走了不几步就浑身发热，汗流浃背，证明外衣的保暖性极好。将至山顶很陡，又都是碎石，举步维艰。离顶峰一箭之遥，忽然听到船上鸣笛，知道是紧急召回讯号，赶快下山。将到停机处时见直升机已送归首批，于第二批归船。雾已很大，从房间中已看不到近在咫尺的岛和山。至12时45分广播，登岛人员已在一小时内全部安全撤回。洗澡洗衣，整理照片，补日记，吃方便面。2时半睡。

岛上所见景观与所发材料中的一段内容完全一致：

> Chmap 岛，由两次 Ziegler 探险的秘书 Champ 命名。该岛由一些非常罕见和有趣的地质构成。那些几乎是完美球形的岩石，是由方解石在深处的活跃冻土层内聚合而成。最大的石球直径超过两米，小一些的也有炮弹大小，显示了它们的形成过程。

10. 北极之"夏"

2011年7月21日，星期四　阴，偶露日色　北纬80度余

昨晚发现手表停于10时半，电池用尽。近6时醒，又睡至8时余起，即去餐厅用早餐。稍后听到广播，准

备于9时40分发直升机，并且自第七组开始。开始以为是补上次来不及登机的，至9时余来电话催往集合，问是否包括我们上次已登过的，得到肯定。即往报到，在空中转了两圈。

至傍晚尚有雾，无法登岛。Yang广播，称今晚及明晨是最后机会，因必须留48小时供驶归摩尔曼斯克，所以要求大家今晚随时做好准备。至11时余通知，可登岛，自第六组开始。立即至下甲板，编入第二批。候机时见岛上风光，虽无日色，但波平海静，俨然一幅水墨山水。马上登机，降于岛上。有两处奇峰，一一步往。其间至海滨，有考察站遗址，据说系美国考察队所遗，见到一支被烧过的熊掌骨。雪中见一摊新鲜粪便，后询小马，知确是北极熊的。小马还见到小熊，可惜我们未见过。不过要是遇到那刚排泄过的大熊，不知会发生什么。听说有船员带枪暗中护卫，必要时以枪声驱赶。气温虽低，但毕竟是夏天，岛上低处平原大多覆盖着苔藓类植物，有的开着鲜艳的小花，一簇簇相当显眼。2时直升机来接，第一批返回，在机中已看不到奇峰影踪。至2时50分全部撤回。洗澡，吃方便面后睡，3时余。

对今天登的岛，资料中有这样的介绍：

在 1873 年，一艘在北极地区进行考察（第一个国际北极年）的奥匈帝国船只被冻结在新地岛外的冰面上，开始随着北冰洋的海冰漂流。在冰上度过了一个冬天后，1874 年的一天，当浓雾离开 Julius von Payer 和 Carl Weyprecht，他们惊讶地看到了陆地。这是法兰士约瑟夫地群岛第一次被发现，以奥匈帝国的皇帝命名。他们看到的就是泰戈早夫海角，以这艘探险船命名。但实际上，他们最先登陆的是韦尔切克（Wilczek）岛。

2011年7月22日，星期五　阴

8时半起，稍后去吃早餐。10时起作"边疆形势"讲座，至11时45分，又与听众交流至12时余。下午小睡，后邓伟来谈。晚9时半至后会客厅，先看录像短片，接着由王小丫主持"开心词典"，分组派代表竞赛。至近11时归。

11. 归途

2011年7月23日，星期六　阴转多云

　　7时半起，8时往早餐。因昨晚活动结束晚，到者甚少。9时至后会客厅，由 Yang 布置登陆前准备，又由本队介绍到赫尔辛基后的安排。10时将船上时间提前2小时，与摩尔曼斯克一致。12时15分参观机舱，先至核反应堆，隔玻璃观看。又至中心控制室，略问情况。得知全船有106人，其中48人属核能部。又至海水淡化装置、1 000伏发电机、蒸气涡轮发动机、螺旋桨、液压传动主舵、备用柴油发动机等处参观。

　　下午两次听到发现鲸，至甲板时已不见踪影。但阳光灿烂，海鸥飞翔，拍照多幅。气候转暖。

　　7时于后会客厅出席船长举办的鸡尾酒会。7时半送别宴会，船长、船员盛装出席。归室整理行李，据介绍明天下船时间很紧，因后一批游客下午就要登船出发，因此尽量做好一切准备。补全日记，很晚才睡，也未注意几点了。

葛剑雄 著

四极日记

（下）

复旦大學出版社

祖籍浙江绍兴，1945年出生于浙江吴兴（今属湖州市南浔区），复旦大学资深教授，教育部社会科学委员会历史学部委员，"未来地球计划"中国国家委员会委员，中央文史研究馆馆员，第十二届全国政协常委。主要从事历史地理、中国史、人口史、移民史、文化史、环境史等方面研究。著有《中国人口史》（主编，第一卷作者）、《中国移民史》（主编，第一、第二卷作者）、《统一与分裂：中国历史的启示》《西汉人口地理》《中国历代疆域的变迁》《葛剑雄说史：中国史的19个片断》《泱泱汉风》《看得见的沧桑》《行路集》《碎石集》《人在时空之间》《我们应有的反思》《葛剑雄文集》（七卷）等。发表相关论文百余篇。学术考察、社会活动及个人旅游涉足全国各省市区及台、港、澳地区和世界七大洲数十个国家，著有《走近太阳：阿里考察记》《剑桥札记》《千年之交在天地之极：葛剑雄南极日记》《走非洲》《北极日记》等。

图 1　布达拉宫

图 2　达格架间歇泉

图 3　冰塔林（西藏阿里）

图 4　阿里　土林

图 5　朗巴朗则拉康废墟

图 6　被焚烧的经卷碎片

图 7 古格王国遗址

图 8 坛城殿正殿

图 9 坛城殿藻井天花板彩绘

图 10 干尸洞

图 11　乞力马扎罗山"呼鲁姆坡小屋"

图 12　马文济山脊"LAST WATER POINT"

目录

阿里纪行

阿里:不可抗拒的魅力 /005

01. 飞越川藏 /011

02. 高原反应:从两千年前的"大头痛山"到我的体验 /013

03. 踏上旅途 /018

04. 神秘的高原之夜 /026

05. 苦寒中的炽热 /030

06. 夜陷沙海 /033

07. 屋脊奇观 /038

08. 森改藏布 /043

09. 狮泉河印象 /047

10. 翻越阿伊拉日居 /054

11. 造化神工:土林 /060

12. 大而小的县——札达 /065

13. 千年古刹托林寺 /070

14. 卡兹探胜 /082

15. 玛那寺怀古 /098

16. 千古古格 /101

17. 废墟下的"希望" /110

18. 废都之巅 /113

19. 神秘的干尸洞 /120

20. 荒村瑰宝——东嘎、皮央的壁画 /124

21. 古格人神秘地消失了吗？/131

22. 冈仁波齐——神山的召唤 /134

23. 尝试转山 难见神山 /144

24. 告别神山 再见神山 /151

25. 赶在洪水前面 /154

26. 沙害中的仲巴县 /162

27. 萨嘎之忧 /167

28. 喜马拉雅山南北 /171

29. 归程：不是句号，没有终点 /184

乞力马扎罗纪行

70岁登非洲之极 /195

01. 启程 /197

02. 飞抵坦桑尼亚 /198

03. 登山前准备 /203

04. Poli，Poli，雨中至2 720米 /206

05. 登山鞋坏了！/220

06. 高原反应 /230

07. 梦中的乞力马扎罗 /238

阿里纪行

起点：上海

终点：阿里

时间：1996.6.16—1996.7.17

阿里:不可抗拒的魅力

1987年7月的一天,我站在西藏日喀则西面的公路上,看着一辆辆西去的汽车,怅然若失。

这是我第一次去西藏,想尽可能多走一些地方,目标之一就是阿里。但拉萨根本没有去阿里的班车,打听的结果,只有到日喀则搭乘往阿里运油的油罐车。据说搭油罐车也不容易找到机会,而且有很大的危险性,时间更没有保证,说不定进得去出不来。考虑再三,我与同伴放弃了去阿里的尝试,退而求其次,登上了去樟木的班车。车过日喀则时,我还为不能去阿里而抱憾,遥向西方寄托着我对阿里的向往。

凡是没有去过的地方我都想去,越是难去的地方我越想去。阿里当然是没有去过的,更是非常难去的。就是到了拉萨再去阿里,越野车还得跑四五天,遇到洪水、塌方、雪崩、泥石流、流沙、大雪、大风,被困上十天半月还是小事,连生命安全也没有保障。沿途多数地方是无人区,居民点稀少,食宿基本得靠自己,很难获得补给。有了伤病，遇到意外或车辆故障也得靠自救，一般至少得两辆车同行。雇一辆越野车从拉萨往返阿里一次的价格至少要二三万人民币，雇用外国人的价格可能更高，还要负担司机沿途的食宿，付一笔数目不低的小费。参加旅游团的费用相对便宜些，但只能在固定的时间和地点作一般性观光，不可能进行专题考察，更难深入阿里腹地。拉萨以西没有民用机场，连直升机的飞行和起降都很危险。复杂的地形和恶劣的气候所造成的直升机失事曾使乘坐的多名高官丧生，因此当局已明令禁止厅级以上干部在西藏乘直升机。

有这样的说法：到过阿里的中国人比到过美国的中国人还少，一百个去过西藏的人中恐怕还没有一个人去过阿里。我想还可以补充一句：十个去过阿里的人中不会有一个深入旅游地以外的腹地。

但我对阿里的向往并非仅仅是因为没有去过或难去，而是来自世界屋脊上这片神秘土地的不可抗拒的魅力。

这是一片离太阳最近的土地，被称为世界屋脊的屋脊，平均海拔高于4 000米，很多地方在海拔5 000米以上，已经是人类生存的极限。但就在这片土地上，有高耸入云的雪峰，有亘古不化的冰川，有千姿百态的土林，有宁静纯洁的湖泊。也就在这片土地上，无论是人类还是其他生物，生命力都表现得格外顽强，格外绚丽。近些年来陆续披露的古格文化的片断就是明证。

　　常识告诉我们，人类总会尽其可能在最适宜的环境里定居，不得已时才迁往条件较差的地方，在生产力不发达的古代更是如此。为什么古格的先民选择了这样一片土地？是迫于外力还是出于自愿？那里的环境从来如此还是发生过巨大变化？古格文化真有那么辉煌还是出于人们的夸大或想象？书本上还找不到答案，别人的介绍也未必可信，我多么希望能亲吻这片神秘的土地，呼吸那里纯净的空气，感受独特的古格文化！

　　年复一年，我每年都在地图上添上几条新的旅行路线，但始终没有能消除阿里的空白。直到1996年的一天，出现了一个偶然的机会——一位对西藏文化极有兴趣并颇有研究的外国人T将要去阿里考察，我的几位朋友将与他同行，在他们预定的两辆越野车上目前还有一个空位。朋友知道我的夙愿，并认为我的历史地理专业背景对T的考察肯定有用，在英语方面也能充当备用翻译；我上一次西藏之行使他们认可了我的身体状况，就积极争取，征得了T的同意，使我成为考察队的一员。1996年6月14日，我从上海飞往成都，与朋友们会合。T一行则从尼泊尔首都加德满都乘飞机到拉萨。

从成都出发起，我记录了我的全部行程。所记都是我的亲身经历和见闻，是我当时或事后的思索，除了涉及的人物不使用真实姓名外，其他都是事实。

不过，由于我对西藏的了解有限，特别是我不懂藏文，所以不得不通过翻译；而外国人与藏胞之间的交谈更麻烦，先由我们将英文译为汉语，再译为藏语，反之也一样；因此而产生的误解肯定不少，这类避免不了的错误只能请读者谅解。

还需要说明的是，这里使用的地名和提到的海拔高度，由于西藏地名的汉译往往不统一，不同的地图或资料中有不同的写法，我只能采用比较通行的一种。地图上注的高度有时会不同，我们用随带的高度计测量的高度与实际也会有一定的差异，多数情况下略低于实际高度。

这里涉及的考古资料和数据，主要根据西藏自治区文管会所编《古格故城》（文物出版社1991年版）和索朗旺堆主编的《阿里地区文物志》（西藏人民出版社1993年版）。

为了尊重个人隐私（未必每位朋友都愿意我提到他或她的名字），也为了行文方便，有关的主要人名都以一个字母代表。这个字母并不一定是姓的缩写，如果这样的话，使用同一字母的人会不止一人，无法区分，所以请不要根据字母猜测此人是谁。但我应该交代一下他们的身份，以便读者了解：

  T：美国一家跨国集团的总裁，美籍犹太人，博士，律师，工程师

  M：T的妻子，美籍英格兰人

 小D：T的儿子

  H：某大学教授，考古学者，汉族

  L：某大学副教授，考古学者，汉族

  X：某大学副教授，博士，考古学者，汉族

  J：留美学生，汉族，女性

  C：西藏自治区文化厅官员，藏族

  S：西藏自治区文化厅文物处官员，藏族

  Z：阿里地区文化局官员，藏族

  ZH：阿里地区文化局工作人员，藏族

  Y：札达县文教局官员，藏族

  W：越野车司机，藏族

  P：越野车司机，藏族

  D：东风卡车司机，藏族，复员军人

  R：厨师，汉族，复员军人，四川人

小 Y：厨师帮工，汉族，陕西人

还有一位是笔者，当然就是书中的"我"。

01. 飞越川藏

1996年6月16日清晨,我与X来到成都机场,稍后H与L也到了。大件行李昨天下午已办了托运,所以很快办妥了登机手续。虽然还不到6点,候机室里已感到有些闷热,昨天成都的最高气温已上升到34 ℃,今天肯定又是一个大热天。但高温不会再影响我们,中午以前我们就能享受到拉萨的凉风。

6时50分,我们乘坐的波音客机起飞,7时过后,机翼下出现了绵延的山岭,不久就见到了一座座巍峨壮观的雪峰。对照地图,飞机正飞越昌都地区。从成都到拉萨的航程不到两小时,飞机一天往返两次也绰绰有余。

服务员送来了早餐,当我边欣赏着舷窗外的云海群山,边用着早点时,不禁想起了1987年进藏时艰难的旅程。

8时40分,飞机平稳地降落在贡嘎机场。走出机舱门，就感到凉风袭人，有先见之明的旅客已经穿上了随带的外衣。9年不见，贡嘎机场已经完全变了样，宽大的停机坪和新建的候机楼显得相当现代化。旅客中有一个团体和参加一个什么会议的代表，正在接受主人献的哈达和青稞酒，后面还有一群盛装的藏族少女载歌载舞地欢迎来客。

9点30分，我们坐上装了半车行李的中巴进城。从贡嘎机场到拉萨市区的距离近100千米，比兰州到中川机场的距离还远些，大概是全国之最。我记得这条公路相当糟糕，路面高低不平，民航班车破旧不堪，坐在车上常常会被颠得弹离座位。中国社会科学院的朋友告诉过我一件事：他们坐民航班车进拉萨途中，一位同事没有注意拉住把手，一次剧烈的颠簸将他抛起，头撞在车顶上而受伤。我对西藏公路之颠簸也记忆犹新，1987年我随身携带的一台摄像机被震掉了四个螺丝，其中两个再未找到。但现在，这条公路已改建为两车道水泥路面的高等级公路，车速开到每小时100千米也非常平稳。

汽车沿着雅鲁藏布江在谷地中行驶，两边的山上唯有岩石和风化了的砂土，色彩和形状都相当单调。但平缓的江水在蓝天的映照下，澄澈碧透，给黄褐色的高原带来了生机——沿江的农田中不仅有绿的青稞，还有金黄的油菜花。过了曲水大桥，公路沿拉萨河折向东北。这是拉萨通往日喀则方向的公路，来往车辆增加了不少。不到一小时，山顶上的布达拉宫已遥遥在望（图1）。

车过拉萨宾馆时卸下了大件行李，L留下来处理，因为再出发时将在这里装车。我们继续前行，住进自治区政府招待所。1987年我曾在这里住过，但当年的旧楼和门前的旧街已不复存在，代之以新楼和宽阔的马路，以至我完全没有旧地重游之感。

02. 高原反应：从两千年前的"大头痛山"到我的体验

走进招待所的房间，就像换了一个季节，感觉弥漫着一股凉气，而拉萨的阳光是如此强烈，离开了阳光就等于离开了夏季。刚才提着箱子走了几级台阶，就觉得气喘心慌，不过在屋里休息一下就过去了，我暗自庆幸，等待着一个奇迹的出现——可以免受高原反应之累。

L来招呼我们去吃午饭，出门后步行不远就是一家他熟悉的餐馆，原来这里的店主就是他招聘的厨师R。我们四人各要了一碗肉丝面，又要了两盘豆腐，一盘蔬菜，一碗汤，L半真半假地对R说："今天这顿饭是鉴定会，看你的菜做得是不是合格。"R的饭菜的确做得不错，虽然对我说来还是稍为辣了一点。使我感到惊奇的是价格相当便宜，一碗肉丝面才5元，菜价更低。我以为是R给我们的特别优惠，但以后发现其他餐馆的价格也差不多。这得益于改革开放以来进入西藏的流动人口，他们不仅在拉萨开起林立的餐馆，还在城郊种植蔬菜，养殖家禽。现在拉萨蔬菜禽蛋自给有余，而以往都得靠川藏公路由四川运来，几分钱一斤的白菜光运费就要5角，而且经过长途运输，蔬菜大量腐烂变质，一年内的多数时间只能吃罐装蔬菜。第二天早餐时我发现，一个鸡蛋1元，一个咸鸭蛋却要2元，原因就在于鸡蛋是拉萨产的，而咸鸭蛋是从四川运去的。

这顿饭吃得有滋有味，使我更增加了抗拒高原反应的信心。但午睡时就有点不妙，躺在床上怎么也睡不着，尽管昨夜睡的时间很少，今天的旅程也不轻松。越睡不着，就越想到会不会是高原反应的先兆。我自己测了一下心跳，每分钟86次，比平时的72—76次稍快了些。与我同住的X也说睡不着，看来心跳的加快真是不祥之兆。L和H传来的消息是，T一家与J昨天已从加德满都飞抵拉萨，J最早出现高原反应，昨晚已开始吸氧。我开始失去信心，要是高原反应真的非来不可，还不如让它早些出现，可以在启程去阿里前多一些适应的时间，但我明白，这同样是由不得自己的事。

傍晚我们一起去假日酒店，见了T一家和J。寒暄一番后我们就去中餐厅晚餐，席间谈的自然是下一步的考察。T丝毫没有我所想象的豪富气派，倒更像我熟悉的美国大学教授。从谈话中听得出，他对西藏的历史和文化了解很深，也不是第一次去阿里，提的问题相当专业。X和我用英语与他交谈，其他人则通过J的翻译。我与他一家是第一次见面，大家知道J正受高原反应折磨，还是少麻烦她为妙，所以没有多谈。T太太M显得比T年轻，以后知道她俩同年，都是四十六岁。M经常陪T外出考察，也来过西藏。她告诉我，他俩曾在尼泊尔的喜马拉雅山脉中步行了两个月。但谈到考察的具体问题时，她从不插嘴，都由T答复或决定。他们的儿子小D十三岁，比同龄的中国孩子长得高，是第一次来西藏，丝毫没有高原反应的迹象。

不知是这家酒店的菜做得差,还是我的胃口已经打了折扣,这顿价格不菲的晚餐吃得很勉强,完全是出于不饿肚子的需要。回招待所就喝水睡觉,但高原反应还是不可避免地出现了。半夜两点多醒了,感到头痛,以后虽又睡着过,但时间都不长,而且总是因头痛而醒来,无论如何变换姿势,甚至坐着或起来散步,一阵阵的头痛毫无缓解。我知道没有其他办法,只能多休息,多喝水,让身体慢慢适应。

17日早上依然被头痛弄醒,但我还是按平时的量吃了早餐,上下午除了办事就在房间里休息,X也一样,我们说等于是到拉萨来住院了。说办事,其实就是吃饭,中午到假日酒店,会见将要陪我们考察的自治区文化厅两位官员,厅领导C和文物处的S,然后由T招待午餐。晚上由文化厅将我们接到康桑酒家,宴请T一家和我们一行以及国家文物局将去阿里考察文物保护的一个工作组。

我刚坐下,主人就将我介绍给自治区党委副书记D先生。D书记是复旦大学新闻系1982年的毕业生,他听说我来自复旦大学,很高兴地问起母校的情况。他说,毕业二十多年一直没有时间回母校,去年本来准备参加母校九十周年校庆,临时有重要公务无法分身,没有去成。他当过驻阿里记者站的站长，在那里工作多年，所以告诉了我不少阿里和古格遗址的情况。宴会开始前主人邀我到主桌坐在 D 书记旁边，但这时我已感到很不舒服，怕不能坚持影响了宴会的气氛，决意辞谢，留在另一桌上。这一桌上有几位文物界的"老西藏"，不时谈到他们经历中的异闻趣事。当有人讲到高原反应不宜饮酒时，一位"老西藏"说了一个相反的例子，他说有一次他们在山上宿营，当时并不知道高度，临睡前喝了不少酒，一夜安然无事，第二天起来才发现是在海拔 5 000 米以上，赶紧往下撤，幸亏没有出事。要是事先知道有那么高，当然不敢喝酒，说不定早有高原反应了。他的结论是高原反应与心理因素也有关系，但在我身上似乎没有应验，尽管我不把高原反应看得很严重，反应却更严重了。我只喝了很少一点青稞啤酒，包括甲鱼汤、石斑鱼这类高原上罕见的佳肴在我口里味同嚼蜡，还在诱发呕吐。当时我最大的愿望是宴会快些结束，能躺在床上必定比什么都舒服。

18 日早上又在 4 点钟被头痛唤醒，再也无法入睡。早餐后又睡，却连一分钟也没有睡着过。使我颇感紧张的是，午餐时只吃了半碗面，而饭后接到通知，明天中午出发去日喀则。我去医务室量血压，结果是 92—141，比平时高。医生作了一些检查后，认为身体没有什么异常，属轻度高原反应，不必用什么药，还是多喝水和休息。

或许心理因素真的起了作用，19日早上4点多我又醒了，但不是因为头痛，而是由于新到的客人大声喧哗。居然又能入睡，再醒已是7点30分，是入藏以来睡眠最长的一夜。

03. 踏上旅途

按约定的时间，我们应该在6月19日上午11点从假日酒店门口出发。我与H、X整理好行李，在招待所等待，但去有关部门取批文和旅行证件的L却迟迟没有回来。没有这些证件我们就无法去阿里，外国人更会寸步难行，所以只能耐心等候。但T一家在11点前就坐在越野车上了，所以让J一次次打电话来催促。

近1点，L才胜利归来，我们的车立即开往酒店，但T一家等得不耐烦，已去餐厅吃午饭了。我们的三辆车已经会齐：一辆东风卡车装大件行李、帐篷等宿营用品，梯子等考察工具，粮食和蔬菜等生活用品；还有好几大桶汽油，因为过拉孜后沿途就加不到汽油，三辆车的用油和我们的生活燃料都得靠这些汽油维持。藏族司机D是复员军人，三十多岁，看样子有四五十岁。厨师R和帮工小Y坐这辆车，R是四川人，也是复员军人，不到四十岁；小Y是陕西人，来拉萨投奔他开小餐馆的哥哥，正准备积钱自己开餐馆。两位越野车司机也是藏族，W二十七岁，P三十来岁，都来自日喀则旅游车队，经常为外国旅游团开车，对沿途情况相当熟悉。陪同我们去阿里的区文化厅官员C、S一行要明天上午才能出发，约定明天中午在日喀则宾馆会合。

等T一家吃完饭，我与他们上了W的车，其余四人上了P的车，三辆车一起出发。根据L的安排，到曲水后午餐，并等待开得较慢的东风车。

从拉萨至日喀则约330千米，是近年修通的一条沥青路面的二级公路。在这条路修通前，必须绕道浪卡子、江孜。1987年我曾走过那条路，过曲水不远就要翻越岗巴拉山口，沿途还要经过几处险峻的山口，距离远，路况差，客车走了一整天。而现在的路，据司机说，大约4小时就能到达。

我们的车驶在最前面。公路平整,车速很快,不久就见到我熟悉的曲水大桥从公路左侧闪过。W继续往前开,我以为他大概会在约定的地方停下,但过了很长一段路后还没有见他减慢速度,而后面的车早已不见踪影,这时我才问他:"不是约好在曲水停车吃饭吗?怎么还不停?"W顿感惊奇,原来没有人告诉过他。

此时离曲水已有几十千米,路上既无人迹,路旁也没有人家,W的意见是不如慢慢往前开,等后面的车赶上来。又开了一段,到了通往尼木县的路口,旁边正好有一家四川人开的餐馆,W停车等候,我们下车散步。

公路一直在溯雅鲁藏布江而上,至此已进入高山峡谷,江面收束,水流湍急。在近山的背后,不时可见一座座高峰,峰顶大多积雪,高度都在5 000米以上。在通向尼木的公路旁长着一棵大树,虽不高,却干粗叶茂,像是一棵百年老树。一股激流从树旁泻下,上游不远处还有一座在高原上罕见的水车。附近几棵小树虽然还不成气候,却使大树不至过于孤独。

这棵大树引起了我的思考:既然这样的大树可以存活,说明在海拔3 800米的地方并非不能种树,也不是不能成林。这棵树未必是人工栽种,或许只是人们长期砍伐的幸存者。如果是这样,这一带的雅鲁藏布江河谷绝不会从来如此荒芜，即使没有成片的森林，至少也曾为树木和绿色所覆盖。这棵树能活到今天，当然得感谢人们刀下留命的仁慈，但树旁的流水无疑也是她的救命恩人。从地图上看，这一带的雅鲁藏布江支流上建有一些小水电站，这股水流可能就是从小电站引来的尾水。但和西藏的绝大多数流水一样，这股落差不小的水流还没有得到充分的开发和利用。尼木县是一个农业县，目前有4万多亩耕地，有近3万人口，还有25万亩林地。这里的无霜期100天左右，日照时数2 947小时，辐射强，夏季雨量集中，年降雨量有300多毫米，如果有更多的人力和更先进的技术，农林牧业的发展余地还很大，环境也能得到很大的改善。

　　西藏并不像人们想象的那样贫瘠荒凉，也并不是所有的地方都是生命的禁区，要不，在生产力还很落后的一千多年前怎么会形成一个能与唐朝长期对峙的吐蕃王国？

　　后面的两辆车来了，同伴们到了曲水后见不到我们的车，估计我们错过了约定的地方，只好赶来了。从此每天每次出发时，都由L或H向三位司机布置，再没有出现这样的事。路旁的餐馆没有其他顾客，马上为我们准备午餐。由于这家餐馆没有高压炊具，饭菜做得极慢,吃这顿饭花了两个小时,直到5点,三辆车才重新启程。

公路依然蜿蜒于峡谷之中,这一段的路状很差,有的地方沥青路面已经破损,有几处还是临时铺就的土石路面,看来塌方和水毁很严重,以至于无法及时修复。有时公路直逼江岸,但与水面有很大高差,状如悬崖。以后C告诉我们,他曾在这一带发生车祸,越野车从路面翻入45米深的谷底,离水面仅一步之遥。公路在棚布普曲与雅鲁藏布江相交处经过妥雄大桥后,进入了仁布县,在雅鲁藏布江的南岸沿江而行。峡谷逐渐变为较宽的河谷,但沿途一些山上积满了沙,有的已从山坡上泻入公路,又从公路泻入江中,在离日喀则五六十千米的地方,沙已淹没了公路的大半,仅容单车通行。从这里的地形地貌看,沙是岩石就地风化形成的,而不是从其他地方吹来的,要防治相当困难。

W忽然刹车,原来他见路旁抛锚的一辆车是他同单位的,P的车也停下了,他们一起帮那辆车的司机修车。在西藏,再好的车也难保不发生意外故障,司机们一般都会互相帮助,何况是同一单位。重新上路后,P的车渐渐落在我们的后面,但负责安排住宿的H在后面车上,所以到离日喀则25千米处我们只能停车等候,却一直不见踪影。半小时才等来了东风车，得知那辆车又抛锚了，P正在帮助修车。T有些不耐烦，我们决定先去日喀则宾馆。又在宾馆大堂中等了半小时，P的车才到。我与X的房间在三楼，服务员要帮我们搬行李，我想只有一个背包和一个提包，这点小费还是省了吧。谁知尽管休息了半小时，提着东西上楼梯时就体会到了高原反应的余威。底层特别高，刚走到二楼就已气喘吁吁，到三楼的房门口时，竟又有点头痛了。赶紧躺在床上休息，顺便看了中央电视台9点的新闻。缓过气来后，我们一起外出晚餐。大家的胃口都不是很好，就在宾馆旁的小餐馆吃了面条和捞糟蛋。日喀则餐馆的价格似乎比拉萨还便宜，5元一碗的面条比拉萨的还多些。

11点上床后很快入睡了，但醒来时又感到阵阵头痛。看了一下手表，只有3点30分。我起来喝了水，靠在床上休息了一会儿，又觉得气闷，但打开窗后还是如此。看来高原反应又来了，是路上累了，还是这里的海拔比拉萨的高了？后来居然又睡着了，只是做了很多奇奇怪怪的梦，到7点30分再醒来时，天已大亮，梦境也从记忆中消失。

到大堂时，T正与H在谈话，一度还发生了争执，原来T发现H准备的梯子太短，不符合他的要求。

H不断解释,一来太长的梯子无法办飞机托运,二来以为在拉萨也可以买到。T认为这些都不成其为理由,而且实际上到现在还没有合适的梯子。最后H同意再作最后一次努力,今天上午在日喀则找梯子。

T一家由当地文化局派人陪同去参观拉苏寺,我随H、R一起去找梯子。我们看了几家大商店,又来到专卖建筑材料的街上,都一无所获。接着去地区电视台和广播台求援,他们也表示爱莫能助。尽管这是意料中的结果,我们还是颇为失望。

12点过后,T在文化局一位官员的陪同下回到宾馆。他们在大堂谈话,我当翻译,T对拉苏寺的艺术性十分赞赏,希望采取保护措施,通过文化局捐一笔钱。我注视着那位官员,越看越觉得面熟,他也想起了我。1987年我过日喀则时,正是班禅回扎什伦布寺的前一天,我去文化局了解情况时,就是这位局长接待的,他告诉我很多有关班禅和日喀则的情况。我还向他了解了西藏在"文化大革命"期间的状况、一妻多夫制、天葬等颇为敏感的问题,他的直率出乎我的意料,尽管我们还有过小小的争论。要不是他正忙于筹备接待工作,我们的谈话还可能更长。

近1点,区文化厅的车到了,车上坐着C夫妇和S。

6月20日下午2点，我们的车队驶离日喀则市区，奔向遥远而神秘的阿里。

市区一过，沥青路也随着结束了，但通往拉孜的路还算平整，车行顺利。在拉孜县城曲下镇小歇时，遇见一群乞丐。其中一个小孩紧跟着我乞讨，我动了恻隐之心，一掏口袋中正有零钱，就给了他一张。不料这下子惹了麻烦，其他几位马上围着我不走，一个小孩甚至拉住我的衣服，C和S过来解围，用藏语软硬兼施，好不容易才让他们离开。旧时西藏的乞丐很多，1987年我还见到过大群乞丐，长途汽车一停下，总有一群乞丐围住乘客，大声乞讨。与以往相比，这次见到的乞丐已大大减少。据藏族朋友说，以前西藏的乞丐多，当然与贫穷有关，但并不尽然。由于寺庙和信众有布施的习惯，难免造成一些穷人以乞讨为求生的手段。这种情况在内地一些地方也有，看来在贫穷还没有完全消除之前，移风易俗同样重要。

5点到达渡口。过江的车不多，我们的车稍等了一会儿就上了渡船。这里的雅鲁藏布江并不宽，但水流很急，据说洪水来时水位很高，渡江不易。就在渡口不远的地方，一座大桥已经合龙，即将建成，这个渡口不久就会成为历史。

休息和渡江时，藏族朋友拿来很多煮鸡蛋给我们吃。我们每人吃了一两个，把多余的放在车里，他们见了忙说："多吃几个，今天一定要吃掉。"原来按照藏族的习惯，煮熟的鸡蛋必须当天吃，吃不完就得扔掉，因为他们认为过了夜的鸡蛋是有毒的。我们吃不了那么多，却舍不得扔掉，就藏在车上第二天悄悄地吃，其实鸡蛋一点没有变味。后来我还发现，忘记吃的食品放上好几天也不会坏，路上买的食品看来很脏，吃了也没有问题。我想大概是由于西藏海拔高，太阳辐射强烈，紫外线丰富，空气中细菌少，气温较低的缘故。

04. 神秘的高原之夜

过江后，天就转阴了。阳光一消失，气温马上下降，凉夏很快变为深秋。7点左右，我们在昂仁县附近的公路旁找到了宿营地，这时阵阵寒风已使我感觉到了冬天，赶紧穿上羽绒衣。这是一块不大的草地，不远处就是一列被云雾模糊了的山岭。一条小溪缓缓流过，水很浅，L带着厨工小Y在溪中挖了一个坑，以便积水取用。以后每到一个宿营地，这是小Y的第一件事。但有时前面的宿营者刚走，就有现成的坑可利用。

藏族司机帮厨师S在卡车旁准备做饭，其他人的第一件事是搭帐篷。我和X合住一顶，但我们都从来没有搭过，在L的示范下才搭起来。但他走过来一扯绳子，就说搭得不合格，要是绳子不拉紧，风一吹就会倒下，我们只好重新将绳子一一拉紧，将插入地面的长钉按深按紧。到了第二天黎明，我们才庆幸补了这道工序。我们又用东风车上的气泵将橡胶气垫打满气，铺在睡袋下面，躺下后感觉还不错。搭完帐篷，又搬了行李，就气喘吁吁，心跳头痛，取出保暖杯喝了几口茶，又坐在草地上歇了一阵子才平静下来。高度计显示这里的海拔是4 350米。

我们和藏族同伴用的是七顶迷彩军用帐篷，T一家三口和J合用两顶橘黄色圆形帐篷。这种圆帐篷看来比我们的帐篷矮，里面却显得宽敞，而且在门口增加了一块长方形的空间，既可用来放行李和鞋子，又可坐着看书休息。T太太说，攀登珠峰的登山队都用这样的帐篷，抗风性能很好。附近的几位牧民汇聚过来，T十三岁的儿子小D和两位牧民的孩子很快混熟了，他似乎丝毫感觉不到高原反应，不停地奔跑玩耍。文化厅的C取出收音机听音乐，她太太拿出自己做的藏式点心让大家充饥。汽油喷灯呼声大作，夹杂着生菜下热锅的喧腾和高压锅蒸气的嘶鸣。这一切，使原来寂静而单调的草原一下子变得热闹起来。

经过一番忙乱，晚饭做好了，菜是土豆烧牛肉，还有白菜汤。高原反应似乎没有影响我的食欲，越来越大的寒风使才从锅里打起的饭菜很快变冷，更使我不得不尽快吃完。用冰凉的溪水草草漱洗一下，就钻进了帐篷。10点过后，周围已是一片沉寂，一片漆黑。帐篷外除了风声，一切都已融入黑暗之中。这是真正的黑夜，因为方圆百里间不会有任何露天灯光。这是真正的寂静，因为传播所及的范围内没有任何机械或人工发出的声音。在我的一生中，在这样的黑夜露宿还是第一次，我见到了从未见过的夜空，群星如此繁多，如此灿烂，比我1982年在帕米尔高原上见的还多还亮。我从未感受过如此深沉的寂静，那次我躺在去克孜尔千佛洞的戈壁滩上休息时只有一种暂别尘世的感觉，现在却仿佛来到了一个高深莫测的境界。

我在睡袋里衬了一条鸭绒被，又把拉链拉紧，希望能在温暖中快快进入梦乡。或许是周围太静了，我开始听到自己的心跳，又听到了脑血管中的奔流。这两种声音越来越响，就像汹涌的洪流和激越的鼓点，使我头痛欲裂，越来越难以忍受。我不停地翻动着身体，只觉得心跳越来越急，脑中的血流越来越快，呼吸也越来越短促，这些似乎都已接近极限，使我感到恐惧和绝望，只是本能地挣扎着。突然间眼中闪过一道耀眼的光亮，伴随着奇异的巨响，刹那间一切归于平静，我感到自己的神经已完全松弛，正静静地倾听着一个声音，有人在娓娓而谈。我清楚地记得，谈的是平实的人生哲学，其中包括对择友的分析和心态的调整。

我在淅淅雨声中醒来，一切高原反应的症状都已消失，这时是3点20分。20分钟后雨停了，我听X在翻来覆去，看来很不舒服，就问他要不要喝水，他说头痛得厉害。我让他喝了点水，第二天他说喝的是生命之水。当我再次被弄醒时，帐外风雨大作，这时我猛然想起我们的鞋子放在帐篷外面，赶紧抢救进来。风一阵紧似一阵，帐篷布似乎快给撕裂，系帐篷的绳子好像要给拉断了，我在考虑如果帐篷吹破后首先该做什么，边想边穿好了衣服。

风雨突然停止了，就像它突然开始一样。天已微明，我索性起身了，前几天早上都感到的头痛没有再出现。事后我谈起那天晚上的奇异经历，因为我明白这绝不是一场梦，我的记忆是那么清楚。藏胞说这是菩萨显灵，庆幸我得到了佛的保佑。但我自知不信佛，平时还免不了有不敬之处，岂不受之有愧？或许菩萨真是无私的，保佑众生时并不计较你是否信他敬他。但我至今无法解释那天的经历，或许是越过了一个生理上的极点，进入了新的境界？

05. 苦寒中的炽热

今天的路程很长，下过雨后路会更难走，所以大家吃了一点面饼就匆匆启程。不久就开始翻越一座5 000多米的高峰，越野车很快冲上山口，卡车却还在山腰慢慢爬着。山口挂着很多经幡，藏族司机在经过时，都要脱帽，高呼"Ge Ge SO SO LHA SO LUO"。他们是在向赞神——一位驻在山口、要道、桥梁的神——致敬，让赞神保佑一路平安。这时我才想起，在西藏所有的桥梁上都能看到悬挂着的一串串经幡，只是以前不了解这样做的原因。经过下一个山口时,我们也学着司机的样子脱帽高呼,因为在这条艰难的道路上,平安当然是人人祈求的头等大事。或许是因为我们并不真正信仰赞神,不大不小的险情还是经常光顾我们的车队。

天空中一块块铅一样的浓云已经压得很低,不时飘来的一阵雨滴使本来就一片萧瑟的荒原更显出冷峻。公路两边到处是一座座五六千米的山峰,透过云雾露出一顶顶皑皑雪帽。谷地里的草也长得稀疏短小,有时还遮不住砂砾和黄土。远处公路的右边弥漫着雾气,司机告诉我们,这是一片温泉。造物主就是那么神奇,想不到在这离天最近的地方,离地也是那么近——在如此高寒的地方让大地袒露出她炽热的胸襟,将温暖和寒冷融为一体,让生命和死亡并存。

等我们走近温泉区时,只见一泓泓清泉像珍珠撒落在荒原,有的在不停地沸腾,有的只是静静地升起缕缕白雾,有的笼罩着一片热气;大的有数米方圆,小的才脸盆一般大小。泉边和地下遍是泉华,但硫磺味并不重,看来这里的温泉含硫较低。泉眼一直延伸到多雄藏布的北岸,我估计有数十个。藏族司机说,不多不少,正好一百零八个。在一处较大的泉眼四周挂着经幡和藏民献的哈达,温泉也是他们所尊崇的神灵。

我们正要问司机刚才见到的浓雾哪里去了,就听到一阵低沉的吼声,只见远处升起一股水柱,伴随着浓密的蒸气,随风传来一层层暖意。在喷发声达到高潮后,又逐渐归于沉寂,但形成的雾气久久不散,仿佛在等待下一次喷发的来临。司机说,它最高时可以喷到 10 米。我们的停车时间有限,在海拔 5 080 米的地方走路又特别累,我们来不及走到那口间歇泉边,也等不上它再次喷发。事后我在资料上查到,这是著名的达格架间歇泉,是世界上海拔最高的一个,它特大的喷发可以形成直径 2 米的水汽柱,高达 20 米。我曾经在日本九州的别府见过另一处著名的间歇泉,也看到过美国黄石公园中间歇泉喷发的景象,但位于世界屋脊又具有如此强烈反差的高温间歇泉无疑是独一无二的(图 2)。

我们在 18 号道班休息,煮方便面作午餐。尽管刚下了一个山口,这里的海拔还有 4 720 米。大概是地势太高的缘故,坐在户外就感到寒气袭人。司机 W 说,这一带是沿途最冷的地方,冬天冷得很,我们刚经过的一个小湖的藏语名字,翻成汉语就是"天鹅也要冻死"的意思。

06. 夜陷沙海

　　下午，我们从萨嘎县境内的得穷道班折向北行，取北道去阿里。如走南道，就可沿路向西，经萨嘎、仲巴，前往狮泉河。南道路近，路况也比较好，但途中要经过几条大河，如遇到大雨或洪水，车开不过去。为了确保按原定计划到达阿里，我们选择了路程长、路况差，但肯定能通行的北道。北道所经过的地方大多是无人区，没有常设的道班，阿里地区一般每年只派人维护一次。

　　傍晚，车行在打加措边（藏语中"措"是湖的意思）。虽然是阴天，我们看不到蓝天白云和碧澄的湖面，但湖水倒映着群山也显出了独特的苍凉和素净。特别是当一抹残阳透过云层，照在远处6 000多米的雪峰上时，湖中也闪动着烨烨流光，给深沉灰暗的湖水带来了生机。我真想在湖边宿营，但经验丰富的同伴们说这里不安全，而且湖水是咸的，找不到生活用水。

沿湖又走了二三十千米后，汽车爬上了一个小坡，这时又下起了小雨，一会儿转为雪珠。预定的宿营地到了，但地上已经结了一层冰雪，雪珠和雪还在不停地下着，看来这里无法扎营过夜了。这时已是晚上8点，离下一站措勤县还有近200千米，最快也要到半夜12点多才能到达，但我们别无选择，只得继续上路。

驶出几十千米后，天就完全黑了，公路变得到处坑坑洼洼，汽车就像一叶小舟，一会儿被抛上浪尖，一会儿又滑向谷底。司机不停地转动着方向盘，在一道道土坎和一块块岩石中绕行，但还免不了不时一阵剧烈的震动，或一次幅度不小的起落。开始我还注意随车俯仰，以便减少一些振荡，以后干脆完全松弛了绷紧的神经，只抓住把手，任凭身体随车颠簸飘荡了。

渐渐地，车灯前的沙尘越来越大，车也不时一阵打滑，原来已进入了一片沙地，路基已消失在沙中，除了前面的车留下的一道道车辙外，再也找不到什么明显的标志。有时，几道车辙指向不同的方向，可能会殊途同归，也可能会南辕北辙，因为虽然大部分车是经措勤驶往阿里的，却有一些车是本地的运沙车，循着它们的车辙就会误入歧途。这可苦了三位越野车司机，为了不至于单独迷路，加上沙尘中能见度差，相互间不能拉开距离。沙地上容易打滑,车子又不能靠得太近,一次下个小坡,我们的车就差一点撞上前面的一辆。卡车则已远远地落在后面,只能让它自力更生了。

时间早已过了1点,没有人再顾及什么时候到达,只求平安无事。可是麻烦还是来临了,我们的车刚翻上一道沙坎,还来不及转向就向一个沙窝滑去,然后任凭发动机阵阵怒吼,轮子却只是在原地打转,接着戛然熄火。幸亏我们的车是开在中间,后面的车见状马上鸣笛,并且冲上前去将前面的车叫回来,果然它一时还没有发现。

我和T一家跳下车来,到周围找石头来垫在轮子底下,可是除了沙土以外这一带很难找到石头,哪怕是小小的一块,而沙地上走路却一脚高一脚低地很不容易,走几步就心慌气喘。刚才在门窗紧闭的车上还感到闷热,下来就冷得发抖。经过大家一番奋斗,车轮下总算垫了一些大大小小的石块,司机换上加力挡,猛踩油门,但车子冲了一下,又像泄了气似的滑了下来。

这时,大家才发现犯了一个致命的错误,钢绳放在后面的卡车上了,而三辆越野车上都没有备用的钢绳。这就是说,除了多些人来帮忙外,其他两辆车的动力对我们只是爱莫能助。事到如今,我们只能一起推车,众人把车子前后和两边挤得满满的，在"一二三"的喊声中推的推，拉的拉，但还是无济于事。T想起他们的行李很重，大家赶快将能搬的东西全部搬了下来，又试了两次，依然功败垂成，老天爷却不早不迟又下起了雪珠。

此时已是2点半了，也不知离措勤还有多远，有人建议放弃无谓的努力，就地停车休息，等后面的卡车或天亮后过往车辆来救助。我们都已筋疲力尽，也想不出更好的办法来。但我不甘心前功尽弃，说不妨试最后一次，C也表示赞成。大概是出于对我们这两位最年长者的尊重，也为了早早获得解脱，大伙自然都不反对。我们调整了人力，把能垫的东西都垫上，然后一声令下，随着发动机的轰鸣，车子冲上了半坡，众人齐心合力往前使劲，终于使它缓缓爬了上来。

我们的车成了最前面的一辆，但驶不多久，W就刹住了。他说照距离看该到措勤了，到县城前应该有一个下坡，可现在还是平路，会不会已经过了头。其他两位司机也有同感，大家拿出各种地图和罗盘，可也无计可施，因为这里到处是路，又处处无路，四周一片漆黑，车灯所及看不到任何目标。小D忽然说："我知道了，应该往那里走。"还煞有介事地对着地图讲了一番道理。小孩子的话当不得真,议来议去,还是决定慢慢前行,说不定前面能发现什么目标,或遇到过往车辆,总比原地等着强。司机们跟着感觉往前行驶,不久W欢呼起来,原来前面出现了下坡的岔道,循坡而下,就到了措勤县城。要是在白天,这点距离早已看得见了,但那天夜里见不到一丝亮光,县城又没有一点灯火。说是县城,其实只有不多几片平房,就是走近了也不容易发现。

  我们叫开了县招待所的大门,阿里地区文化局的Z局长迎了出来,原来他带着一位医生的车下午就到了,一直在等我们。经过了大半夜的折腾,唯一的愿望就是睡上一觉。X倒在床上,医生检查后给他输了氧气。我们难却主人的盛情,吃了一碗面条,到4点才休息。这是我进藏后睡得最沉的一次,醒来时已7点半了。头隐隐作痛,医生检查后说一切正常,所以我也没有在意,当天果然精神大振。匆忙中没有看高度计,但我们知道这是阿里地区海拔最高的县,一般都在5 000米上下。过了这一关,高原反应就基本克服了。

07. 屋脊奇观

6月22日早晨，我走出措勤县政府招待所的大门，一方面是为了找邮局寄明信片，另一方面也是为了看一看这个青藏高原最高的县城，或许也是中国最高的县城，因为今天凌晨到达时，周围一片漆黑，完全看不到招待所以外的景象。

出门时我没有问路，因为县城实在太小，目光所及只有二三座二层建筑，其余单层的砖房和土房也为数不多。我到过我国除台湾省以外的全部省、市、自治区的不少县城，但记不得有比这更小的了，位于帕米尔高原上的新疆塔什库尔干县城，1982年去时就比这里要大。此时虽已近9点，但当地时间还不到7点，不但路上空无一人，靠路的房屋都关着大门。走近两座最显眼的建筑物，一座是农业银行，一座好像是税务局。

其他人起得较迟，司机们忙着保养汽车，吃完早餐上路时已是11点，但今天的路程是283千米，天黑前到达改则县城是没有问题的。天气极好,蓝天和白云分外鲜明,公路两旁起伏的沙海,一望无际,在阳光下就像一道道金波。我们的车驶在最前面,回头望去,后面的四辆车都扬起一片烟尘,就像沙海中的片片风帆。这宝蓝、雪白、金黄的基色构成了一幅油画般的图景,但世界上又有哪一幅油画能有如此纯净的色彩和浩瀚的气势呢?

公路看似平坦,实际已处在世界屋脊的屋脊。措勤和我们正在驶去的改则二县是青藏高原上最高的地区,改则县全县平均海拔4700米,最低处也有4416米,措勤县虽未找到具体数据,据说比改则县还要高些。但由于身体已逐渐适应了高原,所以我反而比前两天有了更好的感觉,每次停车,总有照相的兴致。

天际现出一片白云,驶近后见是座座雪峰,当汽车爬上一个缓坡后,湛蓝的达瓦措呈现在眼前,湖水正荡漾在雪山脚下。随着汽车不断下坡,湖面越来越大,色彩也变得越来越丰富——远处是深蓝的,近处是浅蓝的;这一边是湖绿的,那一边是墨绿的;阳光照耀着的是闪亮的,云团遮蔽着的是灰暗的;倒映着雪峰的是水晶般的,反射着崇山的是黄土样的;在光、云、风和车的互动下,映在眼中的色块和图像变幻莫测,气象万千。我看过九寨沟和黄龙的五彩池,但和这达瓦措相比,就像是一盆精致的盆景,而这里才是一座花园。或许是天公作美,记得我1987年经过羊卓雍措时,湖上不见蓝天,就只有一种深奥莫测的神秘感。

W在公路拐弯处停了车,这里是摄影的最佳位置,再往前离湖就远了。我打开摄像机,刚开始拍摄,机器就自动关上了。再试一次,还是如此,看来摄像机也产生了高原反应。我只能改动为静,拍了几张照片。车子启动后,我还目送着远去的达瓦措,希望在心中留下更多的照片。

雪峰在靠近,汽车又开始爬坡了。当高度计指在5 000米时,我们停在一个离雪峰最近的山口。举目望去,雪峰似乎正与我们比肩,并不显得特别高大。与山顶亘古不化的积雪相连的,是山谷中两条巨大的冰川,其中一支的冰舌一直延伸到谷底,离我们估计不过二三百米。在谷底还能看到冰川的残迹,长约百米,而远处更短的残冰不时可见。可以想象,这里的冬天一定是冰清玉洁的世界,冰川将铺满谷底,成为名符其实的川。但当我们举起各种摄影器具时,伴随了我们半天的蓝天却已不辞而别,与雪峰相衬的是层层云障。好不容易在云海中现出一抹蓝色,我赶紧按下快门,但在按第二下时,蓝色已离开山顶。

下坡后,车队停下休息。路边是几间土房,有藏胞开的小店,供应一些简单的食品和茶水。Z局长的车最先到达,已经作了准备,这时拿来了面饼和风干的羊腿。我以前吃过风干的牦牛肉,风干羊肉还是第一次吃。Z告诉我,两种肉做法一样,都只要将宰好的牛、羊略加分割,挂在通风处吹干就可以了。藏胞们取出藏刀,把羊腿上的肉一片片割下,我吃了几片,感到味道不如干牦牛肉,因为干牦牛肉几乎纯是瘦肉,纤维疏松,还略有咸味,而干羊肉总要带些筋筋络络,咬在嘴里不像牛肉那样松脆,免不了还有些膻味。

当太阳一钻进云里,风就带来了寒意。我进屋喝茶,见里面很暗,但很暖和,炉子里的羊粪烧得通红,竟像一颗颗小小的火球。旁边还放着几口袋的干羊粪,是主人备着的宝贵燃料,在这雪线之上、寸草不生的高原上,这是藏民能自行置备的唯一燃料。平时避之犹恐不及的羊粪,如今却是我们温暖的来源,竟倍感亲切。这是一间供过往客人休息喝茶的屋子,无论冬夏(其实这里难分四季,更无论夏天),都点着不熄的火炉,供客人们围炉而坐。

2点过后,我们告别了这温暖的小屋,准备登车出发。就在此时，天空中突然撒落了一阵冰雹，接着飘起了雪花，而阳光依然明亮，照着地上滚动的冰晶和空中飞扬的白絮，让我大饱眼福。

下午的100多千米路地势平坦，由于土石面的公路缺乏保养，往往还不如路外平整，司机们常常将车开到公路两边的"便道"上去。在有些路段，这样的便道有四五条，反正有车辙就是路。越野车行驶在土路上，在车后扬起冲天的烟尘，跟在后面的车可遭了殃，连窗也不能开。高原的阳光逼人，照得车厢里灼热难熬，非开点窗不可。所以司机们往往在不同的道上平行而驶，要是不能超越其他车辆，干脆拉开一段距离，以避开前车的烟尘。

远处又出现了一片湖泊，虽然没有雪山作为屏障，却笼罩在密密的云层下，云水相接，分不清何处是水，何处是云。偶尔一抹阳光透过云层，就如长鲸饮水；光随云移，龙与波游。蓦然间云合光逝，湖上又是一片迷蒙。在以后的途中，这样的湖泊还见到过很多，景色随时随处而异。这使我多少理解了，为什么湖泊在藏人的心目中会拥有如此神秘而圣洁的地位。

6点20分，车抵改则县城鲁仁，我们在县政府招待所安顿下来。鲁仁虽然只有五六百人，看来比措勤大，基本上都是平房,有一条宽阔的干道,显得整齐而空旷。我本想在街上多走走,但风越来越大,已经感到阵阵寒意。

晚上8点,我们到招待所附近的一家四川餐馆用晚餐。这时劲风吹得呜呜作响,天空黄云密布,似乎快压上了头顶,不知是远处在下雨,还是起了尘暴。不经意间却见到一条彩虹挂在天边,随身带着相机的几位立即拍下了今天最后一个精彩的镜头。我以为彩虹稍纵即逝,所以没有想回去拿相机,谁知这条彩虹停留的时间颇长,使我好不后悔。

晚餐有丰盛的川菜,是三天来最好的一顿饭。居然还有鲜鱼做的酸菜鱼,老板说鱼是20多千米外的水库里打来的。本想多吃一些,可是到招待所时吃了一大碗大米粥,肚子已塞不下多少东西了。

08. 桑改藏布

6月23日早上6点刚过,我就叫醒了大家,因为今天的路程最长，有500千米，要在天黑前赶到狮泉河，必须尽早出发，所以H交给我这个任务。但W修车花了不少时间，上路时已是7点45分。

我们继续行驶在世界屋脊之巅，穿行于羌塘高原湖盆区，由于地势比较平缓，所以并没有海拔升高的感觉，实际上，下午经过的革吉县平均海拔有4 800米。公路远处一些毫不显眼的山丘，其实都是海拔5 000米以上的山峰，但在这里根本没有值得炫耀的地位，只有那些6 000米以上、长年戴着雪冠的高峰，才能引起我们的注意。

这一带人口极其稀少，除了县城和一些牧场外基本上是无人区，出措勤以来，路上没有见过一个行人，也没有见过一位牧民。据司机说，原来在行车中常能见到一群群野牦牛、野驴、黄羊、藏羚羊等珍稀野生动物，近年来在公路上已很难有它们的踪影了。但野兔随处可见，即使在寸草不生的地方也常见它们出没在乱石丛中，真令人惊叹他们的生存能力。

上午走了250千米，1点多，我们在一条小溪边休息。东风卡车远远落在后面，今天本来就没有在途中做饭的计划，就以方便面充饥。不知从哪里跑来了一群狗，围着我们十分友善。周围不见人迹，但这些狗又不像野狗,其中有一只特别漂亮,小T说真想将它抱走。

3点多,我们的车停在河边,"桑改藏布!"大家几乎同时欢呼着。桑改藏布,汉语译为狮泉河,发源于神山(冈仁波齐,冈底斯山的主峰),由南向北而流,至此折向西北,我们正处在它的拐弯处。桑改藏布向西北流经噶尔县和阿里地区的驻地狮泉河镇,又与噶尔藏布会合,在噶尔县西北流出国境,进入克什米尔后即被称为印度河。青藏高原不仅孕育了长江、黄河,也以她博大的胸怀孕育了印度河、恒河、布拉马普特拉河(雅鲁藏布江下游),滋养着南亚的数亿人民。

这条闻名世界的大河离发源地还不很远,宽不过数十米,正平静地流淌在世界屋脊的腹地。由于正是冰雪融化时节,水量充足。洪水还没有来临,所以浅的地方水不盈尺,汽车可以从容涉水过河。但洪水来时,过河就相当危险,交通往往因此而断绝。

过河后,我们在河滨小憩,摄影留念。我到河边洗手,水是冰凉的,但是清净的,这不仅因为它来自神山,而且沿途没有受到任何污染。1987年我经过长江上游沱沱河时正当午夜,只能隐约见到它的身影,只能用手感觉河水,记得也是那样的冰凉,但水流似乎比这里更急。

离开革吉县境后，在日土县的边缘驶了一段路，就进入了噶尔县。经过阿里电厂后，公路弯入一条长长的峡谷，在两山夹峙间的公路大多贴着河水而行。山虽不高，却很峻峭，或作赭红，或作深黑，或作青黛，色彩斑斓。对岸河谷宽处，长着一片片红柳，虽然不高，还是给荒原带来了一派生机。

峡谷将尽处停着在前面打尖的Z局长的车，车旁是捧着哈达和青稞酒的藏族姑娘，还有地区的官员和扛着摄像机的电视台记者，原来他们已经等候多时。等后面的车到全后，我们走上前去，接受欢迎。我学着藏胞的样子，先用右手两个手指抓了一点青稞粉弹了三下，又喝了斟上的青稞酒。主人向我们每人献上两条哈达，致了简短的欢迎词。在主人三辆车的引导下，车队驶向这段行程的终点狮泉河镇。

几千米后，路旁出现了塑料大棚和菜地，离开日喀则后还是第一次见到。不久，狮泉河镇已经在望。行至狮泉河畔，但见人头攒动，货物堆积，店铺连接。驶过狮泉河桥，是平坦的马路，两旁是邮局、银行、机关和商店的建筑，俨然城市景象。

我们住进新建的行署招待所，热情的服务员已经备好酥油茶。我本来不爱喝，但今天喝下一碗后，顿觉饥渴全消，禁不住又喝了一碗。这里海拔4 260米，比前两天低了不少，但将行李搬上三楼，还是累得气喘吁吁。

09. 狮泉河印象

6月24日7点40分（相当于北京时间5点左右，狮泉河镇地处东经80°），"天大地大不如党的恩情大，爹亲娘亲不如毛主席亲"的歌声把我从睡梦中叫醒。全城的广播喇叭都在同声播放一首又一首的革命歌曲，直到7点转播新闻，我仿佛回到了20世纪70年代的内地县城。第二天早上也是如此，可见是当地的惯例。

昨晚10点半就休息了，连与专员、书记的会见也没有参加。能够一直睡到天亮，证明高原反应已经基本消失。往后的路程中虽然还有几处5 000米以上的山口要过，但我们活动的地点一般不会超过5 000米。就身体方面而言，最困难的阶段已经过去。

我们在狮泉河休整一天，用以整理行李，洗衣洗澡，采购物品，检修车辆。按计划，我们将从南线返回，在回到日喀则以前，再也不会经过这样规模的城镇，所以得作好充分准备。

招待所的楼是新建筑，但整座楼内都没有自来水和卫生间，楼外虽有一个水龙头，供水的时间只有中午个把小时，我们的洗漱用水都是服务员一桶桶送上三楼的。

吃完早餐就整理行李，当东风车的篷布揭开后，我们的几个箱子都惨不忍睹：我那来西藏才启用的新行李箱损失最小，但高强度塑料的箱面和箱边已经被摩擦撞击出无数伤痕；X的箱子已被震开，里面满是泥尘；T的两个大铁皮箱都成了一堆废铁皮，要不是里面几乎装满了物品，早已散架了。T太太带着儿子小D和几位帮忙的女服务员清理箱内的物品，他们带的东西实在多，吃的用的，五花八门，就像开了杂货店，光擦手用的消毒湿纸巾就有几大盒。T太太逐一检查，好似精明的售货员，只要内在质量没有问题，即使撞扁摔破，也一律保留。破盒子中的干酪，她只剔除了受污的部分。这么多物品得有地方放，我找Z局长想办法，他一时也找不到合适的，就将地区歌舞团中的一个大提琴箱拿来了。这是一个结实的长方木箱，宛如一口棺材。我、X和

T太太几乎同时产生这样的联想。T太太百无禁忌,说X个子太高,躺不下,给他儿子小D用正合适。我和X抬了一下,箱子很重,路上抬上抬下很成问题。T太太说只要箱子结实,不摔坏,以后就放在车上不动了,需要取物品时上车开箱就是了。箱子装下了两个铁皮箱中的物品,以后回到拉萨时还完好无损。

L和H毫无损失,他们不愧是西藏考察的老手,根本就没有带箱子,而是像藏族司机一样,将全部用品连同被子一起包在一个大帆布包里,用绳子扎紧,任凭七颠八倒都安然无恙。如果下次再来阿里,我绝不会再带箱子了。

这时已近12点,我来到十字路口的邮局,想打一个电话回家,从19日在日喀则宾馆打过电话后,还没有与家里联系过。昨晚就看到街上不少商店的门口都挂着"自动直拨全国长途"的牌子,有的还写着"国际国内直拨",心想这里打电话真方便。进邮局后,见营业厅中不仅有两部直拨电话,还装有两部磁卡电话,以为马上可与上海通话。但看到"每人限拨15分钟"的告示和一片免提重拨声,才发觉电话机虽多,其奈线路有限何?问了在不停拨的军人、武警和外地商人,有的已试了3天,少的也已拨了一个多小时。我拨了近一小时,始终是一片忙音。在此期间，只有一位拨新疆的接通了，那人激动的声音立刻压倒了周围的嘈杂。下午5点，我又去邮局试了一小时，依然无功而返。近年来，西藏各县普遍开通了卫星线路，电视和电话的质量大为提高，电视画面与内地无异，通话时声音清晰，但用户激增，线路就显得严重不足。晚上T要打国际电话，我陪他去邮局试了，又没有成功。地委赵副书记和Z局长得知后也束手无策，最后还是Z局长出了主意：明天早上7点到他家去打，这段时间线路比较空，打不通国际就打拉萨，由T在拉萨的朋友转告。

时近正午，我离开邮局向狮泉河边走去。这里的阳光比拉萨更耀眼，大概是离太阳更近的缘故。穿着夹衣在阳光下行走，感到有些热，但在没有阳光的地方站久了，还是太凉。镇上的主干道都是水泥路，两边开着排水明沟，有几段沟旁长着红柳。路旁的建筑大多是平房，新盖的楼已有三四层。邮局前面是主要的十字路口，周围是银行、百货店、饭店。另一个十字路口周围都是新建筑，街心花坛中树起的雕塑是两头金色的牦牛。狮泉河镇是阿里行署的驻地，也是噶尔县政府的所在地。噶尔县设置于1959年，县址在噶尔亚沙，几经迁移，1988年迁至狮泉河镇。在一个只有1万人口的县里，将专区和县两套行政机构集中在一个地方既能提高办事效率，也可省下不少建设和维持费用。

离这里不远就是狮泉河桥，通往拉萨的干线公路从这里经过。这是一座四墩钢筋混凝土桥，离开拉孜后沿途似乎还没有见到过这样的公路桥，桥上照例挂满了五颜六色的经幡。站在桥上眺望，河边的山外就是一座座雪山，仿佛狮泉河就是直接从雪山流来。桥下的河道约二三十米宽，水不深，但相当湍急，水很干净，微黄，有人在河边洗衣。水面离桥面有2米多，据说洪水来时可以接近桥面。噶尔县的平均海拔是4350米，除了在较低的河谷长一些灌木和野草外，绝大部分地表都没有任何植被覆盖，气温升高稍快，融化的雪水就会形成洪水。西藏的公路开通不易，维护更难，阿里地区尤其是如此，不仅洪水会将路基冲毁，就是涓涓细流也在不断蚕食着完全裸露的土地，威胁公路的安全。

河边路旁到处是一堆堆货物，大概刚从卡车上卸下，还来不及运往商店，装上货架。路边有一个很大的室内市场，可以容纳上百个摊位，主要是日用品、食品和蔬菜水果。食品中方便面是大宗，其中又以"康师傅"最为普遍，怪不得司机们讲的藏语中，方便面就称为"康师傅"。我留意看了蔬菜水果，最贵的是鲜蘑菇，每斤8元2角；其他的有苦瓜、青椒、白菜、刀豆、大葱、苹果、哈密瓜等，除了苹果，看来质量都不错，价格在2—8元间。据了解，本地一向不产蔬菜水果，藏人也没有栽种的习惯，近年札达县产一些萝卜、白菜，少数单位自己建了种菜的温室，市场上供应的都是从新疆运来的。这里到叶城的公路距离是1080千米，正常情况下三天就可以到达。日用品大多是内地产的，由拉萨、青海、新疆运来；少数由尼泊尔、印度进口。市场上做买卖的可谓五方杂错，新疆、四川、青海、甘肃的都有，不像拉萨和日喀则那样以四川人为主。

现在正是狮泉河的黄金季节，外来经商和打工的流动人口比本镇居民还多。但10月份开始就是漫长的冬季，要持续到明年5月。到时南线公路不通，只能走北线，如遇特大风雪，北线和新藏公路的交通也会断绝，流动人口很少留下过冬。由于本地不产燃料，取暖用的焦炭都从新疆运来，产地450元一吨的焦炭在这里要卖1000元。政府以每人每年1000元的标准发取暖费，不足部分由各单位自筹。由于燃料紧缺，而夏天阳光充足，太阳能的利用有很大的发展潜力。下午我们去财政局的浴室洗澡，用的就是由太阳能加热的水。管理员告诉我，夏天如天晴，一般到下午三四点钟就能供应热水，但冬天还得靠锅炉烧。这个浴室除供本单位职工使用外，也接待顾客，每人每次收费5元，是否开放或时间长短则由老天爷决定。

晚上，地委和行署领导在行署餐厅请我们吃饭，主食是手抓羊肉，还有酸奶和藏式点心。我平时不爱吃羊肉，但那天的羊肉特别鲜美。专员是安多人，相貌英武，T说他很像西部片中的明星。专员取出藏刀，熟练地割下一块羊肉，又切成片，放在我们的面前。来自山东德州的王副专员和赵副书记是孔繁森的同事，年轻的达瓦书记调来不久，都非常热情。好客的藏族女服务员唱着歌敬酒，我们轮流喝下了她们献上的青稞酒。

饭后专员邀我们到他家坐坐，他取出一条风干的牦牛腿，说这是从家乡安多带来的，是最好的牦牛肉。他把干肉用刀片在盘里，让我们尽情地吃。这肉片纤维疏松，咬在嘴里没有一点杂渣，也没有油腻的感觉，味道果然不同一般。可惜是在饱餐之后，实在吃不了多少。

录像还没有放完，国家文物局考察组的大队人马到了。他们于四天前由拉萨出发，走的是南路。J已经休息，我为T翻译，与他们座谈至12点多才结束。

10. 翻越阿伊拉日居

从狮泉河镇到札达县驻地托林还有300多千米，当天可以到达。途中要翻越的山脉——阿伊拉日居，是进入古格的最后一道门槛。

25日出发前，T提出让我与X换座，因为他想在途中与X谈谈。X说他们也准备在自己的车上商议下一阶段的安排，建议另约时间，这样我依然与T一家同车，居然让我躲过了一场小灾。自治区文化厅和地区文化局的人员将在明天与国家文物局考察组一起出发，我们约定在札达县会合。

上午近10点，我们的三辆车驶过狮泉河桥，经过边防军岗哨的检查，驶上了通往札达的公路。不久就到了一处往下的陡坡，虽不是很高，看下去也令人目眩。坡上全是流沙，我真担心汽车开时会和流沙一起滑下去。我双手紧握着把手，连声叫W小心。事实恰恰相反，当车轮陷入沙子后，车底几乎都贴在沙上，或许是摩擦系数过大,尽管沙子不断下泻,车速反而快不了,并没有什么危险。

下坡后是一片开阔的河谷,流沙已将公路路基淹没,前面的车辆留下一道道车辙,后面的车辆就顺着车辙而行。公路沿着桑改藏布(狮泉河)往西偏南,离河道时近时远,地势相当平坦。30多千米后,到了桑改藏布和它的支流噶尔藏布的交汇处。桑改藏布转向西北,流入100多千米外的克什米尔,成为印度河。噶尔藏布由东南的上游流来,在这里注入桑改藏布。公路折向东南,有新旧两道,河东西两岸各有一条,我们驶在河东。噶尔藏布河谷宽窄不一,一般都有几千米,沿河长着一丛丛红柳,不过一人高低,据说以前有大的,多年前就已砍尽。河滩有草甸,但适合放牧的草很少,所以只能偶然见到为数不多的羊群。河谷宽处可见到二三间房屋,但不见有农田,也不见有人。河的西岸是绵延不断的高山,地图上标的名称是"阿伊拉日居",是桑改藏布水系和朗钦藏布水系的分水岭,也是噶尔县与札达县的分界线。多数山顶都覆盖着皑皑的冰雪,公路所经还可以看到海拔6 247米的主峰日林札,银色的雪冠和下面一道道晶莹的冰川使它更显得高峻魁伟,不同一般。进入札达的两条公路都必须翻越阿伊拉日居,要经过5 000米以上的山口。

今天P的车开得快，加上沙滩上的路往往不止一条，过了拐弯处就不见踪影了。我们的车因为经常停下来摄影，落在最后。11点，我们的车到了预定过河的地方，远远看见东风车已停在对岸，P的车正在过河。谁知等我们驶到河边，那辆车还是在原地，原来已经熄火，陷在水中不能动弹了。这时，P已经涉水到对岸，去卡车那里取钢丝绳；L正从车窗里爬出，又帮助X、H和J一起爬上车顶，水已漫过车窗，差不多浸没了车头。

我们赶快下车，小D更是兴奋，连说"要是我们的车在水里，该有多好玩呀"。T太太已经脱了鞋袜，但离那辆车尚远，爱莫能助。T大概知道不会有什么大事，抓紧时间照相，我也照下了他们在车顶待救的镜头。东风车开到河边，但那一带水较深，不敢贸然下去，在岸上拖的话，方向又不对，使不上劲，P和厨师R在水里转了一阵还是无计可施。我们的司机W见状，立即招呼我们一起把行李卸下，开车上前。我们这一边水浅坡缓，加上越野车机动灵活，几下一转就对准了那辆车的车尾。现在的关键是把钢丝绳挂在那辆车后的钩上，L将钢绳固定在我们的车钩上后在水中拉绳前进，R自告奋勇去挂钩，但几次都没有成功。W跳下水去，快步上前,俯下身子,三下两下挂了上去。W回到车上,将车微微后退,钢绳拉紧。那辆车上多数行李(包括我放在那里的一个睡袋)都已浸在水中,只有照相机、摄像机等被抢搬到车顶,这时由下水的众人将这些贵重物品传上岸来。然后X、H和J三人也跳下齐腰深的水,拉着钢绳上岸。X穿着羽绒服,J披着一件绒背心,经水一泡,都变得又肥又重。J个子矮,被这件背心拖着,在激流中站立不稳,更难举步,急得她大叫起来,在别人的扶持下才走到岸边。W拉下加力杆,踩足油门,向岸边倒退,陷在水中的车被慢慢拉起,终于被拖到岸边。

下水早的P、R和L已冷得发抖,有的两腿冻得发紫,涉水上岸的几位也浑身湿透,连声叫冷。大家倾其所有拿出干衣服来供他们替换。幸而天气晴好,又没有风,这些灾民和湿衣服一起躺在河滩上晒着太阳,人逐渐暖和起来,地上的湿衣也拧不出水来了。L说,这次算不了什么,上次他们的车陷在水里,已快没顶,挂钩子更困难。他们又说,遇到车陷水中,第一件要做的事是立即开窗,否则车子密封,浮力大,遇到大水会翻车,甚至会被水冲下。然后赶快离开车厢,设法拖车。汽车一旦熄火,是没有办法自救的。T问P:"为什么不先试一下水就过河了?要是水再深怎么办?"P承认这次大意了，因为以前一直在这里过河，以为水不会深。实际上，由于这一带的河水都来自融化的雪水，气温稍有差别水位就有变化，随时得注意。不过，有了这次教训，这几辆车以后过河都很小心，就是在黑夜过河也没有发生危险。

路程还远，此处非久留之地，我替这些"抗灾英雄"合影留念后，两辆车又折回下游，寻找安全的地方过河。我与J换了座，坐到P驾驶的车上。车上的坐垫还压得出水，我们将胶皮脚垫垫在椅上，勉强坐下。这辆浸透了水的车居然照样运转自如，令人不得不赞叹丰田车的质量。

过河后，我们又回到了出事地点的对面，煮方便面为午餐。3点出发，十来千米后就折向西南，开始爬坡，沿着象泉河的一条支流河谷曲折而上，不断升高。遥望象泉河谷已是一线细流，仰视蓝天之下，飘拂着经幡的山口还在白云深处。直到高度计指向5 000米，汽车才停在山口前。下车向山顶望去，只见阳光下闪着一道耀眼的白光，细看是一片起伏的冰浪。啊！是冰塔林。T已经背着几个相机大步攀向山顶，我顾不得喘息，也向山顶走去。冰塔林看来就在眼前，要走到那里却还有一段距离，有几段坡比较陡，地下都是相当破碎的砾石，踩上去就往下滑，几十米的高度几乎耗尽了我的力气。远望冰塔林像奔腾的波涛，近看像一列列残缺的山岭或城墙的废墟（图3）。这片冰塔林约有数百平方米，中间高，四周低，高处近2米。一道道冰墙都呈西北至东南走向，与这里常年的风向一致，显然是山口的大风卷着砂石对冰层长期切蚀的产物。从冰墙的剖面可以看到，冰层内的细沙层也作同方向的水平分布，看来切蚀、堆积、再切蚀、再堆积的过程已经进行了无数次。此时天公作美，碧蓝的天穹下阳光灿烂，我站在冰墙间向同伴挥动帽子，让他们给我留下了这生平难忘的瞬间。

刚下山口，阳光就消失在云层中，前面的云更厚，风也变大了，还能听到沙石打在车窗上的声音。下了一段坡后又开始一个拐弯接着一个拐弯地往上爬，攀上一个5 100多米的山口。大概是因为过往车辆和行人都很少，山口的玛尼堆很矮，只稀稀拉拉挂着三四条经幡，在劲风中显得格外萧瑟。站在山口向四处望去，但见天低云暗，远处的雪山和云层已在我们脚下，照到阳光处闪烁着一个个亮点，没有阳光的地方就只有混沌一片，分不清是山还是云。强劲的山风成年累月的冲刷，使山口只留下一片土黄色的砾石。只有一些苔藓、地衣顽强地生长在石缝或凹处，提醒人们这里毕竟还有生命存在。

再下坡的路程较长，是大片的高山草甸。随着地势的下降，云层越来越稀，最后又见到了阳光下的蓝天。转过一个干谷后，汽车翻上一道不高的山梁，眼前豁然开朗，巍峨壮丽的喜马拉雅山横亘天际，我们进入了朗钦藏布（象泉河）谷地，进入了古代古格王国的腹地。

11. 造化神工：土林

我们的车队继续南行，喜马拉雅山就像一座绵延不断的屏障展现在天穹之下，使道旁的山峰黯然失色，无足观览。尽管这些山峰的海拔都超过4 000米，要在内地的话，完全可以居三山五岳之上，享受"独尊"，在这里却只能委屈做陪衬了。

当汽车沿着缓坡而下，转过一座山峰时，眼前突然现出一派神奇的景象：原来单调平缓的峰峦变成了千姿百态的土林。远远望去，但见一幢幢大厦，一尊尊泥塑，一座座城堡，一片片奇峰，一道道城墙，一幅幅油画，在蓝天丽日的辉映下，色彩斑斓，气象万千，真使人怀疑是见到了海市蜃楼（图4）。我们赶快让司机停车，W一边停车，一边说："开到里面，好看的多着呢！"但我们已纷纷跳下车去，选好合适的位置，猛拍了一阵。而且我知道，"横看成岭侧成峰，远近高低各不同"，远观和近看各有千秋。再说，由于高原气候多变，见到的景象往往稍纵即逝，有的镜头是千载难逢的。

下坡转入一条干谷，就进入了土林的长廊，就如在山阴道中行，令人目不暇接。远处像一座古希腊神殿的废墟，正面有高耸的宫墙和一排立柱，后面却只剩下几根孤立的残柱。更令人称绝的是，黄土中水平分布的紫色正好将"建筑物"分成数层。那一片分明是旧日延安的景象，山顶还可见到一座"宝塔"。一座顶上平整的小山，坡上布满了一道道蜿蜒的土埂，就像一棵被齐根截去的参天大树，只留下了无数露出地面的虬根，从四面八方伸入地下。前面那一片正面看像高楼大厦，但当车子转到侧面后就显出了一座座峻岭峭壁，使人联想到黄山、华山和张家界。再往前，又出现了几座中世纪的城堡，使我想到了在德国沿莱茵河而下时见到的景象。有几处，两边土林夹峙，像多层陡峭的台阶，仿佛科罗拉多的大峡谷。见得最多的还是酷如秦始皇陵兵马俑的群像，连色彩和质感都惟妙惟肖，只是形象更加丰富多样。当然你也完全可以想象为十八罗汉或五百罗汉，可惜限于行程，我们没有时间下车仔细欣赏，更不能为这些景点确定一个合适的名称。

由于土林大多是成片的，所以独峙的孤峰立柱就更觉珍贵。它们一般都处于土林的边缘，与身后的群像相映成趣。我曾经见到一个近乎四方的土柱拔地而起，又发现有几个参差错落的土峰，足以进行丰富的想象。当我们离开了成片土林回头遥望时，突然见到一尊在"文化大革命"中随处可见的毛泽东招手的全身"塑像"。正在议论间，峰回路转，塑像又消失在土林之间。

到了县城后知道，据初步调查，札达县境内的土林面积有4000多平方千米，主要分布在象泉河及其支流谷地，大多是成片的。我们在古格王国的遗址、玛那寺、东嘎、皮央、卡兹等地都见到了，最低处约海拔3400米，最高处海拔4300多米。土林的形态各异，发育完全的一般呈土灰色或灰绿色，表层破碎，切割深，沟壑发达，高低错落，形象丰富。发育不完全的呈土黄色或金黄色，一派黄土高原风光。归来后，我曾将一张照片给同人看，居然没有人猜出这是摄自西藏，都以为是在西北的黄土高原。但仔细观察，从山顶往下有七八层水平断面,显示出湖相沉积的特点,与黄土高原迥然不同。

我们此行的目的不是考察土林,所看到的不出沿途的范围,只是其中的一小部分,但已经是见所未见,至少是我在全国除台湾省以外所有的省、市、自治区所未见的。两天后,在由县城去卡兹途中我见到山坡上有一段数百米的残墙,它的高度基本相同,轮廓分明,几乎与地平面垂直,与地基和周围的坡地有明显的区别。对它究竟是天然的还是人造的,我们发生了争议,由于没有停车的时间,一时谁也说服不了谁。归途中正在墙下休息,我走到最近的坡下,抬头仰望,见墙上虽然依稀可见水平的断面,却丝毫没有夯土的痕迹,可以断定,这道残墙是自然的杰作。要是有时间作一次全面的调查,这样的奇景肯定可以发现很多。

土林没有任何人工的雕琢,完全是大自然的产物,它的主要原料是黄土,而造就它的巨匠却是水。

在青藏高原的隆起过程中,至少已经出现过四次冰期和三次间冰期。在这过程中,高原上形成过一个个湖盆,今天被地质学界称为札达盆地的范围就是一个大湖盆。汇入湖盆的流水挟带的泥沙和湖水的作用,使湖底形成了厚厚的沉积土。等湖水退尽,就留下了数十米至数百米厚的砂黏土。这样的沉积往往不止一次，所以水平的层次都很明显，有时还能看到黄土中夹着磨圆度很高的砾石层。由于这一带的高原还在不断隆起，原来平整的土层出现错动或断裂，又经过千万年的水蚀、风蚀，才形成今天的土林。

在此后对古格文化的考察中，我们都没有离开过土林。当我们的车队离开东嘎，目送着消逝中的土林时，我完全明白了土林与古格文化的关系。在这平均海拔4000米的世界屋脊上，在如此高寒险恶的环境中，正是这一片土地，成为古格人休养生息的基地，孕育和发展了绵延近800年的古格文化。古格王国全盛时估计有数十万人口，就是靠这片土地养活的。当地没有什么天然植被，更没有成材的树木，木材必须从喜马拉雅山南麓运来。质地好的岩石大多分布在雪线以上，开采困难。遍地的砂黏土难以制砖，而且燃料也非常缺乏。但天无绝人之路，厚实的土层为古格人提供了穴居的便利，所以不仅穷人、平民住在洞穴中，就是贵为国王，也以山洞为宫室。今天在一些河谷、山崖还能看到密如蜂窝的洞穴，有的至今还在充当民居或仓库。除了几处建在地面的寺庙，更多的寺庙和僧房也利用洞穴，并在洞壁上绘制了大量精美的壁画，保存着大批佛像、经卷和唐卡。我们见到的一些作于 12 世纪的壁画，至今还完美如新，就是得益于洞穴的特殊条件。

我们从拉萨走北线到达这里，以后又从南线折至樟木，回到拉萨，都没有发现同样的景观。1987 年我曾从格尔木沿青藏公路到拉萨，也没有见到过这样的地貌。经常去印度和克什米尔的 T 说，在喜马拉雅山的那一边，基本都是石灰岩和花岗岩，还有大片的原始森林，却从未发现土林。所以要建木石结构的寺庙并不困难，而要开凿洞穴就并非易事。

就像没有黄河、长江就不会有中华民族一样；没有土林，就不会有古格人，不会有古格王国，不会有古格文化。

12. 大而小的县——札达

其实，在越过阿伊拉日居山口以后，我们就已进入札达县境，但直到傍晚来到朗钦藏布（象泉河）边，才接近县城托林。

汽车钻出密集的土林，河谷渐宽，原来的干谷中出现了涓涓细流，红柳也由小变大，由稀转密，形成一片片的树丛。在一边的山崖底下有几间房屋，围着一圈低矮的土墙，周围是一片青稞，稍远处还开着油菜花。司机W说，这里住着两兄弟，开垦耕种这片土地已有多年。

再往下行，就听到了朗钦藏布的水声，河边的高坡上有几座佛塔的废墟，与河对面的一排佛塔遥遥相对。对岸的一片建筑物就是札达县城，但公路桥还在上游，得绕行一段时间。

晚上9点，我们到达桥边。这是一座钢架桥，架在依山而建的桥墩上。这里正是一个峡谷的起点，宽阔的河床一下子被约束在一条不到10米的水道中，所以桥面只有十几米长。紧贴着新桥，是废弃的旧铁索桥。从残留的两根铁链和以圆木构成的桥面看，这两根铁链既作为扶手，又承担着桥的全部重量，在铁链上接下10对短铁链套着10根横的圆木，上面竖着铺的5根圆木就是桥面。桥的一边还留着用碎石垒成的门，而今半已倾圮，但当年完全可以用于控制通行出入。

在激流的常年冲击下，山崖边可见一处处崩塌的砂石。过桥后，有几段路面已塌了近三分之一，路面还留着几道长长的裂缝，当汽车小心翼翼地贴着山崖而过时，我真担心会碰到突如其来的崩塌。幸而这段路不长，公路就沿着土山根转到了河的远处。又拐了一道弯，道旁出现了两排杨树，树后是几排二层楼房，还有几处平房，这就是札达县城。

天色已晚，我们在县里唯一的招待所住下。这是一幢二层楼房，上下共8间房间，旁边还有厨房和几间平房。房间太少，第二天国家文物局考察组来到时就只能住到县武装部去了。由于武装部不能住外国人，所以尽管招待所的条件相当简陋，我们在的几天里还接待了日本、德国、瑞士的三批外国旅游者。据说夏天来的外国散客还不少，所以县里正在旁边建造新楼，以扩大招待所。在拉萨就听人说，西藏没有一个县没有四川人。果然，建筑工人都来自四川，我们到县城唯一的一家餐馆用餐时，发现店主和帮工也都是四川人。

吃完饭回到招待所已经11点多了，我们的东风车还没有到。想到沿途的艰险，大家好不焦急。就在这时，我们望见河对面的公路上闪着车灯，东风车终于来了。其实我们的担心是多余的，司机D不仅技术好，而且相当稳重，尽管东风车车速度慢，车身大，爬坡时马力不足，但直到考察结束，从来没有出过一点危险。有几次我们的越野车好不容易爬上陡坡,驶过险段后,我们总是怕东风车爬不上、过不去,但每次它都不紧不慢地赶了上来。

这里的海拔已降至3 500米左右,与拉萨差不多,气候温和,早晚也不觉得冷。连续在4 500米以上生活了几天后,回到这样的高度就感到非常舒适。临睡前,我站在二楼的过道上,听到杨树叶在微风中沙沙作响。正是农历十六,一轮明月高悬,夜空中似乎透出一层蓝色,静静流淌着的象泉河水将月光洒往远处,附近几座土山的轮廓清晰可见,正叠印在杨树梢上。如果说白天所见的黄土、蓝天是一幅幅瑰丽的油画,那么现在的一切更像是一幅淡雅的水墨画,使我忘了正处在世界屋脊。

6月26日上午,我花了十来分钟就将县城转了一圈。在我的记忆中,还没有找到更小、更简陋的县城。前几天我还以为措勤县城最小,现在不得不承认,措勤比这儿还要大一些,建筑物也多一些。其他再小的县城至少有一条街,但札达县城中似乎只有路,没有街,因为没有哪一段路两旁都有建筑物或商店。所以正确地说,这只是县政府驻地、名叫托林的一个居民点,而不是什么城。除了招待所旁有一处康巴人搭的帐篷,供应一些日用品、食品以外,这里只有两家小商店,主要商品是饮料和康师傅方便面,但饼干是尼泊尔产的。托林寺和一所小学占了县城很大的面积,其余部分主要是居民的住房。解放前托林只有120人,80年代末增加到600人,据县长说现在已有1 700人(含流动人口)。

札达与外界的联系主要依靠两条公路,都与拉萨—狮泉河公路相连。县境与印度和克什米尔相邻,有十几个山口相通,但除了香札和吉尔迪有简易公路通往印度外,其他山口都只通小道。与西藏一些县城一样,札达没有班车,当然也没有汽车站。旅游者要去札达,不是自己包车,就得搭乘货车。由于没有过境车辆,出入札达的汽车很少,交通相当困难,想搭便车的旅游者往往为无车可找而一筹莫展。这里邮路和电报线路早已开通,去年又开通了卫星传输的电话线路,尽管接通率还不高,但毕竟方便多了。我在某杂志看到过一篇文章,作者说他在札达寄出的明信片半年后才收到,但我寄的印着古格遗址的明信片不到20天就到了上海,发出的电报一天之内就已收到。只是在打电话时得有充分的耐心,所以在邮局开放的几个小时中,旅游者、驻军人员和外来打工者总是络绎不绝,以至于邮局不得不贴着告示:每人每次拨号时间不得超过一刻钟。26日上午我试了一次,不到10分钟就接通了上海家中,J还打通了美国的电话。但并非每次如此，7月1日晚上县委书记让我在他的办公室拨电话，从7点多拨到近9点，还是毫无结果。

札达县的面积相当大，有24 676平方千米（一说27 000平方千米），相当于北京市的1.5倍，天津市的2.4倍，上海市的4倍。当然与西藏最大的县——尼玛县的15万平方千米相比，它还不足六分之一，但在西藏也算平均水平之上。可是这样一个大县只有5 400人，是西藏人口最少的一个县，或许也是全国人口最少的县。

这几千人的小县在历史上却是古格王国的都城所在，当时养育了十数万至数十万人口，产生了灿烂的古格文化，似乎有些不可思议。但在考察了千年古寺托林寺和古格王都的遗址后，这些疑问看来已经找到了答案。

13. 千年古刹托林寺

札达县政府所在地称为托林，周围的农村属托林乡，都得名于一座千年古刹——托林寺。

公元10世纪末年，古格王国的第一代王德尊衮据有象雄（今阿里地区）。德尊衮的次子松埃出家为僧，法名拉喇嘛意希沃，他创建了托林寺。托林，是飞翔的意思。为了弘扬佛法，意希沃派仁钦桑布等人去印度访师求法，并迎请达摩波罗法师的弟子波罗松来传授戒律。1042年，印度高僧阿底峡大师来古格传经布法，驻在托林寺，仁钦桑布担任他的译师。三年后，阿底峡返回印度，而仁钦桑布长期驻锡托林寺，从事译经和授徒，成为古格一代高僧，经扩建后的托林寺也名声远播。1076年是藏历火龙年，在古格国王赞德的支持下，托林寺召开法轮大会，卫、藏、康各地的高僧都前往参加。这次"火龙年大法会"成为西藏佛教的盛事，托林寺也成为全藏名寺，西藏佛教后弘期的许多高僧都曾在此寺活动，古格王国的不少重大佛事也都在此举行。全盛时的托林寺拥有三座大殿、十座中小殿、僧房、经堂、大小佛塔、塔墙等大批建筑。除了这座本寺以外，托林寺还有25座分寺遍布阿里地区，它们分属于萨迦、格鲁、竹巴噶举三派，在印度和尼泊尔也有分寺。古格王国覆灭后，托林寺虽然失去了昔日的辉煌，但依然保持着主寺的地位。经历了千年风霜，如今托林寺只剩下两座大殿、一座大殿的残迹、一座较完整的佛塔和一些遗址，散布在朗钦藏布（象泉河）南岸的台地和南面的土山上。

这座名寺早就见于藏文史籍的记载，17世纪来到古格王国的西方传教士又在他们的报告中记录了它的情况。1933—1934年，意大利人图齐在托林寺拍了130多张照片，留下了当年的实况。由于这些照片一直秘而不宣，成为不少西方探险家和学者追寻的对象。

6月26日清晨，当我急切地在住处俯瞰托林寺时，没有见到像大昭寺、哲蚌寺、札什伦布寺那样金碧辉煌、壮丽恢宏的景象，甚至没有找到一点金色、一点闪光，只见两座平顶的大殿静卧在周围新建的土房和校舍之间。在这片土黄色的海洋——土山、土丘、土地，还有土房，它们的墙壁和平顶是同样的颜色——之中，只有一种土红色引人注目，那是大殿新粉刷过的外墙、佛塔的尖顶和遗址的残迹。我不敢也不愿相信，这就是闻名中外的千年古寺。

但当一位66岁的喇嘛打开拉康玛波（红殿）的大门，让我们步入这座有36根方柱支撑着的殿堂时，展现在我们面前的是一件件精美的雕饰、一幅幅鲜艳的壁画，比之于其他古寺名刹的大殿毫不逊色。壁画上绘着各类佛、菩萨、佛母、度母、金刚、高僧的大像和无数小像，配有各种飞天、祥云、如意、植物花草、飞禽走兽等图案，令人目不暇接。西壁的东侧下部绘着一组古格王室成员、高僧、来宾和外邦僧俗人等礼佛图，人物形象生动，真实地反映了古格的历史和文化。在殿堂门廊东壁两侧绘着一幅非常精彩的金刚舞女图，舞女们容貌娇丽，体态轻盈，舞姿各异，显示出超越宗教的艺术魅力。壁画的作者使用了一种精细的游丝描技法，画出的线条蜿蜒流畅，设色轻淡柔和，若隐若现。同行的H和L在西藏作过全面的文物普查，他们说用这种技法的人物壁画在其他地方还没有发现过。这位作者是谁？来自何方？为什么只留下了这样一幅壁画？没有人能回答这些问题，或许永远无法找到答案。就像世界上大量其他艺术品都出于无名氏之手一样，不管作者是古格人、拉达克（今克什米尔）人、印度人、尼泊尔人、汉人，是僧人还是俗人，是名人还是凡人，这其实并不重要，重要的是让这幅画成为人类永久的财富，特别是不能在我们这一代中毁灭。

　　这不是我杞人忧天，因为尽管殿内的壁画基本完好，无情的岁月还是威胁着它们的安全，由渗水造成的一道道垂直的白色痕迹已经遮蔽了不少小佛像，要是不及时维修，渗水自然会日渐扩大，而拉康嘎波（白殿）内的惨状更提醒我们，人祸的破坏往往比天灾更大。如今殿内只剩下北壁正中供奉的释迦牟尼，这尊塑像虽大致完好，但像的螺髻、面部、两臂均有不同程度的损坏，其余十四尊塑像早已荡然无存，只有空空的像座标志着它们当年的座位。殿门外原有门廊，廊顶早已拆除，仅余两厢墙壁，门两侧的泥塑装饰也大部分残破。此殿在50年代末被改为粮仓，为了运粮的卡车出入方便而扩大了殿门，而彻底的破坏发生在"文化大革命"期间。这场浩劫早已过去，几个汽油桶和一些杂物还不得体地留在殿中。

但比起朗巴朗则拉康（遍知如来殿）来，白殿还是相当幸运的，因为它毕竟保存了下来，而朗巴朗则拉康却只留得断垣残壁一片废墟。当我踏入旧址，但见殿顶尺寸无存，塑像全部毁坏，大多连残迹都不见，只能从墙上残留的泥塑背光想象众多佛像的法相雄姿。墙壁的表层几乎完全剥离，除了依稀可见的红色，见不到任何壁画的痕迹。唯有那一道道残墙和四角的残塔忠实地守卫着这块圣地，无声地诉说着这段悲惨的历史（图5）。在墙角和像座底下，不时可以看到被焚烧的经卷碎片，经文还清晰可见（图6）。尽管我早已得知这座大殿的毁灭，但仍然对破坏得如此彻底感到震惊。

朗巴朗则拉康，曾经是托林寺的象征，也是西藏佛教文明的骄傲。据藏文史料记载，托林寺是模仿在今札囊县的桑耶寺而建，但设计者将桑寺一组庞大的建筑群体浓缩为这座大殿，形成了独特的结构和风格。整座殿堂呈多棱亚字形，是一座大型的曼陀罗（坛城）。中心的方殿即朗巴朗则拉康，象征须弥山，供奉知者如来；四向的四组小殿分别为多吉生巴拉康、仁钦久乃拉康、堆友主巴拉康、朗堆太一拉康，代表四大部洲；这五座十字相连的殿堂组成了中心的小亚字形。其外圈由四大殿和十四小殿组成，分别供奉佛、菩萨、度母、罗汉等塑像。外圈的南、北、西大殿均有转经的复道环绕一周，中心的殿堂与周围的殿堂间又形成一条大的转经复道。四角尽处是四座高耸的小塔，代表护法四天王。

这是典型的吐蕃佛殿结构，但又是对传统建筑的创新，所以建成后就吸引了各地的信众和香客，使托林寺更加声名远播。15世纪初叶和末年，拉达克王札巴德和次旺朗杰曾两次派人测绘此殿，并按照其模式在拉达克兴建。五世达赖喇嘛为了在大昭寺的廊壁绘上完整典型的佛殿画像，派人四处寻访原型，最终选定此殿，所以人们至今还能从大昭寺的壁画中感受此殿未毁时的雄伟气象。但没有亲临现场的人大概很难想像它复杂而精巧的结构,我这支拙笔也难以描绘出它的原貌,只能借助于一张考古学家绘成的平面图。

在废墟上,我们与T发生了激烈的争论。T坚持认为,背光残余和残壁上的一个个小洞是弹孔,说明当年破坏时曾经被枪弹扫射。其实,这些小洞都是原来用于支撑佛像和雕塑的木托、固定墙壁表层装饰的榫头脱落后的残迹,弹洞既不可能那么大,也不会如此有规则(图5)。虽然T是一位正直而博学的人,但他的偏见却很深,以至于本来不难明白的道理却无法使他接受。我很快退出了争论,我的确没有说服T的信心,更感到无比的悲哀。其实,是不是用了枪弹并不重要,用枪弹也罢,用棍棒或更原始的手段也罢,结果都是毁灭了这一稀世瑰宝,都是对人类共同文明的犯罪,都是一个民族无法洗刷的耻辱。如果我们和后人不记取这一教训,谁能保证不再产生这样的罪行?

我毫无目的地踯躅于断垣残壁之间,抚摩着背光起伏的纹饰,凝视着壁上残留的红土,努力想象出当年殿堂的辉煌,佛像的庄严,僧众的虔诚。我想起了1966年那疯狂的夏天,一队队、一群群的"红卫兵小将"在大革文化的命,中华民族数千年汇聚的文明被投入烈火，被毁坏砸烂。我想起了被日本侵略者的战火焚毁的东方图书馆、被英法联军劫掠一空并付之一炬的圆明园、流落海外的敦煌经卷、藏在俄国深宫的西域文书。我脑海中浮现出1968年深秋在南京栖霞山见过的景象，寺庙封闭，满山找不到一个完整的佛像；在新疆和河西走廊到过的一些石窟，壁画被剥离一空，佛像被断首残足；我记不得有多少次面对过废墟和残迹。但与人类文明经受过的无数劫难相比，我的见闻无非是沧海一粟。

但是我还是要特别记下这一笔，因为这样的浩劫确实算得上是史无前例。尽管当年的"红卫兵小将"和破坏者中的绝大多数如今悔恨无穷，但当初却都是热情高涨，无比虔诚，不仅当作一场伟大的革命，而且好似过着盛大的节日。如果没有到过托林寺，或许以为以中国之大，纵有天罗地网，总会有一两处躲过暴秦的世外桃源。但无情的事实是，在这样一个地处世界屋脊、远离政治中心、人口不过数百的聚落，在这样一个上一年（1965年）刚修通公路，离最近的县城和专区近400千米，正常的建设和日常生活异常艰巨的地方，在这样一个藏族占绝大多数、有着悠久和深厚的宗教传统、人们视寺庙为圣地的区域，这样一座堪称稀世之宝的殿堂，也没有能够逃避彻底毁灭的命运。

刚从思绪中回到现实，我见陪同我们的喇嘛已经安坐在墙根，他将随身带着的热水瓶夹在腿间，上面摊着刚从劫灰中检出的残余经卷，正在辨认和诵读。或许他已修炼得心如古井，或许他已对废墟熟视无睹，或许他企望着古寺的复兴和重建，或许他是在祈求佛的启示。而T和几位考古者正在讨论如何组织发掘，他们认为在废墟的地下必定埋藏有大批珍贵的文物，T还提出了重建此殿的可能性。

我突然发现在蓝天白云的衬托下，红色的塔尖是那么伟岸而瑰丽，就连断垣残壁也是那么凝重而自然，它们像鲁殿灵光一样，经历劫火而岿然独存。如果能让我选择，我宁肯不进行任何发掘，无论是多么珍贵的文物，就让它们在地下获得永久的安宁吧！我也不希望再在废墟上重建新殿，就让它永远成为历史的一部分，给后人以沉痛的教训。以今天的人力、物力和技术，要复原任何古代建筑大概都不会有什么困难，但再完满的复原都不能恢复历史的真实。

在今天的寺院围墙外面，残存的佛塔随处可见，据统计大大小小还有83座。其中最完整的一座已靠近南面的土山。从基座算起，此塔共有七层，有阶梯通向第五层一个已经封锁严密的门洞，不知隐藏着什么。其他的佛塔大多只剩下了土堆，常常露出大量模制的小泥佛像和小泥佛塔。泥像的风格证明，这些塔的建造年代都早于13世纪。在寺北濒河的台地上有两排塔墙，远望就像一道雉堞分明的长城，近观可见一座座紧密相连的塔身。靠北的那道因逼近河道，有11座已随着土崖崩塌，剩下97座；南边一道还保持着原来的108座。县政府已耗资数十万修筑了一道坚固的河堤，这一带的河岸不会再崩塌，塔墙将能长期护卫古寺。

我们漫步于塔墙之下，遥望山腰僧房和佛塔的残迹，不禁为这座古寺当年的盛大规模而惊叹。在一千年之前，要建成这样一座寺院，要耗费古格王国多少人力和物力？何况这是一片高寒的土地，大多数地方寸草不生，连不大的木材也得从喜马拉雅山南麓运来。不过有一点是可以肯定的，古格王国的人口远远超过今天整个阿里地区的人口数量，因为据史书记载，公元1337年至1338年，印度的统治者穆罕默德·土格鲁克率领十万大军侵入喜马拉雅山西段，结果全军覆灭。从这一结果推测，古格的人口应该有数十万之多。当时的僧人估计要占总人口的五分之一以上，贡献于佛教的社会财富是相当可观的。

当一个民族或国家将大部分人力物力投入宗教信仰

之后，他们可以建成宏大的寺庙，创造出灿烂的宗教文明，给后人留下珍贵的建筑和艺术，但对他们自身的发展和进步又会带来什么后果？这与古格王国的最终覆灭和古格人的逐渐消亡究竟有没有必然的联系？这个问题肯定会有各种各样甚至截然相反的答案，但不能不引起我们的思考。

7月1日下午，我们再次来到托林寺，喇嘛们热情地邀请我们到客堂会见。就在这天上午，来自国家文物局的官员和专家会同自治区文化厅和县政府的官员，商议确定了古寺的维护方案，划定了保护范围。对一个只有数千人口、每年都要靠国家拨款维持开支的边疆穷县来说，这真是一项艰巨的任务。由于当初没有考虑到文物的保护，全县的大部分公共建筑和住房，包括一所新建的学校，都坐落在古寺的旧址内。特别是那座两层的校舍，就紧贴着朗巴朗则拉康废墟，插在寺院中间，但要搬迁重建估计得花200万元。而要维修红殿、修复白殿、保护遗址，需要花的钱更多。在这交通困难、人烟稀少的边疆，即使有了钱，要找到合适的技术人员和工匠也还有很大的困难。尽管经费还没有落实，联席会议一致决定，以周围四座佛塔为界划定保护范围，在此范围内不许再建任何新房，原有的建筑也不许再扩大，现存遗址一律加以保护，不允许再有破坏。国家文物局将拨专款用于古寺维修，并派专家指导。

获悉这一喜讯，喇嘛们无不合掌称庆。这时T告诉大家，今天正是托林寺建寺一千周年。原来藏历与公历的时间并不重合，这个纪念日可以早至6月初，也可以晚至7月底，但T说，印度托林寺的喇嘛请天文学家推算，这一天就是今年7月1日。我们又被告知，今天也是在座的区文物局官员P先生的生日。大家举起杯中的奶茶，预祝托林寺一个吉祥的一千年的开始，也祝P先生身体健康，为保护阿里文物作更大贡献。

回到红殿，喇嘛取来了悉心珍藏着的镇寺之宝。打开层层叠叠的包装，是五片由丝带连在一起的雕镂精细的洁白象牙，上面镶满了晶莹烁目的各种宝石。喇嘛说，这是从一位菩萨的法冠上取下的，可能比古寺的历史还长，平时秘不示人，今天却破例展示，还让我们拍了照片。

告别托林寺时回首远眺，那里依然是一片寂静和平淡。但在夕阳的辉映下，土黄色中的红色显得分外耀眼。既然千年风霜没有使它失去光彩，一千年后必定还会那样鲜艳。不过无论它如何变化，我的心中已留下了永远。

14. 卡兹探胜

我们的下一个目标是卡兹寺，这也是一座千年古寺。1936年，意大利旅游家图齐从印度越过喜马拉雅山口，访问了卡兹寺，以后在他的游记中作了详细介绍，使卡兹寺名闻西方。前几年在文物普查中，还有牧民反映，在卡兹一带的山洞中有佛像和壁画，但没有人知道确切的情况。卡兹寺位于札达县西南，110千米的公路只通到附近的帕尔村，剩下的路就只能步行了。

6月27日上午11点，我们的车队又出发了，还增加了一辆县文教局Y等陪同人员的车。沿着朗钦藏布向西走了不久，路就折向西南山中。开始还能见到姿态各异的土林，随着汽车不断爬高，极目望去，就只剩下一片荒漠。唯有山巅一层积雪，在蓝天下勾勒出弧形的山形。在开阔的谷地，可以看到远处喜马拉雅山的雪峰，在阳光的照射下熠熠生辉。

这是一条车辆很少的简易公路，很多路段又陡又窄,加上长年缺乏养护,从山上塌下的土石往往堆满了一半路面,形成一道斜坡。每当越野车艰难地沿着斜坡绕崖而过时,就听到碎石滚动和沙土下泻,坐在外侧的我既担心车子会随着土石滑下山去,又害怕过度的倾斜会使车子翻入万丈深谷,始终紧紧地抓着把手,似乎这样就增加了安全系数。汽车由谷底盘上山口,又由山口绕到谷底,翻越了三座近5000米的高山。当最后一座山口已经在望时,我们的车在陡坡上突然熄火,W猛拉手闸,我们赶紧跳下车去,捡起石块就往车轮下垫,总算将车刹住了。我们步行上坡,等了好一会儿,W才修好车开了上来,他说是汽油中的杂质堵住了喷油嘴。这辆车从此多灾多难,经常在关键时候熄火,令人提心吊胆。

过了波林,道路更加简陋,事后知道这是村民自己修的,但基本没有什么车辆来往。接近帕尔村时,我们看到不远处的山上有一片洞穴,心想可能就是我们要探访的地方。下午6点,县里的车和我们的车到了村旁,村长和留在村里的人几乎都出来了。村长告诉我们,这是村里第三次看到外面的汽车驶来。我们卸下行李,准备就地搭帐篷,可是后面的车还是不见踪影,T联想到刚才见到的山洞,估计那辆车上的人很可能已经上山进洞了。他让我们先安顿下来，自己坐上W的车又赶了回去。半小时后东风车来了，知道后面车上的人果然迫不及待地上山洞去了，T也跟了上去。直到8点多，这批探险家兴高采烈地来了，原来他们已经在一个山洞中发现了13世纪的壁画。司机W立了大功，因为他首先攀上了那个有壁画的山洞。

宿营地海拔4 150米。由于白天很暖和，我睡觉时没有在睡袋中衬上鸭绒被。谁知到半夜狂风大作，一层层寒气透过帐篷，把我冻醒。开始我还想坚持一下，但很快就作出了明智的选择——赶快卷上鸭绒被，但还是过了好一会儿才重新感到被子的温暖。

28日早晨，天气依然像初冬一样，寒气入骨，洗脸刷牙时几乎不敢触摸凉水。好在太阳一出来，气温很快就上升了，等到出发时，耀眼的阳光已经带回了初夏的感觉。

为了当天能往返于卡兹寺，昨天晚上已经向村里租了马匹，9点过后，村长和各家将十几匹马陆续牵来，各人选择自己中意的马匹。我这辈子从来没有骑马上路，1982年9月在帕米尔高原曾骑在马上摆姿势照了个相，还得有老乡在旁边保驾，但今天不骑就去不了，再说以后几天还得以马代步，自然就顾不得什么害怕了。

不过我还是挑了一匹样子和善一点的棕色马，以增加一点安全感。第一次跨上马时动作太慢，左脚踩在鞍上，右脚却迟迟跨不过马背，由于手没有抓紧缰绳，马儿耐不得重心偏移，跟着向左转起来，我的右脚就更跨不上去了。老乡见状忙把马牵住，推着我坐上了马背。我想要在山上这样如何能上得了马，还是趁现在练一练吧！于是上上下下跨了几次，大致能做到让马儿站在原地不动，自己的感觉也好多了。幸亏练了这几下，要不以后上坡下坡时就惨了。

我们这支不整齐的马队前前后后地出发了。马儿都是一个村的，平时就熟悉，不等我们操纵就自动跟上了。我刚骑得平稳，忽然那马奔跑起来，而且越跑越快，原来X趁我不在意时在马屁股上抽了两下。正不知如何是好，地区文化局的Z教我："把缰绳慢慢勒紧就行了。"我两手使劲一拉，马头稍稍昂起，果然停了下来，因祸得福，我倒又学会了一招。

转眼到了山前，马队开始爬坡。藏族朋友都会骑马，他们教我在上坡时人向前倾，这样既安全又不累。坡不陡，马走得平稳，我很顺利地到了山顶。下山时坡很陡，只能牵马步行，第一次牵着马绕过崖旁陡峭的小道，真担心它会一脚踩空。其实马走得比我还稳，有时我小心翼翼地跨着步子，走得比我快的马儿已经用头抵住了我的背。但有时马儿发现了路边有可口的青草，又赖着不肯再走，非得让它吃上一些才能牵着上路。

下坡的路很长，显然海拔在不断降低。路旁出现了一丛丛高山杜鹃，大片粉红色的花朵就像蓝天中绚丽的彩霞。离开拉萨以来，还是第一次看到成片的鲜花。再往下走就到了谷地，一条潺潺的小溪蜿蜒而下，两旁不高的杂树丛生。我们重新上马，沿着溪边的小道继续下山。马儿时而下到溪中，时而踏上左右的小道，还得留意横在头上的树枝，坐得并不舒服。

走出谷口，眼前耸立着一道二三百米的石壁，抬头仰望，只见石壁中间有一道像裂缝一样的山洞，沿石壁砌着红墙，墙上竖着经幡，右边的洞门口架着一架木梯，这就是我们要寻访的卡兹寺。

有两位喇嘛在山下迎候，帮我们放马休息，然后领我们上山，爬上百来米的坡道进寺。高度计显示，寺的海拔是3 800米。紧靠山洞的外墙是一座小小的门楼，平台上竖着经幡。寺的主殿就建在山洞中间，约6米见方，顶高约3米，左右和后面都有一条转经道，正面有5扇木门，两旁墙上绘着壁画。由于外墙只遮住了山洞的一半，洞内阳光充足，空气畅通，与平地无异。

据记载，此寺建于吐蕃时代，以后屡毁屡建，原来规模很大，现在仅此一洞完好。最年长的喇嘛68岁，他只听说以前有外国人来过。于是，他请出镇寺之宝——一尊小铜佛，据说铸于十二三世纪。殿中还供着大小铜佛，其中有几尊带着明显的印度风格，年代也颇久远。供桌上是两排银碗，但碗内不是注着酥油，而是在清水上漂着美丽的杜鹃花瓣。或许是由于香客不多，酥油的来源有限，但这样就地取材，倒使这座小小的殿堂显得更加圣洁。我们各取所需，或观察壁画，或端详佛像，或测量，或照相，或询问喇嘛。我登上平台，见此洞左右和上方还有一些大小不等的山洞，有的还留着建筑物的遗迹，也给人们留下了无限的遐想。此时万里无云，碧空如洗，平台上蓝白红三色的经幡直指苍穹，强烈的色彩对比构成了一道瑰丽的风景，似乎是卡兹寺历久弥新的象征。

喇嘛献上酥油茶和糌粑，又在瓦罐中烧了开水，我们泡了几包方便面，就在门楼底下用了午餐。

2点半下了山洞，我们又向前步行了一二里，除了见到两座废弃的佛塔和山上的一些山洞外，没有什么新的发现。可惜时间有限，没有能再探几个山洞，根据历史记载分析，这些山洞估计不会一无所有。

马儿休息时得将它的笼头解下，以便它自由地吃草喝水，出发前又得把笼头套好。我们几位新骑手都不知所为，T和他太太却相当熟练，T太太套好笼头后又来帮我套，一问才知道他们家的庄园里养着四匹马，专供他们跑马，这套手续自然十分熟悉。再次休息时，我顺利地解开了马笼头，但再套上时却总是不顺手，依然是T太太帮的忙。

回去的路以上山为主，为了避免过于陡峭，我们没有走来时的谷道，离寺后就直接上坡。骑了一段，坡更陡了，大家纷纷下马。牵着马爬山自然更费劲，又是在海拔4 000米的地方，我气喘吁吁，满头大汗，几乎是一步一歇。藏族朋友劝我上马，他们说："你是年纪最大的，可以骑马，菩萨不会怪罪。"想到明天还得爬山，我也不再客气，翻身上了马。我问他们为什么不骑，回答是："像我们这样年轻的人不能在爬山时骑马，马也受菩萨保佑。"我虽然有了心安理得的感觉，但骑在马上也不轻松，因为路很窄很陡，都在山脊，仅容得马的单脚，山脊下虽非万丈深渊，望着也令人目眩。但这时要再下马也非容易，只能听之任之。到了险处，马儿也踟蹰不前，往往又提缰绳，又夹马肚，才将它赶了上去。这倒使我心定了不少——马儿也珍惜生命，它不会冒险,我可以放心地把自己托付给它。T太太和她的儿子小D也是骑马上山的,其他人都是步行,但X却取了巧——他不是牵着马,而是拉着马尾巴,让马拖着他上山。

终于又回到了平地,我的马术也能凑合了,不但能在马上喝水、照相,还让它奔跑了一阵。待将马交还村民时,倒真想再骑一回。

到溪边洗脸时水还是冰凉的,我不禁打了个寒战。一位藏民见了,带我来到另一股水边,我一试,果然暖和多了,原来这是才冒出地面不久的泉水,我干脆从头到脚痛痛快快地洗了一遍,又洗了衣服。今天一天很累,睡觉前又盖了鸭绒被,所以一点没感到半夜的寒冷,直到29日早上7点多才醒来。

这天要去的山洞遥遥在望,越野车将器材运去,我们就步行上山。本村的向导是一位37岁的壮年人,年轻时曾经到过周围大多数山洞,看到过山洞中的壁画,但已有多年不去,只有一个大致的方位。这里的山洞大多是成片挖在悬崖绝壁上,上上下下有好几个,洞与洞之间或者由山道相连,或者有暗洞沟通。但年深日久,有的山道已断,有的暗洞已塌,进洞后如入迷宫,往往进退不得,上下无门,或者因崖高壁险,只能望洞兴叹。而且有的山洞本来就没有绘过壁画，有的虽画过，也已荡然无存，费了九牛二虎之力却一无所得。附近的山洞少说有几十个，为了能在有限的时间内有所收获，我们都寄希望于这位向导。

到了崖边，发现通向第一个山洞的路已经风化坍塌，人一踩上去就身不由己地与沙石一起往下滑。好在向导早有准备，背上一圈麻绳，像猿猴般快步攀至第一个洞口，然后逐个而上，直到把麻绳牢牢地缚在最高一层洞的岩石上。有了这根穿洞而下的绳子，我们都有了安全感，尽管得手脚并用，一个个爬过了五层暗洞，攀上了最高一层山洞。这一层山洞基本是在同一高度上沿崖开挖的，共有十几个，由山道和暗洞连接，有的地方还架着栈道，海拔都在4 250米左右，当年修建的艰巨可想而知。我们逐洞搜寻，却一无所获。

正在失望之际，向导说，绕过山崖，对面山上还有几个洞。但贴崖的路仅够容足，又已严重风化，他刚走了一步就引起大片的沙土崩塌，人都站不稳。悬崖离地少说也有一二百米，要过去实在危险。正在犹豫间，向导已贴崖而过，到了对面山角，地区文化局的ZH也紧紧跟上。当他们从那边山洞返回时，给我们带来了一个喜讯："洞子里有壁画，涂着金粉，还有唐卡和佛像。"

根据 ZH 的描述，这些壁画估计是古格王朝后期的作品。大家都想过去，但路实在太险，又无法安排任何防护措施，为了防止意外，商议再三，决定将各人的照相机交给 ZH，请他代大家一一照相。ZH 今年二十几岁，是日土县人，胆大心细，会照相，不一会儿他肩上就挂满了各种装足胶卷的照相机。至于洞里的唐卡，县文教局的 Y 同意先拿一部分下来，供拍照和鉴定。

一小时后，ZH 和向导不负众望，满载而归。向导取来了 28 张唐卡和两卷经书，在山上粗粗看了一下，都保存得相当完好，Y 决定先带回住处。正在此时，我们发现 X 也从对面归来，原来他没有听清大家的决定，自己闯了过去，幸而安然无恙。刚从其他山洞过来的 T 得知这一消息，就说既然 X 能过去，他也必定能过去。这下 Y 和 H 几位都紧张起来，要是 T 有个三长两短，可不是闹着玩的，好说歹说不同意他过去。这时有人开了一个不合时宜的玩笑："你真要过去，就立个字据，出了事自己负责。"谁知 T 立即从本子上撕下一张纸，在上面写上了这样的话，并郑重地签上了自己的名字。但 Y 还是坚决不同意，他说："你是我们的客人，我们要对客人的安全负责。"T 虽然十分不满，也只得快快下山。

我知道,按T的性格,他决不会就此罢休,到晚上,T和他太太果然就此事提出了抗议。

我们就在山坡上以带来的馒头充饥,稍作休息后就下山,绕到前面一座山的洞前。此洞海拔4260米,先攀上去的Z说洞里墙上画着八尊佛像。接着上去的H告诉我们壁画质量不高,可以不必上去,不如抓紧时间去前天探过的那个洞。

那个洞其实也是一群洞中的一个,但最下面一个洞离地面不远,进洞后可以从洞内的暗道一层层爬到最高一个有壁画的洞。向导和ZH先攀上第一个洞,然后用绳子将我们一一拉上去。最高一层海拔4280米,是几个有暗道相通的洞,但只有一个洞的壁画基本完好。此洞高约2米,长、宽都约3米,四周有转经道,洞内的佛像已毁,但壁画色彩鲜艳,从颜色、风格和内容判断,应是12世纪的作品。洞口面向悬崖,凿成门堂,本来也绘满壁画,由于长期风雨剥蚀和人为破坏,仅剩下一组九个骑士像,但上面藏文的题记还相当清晰。

转到另一洞室,除了门堂还有一些壁画外,洞内的壁画和佛像已荡然无存;其他几个洞内也都空无一物,显然都遭到过破坏。洞里到处是鸽粪灰,有的地方堆积着厚厚一层,还有大量鸽毛。正在这时,两只灰白的野鸽飞进洞来,对我们这些陌生的客人它们似乎毫不介意,照样停留了一会儿才飞走。野鸽比平时所见家鸽略小,其他方面没有什么异样。目送野鸽出洞,我忽然发现远处的山上野鸽颇多,最有趣的是,野鸽与老鹰竟能和平共处,并且一起在泉边饮水。

  同伴们还在不停地照相,我没有这种专业上的需要,坐着靠在洞壁上休息。洞外的层层山峦延伸至天际,雪峰与白云已经完全交融为一体。目力所及,不见人迹,不见牛羊,也不见道路,分外空旷,分外寂静。但闭目遐想,似乎见到了当年那些虔诚的僧人携着经卷,奉着佛像,翻越雪山,跋涉荒原,用他们的信仰踏出一条条道路。尽管有人葬身途中,有人到不了目的地,还是有人继续上路,直到一个个绘满壁画、供满佛像和经卷的山洞出现在卡兹和整个古格王国。T告诉我,由于地质构造的差异,相邻的尼泊尔和印度的喜马拉雅山区都是花岗岩和石灰岩,开凿山洞就非常困难。显然,这是古格僧人因地制宜的独创。

  下午8点离洞下山,越野车已在等候。就在上车前,X发现左上方的一个洞内似乎有壁画。我们抬头望去,果然见到在夕阳映照下,洞内有彩色可见。Z与X试着攀援,但找不到登洞的暗道,无法接近,只能望洞兴叹,带着遗憾而归。

晚饭以后,T太太要我向主人转达她的话:"对今天发生的事我感到愤怒,甚至感到是对我们的侮辱。T不是小孩,他完全能对自己的行为负责。他是律师、会计师、博士、工程师,他懂得安全和珍惜生命,不会随便冒险,他有资格为自己负责。既然他已经写了这样的保证,为什么还不让他过去呢?"我告诉主人后,他们再三向T解释,但显然无法说服他。T提出第二天让他单独回到前天我们去过的一所古寺去一次,大家当然知道他肯定会在途中去那山洞,只能默许了。不过再三叮嘱他,一定要在下午2点前回来,我们的车队还要赶回县城。

30日的安排就是回县城,本来可以晚一点起来,但这两天都睡得不错,所以早上醒得也不迟。当太阳缓缓地爬上山脊,一幅天然的图画呈现在眼前:在淡淡的晨雾中帕尔村里冒起袅袅炊烟,平顶的藏式民居在光和烟的衬映下,就像一幅线条简洁的版画。村前的谷地上一个个隆起的小丘上长满了细密的野草,被阳光照到的一面翠得可爱,背光的一面绿得深沉,构成了一片起伏的波涛。一位绕村而行的老人和几头享受晨趣的牲口给这幅画带来了一份动感,却更增添了几分恬静。

这是一个远离尘嚣的世界，但也远离了现代文明，至少在表面看不到任何迹象，所以对我来说，帕尔村像卡兹寺和那数不清的山洞一样，显得遥远和神秘。趁着等候出发的空隙，我采访了27岁的村长扎西次仁，终于充实了我对这个村的印象。

帕尔村属札布让区波林乡，有15户97人，都是藏族。村民半农半牧，在札布让有120亩地，夏天去耕种，冬天回村；这一带山上是夏牧场，冬天要把牲口转移到卡兹去。粮食和畜产品能够自给。牲口主要有牦牛、马、牛、山羊，羊毛收入比较多。在札布让耕地用小拖拉机，其他都靠手工，牧业还没有机械。去年人均农牧收入700元，每户收入一般有四五千元，主要靠牧业。

这里交通不便，虽然接通了往县里的公路，却没有汽车来往，运输还是靠牦牛。波林乡距此有15千米远，还没有修通公路。人们要办事得上县城，但一般很少。一些衣服和日用品也从县城买，没有商贩，靠有人去时带。全村没有人去过拉萨，1980年以来也没有人去过狮泉河（阿里行署和噶尔县驻地）。这里也有道路通印度，但没有什么联系。

全村人都信佛，前几年有三四十人去转山，一般隔几年轮流出去一次。平时拜佛去卡兹寺,此外还有一处佛殿和山洞。大家想给山洞修个门,只是没有钱。人死了后都天葬,但没有专门的天葬师,临时找胆大的年轻人干,不找外人,也不送出去。其他村子也一样。有病而死的不能天葬,先埋起来,过几年后火化。

全村没有一夫多妻或一妻多夫,每家有1—4个子女。一般女子20岁至22岁结婚,但更早更晚的都有。本村人少,又有亲戚关系,所以年轻人找对象很困难。村长的妻子来自波林乡,现有一个4岁的儿子和2岁的女儿。村里没有学校,学龄儿童送到札布让去,那里有香港人捐资办的希望小学,可以念到三年级,再念就得上县里。孩子在札布让可以住在村民家,到县里就得寄宿在学校里,所以上过县小学的只有三四个人,全村还没有中学生。村长本人上过二年级。不过邻村更困难,因为不通路,孩子连小学也难上。

村里有两位藏医,一位是乡里派来的,一位是本村的。县、区都有医院,收费很低,贵的药都不付钱。札布让有产院,但多数妇女还是在家里生孩子。村里最年长的是一位78岁的男性。

村民中有6名中共党员、6名共青团员,以前有人当过兵。村长和支部书记不领工资,由集体收入发给少量补贴。近几年来，耕地和牲畜都已由个人承包。

帕尔还是一个贫困落后的小村，但已经让我们看到了希望。

出发前，Y找来村长和村民代表，将昨天带下山的唐卡和经卷交给他们，请他送回山洞，并注意保管。

快2点了，我们早已收拾好行李，在车旁等候。到了3点，还不见T回来，我们既焦急又生气，既怕他出事，又恨他影响了出发，可是T太太却和小D在悠闲地玩牌。我问她不急吗？她说："T没有事。""可是时间过了。""迟到当然不好，T回来应该向大家道歉，但野外考察有时免不了掌握不住时间。"到了3点3刻，T太太也坐不住了，带上小D往山麓走去。我们甚至在议论，T会不会已经摔死了。但一想到藏族向导也没有回来，又觉得不会有什么大事。

4点过后，T终于回来了，T太太满脸怒气，T却微有嗫嚅。大家见他平安归来，也顾不得多说，立刻驱车上路。这一天我没有坐在他们车上，因为他们夫妇间肯定需要说些不便让我听到的话。

第二天一早，T迫不及待地向我透露了他的重要发现。原来前天从古寺回来后，他忽然想起以前看过的英文本《仁钦桑布传》中提到一件事，仁钦桑布为纪念他的父亲，从克什米尔请回两尊佛像，与其父等大，其中一尊在过桥时摔倒，一只手上手指摔坏。在古寺时他见到两尊佛像，却没有去看它们的手指是否损坏。昨天特意赶回，果然发现其中一尊的右中指折断，右无名指损坏。经测量，佛像高150厘米。他兴奋地说："这不仅证明了这两尊佛像的确是仁钦时代的原物，而且说明这本传记相当真实可靠。"当然他没有提顺便攀上了途中那个山洞，但我估计他绝不会错过这个机会。

15. 玛那寺怀古

我们的下一个目标是札布让的古格王都遗址，为了节省时间，将考察玛那寺安排在进驻札布让的当天。7月2日上午，我们的车队又驶离札达，越野车先去玛那，东风车直接前往札布让。玛那离札达46千米，前面一段路与去帕尔的公路重合，不到30千米处分道，折向东南，地势也逐渐下降，进入玛那河谷。沿河谷下行，在路边见到了几棵在世界屋脊上罕见的大树。这说明,如果没有人为的破坏,这里同样曾经有过不少树木,而且也能长得如此高大。再往前不远,公路穿过一道土墙,玛那村就在这道土墙的围绕之中,可见这个村原来的范围更大。站在村边的矮墙上,谷地中延伸着一片葱绿,地上的青稞长势正旺,为单调的山岭间增添了盎然春机。高度计显示,这里的海拔降到了3 850米。

村旁就是玛那寺,现在只剩下两座殿堂,但从现存的遗址范围看,当年的规模要大得多,这与它作为仁钦桑布晚年驻锡处的地位是相称的。寺的红墙紧贴着民居的白墙,显得相当平淡,以至于在步入寺门之前,我并不期望会有什么惊人的发现。但进入这不大的殿堂后,我却感受到了这座古寺特有的魅力——历尽岁月沧桑的古朴和宁静。尤其是殿顶的天花板,虽是14世纪的原物,但纹饰依然完好,优雅而不失简洁。厚实的门框不施彩绘,完整地保持着初建时雕镂的花纹。

登上殿顶小小的平台,正好可以远望河谷的上游,但见渐渐升高的荒原连着天际的雪山,与下游截然不同。假如有人从上游而来,平台顶上那座高耸的经幡一定会成为一个鲜明的目标,成为他们历尽艰险翻越喜马拉雅山后得以憩息的第一个家园。千百年来,玛那寺就是这样默默地迎接着它的过客、信徒和主人,无论是在辉煌繁华的年代，还是在冷落萧条的岁月。或许这正是仁钦桑布选择它为自己归宿地的原因。

走出寺门，我们就体会到了同一事物的幸与不幸。一墙之隔，天壤之别，几座废弃的佛塔仅保住了基座的轮廓，殿堂的废墟中覆盖着一层厚厚的羊粪，而断壁残垣正好成了现存的羊圈。遥望河对面的山上，无数洞穴状如蜂窝，残墙和塔基依稀可见。根据托林寺和其他寺院的结构推测，玛那寺全盛时必定也会在附近的山上拥有不少供僧人修行或贮存佛像佛经的山洞，建有规模不同的各种佛塔，山上的宝藏或许不比卡兹和帕尔一带少。不过在一时没有能力恢复旧观的情况下，我倒希望这一切能够听其自然。我相信在这片废墟中肯定隐藏着当年玛那寺的文物，只要不进行人为的破坏，必定会有重见天日的一天。

我们在村里路边休息，用保暖瓶的水冲方便面作午餐。热情的村民见了，纷纷从家里取来暖瓶，为我们送上酥油茶，还送来两盘糌粑。我不爱吃用酥油捏过的糌粑，但发现青稞粉碾成的糌粑与麦粉没有什么区别，索性不放酥油，和着水大把大把地吃了。

3点半告别了玛那，循原路回到靠近象泉河的公路上，又沿着象泉河谷而下，来到札布让村外。东风车早已到达，我们就在一片草地上安营扎寨。海拔又下降了300米，正当下午5点（相当北京时间2点半），阳光炽热而耀眼，只有不绝于耳的哗哗水声给人带来一丝凉意。

我们已经跨进了古格王都的门槛。

16. 千古古格

在札布让安顿好是北京时间下午5点半，艳阳高照、碧空如洗，我们向往着山巅的古格故城，迫不及待地驱车上山了。

越野车越过几道平缓的土岗后，就开始沿着陡峭的土路往上爬了。拐过一个弯后，神秘的古格故城终于显示在我们的面前：与其说这是一座古城，还不如说是一座承载着整个古城的山峰。由鬼斧神工凿成的悬崖峭壁上如蜂窝般嵌着大小洞穴，高低错落地布满了断垣颓壁、废殿残塔，唯有山麓和山顶的殿堂在骄阳下风光依旧，令人想象着古格王国昔日的辉煌。此时天空万里无云,蓝得像深沉的海洋,而这座古城却似一座耸峙的孤岛,任凭尘世的潮涨潮落;如一片扬起的风帆,由过去艰难地驶向未来。

当我们终于跨进挂着"全国重点文物保护单位"牌子的院墙时(图7),见到的是外观已经整修过的度母殿(卓玛拉康)、白殿(拉康嘎波)和红殿(拉康玛波)。由于明天开始还要做更仔细的考察,今天只想走马看花地在山麓转一下。但当我面对着丰富多彩、精美绝伦的壁画时,就再也不忍马上离开了。

在白殿的墙上画着一组古格国王的画像,共有28位,包括古格的最后一位国王在内,说明这座殿堂延续到了这个王国的末期。透过这些君主或明或暗的形象,我仿佛看到一部至今鲜为人知的古格王朝兴衰史。

时光倒流到一千一百多年前,盛极一时的吐蕃王朝内乱迭起,迅速衰败。公元838年,赤热巴巾赞普(吐蕃君主)之兄达玛在世俗贵族的支持下发动宫廷政变,刺死赤热巴巾,自任赞普。达玛掌权后,实行毁佛灭法,捣毁寺院,焚烧经籍,驱赶僧侣,一时间吐蕃境内骚乱四起,佛教几乎绝迹。此时又接连爆发天灾,地震、山崩、饥荒,引起百姓的惊恐和怨恨,受迫害而隐藏逃亡的僧侣也一直在伺机反抗。四年后,隐居在西康的僧人拉隆·贝吉多吉在拉萨大昭寺前将达玛赞普刺死。

达玛死时,次妃已经怀孕,但当权的大妃琳氏唯恐次妃之子继承赞普,就以布缠身,伪称也已有孕。次妃生子后,为防止暗害,夜间点烛守护,为儿子取名爱达维松,意为"光护"。琳氏将其兄尚延力刚出生的儿子乞离胡取来,宣布为自己所生,取名爱达云丹,意为"母坚"。二妃各自拉拢一批贵族,争夺王位。

维松一派据有云如地区,云丹一派则控制伍如地区,各自称王,其他贵族也乘机自立,混战了近三十年。平民和奴隶不堪忍受,揭竿而起。河陇一带的随军奴隶首先起兵,多康、山南、工布、达布等处纷纷响应,天下大乱。895年,爱达维松之子贝科赞在娘若香波堡被义军所杀,其子吉德尼玛衮的领地也被爱达云丹一派夺去,被迫逃往阿里。

阿里古称象雄,当地部落于公元7世纪末被吐蕃征服,成为吐蕃属国。吉德尼玛衮逃到阿里后,在拉若修建了红堡和孜托加日宫堡。布让土王扎西赞对他礼遇有加,不但将女儿卓萨廊琼嫁给他,还推他为王。

吉德尼玛衮生三子,晚年将他们分封于三处:长子贝吉衮据芒域,次子扎西衮据由让,幼子德尊衮据象雄。芒域在今克什米尔南部,后成为拉达克王国。布让在今西藏普兰县境，后为古格王国所并。象雄一支则建为古格王国。

德尊衮受封为古格王时，吐蕃的佛教徒已先后在康区和卫藏重兴佛法。古格君臣追念吐蕃盛世，又为潮流所动，确定以恢复佛教、崇尚佛法为国策。德尊衮的次子松埃笃信佛教，出家修行，取法名拉喇嘛意希沃。他主持修建托林寺，命译师仁钦桑布等21名青年前往印度求法，迎回印度高僧希达噶惹、哇玛达，译定佛经，弘扬上派律学。

德尊衮的长子柯日继位后，支持其弟意希沃，并在克什米尔建立寺院。其子拉德波继位后，也迎请印度高僧到古格讲经。拉波德的次子绛曲沃也出家修行，幼子沃德继位。当时，拉喇嘛意希沃前往印度迎请高僧，途经噶洛国时被异教王扣押。他的侄孙绛曲沃闻讯，立即派人携财宝赎取，异教王提出苛刻的条件，要求交出与意希沃身体重量相等的黄金。绛曲沃与其弟四处搜集黄金，全部用作赎金，但在称量时还缺相当头部的重量。意希沃听说后告诉来人："我头颅的命门已被他们用火烤炙，有如牲畜，不如一死了之。可将赎取我的黄金带往印度，奉献给阿底峡尊者，迎请他来弘扬佛法。"不久意希沃被害，遗体运回古格，安置于灵塔中。

拉喇嘛绛希沃遵照意希沃的遗愿，于公元 1042 年派甲尊僧格等人携黄金前往印度迎请阿底峡。阿底峡到达古格后，受到国王和僧俗各界隆重礼遇，驻锡托林寺讲经弘法，由仁钦桑布等翻译。三年后阿底峡返回印度，在普兰又被僧人仲敦巴迎往卫藏，1054 年死于聂塘。沃德之子赞德在位时也崇尚佛教，于藏历火龙年（1076 年）在托林寺召开法轮大会，卫、藏、康等地大批高僧到会。阿底峡入藏和火龙年法会是西藏佛教史上两件大事，被称为"上路弘法"的开端。

这个笃信佛教的古格王国雄踞于青藏高原的西部，一度拥有可观的人口，足以击败一支 10 万人的印度伊斯兰军队。但差不多与此同时，古格与同出一系的拉达克关系恶化。15 世纪初，第十七代拉达克王对古格发动战争。16 世纪前期，古格王吉丹采取和亲政策，将女儿嫁给二十一代拉达克王甲央朗杰，但双方关系并未得到改善。

17 世纪初，藏传佛教的格鲁派（黄教）在阿里取代了噶举派（白教）的优势地位。1618 年 7 月，应古格最后一位国王墀扎西巴德的父亲、叔父和叔祖父的邀请，四世班禅抵达古格，在托林寺受到隆重欢迎，并视察了一些寺院，到 10 月初才返回后藏。1622 年墀扎西巴德继位后,与其兄弟为代表的黄教寺院集团的矛盾日益尖锐。

古格因地处内陆高寒地带,与外界来往很少,数百年间也幸免于外界的纷争,但就在这预伏了内部危机的时刻,西方的神甫却扣开了古格王宫的大门,为危机的爆发送来了导火线。

1624年3月,受印度果阿教区总主教的派遣,天主教耶稣会神甫、葡萄牙人安东里奥·德·安德拉德,葡籍修士玛奎斯及两名仆人混在印度香客中,取道恒河河谷抵达印度教圣地巴德林拉斯。他们在玛那山口翻越喜马拉雅山,于8月到达古格王都札布让。

安德拉德先向国王送上重礼,博得了国王的好感。经过一段时间的观察,他发现当地民风质朴,虽然偏于一隅,人口有限,却是通向人口众多、地域广阔、语言相通的卫藏地区的门户。他欣喜地向罗马教廷报告:"上帝的力量为我们打开了进入该地的大门,来年我将善用此机。"

1624年11月,安德拉德回阿格拉汇报,准备请求主教增派教士,以便在札布让建立据点传教。墀扎西巴德国王却以为天主教是可以用来制约黄教的力量,所以在他临行前给果阿主教带去了一封盖有国王玺印的手书:"安东尼奥·弗朗古因（印度人对葡萄牙人的称呼）莅临我地，以圣教启迪斯民，甚为欣喜，兹令其为喇嘛首领，授以弘扬教法之权，任何人不得侵扰之。……我切盼大神父（果阿主教）迅速遣返安德拉神父，使其协助我人民。"

1625年8月，安德拉德和玛奎斯，以及另一位教士回到古格，增派的三名神父也在次年8月抵达札布让。他们在学习了一段时间的藏文后就开始向王室和民众传教，企图通过王室的力量推行天主教。国王不仅允许他们建教堂，还亲自选定于靠近王宫的向阳处，命当地居民拆迁，又拆除两间宫室辟为花圃，种鲜花供应教堂。为了使教堂环境安静，国王还下令改修了道路。1626年4月12日复活节，国王亲自为教堂奠基，并向教会赠送巨款。教堂落成后，国王夫妇常去听讲，作祈祷，王后与一位亲戚接受了洗礼，国王则因臣下反对而未能受洗。以往军队出征前都由喇嘛祈祷，至此改请传教士祈祷。国王还对其兄弟为首的黄教集团进行限制，以寺院新收130名平民当喇嘛为由，剥夺了他们的所有收入，又宣布：如他们仍不悔改，将取消为他们服务的士兵。

天主教的传教活动和国王对传教士的支持怂恿引起寺院上层人士的强烈不满，国王的兄弟等规劝他"不要追随才来几个月的陌生人而背弃先辈传下来的古老信仰",还请他到寺院住了几个月,想通过在寺院的隐居、默想和佛事活动来恢复他对佛教的感情,但他仍无动于衷。为了继续争取国王,黄教集团还与传教士召开了多次辩论大会,结果也莫衷一是。最后,国王的兄弟对国王发出了警告:长此以往,"将触怒臣民",受到"在精神方面有重大影响的为数众多的喇嘛阶层反对"。但这一切都未能使国王回心转意,相反,他甚至计划采取行动消灭黄教寺院集团,与传教士策划,令全部喇嘛还俗。消息传出,群情激愤。本来对传教士在国王支持下拆房改道建教堂的行为不满的百姓,在喇嘛们的鼓动下,大多数人也反对传教。在这种形势下,传教士虽多方努力,但收效甚微,一年多内受洗者仅12人,并且大多为王室成员。直到他们四年后撤出古格时,发展的教徒也不足百人。

1630年,国王患病,安德拉德奉命返回印度任果阿大主教,黄教集团乘机发起暴动,一些地方官和百姓响应。黄教集团请求拉达克支持,本来与古格国王不睦的拉达克王僧格朗杰立即派兵进入古格,包围了札布让。暴动的喇嘛和百姓聚集在王宫山下,要求国王投降。国王拒绝,率军队固守了一个多月。

据民间传说，拉达克人将俘虏的舌头割下，堆积在山下，国王不忍，决定下山投降。他一手捧着一个装满黄金的盘子，一手捧着装满玉石的盘子，一步步走下山去。拉达克人背弃了诺言，将他和全部俘虏押解到拉达克首府列城。拉达克军队又相继占领了日土、噶尔、达坝等地，拉达克王任命他的独生子恩扎普提朗杰为古格的统治者，古格王国从此烟消云散。

拉达克人的统治并未持久，到1682年，五世达赖的军队驱逐了拉达克人，在阿里地区设立了五个宗，其中的札布让就设在古格故都所在地，宗的办事机构就设在原王城山下。

现在还不知道拉达克人统治时是否利用了古格王城，但从现在的遗址看，王城遭受过严重破坏，此后完全沦为废墟。除了废墟中还能见到的壁画外，古格的历史文献已荡然无存，其前期历史较多记载在一些藏文史籍中，其后期历史目前只能从耶稣会传教士的记录中复原。

在古格灭亡近300年后的1912年，英国人麦克沃斯·杨从印度来到象泉河谷，他见到的是"一排石灰粉刷的塔耸立于宗本（宗办事处）房屋附近，其中一座约40英尺，高出其他塔之上，其顶端横卧一个饱经风霜的木十字架，那或许就是喇嘛摧毁附近教堂时修建的塔"。40年代当意大利著名藏学家图齐来到这里时，他拍摄了大量照片（据说还有100多张没有发表过），但他只将它当作一座废弃的寺院，并没有意识到这就是当年的古格王都。

在夕阳的余晖中，我步出白殿，从沉重的历史回到现实，踏着残缺的石阶上山。要是外人没有闯入这神秘的高原王国，古格文化能保存到今天吗？这当然是不可能找到答案的问题，但却引起我长久的思索。

17. 废墟下的"希望"

上山前，在村边路旁我曾见到一所新的小学，当时来不及下车，只知道这是由香港同胞援建的一所希望小学。第二天清早，我来到"港心希望小学"门前，虽然还只有7点半（北京时间5点），教室里已经传来了孩子们朗读的声音。

校园里建着两排平房，一排是两间教室，另一排是一间办公室和教师住房。教室宽敞明亮，学生每人一张课桌，十几位男女学童有的正高声朗读藏文词语，有的正在抄写单词。我举起相机，他们大方地让我照相，也让我看他们的课本和练习本。

在校园里，我见到了一位正在准备做饭的小伙子，他今年24岁，来自县城札达，是这里的教师。他介绍说：这所希望小学有两名教师，另一位女教师是本乡人，今年20岁。他们都是由札达小学毕业后担任教师的。学校有一、二两个年级，教藏文，学生念完两年后去札达上完小学。除了本村学生外，学校还接受卡兹村的学生。因为该村的农业基地在这里，学生寄住在村民家中。每天早上7点半吹哨子，学生开始自学，参加自学的大多是卡兹村寄住在这里的孩子。

我再次走进教室，已经认识我的孩子们念得更响了。我拿起一个女孩的课本，指着一个藏文词问她："这是什么意思？"她显然听懂了，用藏文大声地说了一遍，旁边的男孩也用同样的声音叫了起来。尽管我听不懂他们说了什么，但我理解了他们的自信。

用20世纪末的标准看，这里小学的条件自然还是相当简陋的，但这是古格后代的希望所在。只是这样的小学在西藏毕竟还太少，所以我们还是经常见到一些显然没有上学的儿童，有的甚至加入了乞丐的行列。每次触及这些儿童充满困惑和忧虑的眼神，港心希望小学的琅琅书声和那几位儿童自信的神态便又回到了我的面前，我祝愿每一个西藏儿童都能进入这样的学校，并且应该享有更好的教育。

从自然地理条件看，古格故地也是很有希望的。象泉河水量丰富，来自高山融雪，水源稳定，水质优良，开发的潜力很大。这里阳光辐射强烈，热量充沛，大多数作物都能生长。当地藏民种的青稞长势很好，如果改良品种，改进耕作方法，增施肥料，产量还会大幅度提高。援藏干部带来的瓜果蔬菜种子，几乎都能在这里生长，开花结果。札达县一位副书记说："真是种啥长啥，谁说这里的地不行？"由于昼夜温差大，有利于作物糖分的积累，种出的果瓜特别甜。

对温差之大和阳光的强烈，我是深有体会的。每天都要经历四季，从穿羽绒服到单衣可以随时变换。要不是防护紫外线辐射，最热时完全应该穿短袖短裤。每当下午，炽热的阳光烤得人无处藏身，薄薄的帐篷布根本挡不住热浪，周围又没有任何树木可以遮蔽，司机厨工都躲在东风车底下午睡。我们只能坐在越野车中，并将车门大开，这比帐篷里多少要凉快一些。

当然这里也有不少不利的条件，冬季长，气候变化剧烈，自然灾害多。但随着科学技术的发达和生产能力的增强，这些困难不是不能克服的。如四川农民在拉萨郊区以塑料大棚种植蔬菜，既充分利用了充足的阳光和热量，又防止了气候多变和冬季气温低的不利影响，取得了很好的经济效益和社会效益。如果在象泉河沿岸建起塑料大棚，完全可以生产出优质的蔬菜和水果。

既然古格人的祖先曾经在极端艰难的条件下创造出如此绚丽的宗教文明，今天的古格人为什么不能再创更加辉煌的现代文明？

18. 废都之巅

第二天上午，我们在故城前一下车，就先往山顶攀去。山高170米，登顶似乎不难，但这里的海拔也有近4 000米，加上山势陡峻，费的力实在不亚于攀一座高峰。

我们是沿着干道上山的，开始的一段路经过度母殿、红殿、白殿和大威德殿（杰吉拉康）曲折而上，原来都铺有石阶，现在虽已残破，毕竟还好走。再往上就只有土路了，有几段已变得又狭又陡，风化了的沙土踩上就滑，常常要手脚并用才能稳住身子。最后一段是暗道，是曲折的山洞，高处勉强能站直，低处仅容一人爬得过去。洞中还可见岔道，深不可测，不知通向何处。洞中有洞，洞旁有洞，像迷宫一般。有的洞通往崖边，大概兼有通气透光和瞭望的作用，正好供我坐下歇一口气。从洞口俯瞰，但见一层层废墟错落山坡，一切都已凝固和死亡，令人不得不想起古格王国惨痛的末日。唯有远处象泉河汩汩的流水和河谷中一片绿色，才提示我们，生命和未来并没有随着古格王国的覆灭而终结。

据考古学家调查，除了这条上山的干道外，已发现的还有4条支道和4条暗道，分别通向山上各处，用于交通联系、防卫和取水。取水的暗道可以从山顶直达山下的水源处，据曾经在阿里地区当记者站站长的D书记告诉我，暗道下面可以走四匹马拉的车。山上有大小窑洞879孔、碉堡58座，不少都与或明或暗的通道相连，构成了一个巨大的防御工事。我们在路旁的一个洞中看到堆放着拳头大小的卵石，显然是当年准备的防卫武器。古格国王经过数百年经营，造就了金城汤池般的王都，拉达克军队和暴动臣民围攻月余而不能下，但却挽救不了最终覆灭的命运，正印证了"堡垒最容易从内部攻破"这句名言。

出了暗道就到了山顶，沿路前行就是王宫和议事堂的遗址。这是山上最高的一层台地，高出下一层台地45米多，三面是悬崖峭壁，南端与其他山峦相连的一段很窄的通道也已被人工挖断，四面以城墙环绕，真正是一绝境。台地平面略呈S形，南北长约210米，东西最宽处约78米，最窄处仅17米，约有7 100多平方米。靠南边一组建筑群遗址估计有大小17间房屋，虽然已遭到严重破坏，但从规模和布局看应该是国王的宫室，有国王的议事堂、处理政务的办公处、起居室、大臣朝拜国王的等候厅、侍从和卫士的住房、防卫设施等。中间一组建筑群以佛堂为中心，共有16座建筑物。佛堂面积达250平方米，屋顶已毁，但从残存的供佛须弥座推测，原来在中间供着释迦牟尼大立像，两侧供有八大弟子塑像，壁上绘有精美的壁画。这是一组宗教建筑和处理宗教事务的机构。再向前数十米就是北端的一组建筑群，估计原来有22间房屋。考古人员曾经在这里采集到大量残铁甲衣、铠甲片、头盔片等，山洞内还清理出了几种装火药的牛角筒、数百件铁箭头，在一个封口的窑洞中发现了28个藤牌、残马甲衣和上万支成品、半成品或使用过的箭杆。显然这里曾是与安全防卫、军事有关的机构或此类人员居住的地方。

但是就在这片防卫森严、兵器山积的军事要地，却保留着一座基本完好的金科拉康（坛城殿）和一个供佛的贡康洞（依怙洞）。坛城殿的正殿面积不大，成正方形，每边约5米，前面是一个三角形的前厅（图8）。殿中央供奉"坛城"，梵语称为"曼荼罗"，意思为坛或道场。曼荼罗的种类很多，从殿中所绘壁画的内容看，所供的是"金刚界曼荼罗"。殿四壁绘满了精美的壁画，上下有五层，有数以百计的各类佛、菩萨、佛母、度母、神母、天女、金刚、大德、高僧、译师等，形象丰富，神态各异；第四层是"众合地狱图"长卷，令观者毛骨悚然。殿顶的藻井由8根主梁组成2个方框，错向相叠构成三个水平面，层层上升内收。整个藻井的梁、椽、天花板都有彩绘，色彩华丽，图案丰富，美不胜收（图9）。不过给我印象最深的还是殿堂的门框，整个门框和门楣是以忍冬卷草为主的浮雕，门框两侧脚部各有一尊高浮雕的菩萨，门楣中间是一个兽面，横框正中是一尊坐佛。岁月风霜早已剥落了原来的彩色，但却使它与两边的土墙和这座殿堂浑然一体，给人以一种庄严朴实的质感。居然有人在门框的外沿刻了字，但总算没有影响到浮雕，或许正是这种艺术魅力的强烈震撼才使他高抬贵手吧！

在山顶的过道旁有一个洞口，通向国王的冬宫。洞口本来建有围墙，配有门窗和屋顶，下洞的通道也铺有台阶，这些早已坍塌，所以我们是拉着一根铁索，从洞口沿着陡峭坡道攀援而下的。在接近主洞时，见到另一个不到一人高的洞口，深不见底，据说可以通向后山，并与防卫的碉堡和取水洞相连，供国王在紧急情况下使用。这个洞口旁有一个不大的落地龛，估计是守卫冬宫和暗道口的岗哨。

再往前就豁然开朗，原来有几个洞靠山崖一边开着窗口，阳光正由窗中射来。在过洞的内侧有三个单独的洞，在靠山崖的另一侧则有一个单独的洞和两个有过洞相连的洞，而其中最后一个又连着一个小洞。洞内的高度一般在2米以上，洞门都不到2米，最大的洞约有20平方米，而最小的一个估计才10平方米，显然是考虑了不同的用途和使用者不同的身份。这组有分有合、结构复杂的山洞总面积超过90平方米，据测量估算，当时的开挖量不少于320立方米，是一项不小的工程。奇怪的是，这些将作为国王冬宫的洞穴中居然没有任何装饰和居住的痕迹，连洞壁都没有抹过。最大的可能是，当这些洞穴开挖完毕时，古格王国已经危在旦夕，以至于国王及其亲属从来就没有在这里住过。或者是在开挖完毕后，国王却改变了主意，所以没有继续进行装修。

从崖边的洞口望去，山下的象泉河谷历历在目，远处的雪山也清晰可见。从洞口吹入的阵阵清风使我刚才爬山时流下的汗水消散，使人丝毫感觉不到山顶阳光下的燥热，也忘了正处在山顶十几米的地下。看来这山洞确有冬暖夏凉、四季舒适的优点。加上这复杂而精巧的结构，严密而周到的防卫，古格国王满以为一旦有了风吹草动，这里就能成为最好的避难场所，岂料居然等不到它的完工就已家破人亡。

同伴们正根据各人的专业和兴趣在各个遗址考察，我信步下山，又来到了白殿和红殿。这两座外貌平平的殿堂称得上是古格文化的艺术宝库，无论是大门、门框、柱头、替木、天窗、藻井、天花板、塑像、须弥座、莲座、背光、壁画、雕刻，都是罕见的艺术品。特别是塑像的底座，形制多达十多种，有矩形、菱形、圆形、椭圆形、多棱形、凸形，须弥座、莲花座，单束腰、中束腰、双束腰等。四周壁画更是一部丰富的古格社会史、文化史和宗教史，充分显示了当时的精神文明和物质文明，其中有名无名的佛像和人物数以万计，各种佛传故事、宗教仪式、庆典舞乐、世俗生活、飞禽走兽、奇花异草，令人目不暇接。

我注意到，佛像的手往往塑得特别生动，形态各异，但直到 T 捡到一只脱落毁坏的手时，我才找到了答案。从这只手可以看到，塑造时是用牛皮条做骨架的。原来工匠是用新鲜牛皮条按照手指的形态固定下来，柔软的牛皮条完全可以按照人手的各种形态自由弯曲，而等它自然风干后，就再也不会变形了。

赞叹之余，我不能不想到了事情的另一方面。在一个自然环境如此险恶、资源如此贫瘠的国度，从国君到臣民却如此虔诚地信奉佛教，把国家和个人不多的积蓄全部投入了寺庙。红殿、白殿所用的木材都来自喜马拉雅山的南麓，在这个高原王国中绝无仅有。连国王的宫殿也绝不会比寺庙奢华，而除了寺庙和宫殿，整个古格再也没有什么像样的建筑物。在王都周围山间密布的低矮窑洞，就是当年绝大多数古格人的住房。当时的僧侣估计要占总人口的五分之一或三分之一，他们当然要靠其他人的劳动来供养。即使他们的生活相当节俭，也是国家一个沉重的包袱。要是没有天主教的传入，要是没有拉达克人的入侵，古格王国或许还能存在不少年，就像其他一些处于封闭状态的小国一样,但这个社会能进步吗?人民的生活会改善吗?难道古格人真有世世代代赎不了的罪吗?极乐世界的门究竟为谁而开呢?

每当我站在秦皇汉武、唐宗宋祖的遗迹面前,每当我面对巍峨宫阙、庄严寺庙、金城汤池、舞台歌榭,每当我观赏着一件件耗费了无数人间珍奇和无数人的心血以至于生命才造就的艺术品时,我总无法回避这样一个问题:它们难道就是为了供我们今天的凭吊观赏才存在吗?在古格王都的遗址前,我的心再次受到了强烈的震撼。

19. 神秘的干尸洞

来古格以前看到过不少有关干尸洞或藏尸洞的报道,有的说洞内的无头干尸成千上万,有的说这样的尸洞不止一个,有的还具体描绘了洞内令人毛骨悚然的情景,不由人不信以为真。

一到札布让,我就打听干尸洞究竟在哪里,想亲自去看一下。虽然也有人说不止一个，但讲得出地点的也就是那一个，即在遗址北部壕沟断崖的西壁上。

听说我要去看干尸洞，司机W就说："很怕人的，没有什么好看。"我说："既然来了，无论如何也要看一下。"在下山途中，我们把车停在附近，沿着往下伸展的壕沟来到了洞下。

洞口宽不足1米，高约1.2米，距地面2.7米（图10）。好在崖壁有几处突出的地方，W踩着崖壁先攀上了洞口，我拉着他的手也攀了上去。就在接近洞口时，一股强烈的尸臭味扑鼻而来，这说明这些尸体并没有真正成为干尸，而依然在极其缓慢地腐烂。

进洞1米多就到了主洞，面积大约十来个平方米，高度却依然如此，所以人只能弯着腰，或者蹲在地下，迫使你的眼睛只能盯着可怕的地面。一摸进主洞，就感到脚下高低不平，或软或硬，原来已经踩到了散乱的骨骸。借着洞口的余光望去，地上满是骨骼、麻片、破布、绳子、小木棍、头发。这时反而不再有洞口那种强烈的气味了，倒不是因为久而不闻其臭，而是因为洞内的空气很少流动，不像洞口那样正处在风口。地上的骨骼大多是上下肢，偶然见到几根肋骨和躯干，找不到一具完整的骨架。我捡起一根连着脚趾的腿骨，上面还包着一层薄薄的干皮和腐肉。从脚骨看,这显然是一位女性的,不知她何以葬身洞中。据说这些尸骨都是无头的,我们注意找了一遍,果然没有发现任何头颅骨。我拿起一片麻片,竟非常干燥,甚至可以说完好如新,就像从正在使用的麻袋上剪下来的一样。这样的麻片很多,不知当时作何用途。

在洞的南、西两边各连着一个小洞,洞口更矮,简直得爬过去。用手电筒照去,里面也遍地骨骸。我不想再过去了。事后有人问我是不是害怕了,其实,既然已经进了洞,就谈不上害怕不害怕,因为里外都是一样,倒是觉得既然在外面已经看到了,就没有必要再去扰动这些不幸的灵魂。

不过要说他们不幸,或许只是我现在的猜测,因为死者是什么人,为什么采用这样奇特的葬式,到现在还是一个难解之谜。经考古学者估计,洞内的尸骨大约只有三十多具,绝对没有"万人"或更多,或许是因为经过了肢解散落,就显得那么多。在他们初次发现这些尸骨时,有近十具是用藏式无领粗布长袍或毛质粗布包裹的,腰部紧捆着毛绳子,毛绳子的两端绕过长袍的上部和下部,将尸骨紧缩成一团。其中一具推测是一位身高1米60左右的女性,尸骨被毛绳捆成卷曲状,膝肩相并，双臂合于腹部，外面包裹着土灰色的藏式无领粗布长袍，领部敞开，腰部紧捆一根粗绳，绳的两端分别绕过肩部和腿弯处而紧捆在一起，一束长发缠在长袍上，两鬓和前额的头发上还穿束着作装饰用的松耳石和小铜环；最外层用粗布块包裹。但他们再三寻找，也没有见到她的头颅骨。

如果当时这些尸体都采用这样的葬式——屈肢葬的话，那么与在吐蕃时期一些墓葬所发现的葬式以及现代天葬前将尸体捆绑成卷屈状的方式是完全相同的。这就更使这个藏尸洞蒙上了一层神秘的色彩：这些尸体是谁？他们死于古格王国时期，还是死于古格灭亡以后？他们是王室、贵族、僧人、将士、平民，还是俘虏或奴隶？将他们的尸体放在这里是一种崇高的礼遇？特殊的惩罚？还是普遍的习俗？

下山的路上我一直在思索，目前显然还无法找到答案，除非今后有新的发现。但干尸洞绝不像传说的那么神秘，那么可怕，已经由我亲眼所见得到证实。其实，西藏的许多"神秘"是出于传闻，而且越传越神，也离事实越远。所以最好的办法，还是亲自去观察，亲自去体验，然后将所见所闻告诉大家，还西藏以真相。

20. 荒村瑰宝——东嘎、皮央的壁画

限于日程，我们匆匆地离开了古格废都，但继续在追寻古格的遗存。我们的下一个目标是东嘎乡的东嘎村和皮央村。根据前几年的文物普查，那里保存着丰富的洞穴壁画。

7月4日上午，我们的车队在札达县城稍事停留后，就向东嘎进发。我们的人员已经减少了两位，X和L另有急事，在札达直接雇车，从南线回拉萨去了。在札达–嘎尔兵站公路103千米处折进一条支路，不久就到了东嘎村。村民们认识T和陪同的人，纷纷向我们招手致意。下午2点，我们在一处谷地扎营。除了我们自己的帐篷外，乡里还搭了一顶大帐篷供大家公用。一条小溪绕谷地而过，流水潺潺，萋萋芳草之间，还盛开着一些不知名的小花，将星星点点紫色、白色、红色和难以名状的色彩镶嵌在绿色的地毯上。在我们扎过营的地方，这是景色最优美的一处。

但这里的海拔又升高到了4 060米，气温已明显降低，就是下午气温最高的时候也不会有札布让那样燥热。而且每当云层遮住了太阳，我们马上就会感到寒意。4点多，我们在村边散步拍照，突然刮起了大风，同时下起了不小的雨。我们赶紧躲进帐篷，但厚帆布已挡不住寒风，多日不穿的羽绒衣又用上了。半小时后雨过天晴，离我们不远的山坡上已经积了一层白雪。

第二天早上醒来，才7点，第一感觉就是冷，被子上是湿的，帐篷布也是湿的。走出帐篷，地上也是很重的露水，脚踩在上面更觉得冷。东方的天空浓云密布，太阳迟迟不肯出来，山上的雪却比昨天更白了。直到10点多才转为多云天气，我们开始上山。这一天我上下山都穿着羽绒服，居然没有什么热的感觉。

那天我看了三个洞，都在海拔4 200米左右。一号洞较小，壁画已经残破。三号洞也不大，所供的佛像已毁，但"擦擦"（模塑的小泥佛）很多，地上随处可见。小的擦擦只有手指大小，但也见到几个像拳头般大的，形象相当精美。最精彩的是第二号洞，约5米见方，高度也有5米。洞顶是五层方圆交错的藻井，图案异常精美。四壁绘满彩色壁画，基色为蓝色，证明年代较早。T发现其中一位妇女像是露背的，他认为这是和田人的装束,而不是藏人的习俗。

但正是在二号洞的顶上,已经出现了几道明显的裂缝,由缝中渗入的水已经在洞顶和洞壁留下了一道道泥痕,污损了画面。更严重的是,顶部藻井已经崩塌了一大块。如果不采取防护措施,藻井的崩塌部分必然会扩大,壁画也会受到更大的破坏。

出洞以后,我们就沿着蜿蜒的山脊一步步攀向山顶。与山顶的海拔大概只相差100米,但在海拔4 000多米的地方,要爬上山顶也不容易。走不了多远,我就落在后面了,再走了一段,就不得不停下来歇一阵。这样停停歇歇,花了个把小时才到了似乎近在眼前的山顶。不过要是没有前阶段的适应,花再多的时间恐怕也会无济于事。

登上山巅,就看到了一道约50米长的横向深沟,显然已经深达二号洞顶,沟的最宽处有近1米。这里的山体是砂石结构,极易风化,但更大的威胁却来自水蚀,这道深沟就是水蚀的产物。由于这里几乎是不毛之地,裸露的山体毫无植被遮掩,雨水和融化的雪水都在无情地冲刷着已经风化的砂石。一旦形成沟壑,汇聚的流水就会以更大的力量往下切割,年深日久,就形成这样的深沟,直到沟外缘的山体崩塌,或者将山体一分为二。从二号洞长期渗水看,这道沟的底部离洞顶已经不远。如果不加整治,用不了多久,洞顶就会开裂,壁画将被完全破坏。如果山体崩塌,二号洞就会不复存在。

当务之急是要制止沟的扩大和加深,但在这样的条件下很难找到可行的办法。以往一般是用土法将沟的表面封住,以断绝水源。但对付如此长和宽的沟面,这种办法已难奏效。另一种办法是向沟中灌泥浆,使沟底的裂缝黏合起来,并使沟缩小,如果在泥浆中加入树脂等黏合剂效果会更好。但这里泥和水都缺乏,更没有电力和必要的机械,显然无法施工。我建议采用定向爆破,顺着深沟将已经开裂的外缘山体炸掉,然后将洞顶平整加固,防止出现新的沟壑,就能维持较长年代的安全。现有的定向爆破技术完全可以保证洞的安全,将炸下的砂石抛入洞前的山沟。当然,在这样一个远离现代文明的环境中,人的力量格外渺小,任何一种方案都还是纸上谈兵。我只能希望水蚀作用的速度慢一些,以便在人们采取有效的措施以前不致使洞毁灭。

第二天是个少云的晴天,虽然还离不开羽绒衣,但已经没有彻骨的寒意。我们来到不远的皮央村。村落分布在两座高约百米的土山之麓,山上是密如蜂窝的洞穴。大多数洞中空无一物，少数是村民的储藏室，或者被用于关牲口，有壁画或佛像等文物的已是凤毛麟角。要是没有村民的指引，要找到文物就像大海捞针。

一位和蔼热情的老人为我们带路，据陪同我们的Z介绍，他已经69岁，这位老人多年前来自拉萨，与本地一位比他年长三十多岁的妇女结婚，如今他的太太已经103岁，称得上是阿里的人瑞。这位老人的经历本身就是一个动人的故事，要是时间允许，我们真想见见他的老太太，见识一下世界屋脊上的百岁老人。但现在我们得跟上老人的步伐，因为稍一放松就远远落在他的后面。

走上一个缓坡，崖边现出一个小洞。为了保护他们的圣物，村民平时用石块将洞口堵死，今天特意打开洞口供我们参观。洞口太小，仅容一个人匍匐而入，我刚探进身子，就被羽绒服卡住了，脱下衣服才爬了进去。洞室方形，阔约3米，高也是3米左右，原来洞门一边的山崖已经崩塌，所以无路可走，只能从旁边的小洞出入。洞中的壁画年代也较早，原来应该是绘满四壁的，但现在已经残破。

我们循原路退出，回到山下停车处，见T、H等已在山上另一处洞口,就赶紧攀上山去。这是一个长方形的山洞,壁画也已残破,与前面看过的那个洞相比,年代明显要晚。当我的目光移到壁画左上方时,顿时感到无比惊异——上面画的一条龙完全是内地汉族的模式,与藏族传统的画法迥然不同,在阿里其他地方也从来没有见过。这绝不会来自某一位古格艺人一时的灵感,或者是一种偶然的巧合,而应该是文化传播的产物。但由于没有更多的线索,具体的过程只能留给遐想——是内地的艺人到过这里?是古格的艺人到过内地?还是因为他们直接或间接地接触过汉族艺术?这条龙的形象是通过什么途径传到这里的?要不是亲眼看到了这条龙,我根本不会想到、也不会相信,数百年前的古格王国会与数千里外的汉族地区有什么文化交流和联系,但在事实面前我不得不思索着这个难解的谜。

老人依然精神抖擞地带着我们绕到后山,他遥指崖上一洞,说里面有壁画。H在1994年曾经上去看过,说洞里的壁画不多,但T和ZH已经迫不及待地往上攀了。崖上完全没有路,而且很陡,洞虽然不高,要接近也不容易。生长在阿里、惯于攀登的ZH首先爬上最后一道崖壁,援手将T拉了上去。T太太虽然没有与丈夫同行的本领,却想一睹洞中景象。她想找到一条捷径,便先登上山顶，再从上面的洞穴往下移动。一些洞穴中有暗道相连，这使她比较容易地接近了那个洞。但此时再也找不到任何通道，这段崖壁也光滑如镜，没有落脚的地方。尽管她离T所在的洞顶仅有最后的几米，却还是可望而不可即，只得循原路退回。

T和ZH拍完照后下来，说洞中的壁画不多，大家决定不再进洞，在老人带领下继续上山。途中经过几处寺庙的遗址，但地面上只见到一片废墟，没有发现什么文物。快到山顶时有一处较大的遗址，从残存的墙壁和土台看，这曾是一座不小的寺庙。遗址旁有一个山洞，洞中还保持着一座小庙。洞内光线很暗，洞室不过3米见方，四周的壁画以红色为基色，看来是萨迦派的作品，时间较晚。但洞中供的两座铜佛是印度12世纪的原物，还有更早的印度10世纪大理石造像的残片，年代都比壁画早得多。很可能是年代较早的寺庙毁弃后，残存的佛像被移到这个小山洞中，才出现了这种新庙供旧佛的格局。或许这样的搬迁已进行过不止一次，正是这类转移才使古格文化的瑰宝延续到今天，尽管它们只留下了一些片断。

21. 古格人神秘地消失了吗？

这几天的广播新闻——这是目前我们与外界的唯一联系——不断传来各地洪水成灾的消息，就连西藏的拉萨等地也在防洪了。我们最担心的是雨季提前到来，如果雅鲁藏布江及其支流涨水，南线的公路交通就会断绝，我们将不得不由北线返回，时间和路程都将大大增加。我们决定再花一天时间就结束在东嘎、皮央的考察，然后前往神山——冈底斯山的主峰冈仁波齐峰，以便赶在雨季来临之前由南路返回拉萨。

第二天早晨，天空万里无云，起来后就了无寒意。但我们的第二架汽油喷灯也罢工了，厨师只能用借来的藏式锅煮稀饭，以牛粪拌汽油为燃料，到9点多才开出早餐。这架喷灯一直没有能修好，好不容易从老乡那里买了一架旧喷灯。除了新宰的羊肉，蔬菜已所剩无几。这一切似乎都在催促我们抓紧时间，摆脱困境。

T等人继续上山拍照，我们请乡长租了几匹马，往皮央村周围看看。乡长和一位乡民陪同我们骑往皮央，51岁的乡长在途中告诉了我东嘎乡的概况：全乡有三个村——东嘎、皮央、东波，共有200余人；皮央村有14户人家，70人；乡民以牧业为主，也有少量农业，去年人均收入800元；东波和皮央二村有两年制小学。

这一带地势比较平坦，加上我已不止一次骑马，所以既没有第一次骑马时的恐惧，也不必担心路途的崎岖。我们离开皮央村后，任凭马儿缓步徐行，漫无目的地一步一步走向那寂静的旷野。远处的雪峰似乎永远不会靠近，近处则除了旷野还是旷野，没有任何变化，更没有任何人烟。走了一程，马儿都自动停下了，显然它们不愿再走向陌生的地方，因为这不是通向邻村的方向。我们不得不折回原路，绕过皮央村，走回我们在东嘎的营地。

当我回首那蜂窝般的山上一片片寺庙废墟，一个长期困惑的疑问又涌上心头。要是这些寺庙还在，靠村里区区数十人如何供养得了？而当年要建造这些规模不小的寺庙，又要开凿如此之多的洞穴，绘成如此精美的壁画，供上外来的或本地的佛像，又需要多少古格人付出辛勤的劳作和虔诚的奉献？古格的全盛时期的数十万人口是如何消失的？他们的后裔而今安在？

在来到阿里之前，我曾经看到过一些文章，认为古格人神秘地消失了，以至于有人声称一项重大发现——重新找到了古格人的后裔。还有人对古格王都遗址的藏尸洞作了夸大的联想，认为古格人已在亡国时被斩尽杀绝了。尽管我也没有找到确切的答案，但所见所闻已破除了这些神话。

1630年古格的内乱和拉达克人的入侵，必定会造成古格人口的损失。古格王国覆灭后，王室和一部分人口被迁往列城。但拉达克王封他的儿子恩扎普提朗杰为古格王，证明大部分古格人还在旧地，否则这位新的古格王就没有臣民可以统治。1682年，西藏的五世达赖派军队驱逐了拉达克人，在古格旧地设立了五个宗（相当于县），这也证明当地还有一定数量的人口，否则何必设立这些宗？

至于古格为什么会从数十万人减少到今天数万人，看来还得从自然和社会各方面寻找原因。在生存条件如此严峻的情况下，即使全体人民都从事农牧业，社会财富都用于民生，生育能力得到充分的发挥，也只能使人口有缓慢的增长。而当相当大一部分人口成为职业僧侣，社会的财富基本都用于宗教活动，出生率又大大降低时，人口的不断减少就不可避免。一旦出现天灾人祸，更会造成人口锐减，并且再也难以恢复。所以，大多数古格人是消失在他们自己的土地上的，而他们的后裔数量越来越少，寿命越来越短，要是没有根本性的变革，这种递减趋势最终将导致一个民族的灭绝。

阿里不乏外来移民，像带领我们寻访壁画的那位老人就来自拉萨。当年五世达赖驱逐拉达克人，设置行政区域时，必定要留下驻军，迁入行政人员。古格人也迁往拉达克和其他地方，所以在阿里以外发现古格人的后代并不值得大惊小怪。但古格人的后裔主要还在阿里，就像古格人的主体依然在阿里一样。

22. 冈仁波齐——神山的召唤

结束了东嘎—皮央的考察后，我们的下一个目的地就是神山——冈仁波齐峰。

冈仁波齐峰是冈底斯山的主要山峰，海拔6 656米，雄踞于冈底斯山的西段，与喜马拉雅山脉上海拔7 694米的纳木那尼峰遥遥相对。

西藏是世界屋脊，集中了全世界主要的高峰。在西藏，大概很难找到一个看不见山的地方，山一直是藏人生活中不可或缺的一部分。正因为如此，藏族先民对山的崇拜已经有了悠久的历史。

但冈仁波齐峰有其更特殊的地位。根据藏文抄本《直贡世系》和《圣山志》的记载：直贡派的创始人吉且直贡73岁时（约公元1216年），派古雅岗巴作圣山法主，此时古格王赤·札西德赞和拉达克王欧珠衮都是圣山的施主。这座圣山就是冈仁波齐峰，可见对它的崇拜至少已有700多年了。

而在佛经《俱舍论》中提到，从印度往北走，过9座山，有座"大雪山"。冈仁波齐，在藏语的意思是"雪山之宝"，据说就是这座大雪山。相传佛祖释迦牟尼尚在人间时，守护十万之神，诸菩萨、天神、人、阿修罗等曾云集在大雪山周围，时值马年，因此马年便成为冈仁波齐的本命年，出现转山朝拜的高潮。对冈仁波齐的崇拜并不限于藏民，还有印度人、尼泊尔人，并随着藏传佛教和有关宗教的传播而扩大到世界各地的信众。

但在亲眼看到冈仁波齐峰，亲身感受到它的魅力之前，我还没有理解，西藏有的是七八千米的高峰，为什么藏人对这座不到 7 000 米的山峰却情有独钟。

我们于 7 月 8 日离开东嘎—皮央,预计当晚到达神山脚下。这天的路程较远,所以必须尽早出发。我第一次醒来时才 5 点,就又睡了一会儿,再醒来时正好 7 点,就叫起大家,收拾装车。剩下的面条作了早餐,午餐就指望路上能买得到了。好在神山脚下的塔钦有宾馆和食品供应,到达后就能摆脱困境。

8 点半,我们的车队驶出东嘎,几千米后就转入公路。这是札达与外界联系的两条公路之一,可以不必再经过狮泉河来的老路,直接到达狮泉河—拉萨公路线上的噶尔,路程缩短了不少,但同样要翻越高峻的阿伊拉日居山脉。

途中经过三个山口,高度都在 5 000 米以上。有了前几次的经验,过这样的山口对我们来说已经不大在意了,但不良的车况却使我们不得不随时保持戒备。由于 X 与 L 已提前返回,人员减少,每辆越野车只要坐 3 个人,我不再与 T 一家坐一辆车,转到 H 与 J 那辆。本来,T 坐的那辆车经常熄火,司机 W 认为是汽油里混有羊毛所致,我也亲眼看到他在拆开的发动机中掏出一团羊毛。在札布让时遇到为中央电视台记者开车的一位司机,他的父亲曾经是班禅的司机,父子俩都是修车高手，W请他帮忙将发动机彻底地清洗了一次。可是这以后还是经常熄火，出车时发动不起来，只能让P的车拖着，或者预先停在一个坡上往下冲，才能开得动。今天在路上又熄过几次火，所幸不是在陡坡上，而且很快又启动了。我们一直在担心W的车，谁知P的车也出了洋相，在下山时忽听到咣的一声，居然从车底下掉下一根钢杆。P赶紧刹车，捡起了钢杆，却不知道这是哪里掉下来的。我们觉得事情不妙，让他定下神来仔细想想，或者钻到车底下看看，究竟是什么地方掉下来的。折腾了一会，P还是不得要领，他说这根杆子是辅助零件，不装上去没有什么影响，还说现在新型号的车已经不用了，所以他不知道，说完就发起车子又上路了。我们除了相信他的话以外别无选择，但心里总不踏实，何况正是一路下山，要是刹不住车怎么办？J最紧张，她让我们别将车门锁上，似乎随时准备跳车逃命。其实，要真出了什么事，在这样的山路上跳下去并不是那么容易，结果可能更糟。所以我想最好的办法还是什么也别想，倒是不要放过了沿途的景色，因为此路未必还会走第二次。而且根据我在西藏旅行的经验，即使再走同样的路，也未必能见到同样的景色。

在公路附近最高的山是拉加峰，海拔有6 261米，所以不管山路如何弯曲，它洁白闪亮的雪冠总是不离左右。直到转入干线公路后，才逐渐消失在云间。此时在车的左侧，又见到了喜马拉雅山绵延不绝的雄伟身影，不时有一座雪峰定格在某一方位，很久才退出视线。

约130千米经过噶尔兵站，车子又驶了两个多小时，在下午2点半到达门士。我们在门士煤矿招待所用午餐，供应的唯一食品就是面条，当然酥油茶是必备的。招待所门前路口有一位检查过往车辆的武警，看他长得白净清秀，我以为他是刚进藏的，一问才知道他来自陕西宝鸡，进藏已经6年多了。

虽然是第一次经过门士煤矿，这名字却并不陌生。经历过"文化大革命"的人大概还能记得，那时每次重大的"政治运动"或重要节庆时，常常有来自这座号称世界上最高的煤矿的报道，以表示对"无产阶级司令部"和革命路线的支持遍及中国每一角落。而门士煤矿既代表伟大的建设成就和"抓革命，促生产"的实际行动，又有世界屋脊、翻身农奴和少数民族的特殊背景，有不可替代的典型性，所以能够与大庆、大寨那样频频出现在报道中。想不到今天会经过门士煤矿，自然要打听一下它的现状。那位武警没有直接回答我的问题，而是引了当地一句民谣"门士煤矿烧羊粪"。他说："我来这里好几年了,从来没有看到煤矿拉出一车煤。"下午经过门士区时,见到的只是一片土房,行人寥寥,这是煤矿的生活区,矿井离此还有几千米。以后得到消息,煤矿已正式关闭。

  午餐后我们的车折入一条支路,去寻访一座名叫"札达普热"的寺庙。在杳无人烟的荒漠中行驶约8千米后,我们来到象泉河边。微黄的河水从一段峡谷中潺潺流出,两岸的山间跨河悬挂着几道彩色的经幡,在荒原中显得格外亮丽。河旁有一处温泉,四周挂着新旧不一的经幡,说明不断有人光顾。对面是直逼河岸的山峰,这一边的谷地比较开阔,寺就建在沿河坡地上。在一个小山包的周围,辟有约2千米长的转山道,修得相当平整。在道路经过的最高处照例挂着大量经幡,宛如一座彩门。当我俯身经过这座彩门时,见一位背着行李的老者正缓步转山,他是从改则步行而来的;还有一位中年人正一步一拜地叩着长头,不便问他来自何处;而他们的共同目标就是继续去神山转山——原来这里是转神山的第一站,据说在转山高潮时同样会人流不断。

  喇嘛将我们迎入寺中,但见大殿和菩萨都新修不久,香火颇旺,但没有什么文物,看来曾经遭受过很大的破坏。喇嘛说,已经恢复的建筑只是原来寺庙的一部分，以后还要续建。

出寺后，阿里地区文化局的Z把我们领到一处高坡，向我们作了介绍。他指着对岸一座较低的山峰说："相传这是仙女跳舞的地方。"又让我们回身仰望，说寺后的山峰恰似一座天然佛塔。他说："你们看，面临仙女舞台，背倚天然佛塔，有这么好的地方，古代的高僧才会在这里建寺。"尽管我还想象不出仙女和佛塔的形象，但经他一解释，眼前的景色顿时增加了几分神秘。

就在我们将离开时，又一支车队驶来，一批外国游客纷纷下车，看来此寺已成游客必到之处。T居然遇见了他在英国和德国的朋友，因而我们又耽搁了不少时间，等转回门士附近的公路时已近6点。从地图上看，离今天的终点还有70多千米。

说到地图，到西藏后我才发现，我们原来的一些大比例尺地图并不精确，原因之一可能是当初测绘不准确、不全面，或者只是沿用了原来的资料而没有仔细核实。另一个原因，可能是由于西藏人口过于稀少，但地图上必须有一定的居民点，所以列为居民点的标准很低，有的不过是几户牧民的几个帐篷，而等地图编成发行后这些牧民早已迁走了。所以经常可以发现在地图上绘着的居民点，实际上根本一无所有。另一个问题是地名的翻译,由于从藏文译为汉文的译法和用词不规范,所以不同的地图或资料中往往有不同的译法,一名多译,同名异译的现象相当普遍。一些完全不同汉字的地名或许就是一个地方,而同样的汉字地名却可能是不同的地点。有的译名相当草率,发音未必准确,意义更完全不顾。如有一处地名叫"拉鬼抗日",真令人啼笑皆非。又如现在改为"琼结"的县,原来译为"穷结",从汉文角度看自然有天壤之别。但翻开今天的西藏地图,用"穷"字的地名还不少,为什么不能统一改为"琼"字呢?

下山后,公路基本都沿着噶尔藏布及其上游的格巴江曲,以后又接近象泉河的支流。沿河一带水草丰满,不时可见一群群正在被放牧的牛羊。车过门士后,景色迥异,完全成了高寒的荒漠,地面几乎一无所有,沿途杳无人烟。公路稍稍折向东南,左侧是冈底斯山脉,右侧远处是喜马拉雅山。毕竟有大巫小巫之别,尽管喜马拉雅山的实际距离要远得多,却显得比冈底斯山还近还高。

我不停地搜索着前方,等待神山的显现,但天空的云越来越浓,远处的雪峰已难辨认,神山也迟迟未见。忽然,云端露出一个闪亮的尖角,"神山!"我们几乎同时欢呼起来。急速行驶的越野车不断缩短着我们与神山的距离，一座银色的金字塔高高耸峙在群山之上。在一边的塔基上，还隐约可见一道阶梯，似乎就是为攀登者而设。车过一个山口，神山的形象更加雄伟，但见金字塔底下还有更大的白色基座，整座山峰更像是一座硕大无朋的帐篷。不需要任何指点，那一览众山的气势就标志了神山独尊的地位，已使我受到无形的震撼。我曾经在定日遥望珠峰，在飞机上俯瞰富士山和阿尔卑斯山，乘车经过号称冰川之父的慕士塔格峰，曾经一次次为造物主的鬼斧神工所叹服，但我不得不承认，神山的形象超出了我的想象，使我一下子理解了藏族先人的选择。我相信，任何人来到这块土地上，都会俯首于神山之下。

车抵塔钦，我们投宿于冈底斯宾馆。说是宾馆，其实只是一排十余间土房，设施极其简陋，远不如内地一般县城的招待所。最糟糕的是一座露天厕所内几乎无处可以落脚，旅客大多到周围空地自寻方便处。但门口明明挂着旅游局的定点招牌，里面也宾客盈门，旺季时还供不应求。或许这正是使当地旅游部门自我满足，不加改进的原因。其实，这里离河很近，水量充足，要将环境搞得清洁一点，将厕所打扫得干净些并不困难。看来在开发旅游，特别是加强管理方面，西藏还有很长的路要走。

到河边漱洗时，但见山坡上搭着一座座帐篷，都是藏民朝圣者的临时住所。在札达普热寺见过的一对德国男女青年又出现在眼前，原来他们搭了Z的车。如果搭不到便车，他们随时准备步行，在此前他们已经走过几天。那位叩长头的和步行的信徒肯定还在途中，说不定还没有离开那边的转山道，但他们肯定会到来。

这是神山的召唤，有了神山的魅力，其他一切条件都已经无关紧要了。

刚住下，我们就听到，一位老年德国游客前几天在这里旧病复发，命归黄泉，客死异乡，他的遗体已经在圣湖（玛旁雍错）旁火化。据说，每年都有这样的事发生，但对朝圣者和游客并无影响。如果这位德国游客是一位虔诚的朝圣者，或者是一位达观的老人，那么他当然不会有任何遗憾。虽然他不能在家中寿终正寝，不能葬身故乡，但他却长眠于神山脚下、圣湖之滨，永远伴随着这片圣洁的土地。这是多少人可望不可即的归宿，他却在无意中得到了，岂不得其所哉！

23. 尝试转山 难见神山

住下不久，天就黑了。我们去餐厅用餐，在等待开饭时顺便与餐厅唯一的工作人员聊了起来。这位青年是四川绵阳人，因为家乡工资低，到狮泉河宾馆工作，现在独自承包这里的餐厅。塔钦的旅游时间是半年，另半年仍回狮泉河工作。我问他半年收入多少，他说一般能赚1万多元，积累几年可以回家乡开个小店了。餐厅的价格当然比较贵，馒头1元5角一个，米饭2元一碗，两个蔬菜炒土豆丝和粉条都是18元，但能吃到热饭菜已经不错了。吃完时他告诉我们，因为客人少，明天不开早餐，原来大多数转山者都自带干粮或自己开伙。

9点半电灯亮了，据说供电时间至12点半。我们抓紧时间商议明天转神山的事。据介绍，沿转山道绕一圈有100多里，一般都是走两天。也有年轻力壮或体力特好的人早出晚归，一天转完的。年纪大的或一路叩头的信徒花的时间更长，有转上八天十天的。转山都得步行，但行李食品可以雇牦牛背。T以前来转过，他告诉我，第一天的转山道都不到海拔5 000米，一般没有困难。第二天早上到折返点这段路是不断上坡，最高点卓玛拉山有5 700多米，这时多数人会感到头痛心跳，但过了这一点后就一路下坡了。他认为，以我的体力和前一阶段的适应，应该不会有什么问题的。藏胞视转神山为吉祥，当然不愿放弃这难得的机会，所以连三位司机在内都要参加。可是H和J决定留下休息，这就使我为了难。T一家三口，我当然不便和他们一起住。藏胞们转山时有很多规矩，还要不断拜佛，立玛尼石，献哈达，他们显然也不希望外人与他们同住。考虑下来，我只得放弃转山。但我想不能参加全程，转一部分体会一下也好吧！藏胞告诉我，佛教和喇嘛教徒转山的方向是顺时针，而本教徒是逆时针方向转。我想，我什么教徒都不是，所以不管哪个方向都行。

塔钦的海拔已升至4 600多米，Z告诉我们，先我们而至的文物局人员中有几位身体不适应，没有转山，已经提前到普兰去了。我倒没有什么不舒服的感觉，只是为不能全程转山而未能立即入眠。夜里狂风大作，等12点熄灯后周围人声全无，风声却一阵响似一阵，使我渐入梦乡。

第二天大家起得很早，转山的人各自备齐了随身用品。不一会儿雇定的几头牦牛出现在围墙边的场地上，8点过后T、C和步行的人就先出发了。我与H等在牦牛旁，过了好一会儿两位赶牦牛人才姗姗而来。大家正往牛身上装物品时，H与赶牛人争吵起来。原来他们提出要按三天时间收费，尽管实际只用两天，还说是旅游局的规定。最后找来旅游局的人，经他调停，按两天收费，但另给赶牛人一笔好处，实际等于付了两天半的钱。这自然花了不少时间，加上装运的东西很杂，到9点半牦牛才起程，S、Z、两位司机和炊事员R随行。Y留下来采购归途用的米和食品，因为除了还剩下一点在东嘎村宰的羊肉外，我们已经没有储备了。

我吃了一点在札达买的尼泊尔产饼干，这进口货的味道实在不能恭维，除了一股很重的油腥味外，就是一块稍甜的硬面团。但为了能体会一下转山的意境，不用它充饥又怎么行？

出门一里左右，就开始绕山而上。踏上转山道后，一路不见行人，为了当天能到达仅有的几个宿营点，并且能在两天内转完全程，一般转山者都已早早出发。但不用担心迷路，这里只有这条唯一的环绕神山的大道。

说它是大道，倒并不在于它的宽度。有几段上下坡处就很窄，但在平坦处就显得很宽，因为与周围地方没有什么区别，而且两旁照例堆积着无数的玛尼石，有的上面还刻着经文和祷词，有单个放置的，也有堆成一座小丘的。可以想象，几百年来多少信众曾经从这条道路上走过，完成他们一生中最神圣的使命。他们不远千里、甚至万里，带着家人、村民的期望和祝福，来向神山和佛祖表达他们的虔诚，祈求庇佑和幸福，即使这只能寄希望于另一个世界。

　　自从昨天在路上见到过神山的全貌后，就再也没有能瞻仰它的尊容。尽管我们这儿可以见到蓝天，但神山周围一直是云遮雾障。我曾怀疑是近处的山峰挡住了视线，特意离开道路爬上一处山峰，但前面依然是茫茫一片。

　　据说转山时大多数时间是看不见神山的，一般要到第二天早上攀登5 000米以上这段路时，才能清楚地看到神山，时间也不长。如天气不好，即使距离近也未必能见到。但对信徒们来说，见到神山当然是莫大的幸福，见不到神山也可以了却心愿，神山的魅力早已超出了它的形象，而深深植根于信徒的心中。

　　由于思绪不断，我丝毫没有感到孤独和单调。为了保存体力，我不敢走得太快，还不时停下略事休息。极目山下,近处有公路可见,从地图上看,这是通向革吉县的,从塔钦以下一段基本与转山道平行,到前面谷口才分开。不过转山者是不会利用这个便利的,他们需要一步一步自己走完全程。更远处就是鬼湖拉昂错和圣湖玛旁雍错,两个象征意义截然不同的湖水似乎连在一起,随着天空云层的消长变幻着不同的色彩。纳木那尼雪峰在天穹下若隐若现,时而闪亮,时而晦涩。除了风声,听不到其他任何音响;除了我自己,就只剩下大自然的广阔天地。要说缺少了什么,那就是绿色,即使偶尔存在的植被也失去了它们固定的颜色。但生命没有随着绿色而消失,从神山流下的水汇成桑改藏布,滋润着这世界上最高的土地,养育着世界上生活得最高的民族;更流向巴基斯坦和印度,造福于不同信仰的亿万苍生。就是在这片近乎凝固的土地上,也处处显示出异乎寻常的生命力,且不说那些生活在雪线上下的动物,就是这些不知名的植被也顽强地显示着它们的存在;更不用说千百年来生活在这片土地上的人民,他们在资源如此贫瘠、生存环境如此艰难的条件下生生不息。不仅如此,他们还创造了和这里的山川凝聚在一起的灿烂文化,使每一座山、每一个湖都吸引着世界各地的向往者。

此时路稍高，云稍淡，神山终于露出了雄伟的身影。只是由于主峰背后依然是一片云雾，与雪峰几乎浑成一体，仔细看才能分辨出那金字塔形的山体。我赶紧打开相机，拍下了离它最近的一张照片，但冲印出来后，还是难见神山真面目。

对面走来一位外国游客，交谈后得知他来自日本东京。他是昨天从塔钦出发，逆时针方向绕山的。这倒不是出于信仰，而是一种更保险的选择——趁第一天体力充沛先攀上最高点，第二天就不成问题了。万一第一天过不了关，返回也比较方便，而顺时针方向走到了第二天是有进无退的。如果是一般旅游，他的走法倒是一个更合理的方案。他告诉我，再走一小时就可以到达第一个"贡巴"——位于海拔4 800米处的曲古寺。

12点半，我顺着小道攀上一座小山，眼前豁然开朗，前面是一个宽阔的山谷，转山道由此下坡，进入山谷，再顺谷而上。山脚下传来潺潺水声，由谷中流出的拉曲河由此流向山外。两只苍鹰在山谷上空盘旋，偶尔还飞近小山。已经走了两个多小时，我得留下返回的时间。而且如果现在走入山谷，返回时将走一段很长的上坡路，所以我决定休息一下后就此折返。

山顶上有一片不大的平地，我找了一块表面平些的石头坐下,发现周围地上散落着不少衣服,几双半新的鞋子特别显眼。当时我感到有点奇怪,但并没有想到这就是藏胞进行天葬的场所,这些衣服鞋子就是被天葬者留下的,而我坐的那块石头或许就是不少藏胞的遗体最终离开这个世界的地方。

事后有人问我:"如果你知道这就是天葬台,还敢不敢坐在那块石头上?"我实在不能作肯定的回答,但当天的确丝毫没有异样的感觉,或许已经好久没有举行天葬了,只是因为环境高寒干燥,那些衣服鞋子长期不会毁坏。或许是由于每次天葬时天葬师处理得特别彻底,而苍鹰又吃得非常干净。按照藏胞的习俗,如果遗体被吃得越干净,死者的灵魂就越早升天。在离神山最近的地方天葬,本来就是一种少有的荣耀和幸福,一切自然会进行得更加圆满。

归途中我遇到五位尼泊尔转山者,其中至少有两位老者,他们准备走三天,所以今天只要能到达曲古寺就行了。

24. 告别神山　再见神山

2点回到宾馆，吃完午饭已3点半。上床休息，一躺下就睡着了，直到有人敲门。开始我以为又是有人要问讯搭车，仔细一听竟是T回来了，再一看手表，已过了5点。原来是T的儿子小D体力不支而头晕，为了安全，T一家决定放弃转山。既然如此，C、Z三位司机等人也都将返回，只有L与J太太等人继续转山。

因为宾馆已没有住处，我们与T一家转往不远的公安招待所，也就是那位德国游客归天的地方，当然我们也不理会自己住的房间是否就是他住过。这时雷雨大作，还下起了冰雹，H带着司机开车去接后面的人。

人到齐后，立即商议安排，T提出明天一早动身，以便尽早到达樟木。大家本来都在担心在雨季来临前能不能顺利过河，当然一致赞成。只有司机W不乐意，他说："转山不转完，菩萨要怪罪的。"我对他说："这不是你自己想不转完，菩萨要怪罪也不会怪你的。"

C和Z一行明天将结束他们的陪同，前往普兰与文物局一行人会合。晚饭后，他们带着唐卡和哈达来与T一家告别，大家互赠礼品，依依惜别。T对这次不能完成转山深表遗憾，但他表示明年还要来，特别是他的儿子，一定要补全这一课。

我走出住处，小雨还在下，天空浓云密布，远方却映着一抹晚霞，在雪山和圣湖上空形成一幅色彩斑斓的神奇画面，我顾不得雨水，取出相机拍下了这一瞬间。

夜晚的塔钦一改白天的宁静，一批批刚到达的和返回的转山者纷纷到达，有几批印度信徒在集体祈祷，念念有词，声闻屋外，持续时间很长。他们的一位陪同人员来自新疆昌吉，另一位来自云南，交谈中他们提到昨天曾遇到一位上海女士，独自转山，还准备前往阿里。一位内地研究生来询问能否搭我们的越野车，虽然我很想帮忙，但实在没有空位。

第二天7点半起来，雨早已停了，天空显得格外清朗，雪山在晨光中熠熠生辉，给我提供了很好的镜头画面。估计神山上又下过一场大雪，更仿佛一座银色的金字塔。美中不足的是周围还是白云缭绕，不能完全显示它的雄姿。

昨天遇到的东京游客来商量搭我们的卡车，说只要能带往拉萨方向，随便到哪里都行。这里没有任何班车，越野车都得预定，而雇一辆车回拉萨至少要一万元人民币，所以不少旅游者都是沿途搭车的。连日坐越野车都够受的，坐在卡车后面的味道自然可以想象，但搭不到车的话他只能继续等待。我本来以为这不成问题，但C局长说不行，因为卡车的篷是封闭的，万一搭车者出现高原反应或急病，司机不能及时知道会出大事，曾经发生过搭车者死亡的事，所以只能拒绝。当我们的车队出发时，这位游客还站在那里等待可能的机会，但愿他能找到有空位的越野车，而不必冒险搭卡车。

Z和C又给我们每人披上哈达，我们在车上挥动哈达与他们告别，也与神山告别。离神山渐远，但地平线上的神山却显得越来越高大。到休息时，忽然见神山方向出现了一片蓝天，神山终于再次揭开了神秘的面纱。我拍下了这张堪称完满的照片，也在心中深深刻下了神山。

25. 赶在洪水前面

我们沿着南线回拉萨,但先要送 T 一家从樟木出境,所以到萨嘎后得向东南折往聂拉木、樟木,再从樟木、聂拉木至定日,回到南线公路后继续东行。由于雨季已提前来临,我们必须赶在洪水前面,才能涉水通过沿途的河流。否则,我们不仅会过不了前面的河,而且会受阻于后面的河,陷入进退不得的困境。

但此刻的旅程却是轻松愉快的,天气不错,景色也很美,刚送别了神山,又迎来了圣湖——玛旁雍错。玛旁雍错的周长有 83 千米,接近湖岸的公路只有短短的一段,但由于湖面有二十几千米宽,即使坐在飞驰的车上,看到的景象还是非常壮观。尽管此时已是多云偏阴,湖水还是蓝得透亮。或许是因为离湖面始终有一定的距离,我在车上看去,湖水仿佛凝固了一样,完全不像一片轻盈的绸缎,倒好比一块带蓝色的水晶。

事后我才得知,这样的感觉并非出于我的直觉,原来玛旁雍错是我国湖水透明度最大的淡水湖泊，透明度达14米，所以湖水是那么清澈，那么晶亮，是我见过的最透明的湖水。或许世界上有透明度更大的湖水，但玛旁雍错湖面的海拔高达4588米。凭这一高度，这一透明度大概堪称独一无二。造物主再次显示了她的神奇——在咸水、高矿化度湖泊集中的青藏高原，玛旁雍错却是淡水，矿化度也不高（400毫克/升，内陆湖一般有1—2克/升，甚至高达400—500克/升）；湖水含硼、锂、氟等微量元素，却不含钠。我很后悔当时没有要求停车，让我走到湖边，亲手舀起湖水，感受一下这罕见的洁净。可能湖水不会有异样的感觉，但没有亲身的体验，又如何能作这样的推断？我不知这一辈子还有没有这样的机会，要是有的话，我无论如何要弥补这一缺憾。

　　神山与圣湖毗邻，湖光山色相映生辉，固然是大自然的杰作，但藏族的先民选择这两处作为崇拜的对象，也显示了他们敏锐的观察力和丰富的想象力。对藏胞来说，转圣湖与转神山一样神圣而光荣，所以有专程来转湖的，也有转完神山再来转湖的。据司机P说，一般转湖要花五天时间，湖旁也建有多处寺庙。

　　11点，湖影刚消逝，我们就进入了另一个神秘的地区——霍尔。在阿里就有人告诉我们,这里以前是疫区,为了安全起见,尽量不要下车,千万不要接触当地人。我们将信将疑,因为官方并没有宣布或通知,但谁也不愿意冒被传染的风险,自然宁信其有,所以相约在车过霍尔时紧闭门窗,尽快通过。可是霍尔有一个武警设立的边防检查站,任何车辆都要停车检查。我们的车队由于有外国人,还得检查有关证件。H拿了全部证件去路旁帐篷中的检查站办审核手续,我们其他人都呆坐在车中,连车窗也不敢开。可是等了很久还不见H出来,倒有几个藏民的小孩围着我们的车转,有的还贴着窗玻璃想和我们说话,想到大家事先的约定,也为了大家的安全,我只得装作没有听见。20分钟过去了,H还没有出来,我想肯定是遇到了什么麻烦,就也进了检查站。H正在与一位警官交涉,由于我们是在西藏通过有关部门申办的手续,与隶属于新疆的这个边防检查站的要求不尽相同,所以警官认为旅行证件不全。其实,即使真的不全也不是我们的责任,警官也承认我们已经获得了西藏方面的批准。我又向警官作了一番解释,希望他们双方要及时沟通,保持一致,但现在必须面对现实——我们已经在西藏旅行了二十多天,正在返回或出境,他又不能马上与拉萨通讯联络——还是应该先让我们通过。最后我们总算说服了警官,在证件下盖印放行。

车过霍尔,就进入了一片杳无人烟的荒漠,地势也越来越高。公路的南面又出现了一片半月形的湖水,这是公珠错。如果它是我第一个见到的高原湖,或许也会引起我的惊叹,但对刚经过玛旁雍错的我来说,就再也不会有太大的兴趣。此时天上的云又变浓了,远山已溶入云中,只有紧逼湖岸的濯濯童山倒映在湖水中,湖面就像一面残缺的镜子。如果把玛旁雍错当作一位美丽纯洁的仙女,公珠错只能算是一位未见世面的村姑。

前面即将翻越山口,时间已是下午2点,我们停车就地用餐,用汽油喷灯烧"开"的水泡方便面吃。劲风一阵阵刮来,除了我们的三辆车外再也找不到任何遮蔽。我开始还捧着饭碗在外面坚持了一下,但风不仅将碗内的面和碗外的手吹得冰冷,更吹得人都有点坐不住了,只得钻进车里吃完了这顿饭。

汽车缓缓爬上5 216米的马攸木拉山口,就进入了仲巴县境。地势有所降低,但这只是对山口而言,因为仲巴全县的平均海拔高度在5 000米以上。偶然可以见到放牧的羊群,这大概是正值夏天的缘故。

不久,公路旁出现了一条河,以后很长一段时间都是沿河而行，这就是雅鲁藏布江的上游马泉河。傍晚时分，公路折向河对岸，由于这两天没有下雨，这一段河水相当平静，水位不高，三辆汽车都顺利而过。倒是河边有几段公路让人提心吊胆，因为路面至少有三分之一已经塌入河水，剩下的路面上还有几道很深的裂缝，不知什么时候又会产生新的坍塌，不知哪一辆车会遇上。趁着等东风车跟上来的时间，我们在渡口附近的河滩上散步。由于水源充足，滩地上长着茂密的野草，从地下几个很深很长的洞穴看，这里也是鼠类的乐园。

傍晚6点多，车队在一条小溪附近停下，准备在这里宿营。溪里的水并不洁净，溪边还积着一些生活垃圾，但司机们说今天已经走了300多千米，而下一个宿营点又很远。看来别无选择，我们只有动手安营扎帐。这里海拔4 560米，在仲巴县算得上是一块少有的低地。

我们还没有完全安顿好，远处扬起一路烟尘。不久，从前方驶来的三辆丰田越野车和一辆东风大卡车停了下来，一个印度人的旅游团在小溪上游百余米处宿营，他们的目的地是神山。司机告诉我，在旅游旺季，有时会有四五个团一起宿营。沿公路虽然到处是空地，却并非都适合宿营，何况宿营地点还得服从每天行程的安排，所以司机们选择的地点往往相当集中。宿营的人多了，就有了生活垃圾处理的问题，看来目前还没有任何管理，只能靠人们的自觉。但即使旅游者都注意了环境的保护，要在来去匆匆中将生活垃圾处理好，使它们不致污染环境，也不是容易的。比如在没有垃圾收集器的情况下，我们能做的只是将垃圾集中在扎紧的塑料袋里，但这些垃圾袋又能放到哪里去呢？我真担心随着旅游者的增加，这片纯洁的土地会不复存在。

有了在塔钦补充的食物，今天晚餐的菜相当丰盛，有木耳、白菜、南瓜和羊肉。但喝水时却感到有异味，不知是因为水的矿化度高，还是真的已经受到了污染。

吃完晚饭，天就全黑了。颠簸了一天，当时并不觉得累，安定下来后就有了倦意。好在高原反应早已过去，在4 000多米的地方可以照睡不误了。刚躺下，远处传来一片呼啸，还没有意识到发生了什么事，大风已经刮了过来，帐篷被刮得哗啦啦地响成一片。虽然我们的帐篷已搭得很地道，但我还是担心会不会被撕裂刮倒。反正睡不着了，我干脆坐在向风的一头，以便用身体的重量来增加帐篷的稳定性。

风还在刮，撒豆般的声音带来了一场大雨。透过帐篷的缝隙，可以看到夜空中不时划过的一道道闪电，却听不到一点雷声。我不知道这场雨是什么时候停止的，因为随着风势的减弱，我已渐入梦乡。从第二天见到的水情看，雨量很大。半夜醒来，发现翻身时已经触及气垫下的地面，我还以为是气没有打足，待再醒来时，感到背后冰冷，浑身酸痛，原来气垫中的气已经全部漏光，我的气垫提前退役了。但夜里无法可想，只能将被子尽可能多地垫在睡袋下面，半睡半醒地等待天明。

第二天（7月11日）早上，天阴沉沉的，地上湿漉漉的，昨天无声的小溪已成了哗哗的流水，稍远一点的山就见不到顶了，看来雨区已经逼近。厨师R起得特别早，7点20分就招呼各人打水，接着就煮好了早餐的面条。大家意识到了严峻的形势，为了在下雨前多赶些路，都加快了动作，原定9点出发，大家8点40分就起程了。

大雨后的土路更不好走了，越野车开不快，东风车不紧不慢地跟在后面，不像平时那样拉开距离。但真正的考验还是过河，当马泉河横在公路前时，已经变成一条水流湍急、水面开阔的大河了。除了在河两边的公路外，用肉眼已看不清通过河流的路基，而如果驶离了高于河槽的路基，水深肯定会超过汽车行驶的限度，不是熄火抛锚，就是有灭顶之灾。过河的路基并不是连接两端的直线,总要顺着地形地势作些弯曲,在看不见路基的情况下,就全凭司机的经验和感觉了。今天的水势很大,再加上上次出事的教训,司机们不敢怠慢,先往河心扔了几块石子,一致认为还能过车,但路要选准,动作也要快。W自告奋勇先过,只见车子从稍微偏向下游方向驶入河中,就像一艘快艇犁开两侧的水墙,接近中心时车前的水面几乎要没过前盖,要是两侧的水墙合进来的话,大概就会淹过车窗了。我们在岸上都为他们捏了一把汗,却见车子猛然加速,转向对岸的公路冲去,没等到冲开的水波回荡过来就平安登岸,我们不禁鼓掌欢呼。我们立即登车,P循着W的方向驾车入水。坐在车里更觉凶险,水波已拍到车窗,但此时担心也无用,只求P判断正确,动作无误。就在车接近最深处的一刹那,P拨动方向盘,换挡加速,并挂上加力器,汽车飞速冲上了对岸的公路,我们也平安过河。最后的东风车虽然速度不如越野车快,但轮子大,底盘高,只要不驶错路就不会有问题。果然,它在后面缓缓爬上河岸。

有了这次成功的经验,后面一条河也顺利通过。

26. 沙害中的仲巴县

大雨后行车的最大好处是没有沙尘，要不，即使紧闭车窗也无济于事。这一优点在车过帕羊时就更明显了。从帕羊至扎东有大片沙区，沙害非常严重，以至于仲巴县治不得不一再迁移。1960年建县时设在岗久，1964年迁往扎东，1986年西迁至20千米外的刮那古塘，1990年才迁到现在的县治托吉。

公路两旁到处是一座座新月形的沙丘，不少沙丘的边缘已紧贴公路，流沙甚至已淹没路面。在接近托吉的一处山口，路北已形成一座巨大的沙丘，滚滚流沙侵占了半边公路，过往车辆只能单道行驶。公路的南边是高山，无路可退，无道可改，如果不及时封住流沙，交通势必断绝。对司机们来说，更危险的还是过沙滩，弄得不好就陷在里面。沙丘虽高，毕竟有形有边，即使封了路，还能设法绕过。沙滩却不知深浅，不明虚实，有时表面是沙，下面倒是坚实的路基；有时看似平坦，驶上后才发现不是路,可已经陷在沙中无法自拔。大雨后不仅流沙固定,公路上的沙也给冲得一干二净,所以不必担心会误入沙滩。

从新月形沙丘的方向和周围的地形判断,这些沙是从北面的冈底斯山脉吹过来的。在强烈的昼夜温差和年温差条件下,海拔四五千米以上、完全裸露的地表经过日照、风吹、冰冻、融化和水流的作用,岩石被风化为沙粒,在山口形成的强劲北风又不断地将沙吹向山南的仲巴县境,这本来是亘古以来就在进行的自然现象。在仲巴这样人烟稀少(每平方千米不足 0.3 人)的地方,特别是在冈底斯山脉这样的无人区,人类活动对沙化的影响微乎其微。在人力、物力极其有限的情况下,对这样的灾害还是趋避为上,仲巴县的迁治无疑是明智的选择。但第二天看到萨嘎县的情况后,我才意识到自己大大低估了人的破坏作用。

艰难的路况使我们耗费了额外的时间,下午 4 点才到达新建的仲巴县城。新城道路宽敞,建筑整齐,规模也不小,只是街上看不到什么人,显得格外冷清。

第一个目标是邮局,因为 T 在阿里始终没有打通国际电话,急于与他拉萨的朋友通话,让他转告在加德满都的下属,后天下午 3 点开车到樟木边境接他们一家。

到了邮局门口,却见大门紧闭,从门缝望去,里面空无一人,尽管按照门前的告示现在正是营业时间。敲了一会儿门毫无动静,周围又无人可以问讯,正无计可施,从邮局旁小巷中过来一人,我们如遇救星,围上去问他邮局为何不开门。他颇为惊奇:"怎么不开门?你们为什么不到后面宿舍去喊人?"念我们是过路人不懂规矩,他又指点我们从小巷绕至邮局后门,对着后门就是邮局职工宿舍。原来邮局建成后顾客太少,前门虽设关,但职工一般在家上班,顾客上门呼叫后再开后门接待,本地人已习以为常。

虽有这番周折,邮局的效率倒也不差。我们在宿舍门口一叫,一位大嫂就应声而出,开了后门让我们进入邮局前厅。营业厅的面积不小于城市中一般支局,包括国际直拨电话在内的业务一应齐全,报架上供零售和订阅的报纸杂志也不下数十种,但与街上一样,显得大而无当,更不用说除了大嫂用的柜台外都尘封已久。T顺利地拨通了拉萨的电话后,还想试一下拨国际长途的运气,但连续的忙音使他知难而退。我也想往家里打个电话,但大家还没有吃过中饭,又急于赶路,只得作罢。我将随身带着的明信片交给大嫂寄往家中,她居然连戳也不盖就塞进口袋,待我们一走就关门回家了。我的担心倒是多余的，因为我回到上海时，这张明信片也已到家，速度并不慢，说明大嫂回家后还是及时处理的。看来邮局职工在家上班完全符合仲巴县情，既然如此，建这样大的邮局有必要吗？

干道旁是县政府、县委、县人大各机关，一圈圈围墙内还有不少空地。这里地广人稀，有的是不毛之地，多圈一些或多留一些自然无妨，但圈了的地不加利用，弄得垃圾遍地，污秽不堪，连法院、检察院等机关也是如此，实在有碍观瞻。在如此高寒的地方当然不能栽花种草，但将垃圾处理掉，打扫得干净一点还是做得到的，何况这里并不缺水。如果连这点也做不到，倒不如少占一点地方。

从大而无当的新城、大而无用的邮局到大而不洁的机关，我想到了西藏一个普遍性的问题：县级政府如何适应西藏的实际需要？

西藏县的辖境一般都很大，如最大的尼玛县的面积是15万平方千米，比安徽、福建、江苏、浙江、宁夏、台湾、海南等省区都大，与辽宁、山东、山西差不多；双湖特别区有10万平方千米，改则县有9.7万平方千米，有几万平方千米的县不在少数。与如此辽阔的辖境相比，人口实在少得可怜。如尼玛县只有近3万，平均每平方千米仅0.2人；双湖不足1万，每平方千米少于0.1人；改则也只有1.5万。仲巴县的人口密度要高些，在46 143平方千米上有1.5万人，每平方千米约0.3人。这就产生了一对很突出的矛盾：就辖境而言，县划得太大；但用人口作标准，县又太小。设了县政府就得有那么多机构和人员，再加上下面区、乡的机构，吃皇粮的人员并不少，官民的比例大大高于内地。加上牧民居住分散，流动性大，县治和乡政府驻地往往是官（含家属）多民少，客（外来流动人口）多主少。由于辖境大，行路难，县干部下乡或出差离不开车，具体说都离不开越野车和司机，这类开支要占到行政经费的很大部分。当地有限的人口和财政收入自然供养不了这些机构和干部，都得靠中央政府的补贴。问题是，年复一年的巨额补贴是否起了应起的作用？

历代中原王朝在拥有了游牧地区后都遇到过实现行政管理的两难选择：不设置必要的行政机构就无法实施有效的统治，但设置了行政机构又成为沉重的包袱，连供养行政人员和驻军的食粮也得从遥远的南方运来；而且面对稀少的游牧人口，行政机构既无民可牧，也无能为力。清朝统一了蒙古高原后，却找到了新的思路，根据游牧民族的特点建立了盟、旗制度，通过蒙古族的各级首领和定期的会盟实行因地制宜的管理。在清朝的少数民族聚居区中,蒙古族地区是最稳定的,盟旗制度的成功也是一项重要原因。历史的经验教训无疑值得今后的改革借鉴。

6点离开仲巴时,天已下小雨,看来我们驶进了雨区。经过扎东时但见一片废墟,外表还完整的房屋内也空空如也,基本无人居住。县治迁离已三十余年,在风沙的袭击下,剩下的居民必定迁移殆尽,地图上的这个居民点实际已被流沙抹掉了。

27. 萨嘎之忧

驶至219号公路的1 700千米处,路况顿时改观,从这里开始的一段公路是我们在西藏期间所见保养得最好的公路,尽管同样是砂石路面,但行车的感觉不亚于从拉萨至贡嘎机场的高等级路面。司机说,保养这段公路的是一个著名的先进道班。这段公路同样处于4 500米以上的高寒地带,气候同样恶劣,这个道班却能使公路保持着超常的优良状态，说明事在人为，也说明有了先进的科学技术和完善的管理，改善西藏的交通是完全可能做到的。

我们的车在细雨中翻过一座大山，却不见后面一辆车的踪影。天色渐渐转暗，我们只得在37千米处耐心等待。直到8点，W的车和东风车才姗姗而来，原来W的车在上坡时熄火了，忙了一阵才修好。大家聚在一起商量了一下，在这样的雨天很难露宿，还是赶往萨嘎县，司机估计有两小时就能到了。

雨声更紧了，除了公路、不远处的河流和后面车的灯光，周围已是一片迷蒙，幸而公路保养得好，雨中行车丝毫不受影响，我们的车速一快，东风车又落在后面。经过的几条小河都顺利通过，但在100多千米处的一条小河面前我们差一点受阻。河上原来有一座公路桥，说明河水本来就较深，因为一般的河上是不建桥的。但现在桥已被冲毁，在夜色中只听到湍急的流水撞击着残留的桥墩，车灯照射下的河水显得相当混浊，可见洪水已经不小。等了一会，见不到任何过往车辆，水势却在继续上涨，事不宜迟，还是由W的车先过，P打开车上的大灯为他照明。接近对岸时，W的车突然往下一滑，还没有等我们叫出声来，差一点没顶的车却已冲上对岸。等 W 在对岸打开大灯，我们的车立即循着原路过河。这时的水位的确比前几次都高了，过河后我发现座位底下已经进了水。十几分钟后，东风车到了对岸，两辆车都开了大灯照着刚才过河的地点，引导它安全过河。

　　接近萨嘎县城时，下起了倾盆大雨，驶完这段 148 千米的路程已是 10 点半。我们急于找旅馆休息，匆忙中将车开进了边境检查站的大院。又驶往一家藏式旅馆，却已客满。经指点，我们驶入了县政府大院，找到了县招待所。可那里也没有足够的床位，但大家在院里走了一小段路就衣衫尽湿，再要找旅馆也不可能。幸而服务员很热情，表示只要我们愿意，每间房多睡几个人也没有关系。T 一家急于要休息，决定合睡两张床，J 也挤进了他们的屋子；东风车的司机和两位厨师主动睡到车上去，H 请服务员拿来卧具睡地铺；11 个人凑合着安顿下来。我们到外面一家四川人开的餐馆中吃完晚饭，回来睡觉时已经 12 点半。雨越下越欢，这使我领教了西藏的大雨。

　　7 月 12 日早上还时断时续下着小雨，但今天我们就将渡过雅鲁藏布江，南下樟木，沿途不必涉水过河，洪水对我们的威胁已经解除。

散步到家属院，就看到了一片奇特的景观：每家每户都以堆得厚厚的柏树枝为墙，每堵墙都有几个立方。大院的干道旁也筑起了一座柏枝墙，空地上还堆放着刚从卡车上卸下的树枝。县里的干部告诉我，这些都是从山上砍来的，是准备过冬用的，也是平时的燃料。凝视着这些厚实弯曲的柏枝，我既对这种愚蠢的行为震惊，也为这些行将化为灰烬的树木感到悲哀。萨嘎县的平均海拔高达4 600米，最低处也有4 300米，县城所在地的海拔是4 500米，这些树木至少生长在4 500米以上，已是树木生长的极限，要不是有特殊的小气候，它们本来是无法生存的。在这样严酷的环境下，树木的生长极其缓慢，多少年才能长到如此粗大。在这样的高度上残存的树木即使不受人类的砍伐，要继续生存下去也不容易，而一旦被破坏，就再也无法得到恢复。年复一年，整个萨嘎县要砍掉多少树木？多少高山就此失去仅有的一点绿色，将山体裸露在烈日狂风、冰雪严寒面前，最终产生昨天路上见到的滚滚流沙，无情地吞噬草场农田、公路村庄。

我无意指责在艰苦的条件下工作和生活的萨嘎县干部和居民，他们当然需要解决生活用的燃料。要是没有可以替代的燃料，砍伐树木还只能继续下去，即使他们已经意识到问题的严重性。当务之急是当地和上级政府要采取切实措施,如开发太阳能、地热、风能,改用燃油或电力等。在萨嘎县和西藏大多数地方,采取任何一项措施都会困难重重,但不这样做,留给子孙后代的困难会更大,将来为环境遭受破坏而付出的代价将大得无可估量。

走出县府大院后,不远就是一个丁字路口,往左拐是昨晚来的路,我继续往前,路旁有邮局和两家商店,但都还没有开门。昨夜的大雨已将路面湿透,这时又下起小雨,我只得折回招待所。9点,大家已做好了出发准备,一起去昨晚吃饭的餐厅用早餐,吃到了久违的稀饭和油条,胃口大开。但看到餐馆的院子里也堆着大量树枝,总觉得不是滋味,更为那些残存的树木担忧。

28. 喜马拉雅山南北

9点45分出发,离开县城就到了雅鲁藏布江边。经过例行的边防检查,人车一起登上一艘钢壳渡船,沿着横跨河面的钢索驶向对岸。连日的雨水和上游来水已使江面变宽,虽然不见阳光,两岸的山峰也只有单调的色彩,这世界屋脊上不多见的山水相映景观,还是颇有诗意,给我留下了独特的印象。

过江后就是吉隆县境,公路折向东南,爬上一段缓坡后就蜿蜒在高原之上。这一带看来地形平坦,实际上平均海拔有4 800米,公路旁的小丘都在5 000米以上。翻过4 900米的格亚山口和更高一些的札札拉山口时,我的感觉就像在城市中过桥时的上下坡一样。前面出现了一个不大的湖泊,地图上标着"龙戳错"。据H说,前几年有位美国教授曾在湖边发现过细石器。要真是这样,这个其貌不扬的湖泊还曾哺育过藏族的先民,这里也是西藏古代文明的发祥地之一。

这一段公路也保养得不错,行驶时非常平稳。不远就是一个三岔路口,由右侧的公路循山势而上,翻过马拉山口后可到达吉隆县城。由此再沿着吉隆藏布而下,就到了位于喜马拉雅山南麓海拔仅2 600米的吉隆镇,最往南不远是进入尼泊尔的边境口岸。

这样一个远离中原的边陲小县,前几年发现了一块刻着汉字的唐碑。文字已经残缺模糊,有关事实也还没有在史料中找到旁证。但这一事实本身就是意义重大的，因为要不是有相当多一批唐朝人来到这里，就不可能专门刻字树碑。《新唐书·吐蕃传》中记载了这样一件事："(贞观)二十二年（648年），右卫率府长史王玄策使西域，为中天竺所钞，弄赞发精兵从玄策讨破之，来献俘。"这位王玄策曾三次出使印度，第三次期间访问过尼婆罗（今尼泊尔），他著有《中天竺国行记》，记载他的经历。吉隆与尼泊尔毗邻，不知此碑与王玄策有何关系。可惜由于日程所限，我们无法将吉隆列入考察线路。

汽车沿着一个狭长的山谷驶往东南，来到了佩枯错畔。公路绕湖而行，有一段紧贴着湖岸，风景很美，但没有适合休息的空地。我们继续向前，在离湖稍远的一片草地上休息用餐，从地图上看，已经进入了聂拉木县境。

上午一直是阴天，还下过几阵小雨，中午已转多云。当阳光照在湖上时，碧蓝的湖水顿时泛起一片银光；而当太阳消失在云层中时，深邃的湖水与对岸悠日峰上的积雪就融为一体。我们的身后是一片横亘于吉隆县和聂拉木县之间的佩枯岗日山和绵延于中尼边界的喜马拉雅山，其中8 012米的希夏邦马峰恰似鹤立鸡群，格外雄伟。可惜希峰一带一直云遮雾障，只是偶露峥嵘。前几天雨水充沛，流入湖泊的小溪涨上了滩地，还冲坏了一段公路，幸好还不影响通行。公路南侧一片洼地形成一片沼泽，浅浅的水面恰似一面破碎的镜子，使人分不清哪些是水，哪些是草，哪些是山，哪些是云，哪里是天，哪里是地，什么是虚，什么是实，反觉得高深莫测，变幻无穷。居然还有几头牦牛漫步荒原，不知是它们的主人疏于看管，或者它们本来就是这高原上的自由人——因为它们始终不肯走近我们，我把镜头拉到尽头才能留下一个比较大的身影。

离我们最近的一座雪峰似乎近在咫尺，下垂的冰舌延伸到不远的山坡上。T背着几架照相机快步走去，我想在附近拍完照后再去，但不久T就回来了，他说实际上山坡与冰川间还隔着一个谷地，要走很远才能到达。

司机们协助R和小Y做好了午饭，我们正准备用餐，忽然听到J的惊叫，只见T倒在M身上，已经晕过去了。小D最紧张，不迭声地呼叫着爸爸。我们都围了上去，T慢慢醒来，他见大家的神色，意识到自己刚发生的事，忙说："没什么事，我大概累了。"从拉萨出发以来，我一直佩服T的健壮，对他的适应能力自叹弗如。但毕竟是在5 000米的高原，加上连日奔波，体力和精力都消耗了不少，一阵奔跑使他遭遇了缺氧缺血的困境。

我带着的云南袋装速溶咖啡又发挥了神效，T喝了一杯后精神大振。T一家带足了各类食品，但他们说没有一样抵得上我带的云南咖啡，从东嘎开始，我已经陆续将富余的咖啡送给他们喝，M爱喝纯咖啡，而小D最喜欢带椰奶的。这些袋装咖啡是我从云南带回的，想不到成了世界屋脊上的最佳国际礼品。

汽车继续行驶在这个高原湖盆地区，天低云暗，景色单调，令人昏昏欲睡。平时T一家在车上从不打瞌睡，T随时注视着窗外，唯恐漏掉了好的镜头。M不仅认真听着丈夫的介绍，还不时用笔记记下所见所闻。小D更有问不完的问题，但他不会轻易接受T的解释，总要辩论或批评一番。有时他们要我当裁判，这可不好办，因为对我的判断他们非要寻根刨底，一定会追问有什么根据，是谁的观点，出于哪一本书的记载。可是今天T实在太累了，他在车上一直在闭目养神，小D也靠在T太太的怀里睡着了，刚才的一幕大概够小家伙紧张了。

我倒睡意全无，于是只能从单调的景观中寻找我的兴趣。果然，我在黄褐色的地上发现了点点红色，有的地方甚至连成一片，并且延伸到公路上。仔细看，竟是一朵朵紫红色的鲜花。停车休息时，我急切地走到一丛花前，照下了她们的倩影。

我不知道这种花的名称，也不知道她来自何方，只见到一朵朵美丽的喇叭花，配着嫩黄的花蕊。地面上看不到枝条，花朵就像直接从地下冒出来一样。几片墨绿的叶子衬在地面，最大的叶子也没有一个花瓣大，叶面长满了折皱，显然是为了适应高寒干旱的环境。前人曾经赞扬梅花的冷艳和高洁，我想他们一定没有见到过这种长在世界最高处的鲜花，否则他们将很难再让梅花独占鳌头。尽管至今我还没有读到过诗人对这种花的歌颂，它却年复一年地怒放在地球之巅，丝毫不顾及是否受到了人们的注意。尽管它的生命是那么短暂——要没有及时的雨水就会枯萎，或者根本无法长出——但它还是顽强地直面冰雪风寒，尽情享受着生命的情趣。尽管它的命运是那么脆弱——轻轻一碰就能使之夭折，哪怕只是一阵强风——但只要有一线希望，它会最大限度地扩展，一直长到公路上的车辙边缘，与被碾成泥的命运仅毫厘之差。

西藏是奇花异草的故乡。据说，闻名于世的郁金香的原产地就是西藏，以后传入中亚和土耳其，再传入欧洲。将来经过引种和改良，这种花或许会是另一种世界名花。即使到了那一天,我希望高原上还会留下它原始的后代。

公路的右侧出现了另一条公路,到了两路相交处,我们的车一个大拐弯折上了中尼公路,也就是318国道的最后一段,它的终点是中尼边境的樟木,而起点就是上海。我仿佛见到了公路那一头的上海,想象着有一天可以驾驶一辆越野车,沿着高速公路从上海直驶樟木。中尼公路这一段保养得很好,虽然也是沙石路面,却相当平整。公路前的"地平线"将喜马拉雅山的群峰拦腰截断,只露出了它们白色的冠冕,在我们正前方的就是7 637米的拉布吉康峰和另一座6 415米的高峰。可惜当年"登东山而小鲁""登泰山而小天下"的孔子没有能登上这里的山峰,否则肯定会说出"登喜马拉雅山而小世界"了。

汽车缓缓驶上5 000米的聂聂雄拉山口,过了山口后就是一段急剧下降的坡道,这时我们才觉察到山口和附近山峰的高度。为了抄近路,越野车的司机往往不走曲折盘旋的公路,而是从坡度更陡的便道直驶而下。随着高度的下降,聂聂雄拉山口已经宛若天际,我们已来到喜马拉雅山的南麓。到了4 300米处,公路进入了一个河谷,出现了一片片青稞和油菜,绿黄相间,将高原点缀得富有生气。还不时见到村落和民居,虽然聂拉木县人口仅 1.2 万,耕地不足 2 万亩,但集中在这一段公路两旁,所以显示出人烟密集的景观。

天色渐晚,我们一直在寻找宿营地,但公路边地形平坦、有水源的地方都有耕地或住房,而空地上不是远离水源就是高低不平。由于正对山口,这一带的风特别大,估计夜晚的风会更大。司机们都不愿在此宿营,他们说离聂拉木不过 20 千米,天黑前赶得到,说完加大油门朝山下驶去。

转过一个大弯,我见到了那座熟悉的桥梁,9 年前我曾在这里与藏民照相。景色宛然,只是桥下游盖起了大片新楼房,旅馆和餐馆一家接着一家,说明樟木口岸的繁荣已经辐射到了这个边陲小县。

晚上 8 点半住进旅馆,除了卫生间用水还不方便外,其他都已达到了一般宾馆的标准。等我们安顿好,东风车也赶到了。有了餐馆,不必再自己开伙,我们在一家四川餐馆饱餐一顿,司机和厨师取了几瓶啤酒回旅馆继续喝。聂拉木海拔 3 800 米,由南方吹来的暖空气使这里的气候比同样高度的拉萨温暖湿润,不时飘过阵阵细雨。等我在外面散步回来,司机们正喝得欢,连平时非常克制的东风车司机 D 也喝得酩酊大醉,见了我就胡言乱语，还放声高歌。但当我问他明天的里程时，司机的责任心使他脱口而出："放心，到樟木 30 千米，明天上午准到。"

我们虽没有狂饮，一直紧张的心情也放松了，明天上午 T 一家就要在樟木出境，我们的考察就将结束。虽然我与 H、J 还有返回拉萨的两天旅程，但轻车熟路，又没有考察活动，食宿也不必自己操心，与一般旅游无异。T 已完全恢复，兴致勃勃地与我谈着历史、地理、文化方面的问题。我发现他的知识的确相当广博，但对中国的理解毕竟还不全面，这当然与我们撰写出版的英文书籍太少有关。

7 月 13 日早上，一阵阵汽车发动和喇叭的鸣叫声将我吵醒。中尼公路穿聂拉木而过，旅馆都沿路而建，过往车辆的喧嚣无法避免。我本想让司机们早些出发，他们说这一带山险路滑，晚一点走安全。

10 点离开聂拉木，公路沿峡谷而下，中间是一股奔腾而下的急流，两侧都是绝壁高峰，有的路就是悬崖上凿出的一线通道，或是穿过水帘的明洞，异常险峻，每一个险段都有不止一个相关的悲剧故事。尽管我已是第三次经过这 30 千米，也不由得不提心吊胆。

刚上路就遇上了大雾，连弯道下的路面也看不清，只能跟着前面的车辆慢慢行驶。由于地形复杂,高差大,峡谷中的小气候变化多端,大风、浓雾、暴雨、冰雹经常交替出现。几年前,某大军区一位副司令到边境视察,与陪同人员准备分乘两架直升机离开聂拉木。他乘的第一架飞机将要离地时,秘书想起忘了拿大衣,要求下机,司令有点不耐烦:"那你就坐下一架吧。"命令飞机起飞。刚飞到峡谷顶上,一阵强风将飞机刮得撞在山上,机上人无一幸存。秘书侥幸逃生,从此无人再敢在聂拉木乘直升机。

大雾稍减,公路又从山上急下谷底,并从河西转到河东。由于高差太大,公路在狭窄的山崖上成"之"字而下。这段路是塌方多发区,下雨后塌方更频繁,不时见到一股股激流或泥浆从岩石缝中冲出,一旦岩石松动,或受到外力影响,就会崩塌。要是崩塌的岩石不止一块,或者已经存在大面积的松动,就会形成大规模塌方,车损路毁,人员伤亡,交通断绝。不时见到路上横着磨盘大的岩石,小一点的石块则随处可见。在拐弯处,修路工人正在清除塌在路上的泥石堆,看来是昨夜才塌下的。如果说塌方还有些预兆的话(如大雨、洪水、地震等),躲避飞石就只能凭运气了。即使一块不大的飞石,如果砸在要害部位,也会使一命呜呼。曾经有一位美国游客步行去樟木，在前面过桥后被飞石砸在头上，不治而死。一辆坐着尼泊尔驻拉萨总领事馆外交官夫人的越野车经过峡谷时，被一块桌面大的飞石击中车顶，车被砸扁，乘客全部当场身亡。

  在30千米的距离内高度下降了1 500米，从高山灌木林、针叶林、混交林降到了温带阔叶林。樟木一带2 000米上下的山上长着大量的樟木，樟木镇即因此而得名。公路折到河东后，沿途到处是原始森林，满目葱绿，还点缀着红色、黄色的野果，紫色、白色的野花。高大的乔木上密密缠绕着各种藤萝，掩盖着一丛丛灌木。被风刮断的主干或被雷击烧焦的树枝上，又长出了新枝嫩叶，横卧的腐木滋养繁多的异草和菌类，据说其中有很名贵的药材和很鲜的蘑菇。一道道飞瀑，一股股泉水，一条条溪流，水声不绝于耳，水不离上下左右，汽车一次次从水帘中穿过，从水流中蹚过。气候已从初春进入仲夏，连日干燥的皮肤和嘴唇感受到了过多的水分。要是没有亲身经历，很难将西藏与庐山的景观连在一起，但我可以说，这里的风景绝不亚于庐山。

  不过对司机来说，这段公路留下的印象并不都是愉快的。当严冬来临时，无处不在的水就成了可怕的冰，水帘结成冰洞，资格再老、技术再好的司机也无不视之为畏途。一场大雪后,交通全部断绝,直到来年雪化才能恢复通行。每年冬天都有一批车辆被堵在樟木,司机如果不想在那里呆几个月,就只能冒险步行到聂拉木,P说他就有过这样的经历。

樟木镇已经在望,汽车却在路上排起了长龙,前面的路被水冲毁,武警正在全力抢修。有几辆车大概等得不耐烦了,调过头回聂拉木去了。去樟木只有这一条路,我们只能耐心等候。趁这段时间,我与T在路边合影。照片上的T完全是一位衣着随便的普通旅游者,知道他真实身份的人大概也很难将两者联系起来。小D又对大人提出了挑战:"这么多人站着等待,为什么不能帮警察一起修路?"说着他就要跳下水去,T太太制止了他:"你还没有成年,不能随便参加成年人的活动。"至于为什么大人们不一起修路,恐怕谁也无法给他作出能使他信服的解释。

路终于通了,12点40分我们来到海关前。这里到边境的友谊桥还有一段路,但除了办过出入境手续的人、司机和边民外,其他人要进入的话还得办特别的通行证,我和H、J只能就此止步。T的专车等在友谊桥尼泊尔一侧,他想让两辆越野车将他们三人和行李送往友谊桥。今天早上T论功行赏,已给司机发了小费,每人有 1 000 元至 3 000 元不等，W 还获赠一架袖珍收录机，想不到 W 和 P 提出要另收 350 元车费，令 T 十分反感，他让 M、小 D 与我们等在海关，独自步行去友谊桥，将自己的专车领来。我们对这种难堪局面颇为尴尬，H 对 W 和 P 大发脾气，骂他们心太狠。倒是 M 毫不在乎，说相信 T 会想办法解决困难。

我们爱莫能助，只能陪着 M 等待。时间一小时一小时地过去，看来今天得住在樟木了，我们将行李搬进樟木宾馆，除了轮流注视着海关前的动静外，分别在门厅或房内休息。我等得无聊，就往家里拨电话，一遍遍的忙音更使人心烦意乱。管电话的小伙子可能比我更感到无聊，他为我一遍遍地按下重拨键，半小时后他喊我过去听电话，上海的电话居然被他耐心地拨通了。

4 点 20 分，T 坐着一辆客货两用车回来了。原来尼泊尔那边的公路在 60 千米处塌方，他的专车过不来，所以雇了这辆尼泊尔车来将人和行李接走，只花了 200 元人民币。二十多天的考察至此画上句号，到了与 T 一家告别的时候了，我与他们相约在上海或美国再见，T 在上海投资的一家五星酒店将在两年后开张，他们来上海的机会不会少。旅途中的一切不快和争执都已过去，此时只有依依惜别和热情祝福。司机们给 T、M 和小 D

献上哈达，T一家也取出备好的哈达围在我们每人的脖子上。可惜擅长管理的T百密一疏，买来哈达后没有注意到要将连成一长条的哈达一一剪断，所以只能用这根特长哈达将大家拴在一起。T已将多余的用品留在东风车上，我们帮他们将十几件行李装上车，他们上了驾驶室，又让一批出境的旅客爬上车斗，满满一车向友谊桥驶去。

在通往加德满都的公路上，他的专车正在迎候。在加德满都，七位仆人常年守候着他的一所住宅，尽管他未必每年光临。今天晚上或许他就会向分布世界各地的机构和下属发出指示，重新执行管理他们家族数十亿美元资产的重任。以后我还注意到，美国总统出访时经常住宿于T旗下的酒店。

29. 归程：不是句号，没有终点

送走T一家后，我如释重负，想好好休息一下后到镇上转转，照一些相，谁知不早不晚下起了大雨。樟木的海拔已经降到2 300米，加上由印度洋上吹来的暖湿气流，使樟木的年降雨量达到2 000毫米，并且集中在3月至10月。目前正属雨季，每天下几场雨是正常现象。可是今天的雨似乎有些过分，不仅雨量大，而且没有片刻停歇。原来的计划只能作罢，但躺在床上也不得安宁，卫生间中漏水不断，房内湿气侵入，连被褥也不干。1987年曾在樟木宾馆住过一晚，印象极差。本以为9年过去了，总该有了进步，想不到依然如此。真后悔下午拒绝了私人旅馆的拉客，否则大概不会比昨天晚上住的旅馆差。

  7月14日早上，天色阴沉，下着小阵雨，山间雾气很大。本来我们计划早些出发，到聂拉木用早餐。但司机认为下雨后路滑，晚一些走比较安全。早餐时，我们商定，H、J和我坐W的车回拉萨，P的车可以直接回日喀则的车队，D的东风车带上R和小Y可以自行安排，三天后到拉萨区招待所找H。东风车上已经空了一大半，D准备捎带些货物回拉萨。中尼公路上来往车辆较多，单车行驶问题不大。

  9点10分，我们的车在蒙蒙细雨中出发了。丰田车的爬坡能力再次经受了考验，尽管坡陡路滑，还能应付裕如。路上见到的飞石比昨天更多，但都坠落于我们的车经过之前。过聂拉木后天气转为多云，但在翻上聂聂雄拉山口时，乌云四合，周围一无所见。

车过古措兵站，我特别留意看了一下，1987年我往返住过两夜的旧房已经改建为新楼，住宿条件一定大为改善。当年从日喀则去樟木的班车必定在古措过夜，第二天才能到达终点。留宿古措的意外收获是看到珠穆朗玛峰，因为这是中尼公路上离珠峰较近的地方。但能否看到，还得看天气，主要取决于珠峰上空的天气。上次车过定日时，司机特意停车让乘客看珠峰，我备好摄像机和照相机，但看到的只是珠峰一带的一片白云。在古措住定后外出散步，8点左右，碧空如洗，只有几缕白云，珠峰和8 201米的卓奥友峰的银色身影闪现在天际，在夕阳的照射下，珠峰这座巨型金字塔分外耀眼。我站在中尼公路上与珠峰合影，尽管距离还是太远，无法将珠峰在照片上扩大。不过这样的机会实在太少，返回时再住古措就一无所见，就像今天一样。

中尼公路在拉孜以西不远处的查务与通往萨嘎的公路相交，如果我们不折往樟木，就可以从萨嘎直接到达拉孜。5点多到拉孜，汽车加油，我们找了一家店加餐。傍晚下了冰雹，但对交通没有影响。到日喀则已是9时15分，今天从319国道的5 360千米处出发，到达时的里程牌是 4 900 千米，行程 460 千米。在日喀则宾馆住下后痛痛快快地洗了一个澡——离开狮泉河后的 20 天间没有洗过一个热水澡。

7 月 15 日上午在日喀则休息，因为 W 约定下午来送我们回拉萨。我与 J 去参观扎什伦布寺，门票每张 20 元，但拜佛的藏胞免费。1987 年我曾详细参观过扎什伦布寺，加上 12 点要关门，我们只参观了十世、四世、五世班禅的灵塔和强巴佛。

扎寺始建于 1447 年（明正统十二年），经历次扩建，规模宏大，现有建筑面积达 30 万平方米。17 世纪中叶，该寺寺主罗桑却吉坚赞成为黄教领袖，因精通佛学被尊为班禅。班，在梵语中班智达的略称，意思是博学之士；禅，是藏语大的意思；班禅之意即大学者。1662 年（清康熙元年）罗桑却吉坚赞圆寂，他的弟子、另一黄教领袖达赖为他寻找转世灵童。罗桑却吉坚赞为四世班禅（此前三世出于追认），从此历世班禅都以扎寺为母寺，安放他们遗体的灵塔也都建于寺内。

十世班禅却吉坚赞于 1989 年 1 月 28 日圆寂于日喀则，为他建造的灵塔是扎寺中规格最高、最辉煌的一座。供奉五世班禅灵塔的殿堂规模很大，江泽民主席题写的匾额就悬挂在灵塔殿的西侧。在前面的殿内供着一些较小的匾额，上面写着"康熙皇帝万岁万万岁"等对清朝历代皇帝祝颂的汉字，在最后一块居然写着"当今皇帝万岁万万岁"。看来有点滑稽可笑，却也反映了该寺对中央政府拥戴服从的态度。

强巴佛高26.5米，用黄铜铸成，重116吨，还用了黄金6 700两，据称为世界最大铜佛（近年用现代化手段新建的除外）。仰望这座金光四溢的大佛，我不能不为藏族的高僧和信众对佛的虔诚所感动，也不能不为藏族古代的艺术和技术所折服。不过，就像面对世界上一切惊心动魄、壮丽辉煌的宗教建筑和艺术品一样，在赞叹之余我总会思考这样的问题：这符合宗教创始者的初衷吗？符合该教的教义吗？它为人类文明和社会进步带来了什么？答案并非完全否定，却是相当复杂的，甚至是矛盾的。

W的车在下午4点才来接我们。3点已下过一场雨，路上又下起了大雨，到曲水时才停。由于雨水冲刷，有几段公路上的流沙积得更多，几乎无法通行。拉萨河的水位已涨得很高，淹没了一些洼地，逼近公路。

7月17日上午9点40分，我乘坐的飞机离开贡嘎机场飞往成都。雅鲁藏布江消失在机翼下面，拉萨远去了，我向西藏告别。但我不希望给西藏之旅画上句号，因为我的地图上还有太多的空白。

在我写完这笔记时，关于阿里地区新发现洞穴壁画的报道已记诸传媒，对雅鲁藏布江大峡谷的全面考察正在进行，西藏不断地增添新的魅力，对我产生新的诱惑。

我希望第三次走近太阳，更希望能够走遍西藏，所以我的笔记不是句号，我的旅程没有终点。

乞力马扎罗纪行

起点：上海

终点：坦桑尼亚

时间：2015.2.15—2015.2.23

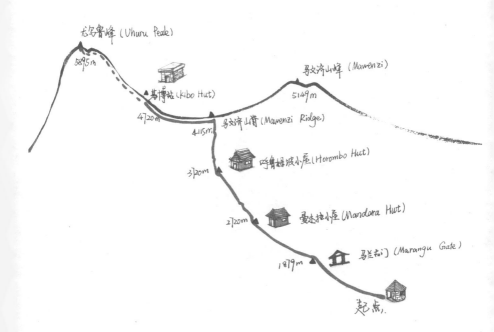

70岁登非洲之极

2014年12月是我70岁生日,敏女建议陪我攀登乞力马扎罗山以作纪念,我欣然同意。

其实我在2003年就有此机会,那时应央视与凤凰卫视之邀,作为大型纪录片《走非洲》的嘉宾主持,走北线,由摩洛哥卡萨布兰卡到肯尼亚的拉木岛,在计划北、西、南三线到坦桑尼亚会合后一起攀登乞力马扎罗山,并已预办了坦桑尼亚的签证。但后来计划变动,改由西线、南线组部分人员攀登乞力马扎罗,然后与北线组在内罗毕会合后结束,使我与此山失之交臂。

正好复旦大学出版社为筹备庆祝复旦大学110周年校庆,希望将我的三地旅行日记(南极、北极、西藏阿里)汇编为《三极日记》再版。我想乞力马扎罗为非洲之极(海拔5 895米,为非洲最高点),何不将攀登日记并入,合为《四极日记》呢?

于是由敏预做准备,收集各种资讯,选择方案,时间定在2015年2月寒假、春节期间。此时虽非登山最佳季节，但正处于旱季之末，未入雨季，仍较适宜。在上海可乘埃塞俄比亚航空公司直达亚的斯亚贝巴，转机至乞力马扎罗机场，过境不需签证，到达后可办坦桑尼亚的落地签证，但需要有黄热病疫苗的接种证明。我2003年去非洲时接种过包括黄热病在内的多种疫苗，但有效期早过，于是又去接种，却被告知因年过60，不宜接种，有此证明可无碍入境。2015年1月初我做了一次全面体检，心血管系统未发现任何疾病，肺功能还在平均线之上。1996年去阿里考察时有二十余天生活在海拔4 000米之上，曾在4 800多米处过夜，到过5 000多米的高度，自信能对付高原反应。而且乞力马扎罗山是近6 000米高峰中最易攀登的，有非常成熟的导游和救援服务，攀登成功的高龄世界纪录是86岁。即使半途退出，安全也有保证。这些都使我既有信心，又不担心。

01. 启程

2015年2月15日，星期日　上海阴有雨转多云

晚10时所订出租车到，即与敏去浦东机场二号航站楼。埃塞俄比亚航空公司柜台前乘客不多，办登机手续甚快。据说乘客中大多是经亚的斯亚贝巴机场转机旅游的，如往东非野生动物园及塞舌尔等地。这是我近年首次用因私护照无签证出国，所以随带了含往返机票信息的电子行程单备查。但过边检站时仅看了两张登机牌（一至亚的斯亚贝巴，一至乞力马扎罗），就问我是否办落地签证，肯定答复后就盖章放行，比预想的方便得多。登机牌所示登机时间为23点20分，23点25分从休息室至登机口，已经有人在问是否去亚的斯亚贝巴，因为航班起飞时间已由零点30分提前20分钟，现在已是最后一班摆渡车，且正统计人数，我们后面还有五人。稍后出发，登机不久就已关闭机门。这是一架波音787客机，使用未久，宽敞整洁。今天乘客未满，商务

舱中的人更屈指可数。我们在数月前就订了票,两张从上海经亚的斯亚贝巴至乞力马扎罗全程商务舱往返票仅35 000元。

02. 飞抵坦桑尼亚

2015年2月16日,星期一 亚的斯亚贝巴多云,莫希阴间多云,夜雷雨

已到预定出发时间,机长广播通知因机场未发起飞通知,尚需等待。至1点半起飞,2时余供餐,用鸡腿肉炒面(实为米粉)。近3时睡,8时余醒,窗外微露曙色,天际一线红光。又睡至近10时,天大亮。用早餐,至下降前正好将所带报刊看完。由上海至亚的斯亚贝巴的直航去年方开通,此前只有北京、广州有直飞航班。近年埃塞航空发展迅速,亚的斯亚贝巴机场直追内罗毕,希望成为东非枢纽航站。在飞机上看座前的宣传手册,见埃塞航空的航线遍布全球,东起日本、韩国,西至多伦多、纽约、圣保罗,北连斯德哥尔摩,南界

南非。当地时间8时40分（北京时间13时40分）到亚的斯亚贝巴机场，乘车至第二航站楼，入门先测体温，然后至休息室休息。记得2003年由此往内罗毕时机场简陋，航站楼只有一个，航班也很少，不可同日而语。候机楼内到处有中文标志，还有祝贺春节的喜庆布置。乘客熙熙攘攘，在这里转机的华人很多。室外气温31摄氏度，海拔2 200余米。休息室内可上网，收发邮件。9时35分通知登机，过安检后至登机口，乘车登机。所乘为波音787梦想型新机，舷窗玻璃亮度可调节，厕所冲水开关系感应式。商务舱乘客有七八成，经济舱也接近满座，大摆渡车开行五次。10时40分起飞，途中用午餐，是牛肉咖喱饭。降落时机长报告，如天气好，两侧窗口都有机会看到乞力马扎罗峰，但因云层低且浓，一无所见。

　　12时40分到，航班续飞蒙巴萨。下机后步至入境大厅，先测体温，查黄热病疫苗接种证。我因年过60，在上海去接种时被告知已不属于接种范围，给我开了一张证明。出示证明后，果然顺利通过。取签证申请表填毕，至唯一的窗口办理临时签证手续。之前于坦桑尼亚官方网站上查到，每人须准备照片5张，我国外交部网站转载的内容相同，当时觉得很奇怪，要那么多照片干什么，收了去用在哪里呢？实际上一张也不需要，对申请表也没有细查，每人收50美元后就在护照上盖了签证章：2015年2月16日，50美元付讫。允许居留时间三个月，无论是否取酬均不得工作。再到另一窗口办入境手续，对准摄像头拍了一张照就放行了。但敏过关时被要求两手留指纹，不知为什么我们两人间有此差别。托运的两个箱子已在传送带上，取下来装上行李车就进入坦桑尼亚。

　　手持纸牌等候的旅行社人员及司机颇多，有三块牌子上都写着中文姓名。浦东机场摆渡车遇到的老夫妇去塞伦盖蒂野生动物园，来接的是一位华人女性。找不到我们的名字，我只能大声问："有没有Keys Hotel来的？"问了几遍也无人回答，倒招来了出租车司机。敏打电话给她一直联系的旅行社的娜豆，刚接通方通话，见一位青年匆匆赶到，刚展开手中的纸片，就看到了旅馆与敏的名字，就跟他上了车。气温34摄氏度，车上没有空调，司机开窗降温。我们是通过旅行社预订的车，收费70美元。网上查到的信息说如果临时雇车，50美元就够了。但初次到此地，行李又多，还是图个方便。

　　约一小时到旅馆，办妥入住手续后由行李员领至

4号房,这是一片独立的圆形仿茅屋房,门旁画了一头狮子,其他房门旁皆画了不同动物。室内大致是一个双人标间,卫生间有淋浴。马上打开室内空调降温,洗澡。床上挂着蚊帐,估计晚上会有蚊子,又告诉敏不要开窗,随手关门。后来知道现在还是旱季后期,蚊子不多,晚上不必用蚊帐。旅馆所在海拔830米。

预订的骑士旅行社(Keys,与旅馆名相同,旅馆即属此旅行社)的办公室就设在院内一间平房,3时我们与经办人娜豆女士会面,核对原定各项服务条款,确认将为我们两人配备向导2人、厨师1人、背夫5人,可为我们每人背不超过13公斤的行李物品。为了保证背夫的健康和安全,管理部门对个人行李物品的重量有严格规定,因为背夫们还需要背本人的卧炊具、食品等物品。共付了2 731美元,这笔费用包括两人的登山门票、进山后的饮食、住宿、向导等一行人员的酬劳、登山前后各一天的旅馆费,也包括我们为了有更充分准备而增加的一天旅馆费91美元、接机车费70美元。出发当天每人必须带3.5升饮水,费用自理。下山前须另付人员小费:向导每人80—100美元,厨师40—50美元,背夫20—30美元,另备400美元。事先约定,这些钱必须以新版美元现金支付,为此行前专门去银行兑换。

这是标准配置，如果最多有11人结伴同行，就不必每人雇一位向导，背夫也可适当减少，但在登顶那天必须每人配一位向导。

由于当局实行非常严格的管理，每天进山的人数都有限定，门票都得预定，旺季往往一票难求。登山路线也是固定的，必须由向导引导。在6条登山线路中，我们选了难度最低又最省时的一条，沿途住小木屋，而不是住帐篷，沿途不多停留，也不增加登顶以外的项目。尽管如此，需要准备和携带的物品还不少。除了登山靴、登山杖、水壶水袋等必需品外，因山顶冷至零下15—20摄氏度，要备羽绒睡袋、羽绒服、冲锋衣裤、抓绒衣裤。晚上不一定供电，登顶一般是从午夜开始，需要头灯。山上多雨雪，要备快干衣、雨衣、防水袋，衣物都要用塑料袋包裹。山下气温如炎夏，又多雨，衣袜易湿，又干不了，要每日更换，否则万一感冒极易引发或加剧高原反应，所以衣袜等要每天备一套，像袜子我就备了6双。

约定明天午间12时与向导见面。至旅馆大堂，见门前新堆了一批行李，显然是从登山返回的。正好有一人来取行李，一问果然是的。他因登顶成功，非常兴奋，说景色美极了。问他天气如何，他说先有雨，后转为降雪不止，越高雪越厚，路滑难行。

屋前有游泳池，虽不大，池水不断循环，清洁可爱。傍晚游了一会，水温较低，大概用的是地下水。来了一群欧美游客，每座房都住满了。晚上起风，屋顶上听到淅淅雨声。10时后电闪雷鸣，大雨，屋顶声若沸腾，但仍能安然入睡。

03. 登山前准备

2015年2月17日，星期二　晨晴，上午转多云

早上在一片鸡鸣声中醒来，窗外还一片漆黑，看了手表，才4点。鸡鸣不已，却没有"风雨如晦"，雨早就停了，天上星光灿烂。等天色大亮，我就迫不及待走出旅馆大门，寻找乞力马扎罗的雄姿。

刚走到门前的路旁，就见树梢上雪峰巍峨，在蓝天下光彩熠熠，真是平生未有的壮观。估计昨天晚上山顶降了大雪，还没有被阳光所融化。我曾经或近或远地瞻仰过珠穆朗玛峰、希夏邦马峰、慕士塔格峰、冈仁波齐

峰、格拉丹东、念青唐古拉山，虽然它们都是近 7 000 至 8 000 多米的高峰，但因为我站的地方都是三四千米的高原，相对高度实际不足 4 000 米。而这里海拔 800 米，乞力马扎罗峰顶海拔 5 896 米，相对高度足有 5 000 米，加上与峰顶的直线距离不过数十千米，说"平生壮观"并非夸张。

我立即回房间取了照相机，敏听说后也同时赶到。我们拍了几张照片，但都难避开道旁的电线及树木。我们沿小路往前，进入一个小村，但亦只见到峰顶。登高处或者会有更好的视觉效果，但旅馆只有二楼，而且往山峰方向没有阳台，只能到此为止。

8 时余至餐厅早餐，除没有肉食外其他都还可以，有芒果汁、牛奶、面包、麦片、水果。上午与敏步行去莫希城内转了一圈。

12 时去旅行社，知向导尚在途中。半小时后再去，其中一人已等在餐厅，与娜豆一起去见。稍后另一位年长者也来了，他名阿诺德，已当了 18 年向导。一位年轻的特台，也已有 6 年向导资历。向导可不是想当就能当的，必须从背夫、厨师当起，达到最低年限后，才能申报上助理向导，再经过规定年限后才能取得向导资格。坦桑尼亚的通行语言是斯瓦希里语，但两位向导都能讲英语，不存在语言障碍。我问他们此前是否带过华人登山，特台说已经带过不少。又问他们是否带过老人，特台说曾带68岁的老人登顶成功。阿诺德说，对老人，会根据具体情况制定方案，并且会随时调整，因为天气等因素瞬息万变。我们又逐项核对了携带的物品，两位向导都认为足够了。又要求我们明天在进山前每人准备好3升饮水，可以在山门口买，但塑料瓶不许带进山，得用水袋或水杯装。第二天起能在山上就地取水，但我们得在山下买好净水片，每天用于净水。我们问在哪里可以买到净水片，他们说明天上山的车可以在莫希城内的商店停一下。问要准备多少钱，他们说每人准备20美元，会有些找零，但最好先换成当地的先令，以免商店没有美元找零。我们有些意外，如果这40美元要我们自己付，没有包括在旅行社的服务费中，应该预先通知我们，而且此前我们查阅的资料和其他旅友的经历中从来没有提到有这样的规定。但既然不能通融，只能到总台换了50美元的先令备用。

晚上整理行李，将不带上山的物品和箱子寄存在旅馆。为了登山期间的安全和便利，随身带的东西越多越好。但碍于13公斤的限制（今天阿诺德又强调行李会逐一过磅，严格执行），有些东西只能不带，尽管已不远万里从上海带来。如此反复权衡，有时还有反复，为此花了不少时间。

04. Poli, Poli, 雨中至 2 720 米

2015年2月18日，星期三　上午多云，下午转雨，半夜转晴

5时余起床，今天的鸡叫得不那么响，或者是已稍习惯。备足饮水，我们还是相信煮沸的水，所以从昨晚开始就用随带的电水壶一壶壶地烧，冷却后再灌入水袋水壶。

8点半，我们按照约定的时间等在旅馆大堂前的平台，两个大的登山包是交给背夫背的，两个小双肩包是我们随身带的。两位向导到后，车还没来，我又问阿诺德，净水片是否一定要买，是否管理部门的规定，他说他们每次登山都是这样办的。来了一辆小旅行车，装着一些杂物，两位向导和我们上车，还有一位我们不认识的人，后来知道是此行的厨师。车折入莫希城，在一家商店前停下，敏随阿诺德去买净水片。等她返回，才

知道是两位向导缺乏数字概念造成的误会。原来 8 片净水片连 2 000 先令也不到，相当于 1 块多美元，怪不得没有一位旅友谈到过。

折回大路后就直驶山门，近一小时到达马兰古。这是一个得益于旅游的聚落，停着各种大小车辆，堆放着各种物品，现在虽非旅游旺季，也显得熙熙攘攘。我们的车没有停留，穿城而出后就沿路曲折而上，进山门时我的西铁城电子手表上的海拔高度已达 1 800 米。路过一家孤零零的肉铺时，阿诺德与厨师下去买了一些肉。

穿过一个毫不显眼的山门，车停在左侧的停车场，阿诺德招呼我们带着随身物品下车，沿台阶来到登记和等候区。每位游客都要在总的登记本上登记，包括姓名、国籍、住址、护照号码、年龄、职业、向导姓名、进山时间等，最后都得由本人签名。后来我们知道，每到一地都得登记，所以管理者对山上有多少人、到了哪一段、住在哪里一清二楚。登记时见到同一页前面有两位来自深圳的企业家的名字。阿诺德让我们到等候区休息，说他还要为我们申办许可证，办理向导、厨师、背夫的进山手续。特台一下车就不见了，估计就在办这些手续并做具体准备。看到大批背夫聚集在路旁和入口外，还有几位像特台那样的人急匆匆地来往于各个窗口。

我们回到等候区休息，其他团组也纷纷进入，向导搬来大瓶的饮用水，按每人3升的规定卖给登山者，多数人的水袋、水杯容量不够，灌不完的只能当场喝掉。这似乎是强制规定，向导不能少买。倒空的塑料瓶由向导收集，不许带上山。我们因为事先经向导同意自己准备饮水，水袋、水杯中灌得满满，向导也还逐一检查过。特台送来了午餐盒，里面放着一个三明治、一个鸡蛋、一份烤鸡肉、一盒果汁、两个水果，需要由自己带，以后每天如此。为了减轻负担，也有些饿了，我们把能吃的都吃了。

我们回到入口处附近，以标志、铭牌为背景照了几张相。砌在卵石基座上的一块小碑石上刻着：乞力马扎罗国家公园，由革命党主席、坦桑尼亚联合共和国首任总统朱叶利斯·克·尼雷尔于1977年4月6日正式揭幕。尼雷尔总统是我们这一代熟悉的名字，当时被称为中国人民的好朋友，20世纪60年代曾访问中国，并获得毛泽东主席由中国援建坦赞铁路的承诺。"文革"后期为了显示文艺界的革命成果，上演了由马季等表演的相声，就是以援建坦赞铁路为主题，插入不少用斯瓦希里语的笑料。而1977年国门未开，我对乞力马扎罗山的了解仅限于赤道旁的非洲最高峰的地理概念，完全不知道已辟为国家公园，连海明威的名字也没有听到过，更不会想到三十多年后会来登山。道旁有两块并列的砌在碎石基座中的铜碑，前面一碑呈金色，上方是一座浮雕头像，铸着：容那尼·劳沃，1871—1996。下方的文字是：纪念容那尼·劳沃，他是在1889年引导第一位征服乞力马扎罗顶峰者的非洲人和坦桑尼亚人。另一块碑的黑色横额上刻着：汉斯·迈耶（Hans Meryer），于1889年征服乞力马扎罗顶峰的欧洲人。青铜碑面上方是他的侧面浮雕头像，下面用四种文字铸着：纪念汉斯·迈耶，于1889年10月6日登上乞力马扎罗峰的首位白人。

就像被称为"丝绸之路"的交通路线其实早已存在，但直到1877年才被德国地理学家李希霍芬发现并命名一样，在欧洲上登顶成功前的漫长岁月中，肯定已经有无数土著非洲人到过山顶，否则汉斯·迈耶去哪里找到向导。但后人不得不承认的事实却是，如果没有汉斯·迈耶的登顶成功，容那尼·劳沃就会像其他非洲土著那样湮没无闻，不可能成为乞罗马扎罗山现代向导的鼻祖，甚至不可能形成今天这样世界级的登山项目和如此专业有效的向导保障体系。

在马兰古门的铭牌上标明这里的海拔是1 879米，下面写着从这里到各站和顶峰尤乌鲁（Uhuru Peak）的距离和理想的步行时间，与尤乌鲁峰的距离是34千米，需要花19个小时。按我们的行程，这段路要花三天和一个晚上，即到第四天的早上才有可能到达5 681米的吉尔曼角（Gillman's Point），再花两个小时冲击尤乌鲁峰。我自然不奢望以这理想的时间为目标，能按部就班到达就上上大吉了。

入口处旁的小屋面前还是围了一堆人，原来是在逐一过磅，每位背夫携带的全部物品绝对不许超标。行前听说我们两人要雇五名背夫，觉得过于豪华，现在看来合情合理，为了防止背夫超量背负影响健康和安全，其中两名只能背我们每人13公斤的行李和自己当天途中的饮水（到达后可就地取水），而其他三名背夫和厨师要背全部行李以及卧具、炊具、食品、当天途中饮水和其他必备的用品。如选择住帐篷，还得有专门背帐篷的背夫。

见到两位四五十岁的韩国人，年纪较轻的一位的装备相当专业，看来精神抖擞，不久他们随着向导进了入口处。还听到有人在用中文打手机，却一直没有见到人。

12点20分，终于轮到我们了。入口处的路很窄，仅够两人并排通过，一位检查人员坐在一张小桌后，旁边站着一位持枪的保安。阿诺德出示许可证，那人逐一核对后放行。

我们顺着登山路而上，开始路并不陡，坡度大的地方也可依自然山势踩在石头上、草丛上或地形凹凸部。我习惯右手用一根登山杖，在高低不平处多一个支点，在坡度大的地方助一把力。两旁是浓密的热带雨林，只有在转折处或穿过溪流时才稍显开阔。有时枝条横贯头顶，藤蔓缠绕道旁。忽然间特台大叫一声，原来他的胸前横着一根大树枝，提醒我们低头侧身方能通过。特台走在我前面，不时压住我的速度。阿诺德跟在我们后面，一直不停地说着 poli, poli,（慢点，慢点）。因为双肩包里的水袋显得越来越重，我不自觉地加快步伐，有时走到了特台前面，阿诺德就提醒我再慢些。

离开旅馆时的气温是32摄氏度，入口处因为海拔升高，穿单衣已不感到热了。但走了一段，我就开始出汗。气候阴沉，不见阳光，或许是过于茂密的雨林挡住了阳光，不如有些旅友描述的那么热，我们庆幸遇到了好天气。

忽然特台让我们止步，头上的树梢传来嗖嗖响声，树枝随之摇动，原来是一群猴子在树上玩耍。但猴儿跳跃得太快，距离又远了一些，在照片上只留下一个个模糊的黑影。又走了一段，路边传来啾啾的声音，林中又来了一群猴子，不知是刚才那群猴子陪同而来，还是另一群猴子在迎候。此声才消，彼声又起，不知名的鸟儿鸣声婉转，节奏与阿诺德的"poli, poli"相呼应。

停步小歇，我喝了一口水。我的习惯与常人不同，大运动量或长时间活动前不能喝太多的水，否则一动就会出大汗。就是在休息时，水也不能喝多，否则喝多少马上转化为多少汗水，所以只能到结束时才能大量补水。见我喝水少，阿诺德劝我多喝些，并说当局规定携带那么多水，就是要大家在路上喝掉。在住宿点另有供水，一坐下来就有水喝，不必预留。第二次休息时，我拂不了他的好意，也想减轻肩背的负担，满满喝了一杯水，坏了自己的规矩。

陆续遇到下山的游客，其中一群日本人中有两位年长的，看来年龄与我相仿。一位西方游客身材壮硕，特台与他的向导相识，问他是否登顶成功，那位向导说因为头痛得厉害而失败，特台颇感意外。多数人看上去已筋疲力尽，但也有的走得飞快，好像意犹未尽。

跨过一座小桥，前面小坡上是休息点，放着长条桌凳，有简易厕所。曾经在途中超越我们的几位已经坐着休息，另一组人在整理行装，准备重新上路。两个韩国人也在我们坐下不久继续上山。一条更宽的土路交叉而过，交叉点竖着告示牌，这条路只供背夫使用，登山者必须走指定的登山道。怪不得一路走来从来没有见到背夫，而我们上路时后面还有不少背夫在入口外面。

这里的登山路都顺其自然，基本没有人工开凿的。乞力马扎罗山本身是火山，山势平缓，没有太大的悬崖陡坡，路上不修台阶，两边用小树枝压在土石中固定，中间也用一根根短树枝固定，兼起防滑作用。今天走的都是土路，中间稍有些石头也不大，不踩在这一级级"木阶"上问题不大。

休息了一会，将餐盒中的食品吃了，只留下我不喜欢吃的三明治。身上的汗水被风吹干了些，感觉好多了。但我知道休息时间不宜过长，阿诺德也适时招呼我们启程。回到小桥那一头，继续沿着来时那条路往上走。头顶划过一道道闪电，远处传来殷殷雷声，看来一场大雨势在不免。行前看过旅友的记述，知道这一段路十之八九会遇到大雨，特别是现在处于旱季末期。我曾与敏说笑话，会给上帝打电话，让他给我们安排一段不下雨的时间。此时她说："看来你的电话没有用了。"

哗哗一片雨声就在树顶，身上却落不到雨滴，都给浓密的枝叶挡住了。阿诺德与特台穿上雨衣，要我们也赶快穿上。一路虽无阳光，却没有一丝风，一路走来已热不可挡。我由于大量出汗，衣服都湿了，如果穿上雨衣，虽只是一层薄薄的塑料，却会使汗水不能挥发，内外夹攻，更加难受，想再坚持一段时间。但没有多久，被雨水湿透了的枝叶再也承受不了重负，突然倾盆而下。我为了防护背包，只能披上雨衣。被雨衣与帽子罩住的头上汗水蒸腾，眼镜片上一片模糊，再给顺着头发滴下的汗水雨水一淋，眼前出现了混乱的图像。开始我还不时擦镜片，不久就放弃了这种毫无作用的动作。休息后改为敏走在我前面，我跟着她的脚步走，但此时已看不清她的脚步。右脚跨前一步，水漫进登山靴，再跨出左脚，阿诺德与敏一起惊呼，原来我已偏离道路，踩进一个小水潭，而两三步前就是丛林。

回到正道，艰难前行。雨再也没有停过，即使雨势减弱，或偶有停顿，枝叶上积聚的水却没有泻完。好在路保养得不错，而且几乎每一步都能踩到石头或草丛，火山泥沙透水性强，不会太泞太滑。最大的麻烦还是带的水太多，实际上到终点时我和敏带的水才消耗了三分之一，我们等于是在负重登山。我以前到过 5 000 多米的山口，在4 000多米的高原考察、住宿，但一般都是乘车、骑马，即使步行，最多带个相机水壶，背着这些东西登山还是第一次。

唯一的念头是快些到终点，因为沿途再也听不到鸟鸣猿啼，看不到树木花草，只有一片混沌，不见天日，有时如同黑夜，分不清是山坡、道路、树木、藤萝、雨水、积水、汗水，想象力再丰富，到此时也麻木停滞了。

忽然前面现出一片空旷，雨虽然没有停，却见到了天空，在浓云下是几幢嵌在山坡间的大小木屋，到今天的终点了。此时已是下午5点多，我们走了5个小时，比标准时间多了2小时。尽管还下着小雨，我脱下雨衣和帽子，与敏轮流在曼达拉小屋（Mandara Hut）的站牌下照了相，牌上的标高是海拔2 720米。

先到登记处登记签名，这是每到一地必须做的第一件事。第二件事是向导向敏取两片净水片，供厨师准备饮水和做饭。山上水源丰富，沿途经过好几条溪流，除了最后一天的宿营点外，其他住地都能就地取水。已经等在那里的背夫提着我们的行李领至我们住的木屋。一排三间，前面是一条兼作通道两头敞开的走廊，大门开在中间一间，放着三张上下铺床，左右各有两间更大的房间，大概有十来张床。向导说右边那间已经住满，左边那间还有空位，进门那间只睡了一位男士。我与敏商量后决定住在进门那间，我们是最后到达的，这间房只住三人，整理行李方便些，晚上进出也不会影响他人。当然别人进出多少会影响我们，好在我一般倒下就睡。预先知道木屋是不分性别的大通铺，只要能睡得好些，顾不得私密性了。

看来所有的旅客都遭遇了大雨，走廊和房间的地上都是湿的，低洼处还积着水，因为脱下来的雨衣、换下来的衣服鞋袜都在滴水渗水，而房间、走廊中没有任何供晾挂的地方。我们的衣服早湿透了，背包中的物品也湿了一大半，只有预先用塑料袋包裹的相机等安然无恙，连我装在信封内放在贴身口袋中的美元也受潮了。幸而我们都根据旅友提供的经验，备足了衣袜，如为上山的四天备了五双袜子。左边房间的住客都已去餐厅休息，我与敏轮流一人把门，一人入内更衣。最麻烦的是鞋子，登山靴只有一双，另一双便鞋是在住宿时用的。我左边那只鞋路上浸了水，只能用换下来的袜子尽量吸干，放在走廊边。住客各显神通，窗台上平摊着湿袜子，走廊边放满了湿鞋子，登手杖顶着湿衣服。我带有尼龙绳，在敏协助下将绳子结在走廊两根柱子之间，挂上湿衣，又用预带的夹子将湿袜子夹在绳上，使一位拿着湿衣一筹莫展的老外称羡不已。但绳子挂量有限，这时风雨加大，其他湿衣物就只能堆在空处。

　　向导来催我们去餐厅用茶，雨还在下，到餐厅得走一段坡路，我担心这双唯一的便鞋也会弄湿，正在犹豫。不多时，一位背夫已经送来两小盆温水和一小块香皂，供我们洗脸。另一位送来了一瓶开水，在走廊的长条桌铺上桌布，放上茶具，让我们就在这里用茶。事先我们约定由自己准备茶叶，所以他只拿来了速溶咖啡、巧克力粉、奶粉、黄糖，还有一大盘用保鲜纸包着的爆米花。木屋建在开阔地带，风很大，不时卷入雨滴，气温明显低了。换上了厚实的干衣，喝着热腾腾的巧克力汁，享受着清新空气，疲乏顿消，神清气爽。敏发现天空有一道彩虹，尽管色彩不够鲜艳，在照片中还形象清晰。

　　天色渐暗，特台过来问我们要不要将晚餐送到这里来吃。雨已经小了，我们说还是去餐厅。披上雨衣出门，我们相互提醒带上头灯。

　　餐厅就在山坡上那所大木屋，离住处不远。登上几级高台阶，跨过平台，就是一个用餐、休息、集合兼用的公共场所。两长列桌子两边几乎坐满了人，已经分组布置了桌布与餐具。坐定后,发现大概有四分之一是中国人。我们旁边一位独行者从上海转机过来,与他相邻的两位就是登记册上见到的深圳企业家,实际来自香港。在两组外国人之间有三男一女四位年轻人,他们来自国内不同地方,在肯尼亚的中国外包项目工作。那两位韩国人也在,另有一组大概是日本人,大多数还是欧美人。今天是除夕,同胞在这里相聚倍感亲切,互致问候,共庆羊年,预祝登顶成功。

这顿年夜饭相当丰盛,第一道是奶油黄瓜汤,味道不错。主菜是牛肉,配着土豆、番茄、黄瓜,肉虽然老了点,足以满足热量和营养的需要。还有一小锅什锦蔬菜,因前面的菜和面包片已足够,我们只吃掉不到一半。最后还有几片水果。旅行社报价时曾附来每天晚餐的主菜,但没有想到厨师能在这高山上做出这样正规的一顿晚餐。由于厨师不同,各组的菜式不尽相同,但质量都不差。旁边那位独行者边赞扬边说:"这么多,我一个人怎么吃得下。"他的配置是一位向导、一位厨师、二位背夫。用餐将毕时,又送来了一瓶开水、茶杯和饮品。

回住处时已是黑夜,幸而都有头灯照明。雨还是不止,坡路上形成一道道水流,得步步留神,免得脚踩错了地方弄湿鞋帮。房间里有两盏节能灯,但供电时间不固定,随时会熄灭,所以手头得随时放上头灯。我知道今天补充的水分还是不够,却不敢再喝水了。厕所虽然就在木屋旁边,但得先下台阶,再上一个小坡。即使雨不大,白天也难免不湿鞋,不如量出为入,少喝水为妙。后来证明这是个错误选择,对体力造成了潜在损失。

床上备有垫子,不必用自带的充气垫,摊开睡袋就能睡了。很多年没有睡大通铺了,担心这么多人进出、房间之间又不隔音,晚上会睡不好。实际上大家都非常注意,对面那位已经睡了,问我:"你不介意将顶上那盏灯关掉吧?"其实我正有此意。

半夜醒来,雨歇风止,万籁无声。抬头一看,两扇大门敞开,树影中隐隐可见星光。正想上厕所,可无湿鞋之虞,心中窃喜。忽闻大雨倾盆,屋顶如万马奔腾,却感觉不到风声。少顷雨声戛然而止,正惊奇间,又来了一阵,但时间更短。我不想再等,起身穿衣出门,才发现刚才并非下雨,而是积聚在雨林大树上的水瞬间倾泻,与白天路上遇到的情况一样。回来时顺手关上两扇大门,这又犯了一个错误,因为其中一扇门的摩擦系数太大、接触点太多,无论如何小心,总会发出很大的声音。以后每有人进出一次,我都会听到,虽然我有马上继续睡的本领。

05. 登山鞋坏了!

2015年2月19日,星期四   上午晴,下午转阴,晚住地时间多云

　　昨晚设定6点半起床,闹铃响时,敏告诉我她早已醒了,怕影响我才没有起来,其实我也已醒了一会。昨天不得不犯的错误是带的水太多,今天要减少负重。我们将剩下的水并入一个水袋,放进行李包,剩下的半袋水随身带。我的相机包在睡袋中放入行李,有敏的一个相机和手机足够了,我还劝敏将她的iPad也放入行李。

　　到走廊收昨晚挂在绳子上的衣服,才发觉昨天白白自得——这些衣服非但没有干,反而像刚从水里捞起,甚至拧得出水来,大概从树上洒下来的积水也曾多次降临。只能用一只大塑料口袋放入扎紧,以免弄湿其他物品。放在走廊边的登山靴里面倒是基本干了,换上双干

袜子就能行走如常。

我们把整理好的两个大包留在屋内，背夫会来拿走。带上随身的背包，去餐厅集中。7点半，阿诺德和特台来与我们商议今天的行程，他也认为不必带那么多水，但认为昨天还是走得快了些。所有游客第一天都会嫌向导带得太慢，其实只有保存体力才能登顶成功。他说我们有的是时间，还是慢一点好。他还让我们少穿些衣服，因为今天的路上基本吹不到风，走起来会很热的。

在昨天晚餐的位置已铺好桌布，一位背夫先送来开水和饮品，敏还是冲了杯巧克力，我冲了一杯奶粉。后来知道，背夫中有一位分工当招待，所以每次打洗脸水、送水、送餐都是由他干的。早餐有煎鸡蛋、熏肉片、面包片、黄瓜与番茄片。又给我们送来两个餐盒，分量不轻，打开一看，与昨天的差不多。旅行社提供的餐饮条件中已说明，午餐只能是三明治，我们有准备，带了小包榨菜、酱菜、小黄花鱼干调节口味佐餐。

8时20分，我们一组就上路了。走过宿营区时，大多数人还没有出发，我们的厨师、背夫也还在用餐、整理，但他们的速度比我们快，我们只能早出发，以便能比昨天更好地"poli, poli"。这是我们这条线路中最大、设施最完善的一个宿营地，可惜因为昨晚下雨，今天又急于出发，还来不及走一圈看看。

开始的一段路还是在雨林中穿行，不到一小时就进入高山草甸区，已经见不到成片树木或灌木，只有一丛丛不知名的矮小植被，有的地方还开着以前在其他地方没有见过的花，有的单朵的花大得与枝叶不成比例。偶然见到一棵大树，包括被旅友称为"千里光"的那种，奇特的树形和巨大的树枝像灯塔那样突兀。敏显然已从疲劳中恢复，加上天气好，兴致也高，不时走到路旁为这些奇花异木拍照。

走出树林，尤乌鲁峰与马文济峰就一远一近呈现在面前，似乎触手可及。尤乌鲁峰上昨晚又下过雪了，早上还来不及化，整个山峰就成了一顶银冠，在蓝天衬映下熠熠生辉。马文济峰上只有谷壑中的残雪，一块块巨岩怪石组合成峥嵘的顶峰。看似就在眼前的尤乌鲁峰却是一个凝固的目标，走了两三个小时后还是不即不离；马文济峰也只是随着我们的脚步变换角度，距离一点没有缩短。

今天路上一点不寂寞。由于背夫已经没有专用道路，在我们上路不久，一批批背夫或整或零越过我们前行。他们有的背着游客的登山包或行李袋，有的还头顶着大件行李，有的提着燃气罐、水桶等炊具用具。山路一般都能容许两人并行，但对背着拿着大件物品的人来说会显得拥挤，所以在听到他们的脚步声接近时，我们一般都会尽量靠边，他们也会主动走在另一边，或者从路旁绕过，还会互相道 Jambo（斯瓦希里语，意为：你好）。我们的背夫和厨师也在其中，但除了那位兼当招待的我有些脸熟外，其他人我始终分辨不出来。其他旅友也陆续超前而去，我说我们是老年队，可以走在最后，敏纠正为老弱妇孺队。近中午开始，先后与或整或零的下山者相遇，大家都匆匆赶路，只是互致 Hello 或 Jambo。

因地近赤道，海拔高，紫外线辐射强烈，不知不觉间皮肤就会被灼伤。敏按旅友的经验，在浦东机场的免税店里买了优质防晒霜。我以前只是在南极长城站时才偶尔涂防晒霜，但一天下来，发现像昨天那样一段阴天也会使皮肤有被暴晒过的感觉，今天的阳光更得预防，所以也在脸上抹了些。

开始一段基本是泥土路，昨天的雨水还在有些路段留下漫过的细流或小片积水。以后变成了砂石路，再往上就是碎石路，或者就是一片有坡度的岩石。一直在上坡，大多并不陡，但也有几段得大步跨上几块岩石，虽然有登山杖的支撑力可借，还是会气喘吁吁。有时会出现一段下坡路，一时倍觉轻松，却需要付出加倍的代价，因为往往到了一条小溪或谷底，接着就是一段更长更陡的上坡道。一条小溪上架着木桥，我凭栏小歇，看山上几道细流在桥下汇为清澈的溪水，有背夫正在汲水而饮。

我们还是走一段，歇一阵，间隔时间不等，既取决于体力，也视休息的条件——得在路边或路旁不远处找到一个土阶或几块石头，方可解下背包小坐，饮水。设定休息点与昨天路上的相似，也有一高两低、包着金属面的长条木桌凳，附近有简易厕所。虽然一路喝了不少水，但都已化为汗水，对厕所的需求并不迫切。我们就着桌凳用午餐，我吃了鸡蛋、烤鸡肉、饼干和水果，还是没有动那个三明治。我们坐下时，旁边还有一位印度女孩在休息，稍后那四位从肯尼亚来的年轻人也到了，但他们都在我们之前又出发了。

近中午已不见阳光，尤乌鲁峰隐入云间，渐渐连马文济峰也见不到了。云层越来越低，越来越厚，有几段路就穿行在雾中，上下左右一无所见。尽管雾气迷漫，身上的汗却已经干了，还感到阵阵寒意。好在只要脚步不停，还不至于冷得受不了。穿过云雾，天色渐渐放亮,又重新见到几缕阳光。但回望走过的路,依然一无所见,显然我们已走到云层上面。

今天的路不算难走,可是我总觉得右脚有点不自在,特别是抬脚跨步时比较费力。低头看时,才发现登山鞋右脚的鞋帮与鞋底间已经有部分开裂,再看左脚,也见到了裂纹。怪不得昨天一踩到水里就进水,原来已经有了裂纹。这双鞋虽买了多年,但实际穿的时间并不长,去年参加清华大学经管学院在张掖丹霞地带徒步时还穿过。我顿时想到了最坏的结果,这双鞋肯定维持不到下一站,但山上肯定买不到合用的鞋。记得出发前敏说过,有的旅友为了怕登山鞋放在行李中遗失,一路都穿在脚上。因为衣服和其他用品万一丢了还可以买新的,而即使买到一双尺码、品牌都相同的新鞋,也未必能马上合脚。我已经设想可能的结果:穿上那双软帮便鞋,能走多远就走多远;或者等在这里,让敏单独登顶。我抱着侥幸问阿诺德,鞋坏了有什么办法,谁知他胸有成竹:没关系,背夫中能找到修鞋的人,你到了站就交给我。我喜出望外,脚步也轻松了,但左鞋的裂口越来越大,到终点时已完全脱开,只能像穿拖鞋那样一步步拖行。

两位先已到达的背夫来迎接我们,他们要帮我们背随身的包，我们觉得还能坚持，都谢绝了，他们又快步回去。

从看到高耸的天线到真正到达营地又走了半个多小时，待我坐在"呼鲁姆坡小屋（Horombo Hut），海拔3 720米"标志牌的基座时，已经时过5点，与昨天到站的时间差不多（图11）。

营地中间是一座与上一站相似的大木屋。登上四级高台阶，是个敞开的平台，进门就是供休息和用餐的地方，中间是过道，左右各一列长桌凳，过道尽头也横放着一列桌凳。背夫已把我们的行李拿来，原来今晚我们就睡在这屋子的楼上。木楼梯很陡，没有扶手，阿诺德提醒我上下小心。打开楼门，他将一把大铁锁留在房内，告诉我们离开时可以锁住，因为楼下就是公共场所。楼上是两列双层铺，可睡20人。阿诺德说我们是最后到达的，估计不会再有人来，睡哪张铺随我们选。我与敏选了靠窗两个下铺，将行李放在上铺。我请阿诺德稍等，赶快办了头等大事，将登山鞋换下交他去修。然后打开塑料袋，将那包湿衣物或挂起或摊开。与昨晚的住处相比，这里无疑是高级宾馆，房顶高爽，地板整洁，光线明亮，窗前视野开阔，铺上还有现成的床垫和枕头。

窗外人声沸腾,传来歌声和欢呼声。举目望去,一大群游客与向导、背夫围成一圈,黑白相间,载歌载舞,合着节拍欢呼,还听到一阵美声的女高音歌声。这是沿途唯一的下山、上山游客合住的营地,按惯例,下山的游客到此要给服务人员发小费。显然,这批游客正与领了小费的向导、背夫、厨师联欢道别,因为按行程,他们明天将不在曼达拉站停留,直接走出山门。

这时风疾云飞,蓝天显露,夕阳辉映,而脚下是厚厚的云层,似大海边翻滚的白浪。屋前的空地上架着两片16块太阳能电池板,连接着十多个蓄电池,远处还有几组太阳能电池板,它们是本站的主要能源。旁边几乎搭满了不同色彩的大小帐篷。本站是两条不同线路的交汇点,另一条线路不住小屋,都是自带帐篷。

我本来想下楼看看,但想到这里的高度已经超过拉萨,为了避免或减轻高原反应的影响,应该尽量少活动,多休息,就只能放弃感受这片美景。记得1987年第一次去拉萨,当天半夜就被头痛弄醒,再也无法入睡,坐卧不宁,直到天明。

刚安顿好,又来了一队十来个人,是刚从山上下来的。他们一般是今天凌晨从下一站基博出发冲顶,大约在早上六七点钟可到达吉尔曼角,再经斯坦勒角

(Stella Point），最后登上5 895米的尤乌鲁峰。无论是半途折回的，还是到达其他几处的，都得立即返回，经基博站回到这里住宿。因为基博站设施有限，只能安排上山者的食宿。我们虽是上山者中的最后到达者，却不是本站的最后抵达者，晚上还见到背夫在为刚到达的人搭帐篷。

招待员背夫来催我们下楼休息饮茶，我加了一件套衫，敏也加了外衣。台阶上放着两个脸盆，背夫为我们准备了温水。长条桌上已按人数布置了茶具，我们俩的位置在横排桌中间。还是罩着保鲜纸的盘子，今天增加了一盘花生米。我用自带的茶叶泡了一杯茶，又冲了一杯咖啡，大嚼爱吃的花生米。敏到室外转了一会，回来告诉我拍到了非常漂亮的照片。

稍后，我们左右两边的人都来了，左边是三位年轻男士，分别来自德国和英国，是国际组合；右边是家庭组合，男女老幼6人，一对年长的夫妻，一对中年夫妻，两个男孩，其中一个小男孩脸上涂着厚厚一片防晒霜腼腆地笑着。他们刚从山上下来，来自瑞典，中年夫妻登顶成功，但那位中年妇女说："It's very tough."（真是很艰难)。那位年长者告诉我们，昨天登顶成功者中有一位68岁的瑞士老人。三位年轻人和我们一样是上山者,一直在讨论如何登顶。不时见到老鼠在脚下游弋,不知道楼上会不会也有。我对敏说要将食品袋放在行李中间,防止老鼠闻到味道而光临,以免它们将行李包咬坏。不过,以后在楼上一直没有发现老鼠的踪影。

招待员送来晚餐,与昨天大致相同。在喝完第一道奶油黄瓜汤后,敏说她不想再吃,要回楼上休息了。我知道在这样的海拔高度饮食不宜过饱,更不能勉强,一时并未在意。事后知道,坐在她旁边那位年轻人不停地抖脚,弄得凳子一直在摇晃,使她很不舒服,加上嘈杂的环境,使她有了想呕吐的感觉。我一个人自然消费不了这两份晚餐,加上我也不敢多吃,只能浪费了大部分。其间又来了七八位中国人,北方口音,大概也是下山的。

阿诺德带来了喜讯,他手里提着我那双登山鞋,已经将鞋帮与鞋底全部用线缝紧,再脱胶也不怕了。我问他付多少钱,他建议付10美元。真要感谢那位巧匠背夫,这是多少钱也换不到的救急。我也赞赏这里的周到服务,不知以前哪一位与我同样遭遇的游客引起了向导们的注意,特意在背夫中安排了修鞋匠,并在有限的行李中携带着工具。

顺便与阿诺德商议明天的行程,他说明天路上会比较冷，要我们多穿衣服，并戴上手套。由于海拔更高，肯定会更累，随身的物品尽量精简，但照我们今天的状况，只要慢慢走，到下一站是没有问题的。

我将塑料杯里的茶冲满，带上楼去。事后才意识到，没有用保温杯是又一个失误。夜里气温很低，只能喝冰凉的水。我见敏已躺下，也摊开睡袋睡了。敏忍不住下楼呕吐了，我却没有觉察。半夜下楼上厕所，极冷，回来只喝了一小口凉水润喉，又没有充分补水。所幸没有任何头痛的感觉，很快安然入睡。

06. 高原反应

2015年2月20日，星期五　上午晴，下午转多云，傍晚偶有小雪

2月20日早上，我们7点起床。敏告诉我，昨晚呕吐后恶感全消，睡得很好，我们都庆幸至今尚未有高原反应迹象。这里果然干冷，虽然窗户紧闭，昨天摊开的湿衣已全部干了。我换上了厚冲锋裤，穿上套衫，又将

一件抓绒衣放在随身背包中备用。我们再次清理随带物品，敏的相机被我裹在睡袋中放进了行李，身边只留手机拍照。

还是在8点多出发，临行遇到两位香港游客，他们今天在这里停留一天，明天再上山。在事先讨论行程时，敏曾告诉我有这种安排，目的是在这一高度多停留一天，以便适应高原反应，调整体力，更有利于登顶。我以为万一出现高原反应，就不是一两天可以适应的，可能反而会更严重，还不如一鼓作气上山。

已经有人在我们之前出发，显然想早些到下一个基博站，以便能好好睡一觉，为午夜的登顶养精蓄锐。今天的天气只能用"好极"二字形容，前方的天空是湛蓝的，一上路就见到了深绿的灌木丛上洁白的尤乌鲁峰顶，连马文济峰上的残雪也显得晶莹闪亮。回头看去，蓝天下依然是厚厚的云海，呼鲁姆站的小屋、帐篷就像一艘艘靠岸的扁舟，两座高耸的天线却似卸了帆的桅杆。那浩渺的云海还在翻滚升腾，上面飘着一片轻盈的云带。我肯定山下的人只能看到漫天云层，只有跨越了云层的我们，只有在海拔3 500米以上的特定位置，才能欣赏到这样的无限风光。

我还是靠随着阿诺德，poli poli 又一步不落地往上走,特台带着敏走在稍后,敏还在我毫不知情时拍了好几张照片。路并不难走,即使有几段坡度较大,也不太陡峭。但随着海拔的增高,每挪动一步都要使出更大的力气,我们的速度越来越慢,休息饮水的频率也越来越高。上午遇到的下山者都是由基博站折返的,或者是出发后半途入门放弃登顶的,有的人走得相当艰难。

尤乌鲁峰顶升起一缕轻云,慢慢飘拂扩大,到中午时分,已经遮住了小半个山峰。几乎同步,马文济峰后面也出现了云团,尽管也在不断扩大,却始终停留在峰后,或许是因为马文济峰到底要比尤乌鲁峰低。

第一个休息点也是此行最后一个取水点,竖着的小木牌写着"LAST WATER POINT"(图12)。跨过一块块铺在地面的石块,石间流着汩汩细流,注入一小片草甸。这里已是高山草甸区的边缘,再往上就完全是荒漠,寸草不生,植被全无,不能涵养水分了。由此往上的全部用水,都得由背夫在这里汲取,背上基博站。这里桌凳较多,还有两座简易厕所,陆续有人来休息。我们坐了一会,拍了几张照。背后的尤乌鲁峰已近在咫尺,似乎直接可以到达。再往上走才发现,这是一个错觉,实际上中间还隔着一片颇宽的谷地。

路旁的石头也变得稀少,所以一见就不失时机地坐下休息，有时不得不多走几步，才能有一席之石。天上的云越来越密，但蓝白分明，阴阳截然。在一片隆起的乱石中嵌着石条，上面刻着"MAWENZI RIDGE"（马文济山脊），旁边的石头上写着"13 500 英尺"（4 115 米）的标高。此时已完全进入高山荒漠，开始还能见到稀稀拉拉的草丛和黄色的野花，以后就只有砂土和砾石。回望走过的地方，就像卫星拍下的月球表面，也像我初到南极乔治王岛上见到的景象。

路旁有一根用石块固定着的小木牌，上面标着"THE SADDLE"。所谓"saddle"，是指马鞍的底部，这里正是马文济峰与我们即将要住宿的基博峰之间最低处。我想在电子表上看一下实际高度，发现表屏上这一栏已变为一片空白。这里的高度已超过这块电子表 4 300 米左右的测量极限，已自动停止工作。我想起那年乘青藏铁路列车进藏，过了昆仑山口不久，这块表也不显示高度了，直到过了念青唐古拉山驶近拉萨时才"复活"。

路旁小坡上有一块巨石，中间的凹处像一个浅浅的洞口，散落的石头间放着几排桌凳。阿诺德说这是今天最后的休息点，建议在这里用午餐。坡虽不高，费了很大的劲才走到。放下背包，一时连餐盒都懒得取出来。此地离马文济峰最近，抬头望去，残雪间有一道道冰川。

今天在路上就有些异样，吃夹了果仁的巧克力时不容易咽下，要和着水才能吞下，还有恶心的感觉。打开餐盒，并无食欲，但想到今晚还要登顶，不能不补充能量，就先吃了几块饼干。当地的鸡蛋连蛋黄也是白的，水煮蛋吃起来干乎乎的，今天觉得蛋黄难以下咽，就喝了一口水，谁知马上想呕吐。我强忍不住，只好到边上吐了个够。吐过后感觉轻松了些，勉强又吃了块饼干，其他东西就不敢再吃了。为了不浪费，也为了减轻负担，敏将我们两个的三明治和午餐盒中余下的食品都给了特台。我有些怀疑这次呕吐是高原反应引起的，因为之前我在平均海拔4 000米以上的阿里也从未出现过。唯一一次呕吐发生在1987年第一次进藏，车到五道梁时，我在一家小餐店吃了一碗口味很重的牛肉面，车行不久就感到不舒服，再下车休息时就呕吐了。

那个印度女孩先我们出发了，还看到那四位年轻人在下面的路上走过，步伐轻松，令人羡慕。尽管我竭力不想刚才的呕吐，实际上也没有其他高原反应的症状，脚步却越来越沉重，走不了多远就要找地方坐下休息。而前面的路却见不到尽头，伸向天际。云雾四合，遮蔽蓝天，阳光不再，寒气顿生。我们专心赶路，一时没有觉察。

　　终于见到道路向右侧弯曲上升，阿诺德说基博站就在上面。我打起精神，甚至说这是最后一次休息了，阿诺德却还是说"poli, poli"，直到看得见山上的屋顶时距离还远，实际上我们还休息了多次。此时云更浓，风更紧，飘来雪花，路旁山根也见到少许积雪，可能会有一场大雪。敏提醒我该加衣服了，我们从背包里拿出早上准备好的外衣，但已经迟了，敏走了一段就呕吐了。

　　两位背夫又来迎接，他们背走了阿诺德的行李。阿诺德让我们放下背包，他掂了下分量，背上了比较重的我的背包。我要背敏的包，她不让，我成了负担最轻的。基博站在一个陡坡上，当我一步步走完最后一程时，已经筋疲力尽，坐在站牌的基座上，再也不想起来。特台问我有什么问题，我说只想休息，说着又呕吐了。等敏办完手续回来，我感觉好了些，为她在站牌前照了相。站牌上刻着：KIBO HUT，海拔 4 720 米。植被区域：高山荒漠。由此至吉尔曼角 4 千米，需 5 小时；至斯坦勒角 4.5 千米，需 4.5 小时；至尤乌鲁峰 6 千米，需 6 小时。虽然没有下雪，但屋后崖边能看到积雪。

特台领我们到一座石砌的平房,靠墙一面是上下两层竖排的大通铺,紧排着一个个床垫,相互间没有分隔。靠窗一边墙根放满了行李、水壶水袋、鞋袜、登山杖。上铺睡满了,进门下铺还有几个空位,我与敏占了中间两个。招待背夫送来热水瓶和茶具,我让他将糖缸留下,冲了杯糖水喝。屋里的人都在抓紧时间睡觉,但我左边两位却睡得不安稳,靠我的那位还在不停地呻吟,另一位也不断翻身,仔细一看,就是那两位韩国人。敏右边是那个印度女孩,再过去是昨天晚上坐在我们旁边的三位欧洲青年。我们摊开睡袋休息,不一会敏就出门呕吐了,并且连续几次。我劝她吃粒备用药片,她说吃了就吐掉,没有用。阿诺德来问我们今晚是否继续登顶,我说放弃吧,敏还不甘心,说过两小时再决定。虽然我们出发前相约,到最后阶段可以分别行动,反正每人都有向导,但事到如今,我绝对不会留下敏一人,何况我的信心也已动摇。稍后背夫给那三位欧洲青年送来了晚餐,屋里本来就空气混浊,夹了牛油味后更令人不舒服,也更没有食欲。背夫来问我们要不要用餐,我告诉他不必准备了,只要换一瓶热水。两小时后特台来听我们的消息,敏已同意放弃,我告诉他我们决定在这里休息,明天一早下山。几次呕吐后敏有些紧张,我见她没有其他高原反应的症状,头脑也是清楚的,劝她放松休息。

特台临走时要将大门敞开,说关上门后会不通风。我知道他说得对,那年我们开车进藏,住在沱沱河镇上一个小旅馆,六个人住在一间房,门窗紧闭,屋里还放着一个取暖煤炉,快天亮时就觉得头痛,起来到外面散步后才缓解。但寒气逼人,阵阵冷风吹入,而我们的铺位正对着大门,我们还是让他将门关上。

近12时,向导们来召集出发,上下铺的人纷纷起身,那四位年轻人就睡在上铺,还有几位欧洲人,加上下铺的印度女孩和三位欧洲青年,一时人声喧哗,热闹了一阵。因为不需要整理行李,只带随身物品,他们披衣穿鞋,很快束装待发。几位向导各自交代了一番,陆续带队出门。那两位韩国人起来后还收拾起行李,原来他们怕高原反应继续加剧,决定连夜下山。特台也来问我们是否需要下山,我告诉他我们情况正常,可以等到明天。

屋里只剩下我们两人,门外的人声持续一阵后也归于寂静。虽已是后半夜,并且已睡过几小时,我一点没有头痛的感觉,说明我能适应4700米的缺氧环境,没有明显的高原反应。敏也能睡着,相信明天回呼鲁姆坡没有问题。今天晚上因为热茶充足,每次醒来都喝了水,没多久要上厕所了。我知道坚持不到天亮,只能全副武装,戴上头灯,出门远征。厕所在站区边缘,要走过好几所房子和设施,高低起伏,最后一段还要上下坡,没有台阶,得扶着一边的栏杆,倍加小心。出乎意料的是风停了,非但没有下雪,气温还升高了,一点没有寒意。这里的气候与峰顶相差不大,要是今天能登顶,是最理想的气候。

07. 梦中的乞力马扎罗

2015年2月23日,星期一　阴间多云

　　早上起来,体力有所恢复,但整理行李还是花了比平时加倍的时间。最累的是包睡袋,要卷紧后才能塞进那个袋子,再用绳子收紧。特别是敏那个鸭绒睡袋,本来就格外蓬松,还要裹一个照相机,要卷紧塞进袋子实在费力。我只能在包好第一个后休息一会再完成第二个。敏的背包全部放进行李袋,我背包也只放两杯水和一些小食品，灌满热水的大保温瓶准备请向导拿。

招待来问我们是否要用早餐，我们告诉他不用，连午餐盒也不必准备。一方面我们怕吃了这些东西再引起呕吐，另一方面也希望减轻路上的负担，两个午餐盒分量颇重。我们还带着巧克力、饼干和一些小食品，足以坚持到下一站。

将行李交给背夫后，我们随阿诺德和特台下山，阿诺德将我的大保温瓶挂在自己的行李上，途中休息时一直可以喝到热水。我估计下坡路会走得比较轻松，加上高度不断降低，我们应该能顺利到达。但上路不久敏又呕吐了，并且无缓解的迹象。我可以吃巧克力和糖，还能和着水吃块饼，她却只能喝水，还不能多喝。我担心她会虚脱，却无能为力，爱莫能助。所幸虽是阴天，气温却不低，又没有风，气候适宜。我想起上山的路上曾看到过一辆架子车，就问阿诺德能否用这辆车将敏推下去，他说这辆车是专门用于运送骨折一类伤员的，其他人不能用。走到那里，那辆车果然还在，但我们只能与它擦身而过。我只能增加休息的次数与时间，经常走了一小段后就叫停，让敏多休息。途中又看到几个背夫拿着一副担架往上走，还没有等我开口，阿诺德就告诉我这是用于急救的。

在一段上坡路就我几乎绝望了,担心敏会支持不住,问要不要找背夫来背她下山。她说让别人背会更难受,还不如慢慢走。休息时我也呕吐了一次,但因为从昨天中午后就没有吃什么东西,没有什么好吐,喝点热茶就得以缓解。好在上坡路不长,又是一路下坡。

我的电子手表上又显示高度了,我们已回到海拔4 100米处。在一次休息时,阿诺德和特台到远处谈了一阵,回来告诉我们,他俩根据敏的情况,确定她已属救援对象,现在让特台先回呼鲁姆坡站,联系调救护车,那里有公路可以直接送下山,我也随车下山。我们喜出望外,问需要多少费用,他说不需要,你们的门票中已经包含救援费用。但提前下山多用的一夜旅馆费要自理。我真佩服乞力马扎罗国家公园周密的保障措施和合理的管理办法,事先给我们阅读的条例和向导的介绍绝口不提具体的救援手段,只是告诉我们安全有保障,以免游客产生依赖或投机取巧。需要何种救援措施完全由向导根据经验作出判断,而不是由游客本人提出。必要的救援完全免费,而不是额外收费(其实游客完全愿意支付),更不是乘人之危漫天要价。

看到站区的天线架了,三名背夫赶来迎接,问要不要背敏下去,敏谢了他们的好意,坚持走到终点。

又回到了大木屋,背夫已将我们的行李送到,又送来了热水瓶和茶具,我冲了杯糖水喝。阿诺德说特台已打了电话,但救护车刚送人下山,不知道什么时候能回来。又让敏去办登记手续,敏从登记簿上看到前面两位韩国人已登过记,症状是fever(发烧),那位年长的50岁,另一位44岁。我和阿诺德商量发小费,所有人员都按从高标准发(向导100美元,厨师50美元,背夫30美元),给他再加20美元。阿诺德表示满意,建议给做招待的背夫再加15美元,我答应照办。我身边已准备了美元零票,按人分好备用。阿诺德又问我们是否有准备弃用的装备,可以送给背夫。我想到那双补过的登山鞋,换下来交给他。

大约一小时后车到了,厨师、背夫都来到木屋,阿诺德一一介绍,我与敏一一致谢,放上小费。他们非常高兴,与我握手拥抱。我们也无精力与他们歌舞联欢,只能在上车前拍了一张全家福。

车沿着一条简易公路驶下山,路面尽是碎石,异常颠簸,但此时完全不觉辛苦,只求早些下山。驶出才一刻钟,车上的对讲机响起。由于讯号不良,司机只能停车接听。原来又有一名"badly illed"(病得很厉害)的游客急于送下山,站里令司机驶回。司机要大家下车,在原地等候。我们见外面风大，很冷，告诉司机我们就坐在原位，随车返回。回到原处，上来一男一女两位欧洲游客，敏说昨天晚上已见到那位女士的病状，估计她本来想在此站休息，以适应高原反应，不料更加严重，不得不接受救援了。救援车驶至原来停车处，由于已经坐了我们四位救援对象和各人的行李，而两位向导是必须随同的，其他人只好让他们自行下山。

驶过一段颠簸的碎石路后，很快进入了草甸地带，路旁的灌木丛渐行渐密，但云雾缭绕，周围一无所见。当路旁出现密集的树木时，底下也变成了平坦的土路。偶尔路转，从森林的空隙中见到了山下的村落房屋，云层已经在我们头上。车中已感到闷热，稍开了点窗，湿热的风吹来，又回到了初夏季节。

这条路很窄，只有一条车道，一路下来没有遇到会车，也没有超过任何一辆车，看来汽车的使用受到严格控制。一道铁栅拦住了出路，听到司机按喇叭，从林子里奔出来一个小伙，他拿出登记单让司机和我们每个人签字（在山上我都是让敏代签的），他一一核对无误，才打开铁栅门。车驶过时，我看到林子里有一所房子，应该是一个常设的检查站。大约10分钟后，车驶入普通公路，依然是土路，但增加了往返车辆和行人，经常要减速避让。

救援车驶进山门,停在我们出发时的同一停车场。下车时,司机又让两位向导在单据上签字,就开着车回去交差了。由于已过出发时间,坡上的登记区空无一人,停车场也只有几辆车,一片冷清。阿诺德说已联系了旅行社,会派车来送我们去旅馆,但不知确切时间。另两名游客搭车是临时决定,向导来不及订车,到外面去找出租车。约半小时后,我们的车来了,还是送我们来的那位司机开着同样的车。过马兰古时,阿诺德与我们道别,他说他家在附近乡村,他今晚要回家看望家人,约定明天一早在旅馆见。

停车场海拔1 800米,我已脱去外套。当公路降至海拔1 000米时,我们已经回到了盛夏,虽开着车窗,已经止不住汗水了。在开阔处远望左侧,在云层中隐隐见到乞力马扎罗的峰影。虽然此行没有登上尤乌鲁峰,但能够如此近距离观赏和感受乞力马扎罗的雪,已经不虚此行。能够从海拔1 879米处步行登上4 720米的高点,在70岁时创造自己的最高纪录,完全不必遗憾。与爱女同行,与亲情同在,相互帮助,相互激励,事先周密安排,临事适可而止,结果岂不圆满!

傍晚6点20分,我们又回到了上山前住的房间。

第一件事就是打开空调，洗澡更衣，但迫切需要补充食物。我到餐厅预订8时用餐，让厨师提前准备好一份意大利面条。晚餐后我就躺在床上，等敏从总台上网回来，我已酣然入梦。

或许我在梦中又回到了基博站，或许在梦中登上了尤乌鲁峰，或许看到了真正的乞力马扎罗山顶的雪和冰川，但第二天早上醒来毫无印象。

《四极日记》
喜马拉雅有声书
扫一扫收听

图书在版编目(CIP)数据

四极日记 / 葛剑雄著. -- 上海：复旦大学出版社，2019.7

ISBN 978-7-309-14423-9

Ⅰ.①四… Ⅱ.①葛… Ⅲ.①随笔-作品集-中国-当代 Ⅳ.①I267.1

中国版本图书馆CIP数据核字(2019)第145116号

出 品 人：　严　峰
责任编辑：　高　婧　谷　雨
装帧设计：　胡　枫

四极日记

葛剑雄　著
复旦大学出版社有限公司出版发行
上海市国权路579号　　邮编：200433
网址：fupnet@fudanpress.com
http://www.fudanpress.com
门市零售：86-21-65642857　　团体订购：86-21-65118853
外埠邮购：86-21-65109143　　出版部电话：86-21-65642845
上海雅昌艺术印刷有限公司印刷

ISBN　978-7-309-14423-9 / I·1158
2019年7月第1版　　　开本：889×1194　1/32
2019年7月第1次印刷　　印张：18.875
定价：98.00元（上下册）

如有印装质量问题，请向复旦大学出版社有限公司发行部调换。
版权所有　　侵权必究